THE VAMPYRE
and other classic vampire masterpieces

G・G・バイロン、J・W・ポリドリほか

吸血鬼ラスヴァン

英 米 古 典 吸 血 鬼 小 説 傑 作 集

夏来健次／平戸懐古
編訳

東京創元社

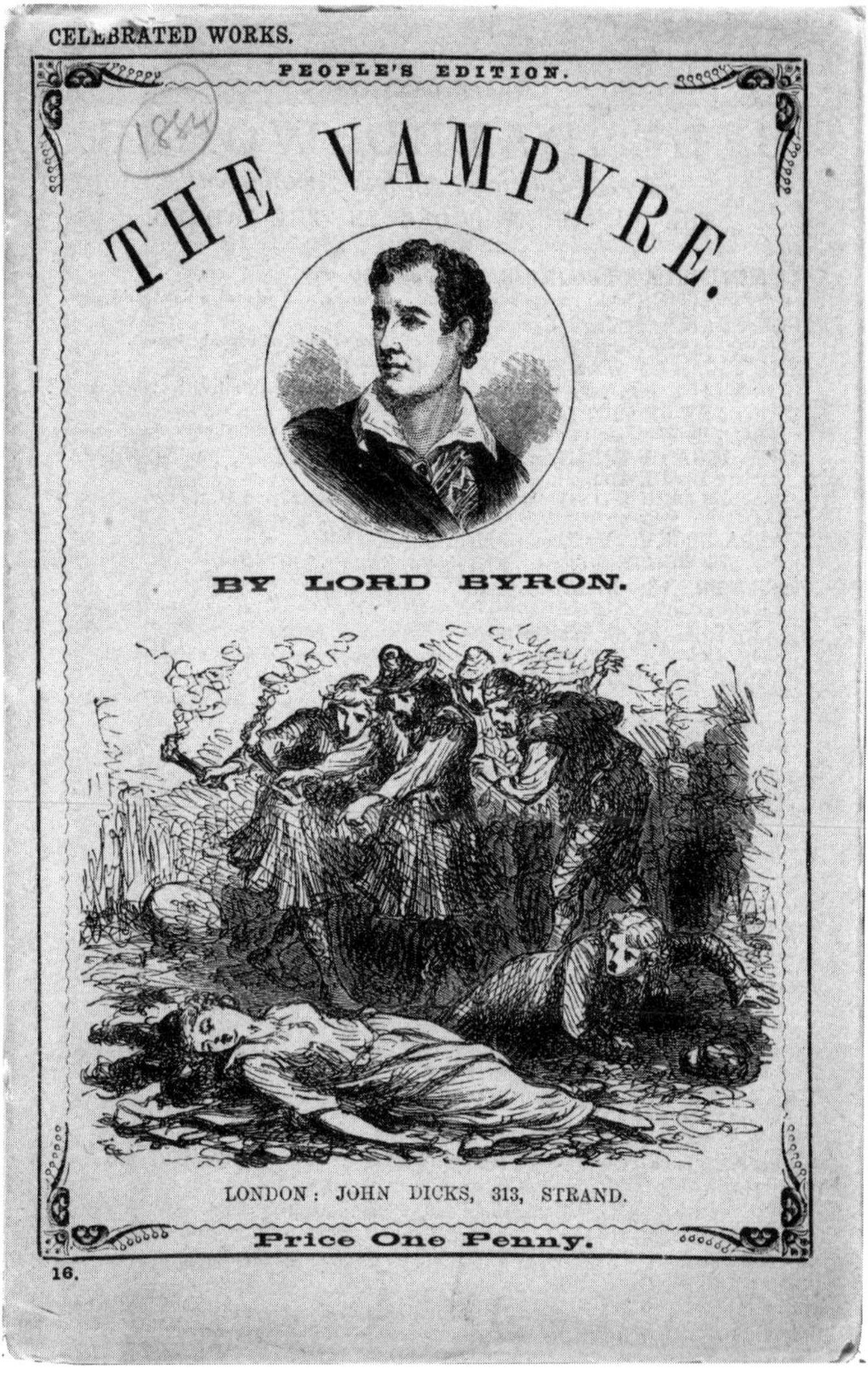

「吸血鬼ラスヴァン」は1819年バイロン作として発表され（※解説１参照）、ポリドリ作と判明後もその名を冠しての刊行が多くあった。書影は19世紀後半の叢書Dicks' Celebrated Worksの１巻。

目次

序文――バイロン男爵の光の下に

夏来健次

吸血鬼になど心魅《こころひ》かれることはない。吸血鬼が吸血鬼にすぎないかぎり。

――と、ジョージ・ゴードン・バイロンは念じたに相違ない。袂《たもと》を分かった侍医ジョン・ウィリアム・ポリドリの筆になる「吸血鬼ラスヴァン――奇譚」が不当にも自身の令名の下《もと》に上梓され、剰《あまつさ》え作中の吸血鬼に擬せられたうえに、諸国で翻案され劇化されて喝采を浴びるに及んでは。名高いレマン湖畔のディオダティ荘（巻末解説1参照）に端を発するそれら一連の椿事《ちんじ》は、あまりに消費されすぎ飽和の域にある逸話だが、それでもなお、バイロンとポリドリの相剋《そうこく》が単なる芸術家の師弟関係上の次元を超え、十九世紀世界史の流れを映す鏡となっていった面はあらためて見なおすに値する。

蓋《けだ》しバイロンの文学性・芸術性は吸血鬼なる概念（あるいは観念）とは相容れない。果てしなく高らかに人間の〈生〉の光輝を謳《うた》いあげる詩性の本質にかけて、「吸血鬼ダーヴェル――断章」での昏く冷たい〈死〉への沈潜を仄《ほの》めかす示唆が本質からの逆説にすぎないとしたら、ポリドリの怨嗟《えんさ》に満ちた「ラスヴァン」によってその示唆が沈潜から耽溺へと意図的に拡大喧伝されたことは、この天才貴族詩人にとって耐えがたい屈辱となったとは容易に想像しうる。そしてあたかもその憤激にこそ駆られるかのように、自らの燃え盛る〈生〉の至高性を発現すべくギリシャ独立戦争に身を投じていった――血とは吸うものではなく自ら流すものだと言わんばかりに。

だがその過程でバイロンが棄てた（もしくはバイロンを棄てた）祖国イギリスは、重大すぎるその死の意義を愚かにもまったく理解していなかった。吸血鬼を忌み滅ぼさんがために殉じた詩聖の遺志に反して、イギリスは自らが強大な吸血鬼となる道を突き進みはじめた——すなわち、かつてなく広大な植民地を搾取する帝国主義の権化となって。かくて大英帝国はバイロンがギリシャのために戦わんとしたオスマン帝国をも傀儡《かいらい》とするのみならず、インド・中国は言うに及ばずついには遠く日本までも直接／間接に支配する人類史空前の巨魁吸血鬼となっていく——その最盛期たるヴィクトリア朝終盤／十九世紀末、まさに史上最大の影響力を誇るブラム・ストーカー作『吸血鬼ドラキュラ』が当の大英帝国から出帆して世界を席巻しゆくのと軌を一にするがごとくに。

本書はそのような近代吸血鬼史絶頂期前夜たる時代の、英米での当該テーマの重要小説群を集成する試みであり、収録作十篇中七篇が本邦初訳となる。〈英米〉に限ったのは編訳者陣の守備範囲ゆえだが、その実〈英米〉こそ核心をなす圏域であることは疑いえない。「ラスヴァン」によって〈英〉において汎世界的近代吸血鬼が誕生した直後、遠からず〈英〉を凌《しの》ぐことになる国際的吸血鬼国家〈米〉においてユライア・デリック・ダーシーの問題作「黒い吸血鬼」が出現した事実には瞠目を余儀なくされる。巻末に唯一の二十世紀作品である〈米〉産出の奇作「魔王の館」を敢えて加えたのも、『ドラキュラ』から十年を経ての返歌と読める思弁小説的先駆性と、やがてナチズム狂信者となる作者ジョージ・シルヴェスター・ヴィエレックの驚くべき異貌の心性とによって、〈英米〉のつぎに来る吸血鬼が那辺《なへん》のものかを前世紀からの延長線上で予見した画期的転換点と捉えられるからにほかならない。

ここにいたって劇的進化への兆《きざ》しを見せた〈現代〉吸血鬼の姿に、母たるポリドリとともに図らずも近代吸血鬼の父となったわがバイロン卿は、果たして御霊魅《こころひ》かれるであろうや否や？

吸血鬼ラスヴァン——英米古典吸血鬼小説傑作集

吸血鬼ダーヴェル——断章

ジョージ・ゴードン・バイロン

Fragment of a Novel 1819

平戸懐古 訳

ジョージ・ゴードン・バイロン（George Gordon Byron 1788 - 1824）

※解説1参照

第六代バイロン男爵。ギリシャ独立戦争参戦中に客死。英国ロマン派文芸の巨才としてあまりにも高名であり、波瀾に満ちた生涯も世の耳目《じもく》を惹く。

詩作品の邦訳は阿部知二訳『バイロン詩集』（新潮文庫）、小川和夫訳『マンフレッド』（岩波文庫）がこんにちまで版を重ねつつも、諸国行旅に伴う精神の昂揚と生命の躍動を詠《うた》いあげた *Childe Harold's Pilgrimage*（1812 - 1818）と、哄笑と諧謔《かいぎゃく》に溢れた晩年の未完作 *Don Juan*（1819 - 1824）の二大長詩の訳書は新刊書店では手にとれなかった――前者には古くは土井晩翠による文語訳『チャイルド・ハロウドの巡禮《じゅんれい》』他、近くは東中稜代の現代語訳『チャイルド・ハロルドの巡礼　物語詩』（京都修学社）他があり、後者には小川和夫訳『ドン・ジュアン』（研究社出版および冨山房）がある――が、時あたかも昨年後者の新訳『ドン・ジュアン』（東中稜代訳・音羽書房鶴見書店）が刊行成ったのは本書にとってもまたとない慶事。

本篇「吸血鬼ダーヴェル」は書きかけの断章に終わったがゆえに却ってポリドリの想像力を刺激し、一代の問題作「吸血鬼ラスヴァン」を産ませしめた。既訳（解説・註1参照）には柳瀬尚紀訳「ダーヴェル」（創元推理文庫『犯罪は詩人の楽しみ』所収）と南條竹則訳「断章」（国書刊行会『書物の王国　吸血鬼』所収）がある。

（紹介文担当　夏来・以下同）

一八一六年、六月十七日記す。

一七＊＊年、かねてより旅行をしたいと、それも旅行者があまり訪れたことのない国々を巡りたいと考えていたので、私はひとり友人を伴って出発した。彼のことはオーガスタス・ダーヴェルと呼ぶことにしよう。私より少し年上で、かなり裕福な旧家の生まれだったが、なかなかに鷹揚《おうよう》な性格で、この強みを軽んじることもなければ、過度に重んじることもないのだった。変わった来歴をもっていて、それで私はこの男に注意を惹かれ、関心をもち、ついには敬意を抱くまでになった。他人行儀だったり、また時には錯乱したかと思うほどの動揺を見せたりしたが、それでこちらの気持ちが醒《さ》めることはなかった。

この当時、私はまだ若く、早くから人生というものを意識してはいたが、ダーヴェルとの交流が生まれてからは日が浅かった。私たちは大学まで同じ学校で教育を受けてきたのだが、学業の歩みは彼のほうが進んでおり、世間と呼ばれるものについても、まだ見習いだった私に比べ、彼は深く通暁《つうぎょう》していた。ダーヴェルを気にしはじめた頃から、彼の過去と現在については多くの噂を聞いていた。両立しない矛盾が大量にあったが、それでも勘案すれば、この男は常識の埒外《らちがい》に生きており、どんなに苦心して衆目を避けようとしても、やはり注意を惹いてしまう人物なのだということに集約された。

ダーヴェルと顔馴染《かおなじ》みになると、私は友情を育《はぐく》もうと努力したのだが、報われそうにないと思われた。かつては彼も親愛の情というものを持ち合わせていたのかもしれないが、それは消え失せてしまったか、内に籠《こも》ってしまっていた。気性が激しいことについては、よく眼にして知っていた。

というのも彼は感情を抑えることが出来たとしても、それを隠し切ることが出来ない性質だったのだ。ひとつの激情をどうにか別の表情で繕《つくろ》う術《すべ》を身に着けており、そのため心中に蠢《うごめ》くものの形を見定めることは難しかった。また表情は頻繁に変わるものの、その差があまりに乏しいので、その源《みなもと》まで探ることも叶わないのだった。

確実なのは、ダーヴェルが不治の不安症に苛《さいな》まれていることだった。しかしそれが野心や恋心、悔心や傷心、そういったものに由来しているのか、あるいはただ病的な憂鬱気質に由来しているのか、私には判らずじまいだった。噂のなかにはそれぞれの由来に信憑性《しんぴょうせい》を与えてくれそうなものもあったが、しかし先にも述べたように、それらは両立せずに相《あい》矛盾していて、どれも有力とは言い難かった。謎のあるところ、悪事もまた絡んでいるはずだと勘ぐられることは多い。それが正しいかどうかはさておき、ダーヴェルはたしかに謎を抱え込んではいた。もう一方の有無を知ることは出来なかったが、どういうわけか彼に関して、そちらを抱え込んでいるなどと信じる気にはなれなかった。

私のダーヴェルへの接近は、もちろん冷やかに受け取られた。しかし若かった私は簡単に諦《あきら》めれず、どうにか一定の成果に漕ぎつけた。つまり日常的な会話をする程度のお決まりの交流と、安っぽい信頼を得ることは出来たのだ。似た趣味を持って頻繁に会うことで保たれるような関係だが、ことによれば親友とか友人とか表現する者もいる間柄ではあった。

ダーヴェルはすでに方々を旅していたので、私は自分の旅行計画について助言を求めた。ひそかに望んでいたのは、一緒に旅したいという提案を承諾してくれないかということだった。見込みがないわけではなかった。というのも私は彼の心中の落ち着きなさを見抜いていたし、その動揺は、この話題に心が揺れているためであるようだった。喫緊《きっきん》の用事全般に集中できずにいる様子も、私を鼓舞してくれた。
まず提案を仄《ほの》めかし、それからはっきりと伝えた。返事はなかば予期していたものだったが、それでも嬉しい驚きだった。承諾してくれたのだ。必要な準備を済ませると、私とダーヴェルは航海に発った。南欧の国々を旅したのち、当初の目的の通りに東欧へ向かうことになった。そして彼《か》の地を巡っている最中、私がこれから記す事件が起きたのである。

ダーヴェルの身体は外見からすると、幼い頃には平均以上の頑健さを誇っていたようだが、この当時、徐々に体力の衰えを見せはじめていた。といって、はっきりした病に侵されていたわけでもない。咳も熱もなかったが、それでも日に日に痩せ衰えてゆくのだ。あまり主張をしない男で、疲労を訴えたりすることもなかったが、それでも衰弱は傍目《はため》に明らかだった。彼はどんどん寡黙《かもく》になり、不眠を募らせ、そのあまりの変わりように、私の不安は彼の生命の危機を考えるまでに高まった。

もともとスミルナ（現イズミル。エーゲ海東岸にあるトルコの都市）に到着したら、エフェソスとサラディスの遺跡を見学しようという計画だった。ダーヴェルの体調不良を鑑《かんが》みて中止しようと諭したのだが、聞き入れてくれなかった。彼は内心なにかを抱え込んでいるらしく、えらく真剣な様子なのだが、熱っぽく強行軍を望む目的はその態度とは不釣り合いな行楽としか思えぬもので、しかもまったく病人向きではない。だが私は諦め、数日後、馬車で出発した。同行させたのは御者と現地人の護衛《イエニチエリ》それぞれひとりだけだった。

エフェソスの遺跡に向かって道半ばまで進んだ頃だった。私たちはスミルナの肥沃《ひよく》な郊外を後にして、荒れ果てて住む人のない土地に入っていた。沼地や隘路《あいろ》を抜けると、ディアナ神殿の列柱の崩れた周りに小屋が点々と位置していた。屋根を失って壁だけとなった教会があった。追放されたキリスト教徒のものだった。もっと新しいイスラム教のモスクもあったが、それも荒廃しきって朽ちるに任されていた。このとき同行者の体調が急変し、私たちはトルコ人の墓地で休止せざるを得なくなった。ターバンを巻いた形の墓石だけが、この荒地にもかつては命ある人間が存在していたことを物語っていた。隊商宿《キャラバンサライ》を一度だけ通り過ぎていたが、すでに数時間もの後方にあった。町も、一軒の小屋さえも、視界や希望の届くうちには存在していなかった。この〈死の都〉だけが哀れな友の休息所と考えるほかなく、しかも彼はその都市の新参者になりかけていたのだった。

　そういうわけで私は周りを見回し、ダーヴェルを休ませるのに適した場所を探した。イスラム教徒の一般的な埋葬地とは異なり、糸杉の数がとても少なく、辺りに点々と生えているだけだった。墓石は多くが崩れており、月日と共に風化していた。なかでも立派な墓石がひとつ、大きく枝を広げた杉の木の根元にあり、ダーヴェルはそこになかば寄りかかるようにして落ち着いたが、かなり苦しそうだった。彼は水を欲しがった。見つかるとは思えず、渋々ながら探しにゆこうとした。ところが彼は私に残るよう求め、傍《かたわ》らに立って黙々と煙草を呑んでいた護衛のスレイマンに向き直ると、「スレイマン、ヴェルバナ・スウ《水が欲しい》」と言った。それから水が見つかるはずの場所をかなり具体的に説明したのだが、それはもともと駱駝《ラクダ》のための井戸で、右に数百ヤード進んだところにあるというのだった。護衛は従った。私はダーヴェルに訊ねた。「どうして判るんだ」彼は答えた。「周りの状況からさ。きみだって気付いたろうが、この地にもかつて住む者があったのだ。それなら水の湧かぬはずはない。以前この地を訪ねたこともあるんでね」

「ここに来たことがあるのか。なぜ隠していたんだ。それになんの用があってこんな土地に、こんな、誰だって耐えられなくなれば一瞬で逃げ出すようなところに」

この問いには答えを貰えなかった。そのうちスレイマンが水を入手して戻ってきた。御者と馬は井戸に残してきたという。喉の渇きを癒すと、ダーヴェルは少しばかり活気を取り戻したようだった。希望が見えてきた。前進するか、それが叶わずとも帰路には就けそうだった。やってみようと訴えたが、彼は黙っていた。喋《しゃべ》ろうとして気力を集めているようだった。それから言った。

「ここが私の旅の終点、そして私の命の終点だ。ここに来たのは死ぬためなんだ。しかし頼みがある。指示というか、それが遺言だ。聞いてくれるね」

「もちろんだとも。しかし希望を持つんだ」

「希望など要らん。いいかね、私の死を隠してくれ、ひとり残らず皆に対して」

「そんな事態にならんことを願うよ。きみが快復して、そしたら」

「止めろよ。言う通りにしろ、約束してくれ」

「判ったよ」

「誓ってくれ、総ての……」ここで彼はかなり形式ばった誓いの言葉を述べた。

「そんなことをする必要はない。きみの頼みは聞くよ。私を疑うなんて」

「駄目なんだ。誓いは必須なんだ」

私が誓いの言葉を述べるとダーヴェルは安心したようだった。彼は印章付きの指輪を外して私に手渡した。指輪の表面にはアラビア文字があった。彼は言葉を続けた。

「月の九日目、ぴったり正午だ。何月でも構わないが、日付は絶対に守ってくれ。そのときこの指輪を、塩水の湧く泉に投げ入れるんだ。エレウシス（現エレフシナ。エーゲ海西岸にあるギリシャの港町）の入江に流れ込んでいる泉だ。それから翌日の同じ時間、ケレス神殿の遺跡に行き、一時間ほど待機してほしい」

「どういうわけだ」

「やれば判る」

「月の九日目と言ったな」

「九日目だ」

今日こそ月の九日目だと伝えると、ダーヴェルは表情を一変させ、それから押し黙った。座り込んだ彼は明らかに先ほどよりも憔悴《しょうすい》していた。このとき一羽の鸛鳥《コウノトリ》が嘴《くちばし》に一匹の蛇を咥《くわ》え、近くの墓石に降り立った。獲物を喰らうことなく、じっと私たちを観察しているように見える。なにか胸騒ぎがして追い払おうと試みたが、無駄だった。この鳥は飛び上がってくるくると円を描いてから、まったく同じ位置に戻ってきた。ダーヴェルがそれを指差し、微笑んで喋ったのだが、私に向けた言葉だったのか自分に向けたものだったのか定かでない。言ったのはこれだけだった。「良いぞ」

「なにが良いんだ。どういう意味だ」

「気にするな。私を今晩ここに葬《ほうむ》ってくれ。ちょうどあの鳥がいま留まっているところだ。指示したことも忘れるなよ」

それから彼は、己の死を上手く隠蔽《いんぺい》する方法について、いくつか指示を出した。それが済むと大声で言った。「あの鳥が見えるかね」

「はっきりと」

「その嘴に咥えられて蛇が暴れているね」

「そうだね。なんでもないさ。あの鳥の獲物としては自然だ。でも、喰ってしまわないのは妙だな」

ダーヴェルは青ざめた顔で微笑み、ぼそぼそと言った。「まだ刻限ではないのだ」するとこの鸛鳥は飛び去った。私はしばらく眼で追いかけた。十を数えるより長くなかったと思う。ダーヴェルの身体の重みが私の肩にずっしりと預けられ、顔を覗くと彼は事切れていた。

衝撃を受けた。突然だったが、見間違えではあり得なかった。彼の顔はすぐにどす黒くなった。変化があまりに急だったので毒物を連想せざるを得なかったが、私の気付かぬうちに服毒するような機会はなかったはずだった。日が暮れてゆき、遺体の様子もどんどん変化していった。死者の望みを叶えてやるほかなかった。スレイマンのヤタガン刀と自分のサーベル剣を使い、ダーヴェルが示した場所に浅い墓を掘った。土が簡単に除《の》けられたのは、すでにイスラム教徒の居住者がいたからだろう。時間の許すかぎり掘り続け、たったいま失われた比類なき人物の亡骸《なきがら》に乾いた土をかけ、近くの湿った土から芝草を刈り取って、彼の墓に敷いた。

驚きと悲しみに挟まれて、涙もなかった。

（未完）

吸血鬼ラスヴァン——奇譚

ジョン・ウィリアム・ポリドリ
The Vampyre: A Tale 1819
平戸懐古 訳

ジョン・ウィリアム・ポリドリ（John William Polidori 1795 - 1821）

※解説1参照

若年でバイロンの侍医となり、ディオダティ荘での名高い顚末ののち本篇を執筆。期せずして汎西欧的吸血鬼ブームの端緒となった。近現代吸血鬼小説の嚆矢《こうし》とのみ捉えられがちだが、短い作中での悲劇美の創出や心理描写の迫力など、ゴシックからヴィクトリア朝文芸への前哨期を象徴する傑作として再玩味に価する。なおRuthvenの表記は古名ではthが黙字となりリヴンが近いが、現代流布《るふ》発音に近いラスヴァンを敢えて採った。

既訳（解説・註1参照）には、平井呈一訳「吸血鬼」（創元推理文庫『幽霊島　平井呈一怪談翻訳集成』所収）、今本渉訳「吸血鬼」（国書刊行会『書物の王国　吸血鬼』所収）のほか、佐藤春夫名義ながら実質平井呈一訳とされる「バイロンの吸血鬼」（学研M文庫・東雅夫編『ゴシック名訳集成　吸血妖鬼譚』所収）／「吸血鬼」（河出文庫・種村季弘編『ドラキュラ　ドラキュラ』所収）もある。これらのうち「序文」の訳出は学研M文庫版と本書のみだが、解説での言及のとおりその内容は意外にも奥深い。

ポリドリ唯一の長篇小説 *Ernestus Berchtold; or, the Modern Oedipus: A Tale*（1819）は戦争と別離と邂逅の果ての愛を刻印する周密な物語で、作家としての情熱の発現はじつはそこに真の深淵を覗かせているようでもある。夭折の異才の探究を今後に俟《ま》つ。

序文

この物語が拠《よ》りどころとする迷信は、東欧では一般的なものである。アラブ人には身近なものだったようだが、ギリシャ人のあいだに広がったのは、キリスト教の成立後のことだった。またこの迷信が現在の形になったのは、キリスト教がラテン教会《カトリック》とギリシャ教会に分裂した時期よりも後だと推測される。このとき広く流布した考えに、カトリック信徒の屍体はギリシャ正教徒の土地に埋葬されると腐敗しない、というものがあった。この風説は次第に尾ひれを生やし、様々な怪談の主題となった。いまだに語り継がれているが、屍者が墓から起き上がり、若く美しい者の血を啜《すす》るというものである。この迷信はいくらか変化を伴いながら西欧に広まってゆき、ハンガリー、ポーランド、オーストリア、ロレーヌといった土地でも信じられるようになった。吸血鬼に夜な夜な血を吸われると、その被害者は痩せ衰え、生命力を失い、すぐに消耗して死に至る。一方で人血を吸う亡者どもは肥え太り、血管が満たされ膨張するまでになると、その身体じゅうの穴という穴、皮膚の毛穴からも、血がだらだらと溢れてくるというのである。

ロンドン・ジャーナルの一七三二年三月号に、奇怪だが信用に足る吸血鬼事件の報告が載っている。ハンガリーのマドレーガで起きた事件で、当地の総督と治安判事たちが調査を行ない、彼らが全員で確認したのだと書かれている。事件より五年ほど前、アルノルト・パウルという名の傭兵崩《ハイドゥク》れがオスマン・トルコ統治下のセルヴィアの国境、カソヴィアという土地で夜ごと吸血鬼に血を吸われ、その邪呪《じゃじゅ》から逃げるため、この亡者の墓から掘り崩した土塊《つちくれ》を喰ってみたり、その屍体の血を自身に擦りつけてみたりといったことを試したのだという。しかしこの予防策は、彼自身の吸血鬼化を阻止できなかった（原註：吸血鬼に血を吸われた者は自身が吸血鬼と化し、今度は血を吸う側になると広く信じられている）。というのもこの男が亡くなり埋葬されてから二、三十日ほど経った頃、多くの者が彼に襲われたと訴えはじめたのである。四人の命が彼に奪われたという宣誓証書が取られた。さらなる被害を防ぐため、近隣の者たちは法務執行吏《ハダーニ》に許可をもらってこの男の屍体を掘り起こしてみたのだが、その身体は（ふつう吸血鬼の特徴とされているように）潑溂《はつらつ》として完全に腐敗から逃れており、口、鼻、耳の穴々から赤一色の血が噴いていたのである。こうして証拠が得られると、慣習に則《のっと》った対処法が採られた。杭がアルノルト・パウルの身体、その心臓に突き通されると、彼はまるで生きていたかのように凄まじい声をあげたのだと記されている。その後、この男は首を切り落とされ、身体を焼き尽くされ、灰を墓に投じられた。吸血されて亡くなった者たちの屍体にも、これと同様の措置が施された。彼らが吸血鬼となり、まだ生きている者たちに害を為すことを防ぐためである。

　このとても信じられぬような報告は、理由あってここに引かれている。つまり他のどんな例よりも、目下の主題を示すものとして適切だと思われるのだ。ギリシャでは広く、吸血鬼化現象は生前の重罪に対する死後の懲罰と見做《みな》されている。というのも死者はただ吸血鬼化する定めを負うだけでなく、墓穴からの訪問の際、まだ本人が地上にあったとき親しんだ相手のもとに、つまり血縁や愛情といった絆《きずな》の結ばれた相手のもとにしか行くことが出来ないのである。ある仮説がバイロン卿の『異教徒』（一八一三）に述べられている。

だがまず吸血鬼と成り果てて
おまえの屍体は墓を割り裂くだろう
故郷に悍《おぞ》ましく取り憑いて
親族たちの血を飲み漁るのだ
夜闇に紛《まぎ》れ、娘や妹、それに妻から

命の奔流を吸い尽くすだろう
おまえは厭《いと》うが、しかしこの馳走は
青黒く生きるおまえの屍体を肥やす

おまえの獲物は気息を絶やす前に
目前の悪魔を己の父と知る
妻子に呪われ、おまえも妻子を呪い
愛する花々が茎の先で枯れるのを見る
だがおまえの悪行の餌食のひとり
末子ゆえの寵愛《ちょうあい》を受けたひとりが
おまえを父の名で祝福するだろう
その言葉はおまえの心を炎に包む

それでもおまえは食事を終えて
娘の頬の最期の色、眼の最期の輝き
濁った最期の視線を認めるのだ
生気ない青色に凍り付いた視線を
それからおまえは穢《けが》れた手で千切る
彼女の金色の編み毛のひと房を

その髪が生者に切り取られたならば
深い愛情の印となろうものだが
死者たるおまえが持ち去るそれは
おまえの苦しみの記念碑となる

最愛の者の血を滴《したた》らせ
歯を軋《きし》り、唇を引き攣《つ》り
おまえは陰気な墓に忍び戻り
屍食鬼や精霊に混ざって喚き狂う
だが奴らは怯え震えて去るだろう
己よりもなお呪われた亡霊から

ロバート・サウジー氏（一七七四〜一八四三）もまた、荒削りだが鮮烈な叙事詩『タラバ、悪を滅ぼす者』（一八〇一）にアラブ人の娘オナイザの吸血鬼化した屍体を登場させている（第八巻冒頭）。オナイザの墓からの蘇《よみがえ》りは、生前の彼女が深く愛していたタラバを苦しめるためのものとして描写されている。ただこれは彼女の人生の罪深さゆえに生じたものとは考えづらい。オナイザはこの物語を通して、純粋無垢な存在として描かれているのである。精確な記述で知られる植物学者ジョゼフ・ピトン・ド・トゥルヌフォール（一六五六～一七〇八）は、紀行文のなかに驚くべき吸血鬼事件の長い記録を残しており、しかも彼自身がそれを目撃したのだと主張している。聖職者アントワーヌ・オーギュスタン・カルメ（一六七二～一七五七）もこの主題を扱う大著のなかで、多くの逸話や吸血鬼現象を例示する説話を並べながら、この迷信が古くからの原始的な錯誤であると証明しようとする論述を進めている。

この種の恐ろしくも興味を掻き立てる迷信には、さらに多くの奇怪で刺激的な報告を加えることが可能だろう。しかし、ここでは最低限の説明に足る記述で充分としたい。その記述も次の言及で終えることにする。すなわち吸血鬼に対してはヴァンパイアという語が広く使われているが、ヴロコローチャ、ヴァードラーカ、グール、ブロコローカなど、同義語は世界中に存在するのである。

物語

はじまりはロンドンの冬、社交の時節の只中だった。上流階級の遊宴のあちこちに、ひとりの貴人が姿を現すようになった。身分よりも立ち振舞いの異様さで目立っていた。周りの楽しげな笑顔をじっと見つめているのだが、まるでそこに加われずにいるようだった。

どうやら美人の軽やかな笑い声に注意が向かうらしいのだが、この男と眼が合うと彼女たちの笑顔はふっと消え失せ、浅薄な胸のうちになにかぞっとするような心地が滑り込むようなのである。

この畏怖《いふ》に竦《すく》んだ者たちは、それがなにに由来するのかまったく説明できなかった。死人めいた灰色の眼のせいだと言う者もいた。見つめる相手の顔に留まって突き抜けることなく、一瞥《いちべつ》で内心まで見通すのでもなく、ただ鉛色の視線が頬のあたりを撫でまわすように、刺し通せない肌の表面を圧迫してくるのだという。

不思議な御仁《ごじん》だということで、この男はあらゆる家に招待された。誰もが彼に会いたがった。みな強烈な刺激にも慣れ飽きて倦怠を拭《ぬぐ》うことができず、退屈凌《しの》ぎになるものが現れたことを喜んだのである。

この男は死んだような顔色をしており、謙虚に恥じ入ったり情熱に昂《たか》ぶったりして血色が良くなることもなかった。しかし顔付きや輪郭は美しく、噂の男を付け狙う女猟師たちは彼の気を引き、どうにか好意の印と言えるものを得ようと躍起になった。マーサー夫人が良い例である。結婚からこのかた、この女は国王の謁見会に出席するような地位ある男たちの笑いの種にされてきた。彼女は件《くだん》の男の眼前に躍り出てゆき、衣装をふざけたものにすること以外ならなんでもやって気を引こうとしたのだが、しかし上手くゆかなかった。男の対面に立ってたしかに眼と眼を絡めたはずなのだが、彼はマーサー夫人の存在に気付いてすらいないようだった。厚顔無恥の権化《ごんげ》たる彼女もさすがに戸惑いを隠せぬまま、その場を去ることとなった。

このように操《みさお》を軽んじる女たちのほとんどは、彼の眼の動きを誘うことも叶わなかった。ただし、この男が女性というものに関心を持たぬわけではない。そうした身振りは極度の警戒心の表れであって、彼は慎重に慎重を重ねながら貞淑な人妻や無垢な娘たちに話しかけていたのである。もちろん彼がみずから女性に喋《しゃべ》りかけていたと知る者など、ほとんど存在しない。

ところが同時に、この男は口達者という評判をも勝ち得ていた。話の巧さが異様な立ち振る舞いの気味悪さを上回るためか、それとも悪徳に向ける激昂に聴き手が感じ入ってしまうためなのか、彼の姿は貞節を踏みにじる女たちのなかだけでなく、同じくらい頻繁に、貞淑を誇りとする女たちのなかにも現れるのだった。

ちょうどこの頃、ロンドンに若い紳士がひとりやって来た。名をオーブリーという。孤児だが妹がひとり居て、巨額の遺産を相続していた。これを残した両親は、彼が幼い頃に亡くなっていた。

後見人も宛がわれていたが、彼らは己の役目を財産の管理のみと考えており、より重要な情操教育のほうは、報酬目当ての下級将校たちに任せてしまっていた。オーブリーは判断力よりも想像力を肥大させ、あの過剰に騎士道物語《ロマンティック》的な道義心と誠実さを身に着けていった。毎日のように幾人もの婦人用帽子屋の見習い娘を堕落させることになる、あの性格である。

オーブリーの世界観においては、被造物すべてが善性に共鳴しており、悪性なるものは神意によって、ただ場面に崇高《ピクチャレスク》な印象を添えるためだけに放り込まれるものなのだった。物語《ロマンス》のなかにおいては、たしかにそうなのかもしれない。だが彼にとっては、荒家《あばらや》暮らしが惨めに見えるのも住人の服装の描き方のせいであって、暖かい服でも画家の眼を通せば不揃いな襞《ひだ》や色のちぐはぐな継ぎ当てが目立って見えるだけだというのである。けっきょく彼は、詩人の夢想を人生の現実と取り違えていたのだった。

顔立ちも整い、率直で裕福。そういうわけで眩しい社交界に入ってゆくと、幾人もの母親たちがオーブリーを取り囲み、競って自分の娘の思い煩《わずら》いがちな性格だとか戯《たわむ》れ廻る元気の良さについて、ほぼ真実を交えることなく語りたがった。娘たちのほうもまた、オーブリーが姿を見せれば顔を輝かせ、彼が唇を開けば眼を煌《きら》めかせ、すぐさま彼の才能や長所を見当違いに褒めちぎるのだった。

ひとりで過ごす時間、オーブリーは物語《ロマンス》を読み耽《ふけ》ることを常としていたのだが、ある時ふと気付いて愕然とした。獣脂と蜜蠟の燭光《しょっこう》がちらちら瞬《またた》くのは亡霊が居るからではなく、ただ自分が芯を切り忘れるからなのだ。どうやらその瞬きのほか、書物のなかの心くすぐる挿絵や記述たちは、実人生にまったく根拠を持っていないらしい。ところが彼の世界観の基盤というものは、これら書物によって形成されてきたのであった。

オーブリーは社交界の虚《むな》しいお世辞のなかに埋め合わせを見つけることにして、これまで浸ってきた書物の夢を手放してしまおうとした。この折、先述の驚くべき御仁の姿が、彼の世界に飛び込んできたのである。

オーブリーはこの男を観察したが、その性格を推しはかることは出来そうになかった。自身の興味しか頭になく、ほとんど周囲に気を配る様子も見られず、そばに寄る者を黙ってさせたいようにさせておく人物なのである。交流を避けていることは言外に示されていた。オーブリーは得意の想像力を膨らませ、突飛な思い付きを溢れるがままにさせ、この観察対象から物語《ロマンス》の主人公を造形し、その空想の産物を眼の前の本人の代わりとばかり、じっくり眺めることにした。

挨拶を済ませてからもオーブリーは観察を止めず、さすがに相手のほうでも気付くほどに踏み込んでゆくと、やっと自身の存在を認めてもらえるようになった。

そのうちオーブリーはこの男、ラスヴァン卿が懐《ふところ》具合に問題を抱えているのを把握した。また＊＊通りで行なわれている荷造りの気配から、どうやら旅に出るつもりなのだと察知した。

当初こそ好奇心が刺激されるのみだったが、オーブリーはこの独特な男をよく知りたいと望むようになっていた。そこで彼は後見人に、そろそろ自分も大陸旅行《グランド・ツアー》に出ても良い年齢だろうと話を振ってみた。この旅行は長いこと、若者に必須の教育だと考えられていたのである。さっさと悪徳の経験を積むことで年長者と渡り合えるようにもなろうし、また醜聞になりかねない隠事をこなす手《て》管《くだ》の巧拙も褒められたり誹《そし》られたりと話題の種になるものだが、そのたび奈落に落ちる心地をせずに済むようになるだろうというわけである。

　後見人たちは肯《うべな》った。その旨《むね》をラスヴァン卿に伝えたところ、なんと彼から返ってきたのは、オーブリーの旅に同行したいという提案であった。オーブリーはこんな親愛の印をあの比類なき人物から貰えたことに舞い上がった。喜んで承諾した数日後、ふたりは海峡のうねくる波を越える船上のひととなっていた。


　それまでオーブリーには、ラスヴァン卿がどんな人物なのか、じっくりと見据える機会がなかった。いまになって判ってきたのは、彼はなにかをするたびに、どうやら当初の動機からは捻《ね》じれた結果を生み出す人物らしいということだった。

　この同行者は惜しみなく金を施した。怠け者、放浪者、乞食、皆がラスヴァン卿の手から当座の不足に充てる以上の額を受け取っていった。しかしオーブリーはこう諌《いさ》めるのを我慢できなかった。あなたが施しを与えている相手は、美徳のためにこそ不幸を背負い込み、貧困に陥ったような善人ではない。あなたは金を渡してやる。それも扉の隙間から嘲笑を隠そうともせず。金遣いの荒い者が食うに困ったわけでもなく、ただ欲に溺れ、堕落の深みに嵌《はま》って金を求めにきているというのに、かなりの額を与えて送り出してしまう。ところがこれはラスヴァン卿の弁によれば、悪党の意地汚さが、恥じ入って引っ込む貧乏な善人に勝るのは当然だということになるのだった。

　ラスヴァン卿の施しにはある法則が伴っており、オーブリーの心にはそれが強く印象付けられた。金を受け取った者はみな、ひとり残らずそこに呪《じゅ》詛《そ》が込められていたと気付くことになるのである。ある者は絞首台に導かれ、ある者は最底辺の悲惨な生活の苦しみに沈んでいった。

　ブリュッセルや他の町を訪ねてゆくたびに、この同行者はオーブリーが驚くほどの熱心さで悪い遊びの中心地を探して廻り、そこで人気のトランプ・ゲーム〈銀行《ファロ》〉の賭博台に全神経を集中させるのだった。賭ければたいてい勝った。だが名の通った詐欺師が相手ではそうもゆかず、勝った時よりも多くを失った。しかし彼はいつも顔色を変えず、周りを観察するのだった。表情が変わるのは若く軽率な初心者や、運のない子沢山の父親なぞと遭遇した時だった。そういう折、彼は運試しの末路を見届けることを強く望んだ。普段の他人《ひと》事《ごと》めいた態度はかなぐり捨てられ、眼が火を噴くように輝いた。半殺しの鼠と戯《たわむ》れる猫よりもなお激しく輝いていた。

ラスヴァン卿の立ち去った町では例外なく、金持ちだった青年が持て囃《はや》されていた社交界から切り捨てられ、孤独な地下牢のなかでこの悪鬼の手のうちに自らを引きずり込んだ天運を呪うことになった。幾多の男親たちも愕然として、空腹な子供たちの黙したまま雄弁な眼に囲まれて、当座の食欲を満たすに充分だったはずの財産の、その最後の銅貨一枚までをも失って、座したまま放心することになった。

しかし、ラスヴァン卿がそうやって得た金を賭博台から取ってゆくことはなかった。すぐ別の相手に負け、金はその悪名高い詐欺師のもとへと流れてゆくのである。罪なく震える拳からむしり取った最後の銀貨一枚までもが、同じ道を辿ることになった。しかしこれは、ある程度ものの道理を判っていれば導き出せた結果のはずである。つまり、より経験豊富な相手の悪知恵に張り合うことなど出来はしないのだ。

オーブリーはよく友人にそう諭したく思った。喜捨《きしゃ》も賭博もどうか止めてほしい。相手を滅ぼし続けるだけで、ラスヴァン卿自身の益にも叶わないのだから。しかし彼は口出しするのを先に延ばし続けた。というのもオーブリーは来る日も来る日もこの友人が腹を割って話をする場を作ってくれる機会を待っていたのだが、結局そういう場が持たれることは、とうとう最後までなかったのである。

ラスヴァン卿は馬車に揺られ、周りの色とりどりの野生に囲まれながら、いつも同じ調子だった。眼は唇よりもなお寡黙《かもく》だった。オーブリーは好奇の対象のすぐ隣に座っていながら、自らの好奇心を満たすことができなかった。この謎を暴きたいという虚しい望みを、何度も奮起させるのみだった。いまやラスヴァン卿の謎は彼の豊かな想像力のうちで、超自然的な様相を呈しはじめていた。

ふたりは間もなくローマに到着したが、オーブリーはしばらくのあいだ、この同行者とは別行動をとることになった。ラスヴァン卿はさるイタリア人の伯爵夫人の朝の集会とやらに日参し、オーブリーのほうは別の寂れた街に拠点を移して記念碑の類《たぐい》を探し廻った。

そうこうするうちイングランドから手紙の束が届いた。逸《はや》る気持ちを抑えて開封すると、一通目は妹からで、文面には愛情がぎっしりと詰め込まれていた。ほかの手紙は後見人からのもので、こちらを読んでオーブリーは驚いた。もし前々から彼の空想のなかに、件《くだん》の同行者には悪事を為す力が備わっているのだという考えがあったならば、この手紙の束はそうした想像に充分な根拠を与えるものとなっていただろう。後見人はオーブリーに、すぐラスヴァン卿から離れるよう求めていた。そしてまた彼は酷く悪徳に染まった人物で、抗《あらが》いがたい魅力を放っているから、その節度ない振舞いは周囲に悪影響を及ぼすことになるかもしれぬと強調するのだった。

この手紙ではっきりしたのは、操を軽視する女に対する彼の軽蔑は、彼女たちへの憎悪に由来するわけではなくて、むしろこの罪を犯す楽しみを増すためのものだということだった。彼はお相手となった犠牲者を、純潔という美徳の頂《いただき》から不名誉な堕落の底まで投げ落とさなければ気が済まなかったのだ。ところが結局、ラスヴァン卿が漁り廻った女性たちはみな持ち前の道徳心に苛《さいな》まれ、彼が旅行で国外に出発したのち匿名の仮面さえ脱ぎ捨てて、躊躇《ためら》うことなく自らの犯した悪徳を洗いざらい衆目に暴露したのだった。

　オーブリーはラスヴァン卿から離別しようと決意した。彼のことを理解するのに充分な隙はまだ一度も見出していなかったが、仕方あるまい。あの男のもとを去るに足る口実を見つけなければならず、そのためには警戒されることなく間近で観察し、わずかな事情も看過してはならなかった。オーブリーはラスヴァン卿の通う集会に自らも加わり、すぐにその企みを突き止めた。彼は頻繁に出入りしている件の公爵夫人の娘の無知に付け込もうとしていたのである。

　イタリアでは未婚の女性が社交界に姿を現すことなどほとんどない。そのためラスヴァン卿は秘密裏に事を進めていた。しかしオーブリーの眼は彼の一挙手一投足を追い辿り、密会の約束を遅れず聞き知った。思慮の足りない娘ではあったが、どうやら無垢が散らされる結末となりそうであった。

　時を俟《ま》たずにオーブリーはラスヴァン卿の借部屋《アパートメント》を訪れて、だしぬけに訊ねた。

「あの娘についてあなたの意図をお訊きしたい。僕はまさに今晩、あなたが彼女と会おうとしているのを知っているのです」

　ラスヴァン卿は答えた。

「私が考えていることは、思うに男なら誰でもこういう機会に考えることと同じだよ」

「あなたには彼女と結婚するおつもりがあるのですか」

　問い詰められると、彼はただ笑うだけだった。

　オーブリーはその場を辞し、今この瞬間から私は我々の計画した旅の残りについて、卿に同行することを辞退せねばならないと書き付けた。従者に他の借部屋を探すよう命じ、件の娘の母親を訪ねて娘に関することのみならず、卿の人格についても知るかぎりのすべてを暴露した。

　密会は妨《さまた》げられた。翌日ラスヴァン卿はただ従者を遣わして、別離の申し出に賛意を知らせてきたのみだった。密会がオーブリーの介入で失敗したのではないかという疑いを仄《ほの》めかすものはなかった。

ローマを発つと、オーブリーはギリシャに足を向け、バルカン半島を横断してアテネに到着した。彼はあるギリシャ人の家に間借りする取り決めをすると、すぐ古代の栄光の色褪せた記録を求め、碑文を漁ることに没頭した。石碑はどうやら奴隷を措《お》いて自由民の行為だけが彫り込まれたことを恥じて、土塊《つちくれ》や色とりどりの苔《こけ》に身を隠していた。

オーブリーの寝起きするひとつ屋根の下に、とても美しく繊細なひとが住んでいた。イスラム教の楽園にて忠実な信仰者に宛がわれる天女《フーリー》を画布に描きたいと望む画家がいたならば、そのモデルになっていたかもしれない。ただこの娘の眼には意志が強く表れすぎていて、魂のない存在に属すものとは考えにくかった。彼女が平野を踊り、山の斜面を跳ねまわっているのを見たならば、ひとはその美しさをガゼルに勝るものと認めただろう。見るからに生き生きと動き廻るその眼と視線を交わした者にとっては、あの眠たげで心地よさそうな表情をした動物など、美食家の趣味にしか合わぬものになってしまうのだ。

この娘アイアンシーの軽やかな足取りは、オーブリーの遺跡調査によく同行した。彼女はカシミア蝶を追うのに夢中になって己の美しい肢体を風に浮かび上がらせ、青年の熱っぽい視線に晒した。すると彼はちょうど解読したばかりだというのに、石碑に薄《う》っすらと残された文字列のことを忘れてしまうのだった。彼女の風の精《シルフ》めいた姿が眼に焼き付いていたのである。

跳ね回るうちに長い髪がほどけると、それは陽光を浴びてあまりに繊《そび》やかに、鮮やかに煌めいた。しかし一瞬後にはその輝きを隠してしまうので、遺跡目当てだったはずの男は注意を逸らして見惚《みと》れてしまうほかなくなるのだった。直前まではギリシャ二世紀の地理学者、パウサニアスの記述の精確さを検証することこそ、なによりも大事だと思っていたはずなのだが。しかし誰もが感じていながら言語化に苦しむ魅力を説明しようと躍起になったところで仕方がない。この清らかさ、若々しさ、美しさとは結局のところ、混みあった謁見会や息苦しい舞踏会の影響を受けてこなかったが故のものであった。

オーブリーは遺跡を模写した。帰国後に見返す記念にしたく思ったのだ。そのあいだアイアンシーは、傍らに立って魔法のような筆捌《さば》きに見入り、自身の生まれ育った場所が描き写されてゆくのを眺めていた。そうしながら彼女は草原でぐるぐると踊り遊んだ思い出について語った。それからいかにも若い心の記憶らしい鮮やかな色彩でもって、幼少期に見た結婚式の華やかさを語った。それから話題を変えると、どうやら彼女の心に強烈な印象を残したらしい思い出、つまり乳母から聞いた怪談話を披露した。

アイアンシーの語り口は熱心なもので、話の中身を素朴に信じている様子にオーブリーは気を惹かれた。彼女は現実に生きている吸血鬼の話を繰り返した。この怪物は人々とともに年月を過ごして親密な絆を築きながら、毎年愛らしい女性の命を糧《かて》として、自身の寿命を数ヶ月ずつ引き延ばす定めにあるのだという。オーブリーは血の凍るような心地になりながら、この恐ろしくも根拠に欠けた空想を笑い飛ばそうとした。しかしアイアンシーは、実在する老人たちの名を挙げて顚末を語った。彼らは苦闘の末、自分たちのなかにこの怪物が潜んでいるのを探り出したものの、それは近しい親類や子供たちがすでにこの鬼の渇きの痕を刻まれた後のことだったのだという。オーブリーが半信半疑なのを見ると、アイアンシーは信じてほしいと懇願した。伝えられるところによれば、彼らの存在をあえて疑う者には必ずその証拠が与えられ、悲痛とともにその実在を誓うことを余儀なくさせられるのだという。

アイアンシーが語り継がれてきたこの怪物の容姿を詳しく説明するのを聞いて、オーブリーの背筋は凍った。ラスヴァン卿の外見そのものだったからだ。しかし彼はまだ、アイアンシーの怯えに根拠はないと説得することを諦めてはいなかった。また同時に、多くの偶然に胸騒ぎがするのも抑えられなかった。ラスヴァン卿に超自然的な力を感じた事実が否応なしに思い出された。

　オーブリーはどんどん彼女に惹かれていった。彼はこれまで貞淑を気取る女性たちのなかで、物語《ロマンス》に描かれる完璧な無垢の持ち主を探し求めてきたのだが、アイアンシーこそがまさにその存在だと、心を射止められたのだった。イングランドの慣習のなかで育った若者が学のないギリシャの娘と結婚するなどという考えに苦笑しながら、それでも彼は、目前のほとんど妖精めいた肢体に惹かれてゆくのを止められなかった。

　オーブリーは時折アイアンシーからあえて身を引き離し、遺跡調査の計画を立て、目的を遂げるまでは帰るまいと決意を固めて出発した。しかしいつも周りの石碑に集中できずにいた。思い煩うべき相手ただひとりの姿だけが心に焼き付いていた。

　アイアンシーは彼の好意に気付いておらず、初めて見知った頃と同じく素直な幼児めいた様子であり続けた。彼女はいつもオーブリーの出発を渋るように見送るのだが、しかしそれは彼のほか、お気に入りの場所へ一緒に通ってくれる者がいないためだった。同行するにしてもオーブリーはすべてを風化させる時間の腕から逃れた石碑の断片を、陽のもとに晒しては模写し続けていたわけだが。

　アイアンシーは両親にも吸血鬼の怪談を話したことがあった。ふたりとも証拠を挙げてその実在を肯《うべな》い、青ざめながらその名にさえ怯えを見せた。

　まもなくオーブリーはさらに遠くへ調査の足を延ばすことにした。数時間ほどの道程だったが、家の者たちは目的地を聞くと、夜になってから戻ってはならぬと慌てて請《こ》うた。というのも彼が通らねばならない森は、現地のギリシャ人なら日が暮れてからは絶対に留まらない場所なのだった。そこでは吸血鬼が夜の秘儀を執り行なうのだと言って、彼らはそんな場所をあえて通ろうとする彼に迫り、良くない行ないだと責めるのだった。オーブリーは彼らの言うことを軽んじて、迷信を笑い飛ばそうとした。しかしその人智を越えた忌まわしい権能の持ち主の名を嘲《あざけ》ってみると彼らが震えあがるので、彼は黙り込むほかなかった。

明朝、オーブリーはひとりきりで出発した。家の主《あるじ》の不安そうな顔に驚き、恐ろしい鬼の迷信を嘲笑った己の言葉がそこまで恐怖を吹き込んだのかと心配になった。まさに発とうとしたときアイアンシーが馬のそばに来て、夜になってあの者たちが力を振るうようになる前に帰ってきてほしいと真剣に請うた。彼は約束した。

ところが彼は調査に夢中になり、陽光が早々と掻き消えたことに気づかなかった。地平線の向こうから染み出した雲が暖かい気候のなかで急速に集まって巨大な塊になり、溜め込んだ激雨を待ち望んでいた地面に降り注いだのだった。オーブリーは慌てて馬の背に跨《また》がると、遅れを取り戻そうと急がせた。だがもう遅すぎた。

夕暮れというものは、南方の気候にあってはほとんど見ることができない。太陽が沈むとすぐに夜が始まるのだ。オーブリーは距離を稼ぐ前に、風雨の勢いに追い越されてしまった。轟《とどろ》く雷鳴がほとんど途切れずに繰り返され、厚く重い雨が頭上を覆う木々の葉を破るように叩きつける。青ざめた雷光の一枝が落ちたかと思うと、彼の足元が照らされた。

突然オーブリーの馬が恐慌に陥り、彼は恐ろしいほどの速さで絡まった枝葉のあいだを運ばれていった。

疲弊したこの動物が足を止めると、稲妻の閃光に照らされて周りの様子が判った。オーブリーは一軒の小屋のそばにいた。ほとんど枯れ落ちた葉や枝に埋もれかけていた。

馬から降りると、彼は近づいていった。誰かがいれば町に戻る道を教えてくれるかもしれないし、少なくとも嵐の猛攻をしのぐ避難所になるだろうと考えたのだった。

雷鳴が止んだ一瞬、女の凄い悲鳴がオーブリーの耳に届き、そこに勝ち誇った嘲《あざけ》りを抑えるような笑いが混ざり、ひとつの音になってくっきりと続いた。彼は息を呑み、しかしまた頭上で鳴り出した雷鳴に気を引き締め、小屋の扉を勢いよく押し開けた。完全な暗闇だった。音を頼りに進んだ。オーブリーは気付かれていないのか、呼びかけても例の悲鳴と嘲笑は止むことがない。返事もなかった。

気付くと彼は誰かと相対していた。間髪入れずに相手を摑むと、声が喚いた。

「また邪魔をするか」

大きな笑い声が続いた。彼はぐっと摑まれるのを感じた。相手の力は人間を超えているようだった。命を売るにしても出来るかぎりの高値で売ろうと暴れたが、効果はなかった。足が浮くほど持ち上げられ、物凄い力で地面に叩きつけられた。相手にのしかかられ肋骨《あばらぼね》に膝を立てられ、喉笛に手を掛けられたその時、松明《たいまつ》の炎の輝きが幾筋も、採光窓から差し込んできた。相手は即座に起き退《の》くと、獲物を放置して扉を跳び抜けていった。木木を搔き分け枝を折り進む音もすぐに消えた。

嵐は凪《な》いでいた。オーブリーは動くこともままならなかったが、すぐに声を拾ってもらえた。ひとびとが入ってきた。松明の光が泥壁や藁葺《わらぶ》きの屋根を照らした。屋根は煤《すす》にずっしりと覆われていた。事情を聞くと、彼らはオーブリーが声を聞きつけた女を探しはじめた。彼は暗闇のなかに取り残され、またひとりになった。松明の炎にふたたび照らされた時、彼が目撃したのは、彼を導いてくれた美しく風の精めいた肢体が、生命を失った屍《しかばね》となって運ばれてくる恐ろしい光景だった。

彼は眼を閉じ、それが動揺した想像力から生じた幻想でしかないことを望んだ。しかし眼を開けて認めたのは、隣に横たえられた同じ姿だった。頰も、唇さえも色を失っていた。かつて宿っていた生命の代わりなのか、いま顔の周りには静謐さが宿っていた。首から胸が血に塗《まみ》れ、喉元には歯の痕が穿《うが》たれ、静脈がこじ開けられていた。これを指して彼らは叫び、恐怖に打たれた。

「吸血鬼、吸血鬼だ」

急いで担架が作られ、オーブリーは彼女の隣に並べられた。つい先ほどまでは輝く妖精の如き夢想だった存在が、いまではその身内の命とともに散華《さんげ》していた。

オーブリーは己の考えていることすら判らずにいた。心は麻痺し、事態への反応を避けて虚空《こくう》に引き籠《こも》ってしまったようだった。剝き身の短剣《ダガー》を握っていることにも気付いていなかった。独特な形をしていた。小屋で見つけたものだった。

一行はすぐにアイアンシーを探していた別の一団と合流した。母親が彼女の不在を訴えて組織されたものだった。町に近づくにつれ、彼らの嘆き悲しむ声が両親にとっておぞましい破局の先触れとなった。彼らの愁嘆を記述することなど出来そうにない。ただ彼らは娘の死因を確かめると、ただオーブリーを見て、屍体を指したのだった。

彼らの憂いは払うこと叶わず、ふたりとも失意のうちに亡くなった。

床に臥せったオーブリーは、激しい熱によく譫《うわ》言《ごと》を口走った。ラスヴァン卿やアイアンシーに呼び掛けたり、どういう次第か、愛した娘を殺してくれるなとかつての旅仲間に請うたりしていた。呪いの言葉を念じたり、アイアンシー殺しと罵《ののし》ったりすることもあった。

ラスヴァン卿はこのとき偶然にもアテネに辿り着き、オーブリーの事情を聞きつけると、どんな動機によるものか即座に同じ家に逗留することを決め、熱心に世話を働くようになった。

譫言から回復すると、オーブリーはラスヴァン卿の姿を認めて恐慌に陥った。この男の姿は彼のなかで吸血鬼のものと混ざり合っていたのである。しかしラスヴァン卿はふたりのあいだを引き裂いた自らの過ちに後悔を滲《にじ》ませ、優しい言葉をかけて意を注ぎ、心を配って世話を行ない、すぐに自身の存在をオーブリーに受け入れさせた。

ラスヴァン卿はひとが変わったようだった。彼はもはや、あの無感動でオーブリーを驚かせた人物とは見えなかった。しかしオーブリーの体調が急速に快方へ向かうにつれて、彼の態度は徐々に元へ戻ってゆき、しまいには元の男との違いが判らなくなった。時々、ラスヴァン卿が熱っぽい視線を彼に固定し、悪意ある喜びの笑みを唇に浮かべているので、オーブリーは驚かされた。理由は判らなかったが、この笑みは彼の脳裏から消えなかった。

病人がほぼ全快しかけた頃、ラスヴァン卿は潮の緩い海面が冷たい風に持ち上げられて波を立てたり、星々が我々の住む大地と同じように不動の太陽の周りを巡ったりする動きを眺めることに没頭していた。どうやら他人の眼を避けようとしているようだった。

オーブリーの心はこの度の衝撃で、非常に脆《もろ》くなってしまった。闊達《かったつ》自在な魂こそが彼のかつての特徴だったが、いまは見る影もなかった。彼はいまやラスヴァン卿に負けず劣らず孤独と沈黙を愛すようになっており、アテネの近郊では落ち着くことが出来なくなっていた。頻繁に通った遺跡を訪れると、アイアンシーの姿が彼の隣に立つのだった。森に入ると、今度は彼女の軽やかな足取りが灌木《かんぼく》のあいだを縫うように現れ、小さな菫《スミレ》の花を探しはじめる（アイアンシーの名は、紫の花という意味をもつ）。それからぱっと振り向くと、オーブリーの暴走した想像力のなかで、素直に微笑む唇とともに青ざめた顔と嚙み痕の残った喉を見せつけるのだった。

オーブリーは転地することを決めた。この地はどんな場所もこうした苦しい連想を心に生み出してしまう。彼はラスヴァン卿にそう提案した。療養中に優しい世話を受け、オーブリーはふたたび彼とともに行動するようになっていた。

　ギリシャの未踏の地域を訪ねようということになった。ふたりはあちこちを旅し、記憶を上書きしてくれそうな場所を探し廻った。しかし次々に場所を変えたところで、見物した景色は一向に印象を結ばないのだった。

　方々で山賊の噂を聞いた。しかし何度も聞くうちに、ふたりはそうした知らせを軽んじるようになり、どうせ作り話だと思うようになった。この手の話を吹聴するのは、ありもしない危険に対する護衛に金払いを良くさせようという手管《てくだ》なのだろう。

　こうして地元人の助言を無視し続け、ある時ふたりは身を守るためというより道案内のため、護衛を数人だけを雇って出発した。しかし狭い渓谷に踏み入った時、谷底を走る激流のなかに崖上から落ちた巨大な岩塊がごろごろ転がっているのを認め、ふたりは甘く見ていたことを後悔した。

　一行がこの隘路《あいろ》に入ってすぐ、銃弾が頭のすぐ脇を掠め、銃撃の爆音が響き渡った。驚愕するふたりを捨て置き、護衛たちはすぐさま岩陰に隠れ、銃声のあった方向に撃ち返した。ラスヴァン卿とオーブリーは彼らを真似して曲がり道の死角に身を引いた。しかしこのままでは嘲り吠えながら迫りくる敵に制圧されてしまう。また崖上から背後に廻られてしまえば無抵抗に虐殺されることになる。ふたりはすぐに敵の姿を見極めようと前に出た。

　岩陰からいくらも離れぬうちにラスヴァン卿が肩に一発喰らって地に倒れた。オーブリーは駆けつけた。もはや銃撃や自身の危険を気に掛ける余裕もなかったが、山賊たちの顔がすぐ近くを囲んでいるのに驚いた。護衛たちはラスヴァン卿が負傷したのを認めると、すぐに腕を上げて降参した。

　金は幾らでも取らせると約束し、オーブリーは山賊たちに負傷した友人を近くの山小屋まで運ばせた。身代金に同意すると、もう余計な口出しもなくなった。山賊たちは使いが約束の額を携えて戻ってくるまで、小屋の玄関を見張るだけで満足した。

ラスヴァン卿はどんどん衰弱していった。二日後には傷口が腐りはじめ、死が早足で歩み寄る音が聞こえるようだった。彼の言動や態度には変化がなかった。痛みを感じていないようだった。ちょうどかつて周りの者たちに対して無頓着だったのに似ていた。しかし最後の晩、やはり空恐ろしさを覚えたものか、彼は何度もオーブリーに眼を向けた。オーブリーは必死に世話をしていた。

「頼みを聞いてくれ。きみは私を助けてくれるだろう。それ以上だってしてくれるだろうね。自分の命のことではないのだ。死ぬことなど気にしてはいない。日が変わるほどのことに過ぎないのだ。しかしきみは私の名誉を守ってくれるだろう、きみの友の名誉さ」

「どういうことだ。教えてくれ。なんでもするさ」

オーブリーはそう応えた。

「そう大変なことじゃない。命が引き潮みたいに弱まっている。すべては説明できないな。しかし、私について知ることすべてを隠してくれ。私の名誉は世間のお喋りの染みとならずに済むだろう。それに私の死が幾らかのあいだイングランドで隠されたままでいれば、私は、私は、いや命が」

「隠し通してみせよう」

「誓えるか」

瀕死の男は声を張り上げ、歓喜に狂ったように猛然と起き上がった。

「誓ってくれ、きみの霊魂が敬うものにかけて、きみの本性が恐れるもの総てにかけて。一年と一日のあいだ、きみは私の罪や死について知ることを告げてはならない。命あるどんな相手にも、どんな方法でも、なにが起こったとしても、なにを見たとしても」

彼の両の眼玉は眼窩《がんか》から飛び出さんばかりだった。

「誓おう」

オーブリーが言った。ラスヴァン卿は笑いながら枕に頭を沈め、息を引き取った。


オーブリーは休息を取ろうとしたが、眠ることは出来なかった。この男と知り合ってからの多くの出来事が心に浮かび上がった。どういうわけかあの誓いを思い出すと身体に震えが走り、まるでなにか悍《おぞ》ましいことが待ち受けているのを予感したように思った。

朝早くに身を起こし、遺体を寝かせてある小屋に入ろうとすると、山賊のひとりが遺体はもうそこにないのだと伝えた。この男と賊仲間たちが、オーブリーが寝にいったあとで近くの峰まで運んだのだ。遺体を死後最初に上がる月の冷光に晒すことを、ラスヴァン卿と約束していたのだという。

オーブリーは信じられず、数人を連れて見に行った。せめて遺体を放置されている場所に埋めてやろうというのである。しかし山の頂に辿り着いてみると、遺体はおろか服の切れ端すら見つからなかった。ただ山賊たちは誓ってここに遺体を置いたと岩を指差すばかりだった。オーブリーは少しのあいだ戸惑いながら考え込んでいたが、それから小屋へ帰っていった。山賊たちが衣服を奪い、遺体は埋めたのだろうと納得したのである。


この恐ろしい顚末に打ちのめされ、なにを見てもあの心を蝕《むしば》む迷信の影が掻き立てられることに疲弊し切り、オーブリーはこの国を発ち、まっすぐスミルナに向かった。オトラントかナポリに渡してくれる船を待つあいだ、彼は携えてきたラスヴァン卿の遺品を整理する作業に没頭した。

様々な品のなかに武器の容れ物が見つかった。短剣《ダガー》やヤタガン刀など、どうやら殺傷能力を備えた真物が収められている。箱から取り出して変わった形をしげしげと眺めていると、どういうわけか凄惨な事件の起きたあの小屋で拾った短剣と同じ装飾の施された鞘《さや》が見つかった。オーブリーは身震いし、確証を得ようと慌てて例の短剣を取り出した。彼を襲った戦慄は想像できるだろう。独特な形だというのに、剣は鞘にぴったりと嚙み合ってしまった。

彼の眼には、それ以上の証拠などもう必要なかった。短剣から眼を離すことが出来なかった。まだ信じまいと抗っていたが、しかし独特の形、柄や鞘の色合いや輝きを比べるに、疑いの余地はない。血の痕までが一致していた。

オーブリーはスミルナを出発して故郷へ向かった。途中ローマに寄港すると、まずラスヴァン卿との密会計画を阻止した件の娘について訊ねてみた。彼女の親は貧苦のなかにあった。破産したうえにラスヴァン卿が発って以来、娘の行方も判らなくなっていた。

オーブリーの心は恐ろしい出来事の連続に、ほとんど壊れそうだった。あの娘もアイアンシーを滅ぼした存在の餌食になったのではないかと慄《おのの》いた。彼は塞ぎ込み、馬車の御者を急《せ》かすことに専念した。大事なひとの命を守ろうとしているかのようであった。

カレー港に到着すると、風はオーブリーの急く心に従うかのように、すぐ船をイングランドの海岸に運んでいった。彼は父から継いだ屋敷に急いだ。妹と再会し、長々と抱き合って喜びを分かち合ううちに、ようやく旅のあいだの記憶を忘れられたようだった。かつてオーブリーは幼子をあやすようにこの妹を愛していたが、いまや彼女には大人びた落ち着きが芽生えており、対等な相手として愛情を受け取れるようになっていた。

オーブリー嬢は、国王の謁見会で視線や称賛を勝ち取るような愛嬌の持ち主ではなかった。軽やかな輝きとは無縁だったが、それはただ混み合った客間の熱っぽい空気にのみ現れる陽炎《かげろう》に過ぎない。彼女の青い眼は、軽薄な下心によって火を灯すことなどなかった。代わりに憂いを含んだ魅力があった。不幸から生じたわけではなく、むしろ魂の更なる輝きを志向する感情を内に秘めているためであるようだった。またその歩みは蝶や花に誘われ彷徨《さまよ》う軽やかな足取りでなく、落ち着いて思わしげだった。

　ひとりでいる時、その顔は決して喜びの笑みで明るくなることがなかった。しかし彼女に愛情を吹き込んできた兄が旅中の悲しみで心を砕かれてしまい、ただ自分の前ではそれを忘れることが出来ているという状態で、享楽の徒には彼女の微笑みを引き出すことなど出来ないのも道理だろう。兄と居るとき彼女の表情、その眼付きは、本来の輝きを取り戻して煌《きら》めくようだった。

　彼女はまだ十八歳で、社交界へのお披露目を果たしていなかった。後見人たちは兄が大陸旅行から帰るまで待たせる判断をしていたのである。そうすれば彼女の保護者としてオーブリーを同伴させることが出来る。そういう次第で近づきつつある次の国王謁見会こそ、彼女が〈華麗なる舞台〉への入場を果たす時期に定められた。

　オーブリーとしては父から継いだ屋敷に残っていたかった。自身を抑え込んでいる憂鬱と折り合いをつけたかったのだ。彼には社交界で出会うひとびとの軽薄さに合わせる余裕がなかった。目撃した出来事のために心が引き裂かれてしまっていたのである。しかし彼は己の安らぎを犠牲にして、妹の保護者を務めることに決めた。

　ふたりはすぐ街に出て、謁見会の開かれる翌日に向けて仕度を整えた。

　広間はひどく混み合っていた。謁見会はここのところ開かれていなかったので、皆が国王の御顔を拝す栄誉に浴したいと詰めかけていた。オーブリーは妹とともにその只中にいた。部屋の隅に立って内省していると記憶に呑まれた。初めてラスヴァン卿に会ったのもまさにこの場所だった。彼はとつぜん腕を摑まれ、声を聴いた。耳の中に響いた。

「誓いを思い出せ」

オーブリーは振り向けなかった。亡霊に責められることが恐ろしかった。しかし少し離れたところに、初めて社交界に踏み入った時、この同じ場で彼の気を惹いたあの姿を認めた。見つめているうち四肢が自重を支えられなくなった。仕方なく知人のひとりの腕にすがり、群衆のあいだを抜けて馬車に転げ込むと、家に運ばれていった。

オーブリーは部屋中を慌しい足取りで行ったり来たりした。頭を手で押さえつけ、まるで脳から思考が噴き出すのを恐れているようだった。ラスヴァン卿がふたたび眼前に現れたのだ。事態は悍ましい様相を呈し始めていた。あの短剣。それに誓いの言葉。彼は自身を奮い立たせたが、とても信じられなかった。死者が蘇ったというのか。かつては心の拠りどころだった想像力が、また幻想を呼び起こしてしまったのだ。あれが現実であるはずがない。彼はふたたび社交界に出入りしようと決心した。というのもラスヴァン卿について訊ねようにも、その名前が唇のところで引っ掛かり、情報を集めることが出来なかったのである。

数夜が経ったのち、オーブリーは妹の付き添いで近親の集会に出向いた。妹を年配のご婦人に任せると休憩の場に退き、そこで彼を悩ます思考に没頭した。そのうち参加者がほとんど帰っていったのを認めると、彼は奮起して元の部屋に戻っていった。妹が数人に囲まれて熱心に話し込んでいた。彼は囲いのあいだを抜けて彼女に近付こうとした。退くよう促した相手が振り向くと、彼の眼に映ったのは、まさに忌避するあの顔だった。

彼は跳び込んで妹の腕を摑み、慌てた足取りで玄関へと彼女を引っ張っていった。扉のところで主人を待つ従者たちの群れに遮られ、そのあいだを抜けようと藻掻《もが》いていると、またあの声が囁《ささや》きかけた。

「誓いを忘れるなよ」

彼は振り向かず、妹を急かしてすぐに帰宅した。

オーブリーは錯乱しかけていた。以前にもひとつのことに心を奪われた経験はあったが、今度はその比でなかった。怪物が蘇ったのだという切迫感が、思考を圧《お》し潰していた。妹が気遣っても反応はなく、なぜそんなに塞ぎ込んでしまったのかと問うても応答はなかった。ただ数語だけ口にするのだが、それは彼女を怖がらせるだけだった。

考え込むほどに恐慌は酷くなった。あの誓いを思い返して慄然とした。あのとき彼はあの怪物に、この世を闊歩《かっぽ》させ、己の人生、なかでも最愛の者に破滅をもたらす許しを与えてしまったのではないか。その進行を阻止することは不可能なのではないか。妹があの怪物の接触を受けてしまったかもしれないというのに。だが誓いを破って疑義を暴露したところで、いったい誰が信じてくれるだろうか。自身の手であの悪鬼から世を救おうにも、奴はすでに死さえも笑い飛ばしたあとなのだ。

数日間、オーブリーはこんな状態だった。自室に閉じこもって誰にも会わず、食事を摂るのも妹が来た時だけだった。お願いだから食べてくださいと、彼女は涙まじりに懇願した。もはや孤独な沈黙に耐え切れなくなると、彼は屋敷を抜け出して通りをあちこち歩き廻り、自身に憑きまとう幻影を拭い飛ばそうとした。

そのうち衣服に注意が払われなくなった。オーブリーはうろつき彷徨い、陽光に晒され夜露に濡れた。もはや彼だと認識されなくなった。当初は日が暮れれば家に戻っていたが、しかしとうとう疲労に追い越された場所でそのまま倒れて眠るようになった。妹は兄を心配して尾行を雇ったが、すぐに距離を空けられてしまった。彼はなにより も脚の速い追跡者から逃げていたのだ。自身の思考である。

しかし、オーブリーの振舞いは急に変化した。己の不在によって無知な友人たちをあの鬼の圏内に残してきたのだという気付きに打たれ、彼はふたたび社交界に出入りして、奴を見張ろうと決意した。たしかに誓いを立ててしまったが、ラスヴァン卿が親密な顔をして近づいた相手には警告してやらねばならない。

ところがある会に出席してみると、疑心暗鬼にやつれ果てた彼の表情はあまりに凄惨で、内面の震えが露わになっていた。結局それで妹が、お願いだから刺激の強い社交の場に赴《おもむ》くのは慎んでくださいと彼に頼む羽目になった。この抗議も聞き容れないと判ると、今度は後見人たちが介入を図ってきた。彼の心が正気でなくなるのを恐れ、彼らはこの遺児の両親によって負わされた信任を再開するべき時期だと考えたのだった。

オーブリーが日々の徘徊で心身に傷を負ったり常識外れな言動を衆目に晒したりすることを防ぐため、後見人たちは医師を雇って屋敷に逗留させ、彼の身の周りを世話させることにした。当の本人はほとんど気が付いてもおらず、あの恐ろしい懸案に心を奪われているようだった。支離滅裂な言動は酷くなり、ついに自室へ軟禁されてしまった。何日も寝たきりになった。起き上がることが出来ないのだった。

痩せ衰え、眼が硝子《ガラス》のような光沢を帯びはじめた。わずかに残った愛情と記憶の鱗片《りんぺん》が垣間見えるのは、妹が様子を見に来る時だけだった。すると彼は跳び起きて彼女の手を握り、相手を酷く苦しめる表情でもって、あの男に接触せぬよう請い求めるのだった。

「奴に接しては駄目だ。僕への愛が少しでもあるならば、奴には近づくなよ」

しかし誰のことなのかと訊き返すと、ただこう返すだけだった。

「本当なんだ、事実なんだよ」

それから彼は、彼女でさえ起こすことの叶わぬ昏睡にふたたび沈んでいった。

この状態が数ヶ月も続いた。しかし月日が経つうちに支離滅裂な言動の頻度は減ってゆき、オーブリーの精神の暗がりには少しだけ陽が差したようだった。ただ後見人たちは日に幾度か、彼が指でなにかを数え上げては微笑む様子を目撃していた。

時は過ぎて一年の最後の日、後見人のひとりがオーブリーの部屋を訪ねて医師と話を始めた。彼の憂鬱症は予断を許さぬ状況にあるが、妹の結婚は明日、予定通りに決行するという内容だった。

オーブリーは即座に反応し、不安そうにその相手を訊ねた。医師と後見人はオーブリーの知性が失われたものと思っていたので、この回復の兆《きざ》しに喜んで、マースデン伯の名を挙げた。社交界で会ったことのある若い伯爵か誰かだろうと考え、彼は安心したようだった。驚くべきことに結婚式にも出席したいと言い出し、妹と話がしたいと請うた。ふたりは否と答えたが、数分後、妹が部屋を訪ねてきた。

オーブリーはふたたび彼女の愛らしい微笑みに反応できるようになっていた。自身の胸に彼女を掻き抱いて頬に口付けした。その頬は涙に濡れていたが、兄がふたたび愛情に応えてくれたことに感じ入ったためだった。彼はかつての真摯な熱意でもって語りかけ、妹が地位と実力をもった相手と結婚することを祝福した。それから彼女が胸につけたロケットに眼を止めて、蓋を開いて驚愕した。彼の人生を長らく苦しめてきた怪物の姿があった。激情に駆られてその肖像をむしり取り、踏みつけにした。

なぜ将来の夫の似姿にこんなことを、と問われるも、オーブリーには彼女の言うことが判らぬようだった。彼女の手をとって必死の形相で睨みつけ、言った。

「この怪物とは結婚しないと誓ってくれ。なぜなら」

そこで言葉が止まった。まるであの誓いを忘れるなという声が聞こえたようだった。急に周りを見回した。ラスヴァン卿の存在を近くに感じたのだが誰の姿もない。

この会話を聞いていた医師と後見人は、不調の再発と考えて部屋に戻ってくると、彼をオーブリー嬢から引き離し、彼女に部屋を出るよう求めた。兄は跪《ひざまず》き、一日だけで良いから式を延期してほしいと懇願した。彼らはこれもオーブリーの心に憑いたと思《おぼ》しき狂気に結び付け、彼を宥《なだ》めて退散した。

国王の謁見会の翌朝、実はラスヴァン卿がオーブリー家の屋敷を訪問していたのだった。彼は他の者たちと一緒に追い返されたが、その後オーブリーの体調悪化を聞き及ぶと、すぐに自分こそがその原因なのだと合点した。彼が正気でないと診断されていることを知ると、その話題の相手に喜びを隠そうともしなかった。

彼はかつての旅仲間の屋敷に急いだ。それから頻繁に訪れては、兄への深い愛情と彼の運命への心配を見せつけて、次第にオーブリー嬢の信頼を得ていった。

いったい誰が彼の力に抗えただろうか。ラスヴァン卿の舌は劇毒だった。また追い辿るのに苦労するほど饒舌《じょうぜつ》だった。混み合った地上に存するもののうち、ただひとりあなただけに同情しているのだと語った。それから彼女に求愛した。あなたを知ってから、ただ心を宥めてくれるその声を聞きたいがため、私は命を惜しく思うようになったのだと語った。つまり彼は、エデンの園に忍び込んだ蛇の術をよく知っていたのである。もしくはラスヴァン卿がオーブリー嬢の愛を得るということは、宿命的な定めだったのかもしれない。

歴史ある古い分家の爵位が長々巡って彼のもとに落ち、大使館の要職を得ることになったのだと、これが兄の危機にも拘わらず、妹の結婚を急がせる言い訳となった。そうしてちょうど彼が大陸に向けて出発する前日に、式が行なわれる次第となった。

オーブリーは医師と後見人たちが眼を離した隙

に従者たちを買収しようとしたが失敗した。彼はペンと紙を求め、入手すると妹に手紙を書いた。

「我が最愛の妹よ、おまえが自身の幸福と名誉、それから墓に安らぐ者たち、つまり一度はおまえを一族の希望として腕に抱いた者たちの名誉を思うならば、数時間で良いから式を遅らせてくれ。最も重い呪詛を吐きかけるべき結婚式のことだ」

従者は届けると約束したが、しかし医師の手に渡した。医師はもうこれ以上、狂人の戯言《たわごと》でオーブリー嬢の心を煩《わずら》わせるべきではないと結論した。

夜は淡々と過ぎてゆき、家の者たちは式の準備に奔走した。オーブリーはその音を聞いていた。名状しがたき怖れを抱いていた。

翌朝となった。馬車の音が彼の耳に轟いた。オーブリーはほとんど半狂乱だった。従者たちの好奇心がついに警戒心を上回り、彼らはひとり、またひとりと忍び出てゆき、役立たずの老婆ひとりに彼の世話を任せてしまった。

機会を得たオーブリーは部屋を飛び出すと、参列者たちの集まりつつある広間にまっすぐ辿り着いた。ラスヴァン卿が最初に彼の姿を認めた。すぐに近づいてゆき、腕を無理矢理に摑むと部屋から引っ張り出したが、怒りで一言も発さなかった。階段のところでラスヴァン卿は彼の耳に囁き込んだ。

「誓いを忘れるな。もし今日私の花嫁にならなければ、おまえの妹は晒し者だ。女とは脆いな」

そう言うと介護者たちにオーブリーを押しやった。老婆に呼ばれて彼を探しに来たのだった。

オーブリーはもはや己の身体を支えることも出来なかった。憤激は出口を見出せずに血管を破り、彼は寝台へと運ばれていった。動揺させることを厭《いと》うた医師は、これも妹に知らせなかった。彼女は幸いにもオーブリーの闖入《ちんにゅう》時、広間の外にいたのである。

こうして式は粛々《しゅくしゅく》と執り行われ、花嫁と花婿はロンドンを発った。

オーブリーはどんどん衰弱していった。溢血が致命症となったのだった。

妹の後見人たちが呼ばれた。真夜中の鐘が打たれるのを聞くと、彼は落ち着いた口調でこれまで読者に示されてきた内容を語り、そのまま死んだ。

後見人たちはオーブリー嬢を保護しようと急いだが、追いついた頃には手遅れだった。ラスヴァン卿は消え失せて、オーブリー嬢は吸血鬼の渇きを満たし終えていた。

黒い吸血鬼——サント・ドミンゴの伝説

ユライア・デリック・ダーシー

The Black Vampyre:
A Legend of Saint Domingo 1819

平戸懐古 訳

ユライア・デリック・ダーシー（Uriah Derick D'Arcy ？－？）

※解説2参照

本篇は一八一九年にニューヨークにおいてユライア・デリック・ダーシー名義で出版された。ポリドリ作品に次いで世に出た初の黒人吸血鬼小説にして初の奴隷制批判小説とも目される画期作だが、〈初〉ゆえにのみ価値があるわけではない。ヨーロッパではバイロニズムの不測の落胤《らくいん》だった吸血鬼が、まったく異なった様相と実質とによって新大陸文明の暗部を生々しく剔抉《てっけつ》したところにこそ、この異端作の掬《きく》すべき蜜泉がある。本邦初訳。

覆面作家ダーシーの正体の最有力候補ロバート・チャールズ・サンズ（Robert Charles Sands 1799－1832）はニューヨーク出身の小説家・詩人。共筆ながら代表作とされる *Yamoyden, A Tale of the Wars of King Philip*（1820 邦訳『ヤモイデン　もうひとつのフィリップ王戦争』中村正廣訳・中部日本教育文化会）はアメリカ先住民と白人との戦いを前者への共鳴から詠《よ》んだ物語詩で、人種問題への意識からして信憑性が高いが、その究明は本書の役割ではない。

庄司宏子の力作論文「ハイチという妖怪――ロバート・C・サンズの『黒い吸血鬼―サント・ドミンゴの伝説』にみるムラートの表象」（解説・註6参照）は本篇をE・A・ポー「赤死病の仮面」と並置して人種混交への恐怖の面から考察し示唆的。

序　文（第二版）

この物語を読むだけの忍耐のある者が存在するとして、作家の意見なるものを見出したとすれば、それは作者自身には出来なかったことである。見事なナンセンスだと思われたならば、それは作者の望むところを越えている。単純、愚劣、どこまでも不条理だという判断が下されたとすれば、作者の個人的見解が、公衆の見解と完全に一致したということになる。作者はまったく教訓抜きに、自分の発想の糸の先すら見えない状態で書きはじめたのだ。

この馬鹿ばかしい混乱の塊は、いま称賛に値する体裁上の動機からの批判を浴びている。つまり読者は短期間のうち、暇だという理由だけで娯楽以外の目的もなく、これほど大量のナンセンスに午後のひと時を二回も費やして良いのだろうかということだ。

ポリドリ氏の書いたあの「白い吸血鬼」を読んだ者たちは、本作が冷やかそうと目論《もくろ》んでいる有名な説明を良く覚えているだろう。読んでいない者にとっても、あの迷信は身近なものに違いないので、抜粋を載せる必要はないかもしれない。

しかし誤解を防ぐため述べておこう。本篇中の吸血鬼の台詞《せりふ》について、作者は知的習作のなかで最も下品なこと、つまり賞賛に値する作家たちの戯画を描くことに堕するつもりはなかった。むしろ意図したのは単純に、もともと美しかった文章が無知と悪趣味で捻じ曲げられたとき、どれほどナンセンスで気の滅入るような狂想曲と化すのかを示すことであった。

だがまず吸血鬼と成り果てて
おまえの屍体は墓を割り裂くだろう
故郷に悍《おぞ》ましく取り憑いて

親族たちの血を飲み漁るのだ
夜闇に紛《まぎ》れ、娘や妹、それに妻から
命の奔流を吸い尽くすだろう
おまえは厭《いと》うが、しかしこの馳走は
青黒く生きるおまえの屍体を肥やす

おまえの獲物は気息を絶やす前に
目前の悪魔を己の父と知る
妻子に呪われ、おまえも妻子を呪い
愛する花々が茎の先で枯れるのを見る
だがおまえの悪行の餌食のひとり
末子ゆえの寵愛を受けたひとりが
おまえを父の名で祝福するだろう
その言葉はおまえの心を炎に包む

それでもおまえは食事を終えて
娘の頬の最期の色、眼の最期の輝き
濁った最期の視線を認めるのだ
生気ない青色に凍り付いた視線を
それからおまえは穢《けが》れた手で千切る
彼女の金色の編み毛のひと房を
その髪が生者に切り取られたならば
深い愛情の印となろうものだが
死者たるおまえが持ち去るそれは
おまえの苦しみの記念碑となる

最愛の者の血を滴《したた》らせ
歯を軋《きし》り、唇を引き攣《つ》り
おまえは陰気な墓に忍び戻り
屍食鬼や精霊に混ざって喚き狂う
だが奴らは怯え震えて去るだろう
己よりもなお呪われた亡霊から

（バイロン『異教徒』）

物語

アンソニー・ギボンズ氏はアフリカ人の血を引

いています。この御仁《ごじん》の祖先を含む人々は、ギニアの東海岸からフランスの船で運ばれてきて、イスパニョーラ島のサント・ドミンゴで驚くほどの安値で売り飛ばされたのです。というのも航海中、イチゴ腫に罹《かか》って骨と見紛《みまが》うほどがりがりに痩せ細っていたからで、陸に上がった直後にみんな死んでしまったほどでした。まだ幼い黒人の少年がひとりだけ生き残っていましたが、あんまり身体が細いので、農園仕事など出来る状態ではありませんでした。この子を購入した紳士は慈悲深くも頭を叩き割って屍体を海に放り込みました。潮に揉まれて辺りをぐるっと巡った挙句、夜になるとそれは砂浜に打ち上がりました。月が皓々《こうこう》と照らすなか、さきの紳士はぶらぶら散歩して、陽が落ちたあとの冷えた空気を味わっていたのですが、彼の驚きをご想像ください。幼い屍体が起き上がり、お腹の痛みを訴えて、バター付きのパンを乞うたのです！

しまった半殺しだったかと、この農園主はふたたび少年を水の中に蹴り込みました。ところが水と相性が良いらしく、彼は優雅に泳いで軽々と戻ってきます。煌《きら》めく波を掻き分ける腕は磨き込まれた黒檀のように滑らかで、しかし月光を弾《はじ》くことなく漆《うるし》のように真っ黒でした。顔のどす黒さは死人のものでした。眼は真っ白で虹彩は炎のよう。瞳孔は透き通り、月の光を反射して光っていました。ただ顔の造作があんまり異様なもので、眼球は突き出ているものの、まるで己の頭の内側を見つめているかのようでした。

髪は巻毛でも直毛でもなく、軽やかで鴉の羽毛のようでした。ふたたび浜辺に泳ぎ着くと、この少年は件《くだん》の農園主、ペルソンヌ氏の足元まで蟹のように這ってゆきます。寄られた方は恐慌状態、(倒すべき相手が悪魔サタンなのか魔神オベアなのか、はたまた別の強敵なのか判らぬまま)決意を奮い起こして大きな岩を少年の腰に縛りつけ、それから力を振り絞って煌めく海に投げ込みました。少年は海面に映った月の虚像のいちばん明るいところに落下して、鉛のように沈みましたが、すぐコルクのように浮き上がってきました。腕に岩を抱えています。月光の輝きが彼の暗い身体から退《ひ》いてゆき、光と闇の激しい落差がその完璧な黒さを鮮やかに際立たせていました。

少年はめげずに陸地へ戻ってきました。まるで魔法の光球に包まれているようでした。腕を腰に当て、ひどく怒った仕草で先のフランス人のもとに歩み寄りました。ペルソンヌ氏の髪が一本一本まっすぐに逆立って、

震えが隊長の手足を捉え、髪が逆立ち、
失神が彼の動きを止め、脚を川岸に縛り
つけた。（ルカヌス『内乱』）

しかし十歳の黒人の子供に怯えたことを恥ずかしく思い、ペルソンヌ氏は彼を蹴り倒しました。ギニア生まれの少年は懲りずに立ち上がりました。関節を曲げることなく、ペルソンヌ氏に蹴り倒されたのと同じ勢いでふたたび起き上がったのです。丸く刳《く》り抜いた木片の端に鉛を付けて作る、あの小さな玩具のようでした。若い世代からは「魔女《ウィッチ》」とか「お化け《ホブゴブリン》」とか呼ばれているやつです。

仰天した農園主はやけくそになって両腕で少年を摑むと、地面に押さえつけてその上に座り込みました。それから大声で従者たちを呼び、浜辺に火を起こすよう命じました。これはすぐに実行されました。ガリア人の血を引くペルソンヌ氏は、己の忍耐と叡智《えいち》に満足げでした。炎から成る動物なんて聞いたことがありませんし、水から現れた鬼は水にこそ慣れているかもしれませんが、炎の試練に耐えられるはずはなかろうと確信していたのです。少年のほうは完全に為すがまま、ただの丸太のように倒れていました。しかしやがて焚き木が組まれ、眩しい炎に包まれると、潰されたインディアン・ゴムみたいに突然弾けて、ペルソンヌ氏を数ヤードも跳ね上げました。彼は頭から落下して炎に突っ込みました。本来なら憎たらしい黒皮の小僧をその九つの命ごと悪魔モロクへ捧げるはずでしたのに！

黒人の少年はともかく、ペルソンヌ氏が火中で生きる火蜥蜴《サラマンダー》でなかったことは間違いありません。まるで（意図せず）神話のヘラクレスのように、自分を燃やすために組み上げた焚き木から、彼は救出されました。ぎゅうぎゅう絞られた猫みたいになって、身体に命が残っているようには見えませんでした。従者たちが見守っているとすぐに生命の印が認められましたが、容体があまりに酷いもので、痛み続けるひとつの水膨れと化していました。ウェルギリウスだか別の詩人が誇張して表現したように、「彼の全身がひとつの傷だった」のです（ルカヌス『内乱』）。

　意識を取り戻すと、ペルソンヌ氏は自身の寝台に横たわっていました。油に浸した布で包まれた全身が、まるで奴隷を罰する唐辛子風呂に浸かっているかのように、ひりひりと疼《うず》いていました。彼はブランデー一杯を所望し、愛する妻ユーフェミアを呼びつけました。それから幼い息子のことも。まだ洗礼を受けていない赤ん坊です。妻は眼から涙をぼろぼろ零《こぼ》しながら彼の元にやって来ました。そして優しく調子を訊ねてから、（啜《すす》り泣きとしゃくりあげで遮られつつ）言いました。今朝、揺り籠の赤ん坊の様子を見に行ったところ、そこには皮膚と髪と爪しかなかったのです！　他にはなにも残っていなかったと彼女は断言しました。あったのはスカッダー博物館に展示されているような乾燥ミイラだけだったというのです！

　この恐ろしい報告を受けたペルソンヌ氏は激しい痙攣《けいれん》に見舞われて、ギニアから輸入した黒人に向けて聖句の悪態らしきものを呻きながら、そのまま息を引き取りました。

　気立ては良くとも運の悪いユーフェミアは、恐慌のまま神経症の発作に呑まれてしまいました。仕方のないことです。なんて可哀想な女性でしょうか。夫は全燔祭《ホロコースト》の贄《にえ》となって火炙《ひあぶ》りにされ、胡椒まで振られた鶏肉と化して、暗々とした死の胃袋の肥やしになってしまったのですし、愛情を惜しみなく注ぐことを誓った大切な赤ん坊は、未熟なオレンジのように早々と啜《すす》り尽くされてしまい、すべすべと柔らかな皮膚のほか、なにも残してゆかなかったのですから。嘆き悲しむ未亡人は、夫の遺体に防腐処理を施しました。葬儀を満たす嘆きと涙の只中で、彼は埋葬されました。知人だったという栄誉にあずかる者たち皆が彼を惜しみましたが、とくに黒人奴隷たちは主人をすぐに忘れることなど出来ませんでした。主人が彼らを想っていた嘘偽りない印が背中にたくさん残っていましたから、記憶から消すことなど不可能だったのです。

時間というものはギリシャ悲劇の作家たち、雅歌を詠じたソロモン、その他の方々が記したように慈悲深い神なのですが、ペルソンヌ夫人の心痛もこの癒しの権能をもった慰め手に委ねられ、頰の血色と魂はかつてより輝きと潑剌《はつらつ》さを増して回復しました。まるで一時の激しい嵐にぐったりと萎《しお》れた薔薇の花が、嵐の過ぎたあとで誇りを赤々と立ち上がらせて、より美しく鮮やかな色合いを放つかのようでした。

事件から数年後、ユーフェミアは三人目の夫の喪に服しているところでした。ひとりで悲しむ贅沢に耽り、オレンジの木立ちの陰でロバート・バートンの『憂鬱の解剖』やリチャード・ファーマーの憂鬱を詠んだ詩をお供に過ごしていました。海から漂う爽やかな風が、暮れゆく陽の蒸し暑さを和らげています。開きはじめた花の柔らかい香り、神々しい光を放つ夕空の熟したような色合い、それらが敏感な心に深く響き、彼女の魂は落ちつきに満たされ、過ぎ去った日々への黙想に浸っていました。物思いに沈んでいるうち、彼女は木々の並びの向こうから、見知らぬふたり組が近づいてくるのに気が付きました。

ふたりのうち片方は黒人の男で、異様に背が高く、肌は深い漆黒、体格はアポロ像のコンゴ版といったところでした。ムーアの王といった風の豪《ごう》奢《しゃ》な服装に身を包み、青白い肌をした少年の手を引いていました。こちらはアジア式の服を着ています。その不活発な表情、細身の肢体、塞ぎ込むような足取りと、彼の導き手の恰幅良い外見や堂堂とした歩みの激しい落差といったら！

ふたりは愛らしい未亡人に敬礼して挨拶を交わすと、彼女が作法通りに誘うのに応じて座り、木陰で一緒にお茶を摂りました。年長のほうの訪問者が言うには、彼は従者たちが戦争で捕虜にした奴隷たちを売りに来たところでした。世界を巡ってみたいと望んでいたので、自らの手で売り歩くことにしたというのです。お付きの少年は、アフリカで奴隷商人が残していった孤児だということでした。

この黒人王の身振りや話し方には、他を圧倒するような魅力がありました。王族らしい物腰が、巨大で均整のとれた体軀にはっきりと表れていました。王冠などなくとも、眉のうえに威厳が顕《あら》わになっていました。ターバンと新月標章がこれほど高貴な額を飾ったことなどありませんでした。

しかし王の抑揚や言葉遣いは謙遜しながら勝ち誇ったようでもあり、これが彼の王族らしさを意識させてしまう一方で、またその意識からあらゆる遠慮を取り除いてしまうのでした。彼はユーフェミアが読んでいた書物を専門家みたいな細かさで批評して、途方もない分別と良識を示しながら、ドニー・モーガン描く洗練された観念論者ド・ヴェレよりもなお多くの知識を披露しました。

反奴隷主義者レイナル神父が述べるように、（眼と鼻が色と匂いに慣れれば）アフリカ人の様相には独特な優雅さと美しさがあります。ユーフェミアは輝くような客人の明け透けな顔を見つめるうちに、この真実を悟りました。彼の内から自然が立ち上がり、そして言うのです。「彼は人間《マン》だった！」（シェイクスピア『ジュリアス・シーザー』）たしかに我々人間の感覚の欠点はただひとつ、表面の肌よりも奥を見通せず、表面を覆う影に騙され続けてしまうことなのです。たとえ我々の住む地上の淀んだ空気に蒸気が漂っているとしても、至高天は常に青々と晴れています。それに花綱装飾を施されてエディンバラ外科医博物館に展示された頭蓋骨の列を眺めるとき、我々にはその美しさを比べる標準がないのです。この頭蓋骨たちはどれも等しく醜いのです。ゼウスとレダから生まれた絶世の美女ヘレネーの骨塊だって、絶世の醜さを誇るメドゥーサのものと間違えられてしまうでしょう。自然というものに忠実なシェイクスピアもやはり述べています。「黒人というものは美女の眼のなかの真珠なのだ」(『ヴェローナの二紳士』)

この君主はレイナル神父がアフリカ内陸にあると記した国、バンバックから現れたかのようでした。その美貌、王威、風雅、幅広い教養は、フランス生まれの未亡人の感じやすい心を捕らえてしまいました。目配せしたり淑《しと》やかに振舞ったり、喋り散らすことさえも忘れ、座ったまま根が生えたように動けなくなり、このアフリカ人の不動に黙想するような表情に見惚れていました。具体的にどの特徴に惹かれたのか、彼女には判りませんでした。眼は明るい色ですが輝いてはいません。光彩は虹のなかの薔薇色よりもなお鮮やかに真っ赤でしたが、煌めきを発することはありません。というより、その顔がまるごと彼女を見つめ、観察しているようなのでした。

ふたりの会話は少しずつ、より熱っぽく色めいた様相を帯びてきました。お付きの少年は(痩せこけてはいましたが、歳のわりに賢いことは明らかで)その様子になにかを悟り、嫌々ながら理解したような視線を未亡人に投げると、ちょっと農園を散歩してきますと告げて木立ちの外に出てゆきました。

すると王は華やかな肩帯を草地に広げてその上に跪《ひざまず》き、とつぜん熱を込めて焦がれる愛を告白し、貞節を固く守ると誓いはじめました。ザラに住まう鼻の低い美人たち、ギニアの黄金海岸の傷つき押し潰されたような姿、ニジェールの川岸に暮らすジリア、カリプソ、ザマたちの美貌、またアフリカからイングランドに渡った末に見世物小屋でホッテントット・ヴィーナスと呼ばれた偉大なるサラ・バートマン、どれひとつとして我が心に一瞬たりとも、まったく印象も残すことはなかったのだと、王は述べました。王自身にもこの情熱の由来は定かでなく、その起源の謎はまるでナイル川の水源のようでした。しかしその豊かさと激しさもまた、アビシニアの霊妙な泉から湧き出た奔流に満たされたナイル川と似通っていました。現デュボワ未亡人がその波を照らして活気づけるものならば、中央アフリカに広がる王の緑豊かな領地は潤い、燃える金と輝くダイヤを豊かに実らせることでしょう！

こんなふうに懇願され、あれよりこれより素晴らしいと持ち上げられて、どんな女性が抗《あらが》えるものでしょうか。あのお付きのゼンボーが戻ってきたときには、夕方のうちに内輪で婚姻が結ばれることに決まっていました。デュボワ未亡人の家庭礼拝堂付きの神父から、黒人と結婚するなどという不正についてかなりの抗議がありましたが、結局その場で結婚式が執り行われました。王はこの侮辱に立腹した様子を見せませんでした。というのも神父がその仕事を放棄したので、言い出す機会もなかったからです。ゼンボーがあまりにそわそわするので、デュボワ未亡人が砂糖菓子をいくつか与えて安心させると、彼は強いパンチ酒をがぶがぶ飲んで眠ってしまいました！

真夜中になった頃、王がゼンボーのもとにやって来て、耳を摘まんで揺さぶると、起きて付いてくるよう命じました。花嫁が王の腕に寄りかかっていました。蠱惑的な部屋着を身にまとっていて、周りの状況が判っているようには見えません。ゼンボーは悲しげな様子で新郎新婦に付いてゆきました。

彼らは黙ったまま慎重な足取りで裏口から出てゆき、オレンジの木立ちのなかを進んでゆきました。風は息をしていませんでした。月は天高く、薄気味悪くぼんやりした淡い暈《かさ》に包まれていました。農園を越え、彼らは墓地に辿り着きました。鬱蒼とした糸杉や桃花心木《マホガニー》が陰気な月光のほとんどを遮っていましたが、そこから漏れ出た光が堆積した枯葉、白々とした記念碑、その足元の荒れた地面に落ち掛かり、仄《ほの》暗い輪郭を千々に浮かび上がらせ、迷信に忠実に、ぼんやりした薄闇のなかを飛び回っていました。

漠然とした恐ろしさが花嫁の心を掴み、彼女はこう問わざるを得ませんでした。いったい何のために心地よい寝台を抜け出して、こんな真夜中に外服も着ず、気晴らしには似合わぬ場所まで来たのでしょう。

彼らが足を止めたのは、彼女の三人の亡夫、亡子たち、そしてあの最初の息子の皮と髪と爪が一列に並んで埋められている場所でした。タマリンドの木の根元には三番目の息子が埋まっています。洗礼名をスプーナーといい、墓石に拠《よ》れば七歳六ヶ月で食中毒によって亡くなったようです。彼女はこの子に他の子たちにも勝る優しさを割いていました。それで彼を失ったとき、彼女は最悪の苦しみに見舞われたのでした（原註：その後、このスプーナー・デュボワの行方は知れず、もしかしたら彼は、つい最近その冒険が語られたラスヴァン卿そのひとで、世界中を彷徨っていた可能性があります）。アフリカの王はこの墓を観察すると、ゼンボーに手伝ってもらいながら着ていた服をてきぱきと脱ぎはじめました。この少年は悲しみから立ち直ったようでした。その待ちきれぬような手付きから、なにか素晴らしい楽しみを期待していることが明らかでした。

精霊《ジニー》なのか人間なのか判りませんが、まもなくこのふたりは東を向くと、独特で滑稽な礼拝を始めました。手に握った土を三度、頭越しに放るというものでした。それから墓に向き直ると、ふたりは猛烈な貪欲さでもって芝生を根こそぎにして、先ほど言及した未亡人の息子を引きずり出して、墓のわきの草地に放り出しました。ゼンボーが屍体に猛烈な勢いで跳びつきました。まるで御馳走にがっつく空腹の犬のようです。しかしアフリカの王がひっ捕まえて耳を厳しく打ち、彼は墓地の角に投げ出されて泣きじゃくりました。

　母親の恐慌を増したのは、息子の屍体がまったく新しい状態のままで、しかも嗅覚神経が嫌な刺激を捉えなかったことでした。どころかその頬はとても深い緋色に染まっており、真っ赤な火の球を暗闇に放つかのようでした。

　彼女の新郎は近くの巨大な岩の底から金色の杯を引っ張り出すと、それから遺体の上に覆い被さり、磨かれた長い爪で心臓を抉《えぐ》り出しました。聖杯に血を絞り出し、いま掘り返されたところから黒っぽい土粒を集めて混ぜ合わせました。混じりけなく弱々しいリンパ液が近くにどくどくと噴き出しており、月光のなかで水銀めいた光の筋となって震えていましたが、彼はそれを杯のなかに薬の第三の材料として加えました。

　それから呆然と震える新婦の喉首を摑み、この異様な混合物をその唇に押し当て、虚《うつ》ろな声で言い放ちました。完全に抑制された声が獲物を総毛立たせました。

「宣誓《スウェア》せよ。それがおまえの信条に違《たが》うならば、確約《アファーム》せよ、この穢《けが》れた血と血の穢れ、この滴る血と血の滴り、この滴る穢れと穢れた滴りにかけて。今宵に目撃したこと、目撃することを、如何《いか》なる方法に依っても決して明らかにしないと、これら総てにお前の発言を証すよう呼び掛けよ。偽誓を考えた瞬間、おまえの腸《はらわた》は弾け、骨は腐るだろう。宣誓し、飲むのだ！」

　怯えた未亡人は（この怪物の鉄のように冷徹な不興に苦しんでいるのと同じくらい明瞭に）低い声で、喉が渇いていないのですと言いました。そんな酷い呪文を口に出来るほど呼吸が出来ていないのです。

「止めておけ」悪鬼が吠えました。「言い訳の暇など与えぬぞ」

　しかし怒鳴っても脅しても無駄でした。屈辱的なことに、彼は耳で別の豚を捕まえた（人違いをした）のでした。耳というよりは喉で捕まえたのですが。

彼女はどもりながら言いました。どんな心も和らげてしまう口調でした（が、吸血鬼は心臓を持っていないのでした）。

「私はカロメルとヤラブを浸したチンキの下剤とか、トコンとルバーブと吐酒石の下剤とか、そういう薬剤書に載っている美味しそうなお菓子は好きではありませんけども、しかしあなたが無理強《じ》いした反キリスト的な煎《せん》じ薬を呑むくらいなら、それらをひとつひとつ、いえ全部を混ぜて呑んだほうがまだましです」

怒りで泡を吹き、唾液が漆黒の手足に垂れ落ちるまで、アフリカの王はペルソンヌ未亡人、デュボワ未亡人等々、どの名前でも構いませんが、彼女を最初の夫の墓に投げつけ、乱暴に地面に踏みつけました。まるで地震に投げ込まれたような苦痛でした。すると墓が欠伸《あくび》をしたのです！　ずっしりと重い墓石と石棺が古めかしい台座からぐらぐら揺れると、悍《おぞ》ましい死者が寝床から、不器用な仕草で這い出てきました。頭髪は歪《いびつ》に曲がりくねって蛇がのたくるよう、眼球は頭部から火を噴くようです。がりがりに痩せた腕と先細りになった指を伸ばすと、ブラッドハウンドのような爪が顕《あら》わになりました。血生臭い経帷子《きょうかたびら》がぼろぼろの布地に成り果てて周りに落ちてゆき、彼らの輪郭が露わになると、ところどころが爆《は》ぜそうに膨らんでおり、あちこち肉色に染まった血の塊が、生温かく滴っているのでした！

（似たような苦境に立たされたことのある者なら想像できるでしょうが）未亡人はいま目撃したものを即座に忘れてしまいました。そしてゼンボーが最初の夫の墓を忙《せわ》しなく暴くのを見ているうち、自分が亡者どもに囲まれているのに気付き、完全に意識を失いました。

理性と感覚を取り戻したとき、彼女は同じ場所にいました。やはり真夜中で、ペルソンヌ氏の墓のそばに寝そべっており、その胸は血で染まっていました。穿《うが》たれたような大きな傷が出来ていたのですが、すでに塞がって疵痕《きずあと》と化していました。彼女の驚愕を想像できるでしょうか。胃に肉を喰らいたいという欲求を感じ、これとそれとを結び付けて至った結論は、自分が吸血鬼になってしまったということでした！　ぼんやりした昨晩の記憶の断片を掻き集めるに、どうやら彼女は血を啜られ、そして今度は自分が安らかに眠る墓の住人を掘り起こす手番となったのです！

眼の前には不死者のお楽しみが広がっています。凄まじい食欲を満たすため、彼女は墓を見繕《みつくろ》いはじめました。これにしようと心に決めたとき、新たな驚きに注意が惹かれました。彼女の最初の夫が棺から起き上がり、フランス仕込みの優雅かつ最新の流儀で深々と礼をして、彼女を迎えるように腕を広げたのです！

仲良しだったふたりの感激はどれほどのものでしょう。なにせ十六年ものあいだ引き裂かれ続けたのち、ふたたび抱きあうことが出来たのです。ふたりは出会った頃の恋の熱狂に匹敵するほど、互いに夢中になりました。長い別離も互いへの気持ちを強めるばかりだったのです。ふたりは気遣わしげに互いの身体の健康や、死別中に起きた出来事を訊ね合いました。ふたりとも飢えや渇きさえ忘れていました。手近な墓石に腰を下ろして千もの質問を交わし合いましたが、それらは彼らの家族に関するものでしたから、読者の皆様が聞いても面白いものではないでしょう。

ただペルソンヌ氏は自身の死後、夫人が三度も再婚したことを聞くと、やはり落ち込んでしまいました。彼女はもう求婚には応えないと念を押しました。二人目、三人目の夫たちも今頃はほどよく腐り果てているはずです。彼女にはふたりが昨晩の吸血鬼たちの舞踏会に出席していなかったことには自信がありました。四人目の黒肌の配偶者についてもやはり、彼がふたたび現れてふたりの幸せを邪魔することはないだろうと信頼していました。しかし彼女が彼の望みを聞いているうち、(悪魔のことを言えば現れるという古い諺《ことわざ》の通り、まるで彼の地獄の眷属のように）件《くだん》の男がゼンボーを伴って現れました。ペルソンヌ氏は手元に剣も銃もないので巨大な大腿骨《だいたいこつ》を拾って構えると、罰してやるからその護衛のそばから離れるなよと黒肌の王に警告しました。

ところがゼンボーがふたりのあいだに割って入って乞い願うように手を上げると、寛大な君主は敵意ある相手に挨拶の額手《サラーム》を作って落ち着くよう丁重に頼み、それから後ろを振り返りました。夫婦ふたりがこの仕草に促されて振り向くと、ご夫人の困惑したことに、二人目および三人目の夫、マルカンとデュボワ両氏がそれぞれの墓から起き上がってきました。ちょうど夫婦が優しく身を預けあっていた墓石でした。ふたりの夫は妻に挨拶しようと進み出ましたが、ペルソンヌ氏が大腿骨を振り回し、離れるよう威嚇しました。一番目の夫は夫人のそばにいる一等の権利を持っているというわけです。アフリカの王が仲裁しなかったら、大混乱に発展していたことでしょう。王は男たちに名誉ある方法だけがこういう微妙な問題を治められるだろうと言い、まずマルカン氏とデュボワ氏に意見の相違を拳でもって解決するよう提案し、それから残った相手に対してペルソンヌ氏が紳士的に義務を履行するだろうと述べました。三人ともこれに賛成しました。

すでに服は着ていなかったので、好戦的な男どもは互いに敬意を表して握手すると、それ以上の儀礼は抜きにして試合を始めました。デュボワ氏がすぐにマルカン氏を流血させると、相手はお返しにきつい連打を腹へ打ち込み、デュボワ氏は息を詰まらせました。呼吸しようと喘《あえ》ぎながらあちこち拳を振り回しますが、どれも効果はありません。デュボワ氏が地面に倒れ、骨が軋んで音を立てました。しかしすぐに息を整えると、彼は死に物狂いでマルカン氏の突き出した頭を打ち、顎に強烈な一撃を見舞いました。相手は身体を支えられずに倒れます。まるで正面から激突した雄牛でしたが、しかし自身の踵《かかと》をデュボワ氏の踵に絡め、彼をも地面に倒してしまいました。ふたりは別々の墓石に頭をぶつけ、それぞれ頭を叩き割ってしまいました。

ふたりは古い時代の巨人《アンタエウス》のように、地べたで藻《も》搔《が》きながら起き上がりました。もともと少ない理知を失い、なおさら無様な動きです。しかしアフリカの王はそれ以上ふたりの格闘を観戦するつもりもなく、彼らを物凄い力で芝生に押さえつけました。ゼンボーが（こういう事態のために携えていた）巨大な槌《つち》を取り出して、素早く巧みに心臓へ杭を突き刺し、彼らを地面に射止めました。この作業のあいだ、ふたりの唸り声は我が子を失った雌ライオンを凌《しの》ぐほどでしたが、綺麗に台座へ打ち付けられると動かなくなり、息も絶えてしまい、罪過と悲惨、一対の悍ましい見世物と化してしまいました！

アフリカの王は未亡人に、ふたりがまた復活するおそれはないと保証しました。ペルソンヌ氏は問題を早く解決したいようで、快活に礼儀正しく王に申し出ました。「この場で格闘しても構いませんよ。もしくは小銃、猟銃、短剣、長剣、大量の火薬への着火を賭けた硬貨投げ、どれでも良いですが、決闘の予定を立てましょうか」

王は争いなど総て無益と言って手を差し出しましたが、ペルソンヌ氏は拒絶しました。「馴れ馴れしいぞ黒人め」そして改めて大腿骨で頭を割ってやると脅しを重ねました。

寛大な君主は、この侮辱に応じませんでした。

「おまえは充分に罪を贖《あがな》った。幾年も昔、私の身体に加えた虐待のことだ。私はおまえが行なったこと、行なおうとしたことを赦《ゆる》そう。これはおまえの息子だ。見てのとおり、かなり成長しただろう。教育も怠らなかったと保証しよう。昨晩あの子が頑張っておまえを蘇らせたのだから、おまえはあの子にも借りがある。それに覚えているかどうか、おまえの身体は防腐処理を施されていたから、埋葬の後も新鮮な状態を保っているのだ。好ましく有徳の吸血鬼たちよ！　おまえたちが身の丈に合った平穏を長く楽しむことを願おう！　港に船が泊っていて、一時間あればヨーロッパに辿り着ける。この島はおまえたちの場所ではなくなる。運賃も渡そう。あと言わねばならぬことは、可能なかぎり早く発ったほうが良いということだ。さらば！」

そう言って、彼はふたりが戸惑っているうちに去ってしまいました。

ペルソンヌ氏と夫人（彼女のことはやはり最初の夫の名で呼ぶことにします）、ふたりは黒肌の恩人が言った意味を正しく理解してはいませんでした。まるで泥棒か悪党みたいに島からこそこそ去るよう命じるなんて。しかしふたりはアダムとイヴが創造された最初の日のように、まだ自分たちの存在そのものに驚いていたので、有能な魔術師である王を信じてみようと決めました。なにせ死衣から死者を起こすことができ、惑星をその軌道から逸らすことができる人物なのです。無礼な躊躇などする間もなく、ふたりは彼の命令に従うことに決めました。しかし今頃になって猛烈な飢えが再発したので、彼らは喜んで夕食を摂ることに決め、体力を肥やす糧《かて》をすこし摂取してから出発することにしました。

ゼンボーはつい先ほど胃袋を満たし終えていたので、ふたりのように切迫した状態になく、時期を弁《わきま》えず不自然な食欲を満たしたことに対して、両親への敬意が許すかぎり激しく抗議しました。分別への訴えを強調するため法廷弁護士チャールズ・フィリップス氏の演説から「彼の拒絶された祭壇の食人欲」について引用しました。ふたりには理解できませんでしたが、もちろんとても崇高だと感じました。しかしこの神秘的で雄弁な演説も、少年が同じくらい説得力のある理由を述べなければ無意味になるところでした。ふたりは唇を舐めて名残《なごり》惜しそうに墓場を睨み廻すと、もう反対することなく彼の後を追ってゆきました。

三人は夜闇を行進しました。枝々が密に絡み合った荘厳な森を抜け、深く切れ込んだ谷を下ってゆくと、神秘的に畏敬を誘う月の青白い光が兵士の一団の密集した列のうえに降り注ぎ、彼らを輝かせていました。部隊の長は三人が来ることを承知していたらしく、ゼンボーと眼で挨拶を交わしました。それから部隊が一斉に、黙したまま前進を始めました。

シンバルやクラリオンは鳴らず、
パイプとドラムも静まり返り、
重い足音や甲冑の鳴る音だけを伴い、
陰気な行進は押し黙っていた。
（ウォルター・スコット「湖上の美人」）

谷を降り続けるうち、一行は洞穴の中に入り込んだようでした。横穴は海の下を走っているらしく、海波のくぐもった唸り声が頭上に聞こえました。部隊はゼンボーの指示で分散し、広い空間をぐるりと覆っている岩壁を囲い込みました。密談できるよう自然が巧みに隠してくれた場所で、地下洞穴の地形に詳しい者の案内がなければ、誰も発見できなかったことでしょう。そこはかつて、海賊《バッカニア》がものを隠したりひとを匿《かくま》ったりした場所でした。その後はオベアの魔術師たちにしか知られておらず、彼らが真夜中に儀式を行なってきたのでした。

ペルソンヌ夫妻は息子に導かれ、この岩壁の一角に案内されました。割れ目があり、そこから中の広間で起きている出来事を観察することが出来ました。

眼に飛び込んできたのはアラビアの綺譚《ロマンス》に出てくるような大広間でした。巨大な梁《はり》に支えられ、宝石が鏤《ちりば》められています。色彩も多様で美しく、異なる円材のようでした。百もの松明《たいまつ》の明かりが四隅で燃え上がり、広間の隅々まで照らすようです。壁は装飾でなければ意味不明なもので飾られていました。色彩豊かな羽毛をそのまま使った粗野なタペストリーが掛けられ、鸚鵡《オウム》の嘴《くちばし》に犬や鰐の牙、猫の骨、硝子《ガラス》片、卵の殻といったごちゃまぜが、黒人の魔術の素材であるラム酒と墓の土を混ぜた漆喰《しっくい》で固められていたのです。そのあちこちが血で汚れていました。

　この広間の一端には岩を彫った玉座があり、そこに豪奢なムーアの衣をまとった黒人たちが数名、腰かけていました。その膨れ上がった肢体と飛び出した眼を見て、ペルソンヌ夫人は彼らが屍食鬼なのだと気付き、またその中に自身の新郎の姿を認めました。この玉座の前を除いて、広大な円形広間は黒人奴隷たちで埋まっていました。粗雑ながら服をまとい、不完全ながら棍棒や弓矢で武装しています。ならず者の一団が、吸血鬼の王たちの前に整列していたのです。その中央では楽団が見事な交響曲を演奏していました。メリワンの柔らかい旋律、ダンドゥーの活発な音色、そして戦いに付き物のゴンベイの律動が響き合い、調子外れの和音を作っています。その威力にはオルフェウスの竪琴も叶わないでしょうし、地獄の底の伏魔殿《デモニウム》《パン》に住まう者たちもひとり残らず震え上がったでしょう。

　聖楽の演奏が終わると、我々の知るアフリカの王が立ち上がり、仲間たちに礼をして、咳払いしてから述べました。

「人間諸君、吸血鬼諸君！」

　しかし吸血鬼たちがこの無礼に憤慨を表明したので、彼は訂正しました。

「吸血鬼諸君、人間諸君！」

　しかし黒人たちも吸血鬼の後に並べられて大声で唸り、甲高い声《ヒス》も混ぜつつ、話者をふたたび遮りました。

　ところが王は気圧《けお》されることなく、名高い演説家エドマンド・バーク氏のように、この礼を失した挨拶を繰り返して怒鳴り散らしました。

「いいか」彼は言いました。「繰り返すぞ、吸血鬼諸君、人間諸君。永命の者が定命の者に先行すべきではないと申すのか。天上の甘露と美味を上回る食事にあずかる者が、畜生の不浄な体液で、食用に生産された悪臭を放つもので、蒸留所の吐き気を催す液体で肥え太った陽炎《かげろう》のごとき短命な

種に先行すべきでないと申すのか」（拍手、「聞け《ヒア》、聞け《ヒア》！　判ったか小僧ども！」と吸血鬼たち。黒人たちの唸り声）
「有色の諸君よ、おまえたちに訴えよう、巨神《タイタン》のひとりが天の火を注いだ土塊《つちくれ》の子孫よりも前に、神の子孫の名を挙げるべきではないと申すのか。その巨神プロメテウスこそが吸血鬼の始祖なのだぞ。アイスキュロスくらい読んだろうから知っていようが、プロメテウスの肝臓を喰った強き者《ヴァルチャー》とは魚とか獣とか鳥ではないのだ。こいつは犬と呼ばれたがために四脚だということになった。それで這い寄る者と記されて昆虫だということになった。すると羽根があることになって禿鷲《ヴァルチャー》ということになったのだ。
「さて、この水陸両生の怪物から生じたものども、鴉、ジャッカル、ブラッドハウンド、マダガスカルの海賊蝙蝠《こうもり》、チリの殺人イヴァンカ、鮫、鰐、クラーケン、馬蛭《うまびる》、ケープ・コッドの海蛇《シー・サーペント》、人魚、インキュバス、そしてサキュバス！（吸血鬼の大喝采）タイタンからサイクロプスや他の古今《ここん》総ての人肉食種が生じ、その直系の子孫として我々の祖先エボ人が生じ、そこから私の属す栄誉あるモコ族が生じたのだ。おまえたちの祖先もまた、そのさらに後の世代に当たる。死後おまえたちは故郷に帰るのだ。本来の楽園《エリジウム》だ。そこではココの実の芳しい匂いが、アナナの花のやわらかな開花が、そしてまた愛の土地の黒肌の美人たちが、永遠におまえたちの不屈の精神を労《ねぎら》い、おまえたちの罪の記憶を忘却に浸すのだ。（「聞け《ヒア》、聞け《ヒア》！」と黒人たち）だがこの我々の属だの種だのという話が、おまえたちの高貴にして寛大な精神に響き続けるわけではなかろう。我々自身の話に戻ろう。純血の、完全な、不滅の吸血種！　グール、イフリート、ヴァンパイア、ヴロコローチャ、ヴァードラーカ、ブロコローカ、いずれにせよ我々のことだ。生者と死者の恐れる者、生死双方の性質にあずかる者、それが我々だ。腐敗と生命の双方の象徴、存在の記録から拭《ぬぐ》い去られ、循環する生命に飽和するまで満たされ続け、生者に見捨てられ、死者にも認められぬ、遺物でありながら残存する種、自身の永遠性という基盤の上で揺れ動くもの、かつて存在したものの年代記、そして存在したはずのものの荘厳で崇高な記念碑！」（両陣営から際限なき称賛）

「吸血鬼という状態は限嗣《げんし》相続で、ふたつの行き先に結び付いている。ひとつめは杭で突き通される血生臭い因習で、これは死をもたらすだろう。もうひとつはもっと優しく、この小瓶の催眠薬によって引き起こされる。その慈悲深い鎮静作用が、使用者を誓いの時に戻すのだ。それは死より前、吸血鬼化よりも前の時である。使用者はオベアの神秘に属することになるのだ。

「だが我々の目下の議題に戻ろう。崇高で魂を高揚させる主題だ！　黒人の解放！　殺され続けてきた愛国者たちの鬣《たてがみ》に、サント・ドミンゴの土壌の聖別を捧げるのだ！　売渡証がフランス語で書かれようが英語で書かれようが、我々がレオファレスとジャロフの戦闘やサンボーとソウピットの衝突で囚人となろうが、我々が更紗や綿、火薬や銃弾のために売買されようが、鎖や縄に繋がれブリッグ船、スクーナー船、七十四門艦で輸送されようが、サント・ドミンゴの浜辺に立つ最初の瞬間、我々の魂は水に浸されたスポンジのように膨らむだろう。我々の身体は足枷《あしかせ》を弾き飛ばし、栗の実から出てきたゾウムシのように輝くだろう。我々の心は係留縄の切られた気球のように浮き上がるだろう。一言で言えば、そうだ仲間たちよ、我々は自由になるのだ！　枷《かせ》を解かれ、鎖も解かれ、我々は解放される、名誉を取り戻す、自由に返り咲く、束縛を解かれる、完全なる解放という圧倒的な守護神によって！」（前代未聞、未曾有の拍手の爆発！）

以上が王の演説の報告です。ゼンボーの速記によって書き留められました。彼の並外れた賢さについては大量の証拠が示されてきましたが、彼はこんな事態にまで備えていたのです。王の火のような雄弁術に焚きつけられ、吸血鬼や黒人たちは自由への期待に脈を速め、濃い血を沸き立たせました。彼らは歌い踊りました。その激しさはまるでキュベレ神殿で踊り狂うコリュバンテスそのものでした。しかし彼らの出陣の踊り《フィリックス》は輝く銃剣によって遮られました。先述の部隊が四隅から広間に雪崩《なだ》れ込み、鋼《はがね》の馬防柵で彼らを囲い込んだのです。吸血鬼たちは驚いたものの、勇ましく長剣《サーベル》を鞘から引き抜き、勇敢に立ち向かいました。戦死する決心があるというより、切り伏せられるたび不死鳥のように自身の灰から蘇《よみがえ》ることを疑っていないのです。

　凄絶な戦闘が始まりました。ペルソンヌ夫人は王の言っていた小瓶が地面に転がっているのを見て、抜け目なく小物入れにしまい込みました。黒人奴隷たちは闘いが止まないものかと様子を見ながらも、闖入者《ちんにゅうしゃ》たちの意識が吸血鬼たちに向いているうちにじりじりと離れてゆきました。部隊の兵士たちは努力が無益だと悟って怒り狂っていました。というのも彼らのほうは敵の攻撃で傷を負っているというのに、吸血鬼たちはまるで九柱戯《ナイン・ピン》のように、倒されるのと同じ速度で立ち上がってくるのです。まるで大荒れの海に浮かぶ船の帆柱が、嵐に屈したかと思うと大波の上にふたたび持ち上がり、垂直に立って勝ち誇るかのようでした。

　しかしゼンボーの指示が飛び、部隊の兵士たちは相手が倒れるや否や拘束し、起き上がる前に大勢で身体の上に座り込みました。ただこの方法はなにか指の下に水銀を留めておこうとするようでした。王はまだ死に物狂いで闘っています。両手に巨大な三日月刀を振り回し、風車の帆のように腕を振るうと、腕、脚、頭、胴が王の周りを跳ね回り、空中を舞い飛びました。独創的な奇術師マフェイ氏が舞台上で道化師をばらばらにするかのようでした。また老婆や子供たち、鶏、修道士、ご婦人たちが好き勝手に踊り狂い、芸術家がその混沌のうちにまだ秩序を見出せずにいるようでもありました。もしくは不滅の花瓶に名を記録されるほど名高い臥所の騎士《ドン・キホーテ》が壁に心ない風刺画を見つけたときのようでした。この騎士は重い水差しを振るって罪のない机、椅子、寝台の支柱を叩き壊し、血みどろの床を勝ち誇った大股で歩いたのです。そのようにして王は闘い抜きましたが、不意に脊椎《せきつい》をざっくりと刺し貫かれ、（元奴隷のラテン語教授にして詩人、ヨハネス・ポルコ・ラティヌスが記すように）「基本原理《イン・プリンキピア・フンデイメンタリア》に基づいて」地に倒れ、すぐ大勢に組み敷かれました。

　こうして獰猛《どうもう》なゲーチュリアン・ライオンは猟師の竹槍に刺し抜かれて敗北し、エトナ山の麓《ふもと》に埋められたエンケラドスのように押さえつけられ悶《もだ》えながら、心臓を絞られる苦悶に涙を流して絶命し、憎悪の唸りを轟《とどろ》かせたのでした！

　すぐさま杭が何本も取り出され、地獄の輩《やから》どもは着実に処刑されてゆきました。ホメロスの語る彼らの同胞のようでした。

　　燃える鎖で真鍮の床に繋ぎ留められ、
　　地獄の容赦ない扉に閉じ込められた。
　　（『イリアス』）

吸血鬼たちの喚き声が地下の大広間をデルフォスの洞穴のように鳴り響かせ、そこに老獪《ろうかい》な聖職者たちが引火性の気体に着火しました。島民たちは眠りから目覚めて恐怖に震え、足元で地震が起きたのだと信じました。

　ペルソンヌ夫妻とゼンボーは、すかさずアフリカの王の水薬を呑みました。穏やかな眠りに呑み込まれると、彼らは農園へと運ばれてゆきました。眼覚めると翌朝で、身体の調子におかしな点はなく、ただ少し風邪気味になっていました。ペルソンヌ氏は十六年ものあいだ身体に変化がなかったので、いまや夫人よりかなり若くなっていました。彼女はまったく気の毒には思いませんでしたし、彼自身もまったく嫌ではないと断言しました。夫妻の残りの人生は熱帯の夜のように穏やかなものになりました。気兼ねない愛の淡い光に照らされて、安らかな胸の微熱に煽られて、蛍のように煌めく歓喜に命を吹き込まれたのです！

　持ち前の才覚でふたりに幸福をもたらしたゼンボーは、ここまでの内容を母方の叔父に記録してもらったあとで、洗礼を受けてバラバという名を授かりました。ただひとつだけ問題が、雲ひとつない青空から雷鳴が聞こえることのあるように、彼らの胸の静けさをよぎっていったのですが、それは現ペルソンヌ夫人の四人目の夫の子供のことでした。その子は混血児《ムラート》で、また吸血鬼の性質をも受け継いでいたのですが、アフリカの王の薬はすでに使い果たした後ですから、夫妻にはどうしても治療することが出来ませんでした。

　賢明な読者は（もし存在するならば）思い出していただけるでしょうが、この物語はアンソニー・ギボンズ氏の名前から幕を開けたのでした。その後まったく言及しませんでしたが、この人物の冒険については（演説教室のニューヨーク・フォーラム的な言い方をすれば）もっと都合の良い機会まで「未来の腹のなかに埋められなければならない」でしょう。彼は先ほど述べた混血児の直系の子孫であり、いま皆様に読まれているこの文書の原稿は、先祖から彼に受け継がれたものなのです。

　彼はニュージャージー州エセックス郡に住んでいます。断っておきますが、エリザベス・タウンの著名な同名人、蒸気船経営者トーマス・ギボンズ氏とは無関係です。後者の腰周りを一目見た者のあいだでは、悪魔のような商売をしているので腸が伸びたのだと囁かれている御仁です。彼はたしかに極上の一口になるでしょうけれど、父祖の霊廟《れいびょう》に葬られるとき、吸血鬼の渇きを満たすことがないことを心から願いましょう！

吸血鬼ヴァーニー
——あるいは血の晩餐（抄訳）

ジェイムズ・マルコム・ライマー
トマス・プレスケット・プレスト

Varney the Vampire;
or the Feast of Blood 1847

夏来健次 訳

ジェイムズ・マルコム・ライマー（James Malcolm Rymer 1814 - 1884）
ジョン・プレスケット・プレスト（Thomas Preskett Prest 1810 - 1859）
※解説3参照

ライマーとプレストはイギリスの大衆小説ペニー・ドレッドフル界のスター作家で、後者のジョン・ペケット（Peckett）・プレストをはじめ両人とも多くの別名を持つ。本篇に関してはそれぞれによる単独筆とされるときもありまた共作と見る向きもあるが、ここではその穿鑿《せんさく》に関心を持たない。遺憾ながら本書訳者はこの大作の全幅紹介を為《な》しえないが、趣旨により積極的に採りあげる要があり、この際分散的抄訳を試みた次第。当初最終章（第二百三十二章）も訳したが、近い将来有徳の士による全訳の予定ありと仄聞《そくぶん》したことを考慮し割愛した。願わくは拙訳がその偉業の露払いとならんことを。

既訳（解説・註1、註7参照）では第一章が武富義夫訳「恐怖の来訪者」（角川文庫・矢野浩三郎編『怪奇と幻想1　吸血鬼と魔女』所収）として、第二百二十五章の途中から第二百二十七章にかけて（一部省略あり）が浜野アキオ訳「吸血鬼の物語」（角川文庫・ピーター・ヘイニング編『ヴァンパイア・コレクション』所収）として、それぞれ抄訳されている。

なお第二百二十六章は主人公の手記であり、清教徒革命の渦中で神の怒りにより吸血鬼となったことが明かされるが、その原因は王党派と革命派を両天秤にかけたがゆえではなく、そこに描かれているとおり、より深く重い罪によるものであることを敢《あ》えて付言する。

（※原著初版は章数に誤記があり、当抄訳では五章減じた後世版の修正に依拠した）

第二十章　恐ろしき錯誤――寝室でのあやうき面談――吸血鬼の襲撃

　フロラがちょうど原稿（恋人チャールズ・ホランドがフロラを慰めるためわたしした読み物）を読み終えたころ、通廊を速やかに近づいてくる足音が聞こえた。

「きっとヘンリー兄さんだわ。チャールズの伯父さまと会うようにと勧めにくるんでしょう」とフロラは独り言をつぶやいた。「それにしても、伯父さまとはどんな方かしら。チャールズに似て尊敬できる人だといいのだけれど。それならすぐにでも親しくなれるでしょうから」

　コツコツと部屋の扉が叩かれる音。フロラは兄ヘンリーからホランドの原稿をわたされたときと同様、警戒などまったくしていなかった。精神状態の奇妙な働きのせいか、むしろ強い自信と勇気を持てている気がした。だから扉を叩く音に驚かされる前に、足音が聞こえたときすでに兄ヘンリーだと決めつけていた。

「入っていいわよ」と陽気な声で言った。

　扉が鮮やかなほどの速やかさであけ放たれ、人影が室内に踏み入ってきた。扉はすばやく閉じられ、そのすぐ前面に人影が立った。フロラは悲鳴をあげようとした。が、舌が役目を果たすのを拒んだ。激しい恐怖が脳内に渦巻き、体が震えだした。冷気が背筋を走る。その人物は吸血鬼フランシス・ヴァーニーにほかならない！

　ヴァーニーは背筋をのばして長身痩軀《そうく》を聳《そび》え立たせ、両腕を胸の前で組みあわせている。蒼白な顔に不気味な笑みを湛《たた》え、口を開くと低く陰気な声が発せられた。

「フロラ・バナーワース、きみに話しておかねばならないことがある。是非静かに聞いてもらいたい。なにも恐れるには及ばないから。危険を感じて悲鳴をあげたり、大声で助けを呼んだりすれば、却《かえ》ってわれらの足の下の地獄へ導かねばならなくなろう！」

　それらの言葉はさながら人間の口から出たものではないかのごとく、死のように冷たく無感情で機械的な調子で吐かれた。

　フロラはそれを聞いてはいたが、しかしほとんど理解していなかった。ゆっくりと後ろざまに戻り、椅子にたどりつくと、つかまって体をささえた。ヴァーニーの言ったことのなかで意味までがたしかに彼女の耳に届いたのは、大声を出せば恐ろしい結果を招くことになるという部分だけだった。だが声を出さずにいるのはそう言われたからではない。本当に声が出なくなってしまっているためだった。

「返事をしてくれないかね」とヴァーニーがつづける。「わたしが言わねばならないことに、耳を傾けると約束してくれ。そのために声を出すだけならば、あやうくなることはない。しかも耳を傾けてくれたあとには、安堵が得られるはずだ」

　だがそれでもなお、声を出そうとしても出ない。唇は動くが、音声が洩れることはなかった。

「恐れているようだな」とヴァーニー。「怖がる理由などないというのに。危害を加えにきたわけではないのだから。むしろ傷ついたのはわたしのほうだよ、お嬢さん。ここに来たわけは、今きみの魂を抑圧しているものから救ってやりたいがためだ」

　束の間の苦闘ののち、フロラはやっとかすかながら声を出せるようになった。

「助けて！　ああ、神よ！　だれか来て！」

　ヴァーニーはいらだちの表情を見せたあと、また口を開いた。

「神にすがらねばならないようなことは、なにもありはしない。きみにその高貴さと美しさに見あうだけの賢明さがあるならば、ただおとなしく話を聞いてくれることができるはずだ」

「聞いて――聞いているわ」とフロラはつぶやきながら、依然としてつかまっている椅子を引きずって後ろへさがり、訪問者との距離を空けようとした。

「それならけっこう。少しは落ちついてきたようだね」

フロラは震えつつも、ヴァーニーの顔をじっと見すえた。もはや見誤まりようがなかった。あの嵐の夜に訪れた（第一章で語られる出来事）吸血鬼の、異様に淀んだ瞳と同一だ。その瞳で今また、ひるむこともなく睨みつけてくる。そしてふたたび口が開かれたとき、顔がゾッとさせる様相へと歪んだ。

「きみは美しい。そのみごとに均整のとれた肉体を手本として、たしかな腕を持つ彫刻家が彫像を創ったならば、見る者をひと目で魅了する芸術作品ができあがらずにはいまい。雪をも退《しりぞ》けるほどに白い肌、愛らしさこのうえない貌《かんばせ》、まさに完璧と呼ぶべき魅惑的なその姿態――」

フロラは声も出せずにいたが、不意にある記憶が蘇《よみがえ》ると、思わず頬が紅潮した――吸血鬼が初めてこの部屋に侵入してきたとき（第一章での出来事）、彼女はあまりの恐怖に気を失ってしまったのだった。

そして今、この男の悪魔的なまなざしには彼女の美しさへの憧憬が加わり、それがいっそう慄然とさせる。

「わたしの気持ちがわかったようだね」とヴァーニーが言う。「許してくれたまえ。これでもまだ人間らしさが残っているのでね」

「用件を言ってちょうだい」とフロラが声を喘《あえ》がせた。「用も言わずになにかしようとすれば、大声で助けを呼ぶわよ。きっとすぐにだれかが駆けつけるわ」

「わかっているとも」

「悲鳴をあげてもいいというの？」

「いや、これから用向きを話すと言っているのだ。もちろん助けはすぐに来るだろうが、呼ぶには及ばない。わたしの話を聞けばそうとわかる」

「ではすぐに話して」

「きみへの危害にかかわるようなことではない。用向きとは、穏やかな交渉だ」

「穏やかですって！　あなたのような恐ろしい人

は、本当はわたしが想像しているだけの幻で、すぐにでも消えるものであってほしいと、今でも思ってるわ」

「落ちつきなさい。そういうことについても、説明しようと思って来たのだから。ますます時間がなくなって、手短かに話さねばならなくなるじゃないか。敵意など持ってはいない。持つはずがなかろう？　きみは若く美しく、そのうえ、人の上に立つべき家名をも持っている。まさに理想の令嬢だ」

「わが家に肖像画があるわね」とフロラが言いだした。

「そのことか。それ以上言わなくてもわかっている」

「あれはあなたに帰属すべきものなのかしら？」

「あの絵だけではない、バナーワース邸そのものを、そして内部にあるものもすべて、わたしは要求したい」ヴァーニーはせわしない口調になっている。「要するにそういうことだ。そのためにきみのお兄さんと口論になった。お兄さんだけでなく、今きみが愛されていると期待する若者ともね」

「チャールズ・ホランドは本当にわたしを愛しているわ」

「その点についてきみと議論するつもりはないよ。ただ、わたしは普通の者よりも、人間の心の秘密について知っていると言いたいだけでね。いいかね、フロラ・バナーワース、口に出して愛を語る男にとっての愛の意味とは、子供が見る逃げがちな夢以上のものではない。人の世には愛の情熱を心の奥深くに隠している者もいて、そうした者は決して愛を口に出さない。きみを愛しているという若者ホランドの愛とは、夏の日差しを永遠に浴びつづける小さな湖が大海に対していだく憧れにも似た、儚《はかな》い夢のごときものにすぎない」

　そう言うヴァーニーの声は今、さながら音楽のように響き、心を惹きつける魅惑を伴っていることを否めない。言葉のひとつひとつが優しくなめらかに流れでて、抑揚も完璧で、雄弁な話力を物語ってやまない。

依然としてこの男に対する震えるような恐怖があるにもかかわらず、その正体に直結する強い嫌悪がまだたしかにあるにもかかわらず、今のフロラは話をもっと聞きたいという誘惑に抗しがたくなっていた。語っていること自体は到底歓迎すべからざる話題なのに、この男への恐れが次第に薄れつつあるとまで感じてしまっていた。そして今、語りに間《ま》が生じた隙に、フロラは口を挟んだ。

「あなたはまちがっているわ。チャールズの気持ちがずっと真実でありつづけることに、わたしは自分の命を賭けてもいいほどよ」

「きみはそう言うだろうね。尤《もっと》もなことだ」

「おっしゃりたいことはそれでもう全部なのかしら？」

「いや、まだだ。わたしがこの邸《やしき》を欲しいと言っているのはつまり、ここを買いたいという意味なのだ。だがきみの短気なお兄さんたちと口論になり、もう交渉すらできなくなってしまった」

「どうあれ、断わるに決まっているわ」

「そうかもしれない。しかしともあれ、お嬢さん、きみに仲立ちをしてほしいのだ。未来を見通したとき、さまざまなことが起こりうる可能性がわたしには読めるのでね」

「さまざまなこと？」

「そうとも。過去の教訓に学ぶなら、あるいはまた、詳《つまび》らかにできないある根拠に基づくなら、これまで与えてきた苦痛をうわまわる力で、きみに救いを与えることができる。それなのにお兄さんと恋人は、わたしと闘おうという勢いだ」

「闘いなんて、とんでもない！」

「だが起こりうることだ。そうなれば、二人とも命を落とすだろう。わたしは力だけでなく、闘う腕前も超人的だからね」

「それだけはどうかやめて！」とフロラが喘ぐ。

「条件を呑んでくれれば、どちらかを、あるいは両方を救ってやれるだろう」

「むずかしい条件なのかしら？」

「むずかしいことはない。きみはつねに恐れすぎだ。わたしの条件とはただ、このバナーワース邸を売ってくれるよう、あの頑固なお兄さんたちを説得してほしいというだけなのだ」

「本当にそれだけ？」

「そうだ。それ以上は望まない。呑んでくれれば、彼らとは闘わないと約束しよう。そしてきみとわたしが会うことも、もはやない。永遠に邪魔をしないから、安心していい」

「ああ、それならば、わたしが骨を折る価値があるというものね！」とフロラは言った。

「あとひとつだけつけ加えたいことが――」

「まあ！　やはりまだなにかむずかしい条件があるの？」

「また恐れすぎているな。つけ加えたいのはただ、きみとの今の話を秘密にしてほしいというだけだ」

「それはだめよ、できないわ！」

「できない？　そんな簡単なことが？」

「できないのよ。わたしは愛する者たちに隠しごとをしないことにしているの」

「そうかね。秘密にしたほうがいいと、間もなくわかることになると思うがね。だがどうしても厭《いや》なら、長く強《し》いたりはすまい。きみの意固地さの前には、退《ひ》きさがっておこう」

その言葉と言い方には、わずかながら挑発の気味があった。

ヴァーニーはそう言いながら、菜園に面して開いている窓のそばから、部屋の戸口へと移っていった。フロラはできるだけ遠ざかろうとあとずさった。二人とも束の間黙りこんだ。

「きみの体には、若い血が流れているね」とようやくヴァーニーが言った。

フロラは戦慄に震えた。

「わたしが言った条件を心に留めておいてくれたまえ。バナーワース邸を欲していることを」

「わかったわ――それだけ？」

「欲しいものは必ず手に入れる。たとえその道のりが血の海になったとしても。わかったかな、お嬢さん？　今やりとりしたことを頭のなかで何度も反芻《はんすう》してみることだね。示した条件を拒むのならば、きみは自分の身の上に気をつけねばならなくなる」

「こんなことをくりかえされるうちに、この邸がわたしたちにとってどんどん忌まわしいところに変わっていく気がするわ」とフロラが言い返す。

「そうかね！」

「それだけはわかっておいてほしいものね。今わたしに対してなにか強いるには及ばないわ。兄たちには伝えておきますから」

「感謝するよ、心から礼を言う。後悔するようなことは、起こらないと保証しよう。ただきみの新たな友人が、たまたま吸血鬼であったというだけで――」

「吸血鬼ですって！」

ヴァーニーがフロラへ向かって一歩踏みだした。彼女は思わず恐怖の悲鳴をあげた。

鉄の万力のような力強い手で腰を押さえつけられた瞬間、フロラは頬に熱い息がかかるのを感じた。めまいを覚え、気づいたときにはその場にくずおれていた。必死で呼吸と活力を整えなおすと、耳を劈《つんざ》く絶叫を放ち、そのあとは床に倒れこんだ。直後に窓ガラスが割れる音が響き、室内はまったき静寂に返った。

第三十四章　威嚇――その結果――救出とヴァーニーの危機

フランシス・ヴァーニーはまた足を止めた。自らの牙にかけんと心に決めていたフロラ・バナーワースの救いがたいありさまをつぶさに見すえていたが、その顔に憐《あわ》れみが浮かんだわけではない。悪魔的な表情のなかに、人間らしい優しさは一抹たりとて窺えはしなかった。美しくも不幸な令嬢の心臓に致命の一撃を与えるのを多少ともためらわせたのは、決して容赦の感情などによるものではなく、むしろ自らの悪漢としての存在をより完璧に成立させたいとの思いを束の間湧かせたがゆえのことであった。

そしてすぐにでもフロラを助けんとして駆けつけるべき者たちは、つねならばなにがあろうとも――自分たちの命すら賭けてでも――そうするところだが、しかし彼らはまさに睡眠のただなかにあり、愛する者の危機を知る由《よし》とてなかった。フロラは本当に独りきりであり、しかもこの四阿《あずまや》はバナーワース邸の本棟から距離がある。そんなところでフロラは、通常ならばあまりの恐怖によって正気が失われ、狂気に陥ってもおかしくない状況にまで追いこまれている。

だがそのフロラ自身もまた、依然として眠っているのである――通例ならばまどろみと呼ぶべき状態に近いものでも睡眠に含めることができるとするならば。そしてそんな眠りのなかにあっても、なおも愛するチャールズ・ホランドの名前を物悲しく訴えるように呼びつづけていた。恋人の愛を信じて疑わないその声を耳にする者は、どんな頑《かたく》なな心の持ち主でも憐れみを覚えるだろう。

しかしフランシス・ヴァーニーにかぎっては、くりかえしホランドの名を呼ぶその声はいらだちを招かずにはおらず、事実彼女がその声をあげたとたんに不興をあらわにし、ふたたび前へ踏みだした。そして彼女が座すところまであとわずかの距離で立ち止まり、物恐ろしい声を発した。

「フロラ・バナーワース、目覚めよ！　目覚めてわたしを見るのだ。そこで見ることになるものが如何《いか》に恐怖と絶望に満ちた光景であろうとも、きみには目覚めてもらわねばならない！」

その声量は不可思議な眠りからフロラを覚醒させしめるに足るものではなかった。そうしたつねならぬまどろみに陥っている者は物音を感知できないと言われるが、しかしわずかでも手を触れるならば目覚めずにはいない。この場合もそうした状態であり、それでヴァーニーはそう呼びかけながら、死体のように冷たい指二本でそっと彼女の手に触れた。その瞬間、彼女の口からかん高い悲鳴が放たれた。そして記憶も思考も依然混乱をきわめた状態ながら、ようやく覚醒すると同時に、夢遊病的な忘我の境からもついに脱した。

「ああ、助けて！」とフロラが叫ぶ。「おお神よ、いったいここはどこ？」

ヴァーニーはものも言わず、ただ抱きしめんとするかのように、長い細い両腕を大きく広げた。腕が体に触れているわけではないにもかかわらず、フロラは逃げられない。逃げようとしたとたんに、邪悪な抱擁によって妨《さまた》げられるにちがいないから。

逃げるのを阻《はば》む男の顔と姿をひと目見たのみだったが、そのわずかな瞥見《べっけん》ですでに充分以上だった。極度の恐怖に見舞われ、目眩《めまい》に襲われたようにその場にへたりこんでしまった。この男の存在を目にしただけで、フロラの口からある言葉が迸《ほとばし》るにはこと足りた。

「吸血鬼——吸血鬼！」

「そうだ」とヴァーニーが応える。「吸血鬼だ。わたしを知っているはずだな、フロラ・バナーワース。血の晩餐のため、夜にきみを訪《おとな》う者——吸血鬼ヴァーニーだ。生き血を吸う者、それがわたしだ。この顔をよく見るがいい。わがまなざしにもひるまずに。拒まず言葉を交わすのだ、きみへのわたしの愛が形をなすまで」

フロラは激しく身を震わせ、大理石像もかくやとばかりに肌を蒼白に変えた。

「なんと恐ろしいことを」とつぶやいた。「天に死を願うほうがいいほどの恐ろしさ！」

「やめよ！」ヴァーニーが制する。「愛の誘惑が立ち入る余地のないほどの恐怖を孕《はら》んだ、まやかしに彩られた想像力を心に纏《まと》うでない。きみはたしかにわたしによって責め立てられているが、こうするのが吸血鬼のさだめなのだ。目に見える創造物とともに目に見えぬ法則もまた、わたしのような存在にこの世界の劇のなかで演じるべき役割を与えてやまない。わたしはたしかに吸血鬼であり、その肉体を維持するためには、人の生き血を滋養とするほかはないのだ」

「ああ、なんと恐ろしい！」

「だがわたしが餌食とする者は、ほとんど若く美しい女人《にょにん》にかぎられる。フロラ・バナーワースよ、まさにきみのような女人の血管からのみ、渇きし活力の源《みなもと》を摂取しなければならない。にもかかわらず、長きに及ぶわが人生のなかで――それはもう幾世紀にも及ぶ長さだ――人の情けの柔和な深遠さというものを、人の命の優雅な存在感を、きみと出会うまではまったく見いだすことができずにいた。きみの血管から泉のごとく湧く再生のための滋養液を摂取しているさなかに、わが心臓はまたとない温《ぬく》もりに満たされ、きみへの憐れみと愛とを覚えずにはいられなくなる。おお、フロラ、こうしている今でさえ、自分がこのような者であることの痛みに、苛《さいな》まれているのだ！」

ヴァーニーのその口調と態度には、ある種の悲哀があるのが感じられた。そしてその言葉には深い真摯さもたしかにあり、それがいくらかなりともフロラの恐怖感を和らげた。その安堵のせいで却って涙とせわしない嗚咽《おえつ》を洩らしつつも、ほとんど聞きとれないほどの囁《ささや》きを吐いた――

「たとえあなたのような人であっても、神の大いなる許しこそあれかし！」

「わたしはそのような祈りを求めていた！」ヴァーニーが慨嘆《がいたん》した。「だがそれは天のみぞ知ること。その祈りが夜陰の翼に乗り、神のまします天の玉座まで飛びゆかんことを。そして傍仕《そばづか》えの天使たちのやさしい囁きによって、神の耳にまで届かんことを。そのような祈りをこそ欲していたとは、まさに神のみぞ知らん！」

「あなたがそんなことを真剣に口にするのを聞くと」とフロラが言った。「おびえのせいで昂《たかぶ》る気持ちが、少しだけ薄らぐ気がするわ。そしてあなたが帯びる恐ろしい気配も、わずかながら剝がれ落ちていくみたい」

「口をつぐめ」と吸血鬼が制する。「黙ってわたしの言うことに耳を傾けよ。きみが覚えているおびえや恐れを口に出す前に、知ってもらわねばならないことがもっとあるのだから」

「知らねばならないことといえば」とフロラが言い返す。「わたしがどうしてこの四阿に来たのかを、まず教えてちょうだい。わたしをここまでつれてくるのに、どんなこの世ならぬ力を使ったの？　ただ話を聞かせたいだけならば、どうしてもっとよいときと場所を選ばなかったの？」

「たしかにわたしには力がある」とヴァーニーがフロラの言葉を借りて言ったのは、それほどの大胆さでも今の彼女なら信じるに相違ないと思っている自信の顕《あら》われにほかなるまい。「さまざまなことを自分の意志する方向へ導く力を、わたしは持っている。幸か不幸か、わがものとすることになった力をな。そしてその力のゆえに、これから語ることは、きみに安堵を与える助けとなるだろう」

「今なら耳を傾けられるわ」とフロラは言った。「もう震えはしない。身のうちには冷たいものを感じているけれど、それは夜気のせいと考えることにしましょう。話してちょうだい――おとなしく聴いているから」

「では話そう。フロラ・バナーワースよ、わたしは人間とそして人間のなすこととが、時の流れによって変化しつづけるさまを、この目で見てきた者だ。だが人間そのものにも、その営為に対しても、憐憫《れんびん》など感じなかった。多くの国々が滅ぶさまを目撃し、人間たちの高い望みが塵《ちり》と潰《つい》え去るのを見ても、溜め息すらつきはしなかった。若く美しい女たちが墓の下に葬られるのも数多《あまた》見てきたが――絶えざる渇きを癒すために生き血を摂取しなければならぬわたしの宿命の犠牲となり、通常の寿命よりも遙かに早く世を去った女たちだ――その者らのだれ一人にも愛を覚えなかった」

「そもそもあなたのような存在が」とフロラが口を挟んだ。「そんなこの世の者のような感情を持っているかしら？」

「なぜ持てないと言える？」

「愛とはあまりにも神に近く、そのうえあまりに人にも近い感情だから、あなたには到底心地よくはなれないでしょう」

「それはちがうぞ、フロラ！　愛は憐憫の情からも生まれうるもの。わたしはそれによってきみを救えるのだ――きみを襲いつづけている恐怖から助けることができる」

「それが本当なら、あなたの危難のときには天が慈悲を授けるでしょう」

「然《しか》あれかし！」

「それでもあなたは真の平穏と安逸を知ることができないのよ」

「平穏も安逸も切れぎれのかすかな望みにすぎぬ。だがもし得られることがあるとすれば、それはフロラ、きみのような者の精神を媒介とするときに限られるだろう。きみの精神はすでに、わたしの苛《さいな》まれた魂を慰めてくれているからな。おかげで心に希望が芽生えている――少なくとも、自分本位ではないあるひとつの行動を起こせるだけの希望が」

「希望は行ないの父となるのよ」とフロラ。「そして天はへだてなき慈悲をもたらすでしょう」

「愛らしききみのため、わたしもそう信じたい、フロラ・バナーワース。呪われし吸血鬼族が自由になるためには、われらを愛しうる心を持つ人間を一人でも見いだすことが条件となる。もし神の御前《みまえ》において、きみがわたしのものとなることに同意してくれるならば、この身は恐ろしい宿命から救われるのだ。そして至上の幸福を得ることができ、しかもそれは疑いなくきみ自身のためにもなる。どうだ、わたしのものになってくれるか？」

月の面《おもて》から雲が払われ、吸血鬼の不気味な顔立ちにひと筋の光が射した。その表情はあたかも納骨堂から救いだされた者のように見え、束の間大きな活力を帯びたようであった――その力強さはさながら、天然の美と調和のすべてを破壊しかねないほどであり、迷える者の心を狂気に陥《おとしい》れるほどですらあった。

「厭《いや》よ、厭！」とフロラは叫んだ。「あなたのものになど、決してならないわ！」

「もうよい」とヴァーニー。「返答はそれで充分だ。求愛は失敗だったようだな。わたしは依然として吸血鬼のままでいることになる」

「助けて、だれか！」

「血をもらうぞ」

フロラはひざまずき、両手を天へ向けてさしあげた。

「どうかお慈悲を！」

「血をもらおう！」ヴァーニーがそう言うと、凶暴な牙のごとき歯がかいま見えた。「血の一語こそが吸血鬼の信条なのだ、フロラ・バナーワースよ。わたしは愛を求め、きみはそれを拒んだ。罰は血以外にはない」

「厭よ！」フロラがわめく。「あれだけ正しいことをたしかに口にした人が、そんな不正義を行なえるものなの？　わたしは謂《い》われのない犠牲者で、どんな正当な理由もないまま害をこうむろうとしているのだと、あなたは感じるべきでしょう。わたしはなんの過ちも犯していないのに、苛まれているのよ。秩序を乱したり、責められるべき感情を持ったりもしていなくて、ただあなたが苛まねばならないと思ったからそうされているだけなの。あなたの呪われた命を長引かせるだけのために、これまでと同様にわたしを襲おうというのでしょう。あらゆる人間の力を超えていることを受け容れないからという理由で、責められなければならない如何《いか》なる根拠が、如何なる正義があるというの？　わたしがあなたを愛することなど、到底できないのよ」

「では犠牲となるのを覚悟するしかあるまい、フロラ・バナーワースよ。たとえほんのいっときでも、きみ自身を、そしてこのわたしを、救いたいとは思わないのか？　それほどにも愛せないというのか？」

「あまりにも恐ろしい求愛だわ！」

めにはこれまでどおり、自分の周囲に惨劇と荒廃を広めつづける長い歳月を送ることになる。そしてそのあいだも、己《おの》が胸中にもふさわしからぬほどの深い感謝と誠心とを以《もっ》て、きみを愛しつづけるだろう。喜んできみに心を尽くす覚悟だ、たとえ愛されなくともな。それゆえに、いまだひとつだけ、きみがわたしの制約から逃れうる機会がないわけではない」

「まあ、それは本当なの！」とフロラが声をあげた。「その機会を得るにはどうすればいいの？　自分を救うために犠牲になった者を悼《いた》みつつ感謝しているとでも言いたげな、その気持ちの恩恵を受けるためには、どうすればいいというの？」

「聞くがいい、フロラ・バナーワースよ。わたしのような不可思議な者の存在の詳細について、これから述べるほどに。普通の人間の耳にはかつて一度も吹きこまれたためしのない話になるにちがいない」

フロラは相手に視線を集中し、傾聴に備えた。するとヴァーニーは真摯な物腰とともに、自身を現在のような身のうえにいたらしめたあらゆる状況と条件をめぐり、じつに奇態な領域の生理学的側面について語りはじめた。

「まず言っておきたいのは、わたしは決して、あのような恐ろしい方法で命を永らえる存在となることに、魅せられてそうなったわけではないということだ。きみのみならず、人間たちを恐怖に陥れる者になりたいなどと思ってこうなったのではない。絶えざる渇きを癒すために、血を摂取されし犠牲者が悶え苦しむのを目にしたならば、わたしは吸血鬼でありながら、耐えがたい懊悩に見舞われずにはいない。しかしこれはわれらの種族の不可思議な習性だが、絶えつつある活力の源を補給するために、熱き泉のごとく湧きでる人間の新たな生き血を欲するとき、生存への強い欲望がこの身に生じてやまず、それがやがては狂気の発作のような激しさにまで高まって、獲物を求めるためならば、人であれ神であれ、如何なる障碍《しょうがい》にも怖《お》じることなく、突き進んでしまうのだ」

「なんと恐ろしい習性！」とフロラが嘆息する。

「たしかにそのとおりだ。そしてひとたび激しい飢渇が癒され、脈拍が正常に打つようになったならば、溢れるほどの奇妙な活力が体内に漲《みなぎ》り、ふたたび沈着に戻る。だが沈着になればなったで、そうなるまでの経過を思いだし、過酷な苦悶と後悔に駆られねばならない。それはもう筆舌に尽くしがたい苦しみと言ってもいい」

「哀れに思うわ」とフロラ。「あなたがわたしを哀れむのと同じほどに」

「きみの胸中にそのような感情が芽生えたとすれば、それこそわたしが望んでいたものだ。きみからの哀れみをこそ欲する。地を這う虫けらたちですら、自分ほどには哀れむべきものどもではないと思っているからな」

「もっと話して。話してちょうだい」

「話すとも。ひとつの話題をできるだけ短くまとめるよう心がけながらな。われわれはひとたび一人の人間を襲うと、ふたたびその同じ人間から血を摂取したいという、奇妙にして強い欲望に駆られるのだ。しかしフロラ、きみにかぎっては、愛している者なるがゆえに、この超自然的な魂のなかにわずかながら残っている理性が、きみのその善良且《か》つ純粋な精神を尊んで、なんとかして救いたいと願わずにはいられなくなる」

「まあ！　どうすればこの恐ろしい危難から救われるのか、教えてちょうだい」

「それはすなわち、単に逃げることだ。この場から疾《と》く去るのだ。これはわたしの懇願でもある。できるかぎり速やかに、ここから逃げ去ってくれ！　いっときもためらうことなく、ひと目とて振り返らず、自分の居場所に逃げ帰るのだ。わたしはこのままここに残っている。そのあいだに、視界の及ばぬところまで離れるがいい。追いかけたりはしない。ここにとどまるよう懸命に自分に強《し》いるつもりだ。ただ逃走することのみが、わたし自身と同じほどの忌むべき運命から救われる手立てなのだ」

「その前に、教えてほしいことがひとつあるわ」フロラはある質問を恐るおそるながらも口にする勇気を振り絞るため、やや間を置いたあとでそう切りだした。「吸血鬼に襲われるという恐ろしい目に遭った人間は、死んだあと自分自身もその忌まわしい種族の一員になるという噂は、本当なのかしら？」

「そのような方法で呪われた種族を増やすことも、たしかにできる」とヴァーニーは答えた。「だが時の流れと状況の変化により、われらの存在の仕方も新たなものに生まれ変わってきた。きみの場合は、その点は心配ない」

「心配ないのね！　その言葉をもう一度言ってちょうだい！」

「いいとも、心配はない。一度や二度程度の吸血鬼による襲撃では、襲った存在と同じ種族に変化するに足る感受性を、誘発することが叶わない。襲撃は頻繁にくりかえされねばならない。それに、そうした結果が誘発されるには、襲われた人間の生命が、吸血鬼による襲撃を直接の原因として終焉を迎えることが条件となる」

「そういうことなのね。わかったわ」

「来る年も来る年もきみがわたしの餌食となり、細蠟燭《ほそろうそく》の焔が次第に消えゆくように生命力がゆっくりと失われていき、滋養の供給をその消費が遙かにうわまわったとき、なにがしかの出来事によって生命の火がふっつりと消えることがある。そういうときには、フロラ・バナーワースよ、きみも吸血鬼になることはありうるだろう」

「ああ、そうなのね！　なんと恐ろしい！」

「故意によるにせよ、あるいは成り行きだったにせよ、そうした場合には、一見完全に死んだかに見えるきみの死体が、月の光をわずかに浴びただけで起きあがり、われらの仲間となる。そうなればきみにとってはもちろん悍《おぞ》ましいことだし、まわりの人間たちにも恐慌を及ぼす事態となる」

「わかったわ。わたし、すぐにここから逃げるから」とフロラ。「そんな恐ろしい事態から逃《のが》れられる可能性があるのなら、そうしないわけにはいかないもの。それで助かるのならば。バナーワース邸からも去るわ。海へ出て、この大陸から去り、あなたから完全に離れられるまで逃げるのよ」

「それがいい。今のわたしは、きみをこうやって説得できるほどに冷静になっている。だがあと何ヶ月もせずして、この体に死の倦怠が忍び寄れば、ふたたびあの狂おしい昂奮が脳を見舞い、またもやきみのもとを訪れて、わが抱擁の生け贄にせんとするだろう——たとえ寝室を三重の鉄の扉で保護していようとも。そしてこの命を永らえるために血を吸いとり、今一度きみの魂を恐怖の虜《とりこ》とすることになる」

「これまでのことを思いださせて、わたしを威嚇するには及ばないわ」とフロラ。「脅されなくても逃げるから」

「バナーワース邸からも去るのか？」

「ええ」とフロラは答える。「そうするつもりよ。邸の部屋べやも今はもう、恐ろしい出来事を思いださせるだけだもの。兄たちと母にも、邸を離れるように説得するわ。どこか離れた土地に住めば、安全と安心を得られるでしょう。そういうところでなら、あなたに対しても怒りや嫌悪以上に、憐れみや哀しみを以て考えることができるようになるでしょうし。あるいはまた、厭悪《えんお》よりも関心を以て」

「そうあってほしいものだね」と吸血鬼は言って、あたかも感謝を示すかのように両手を重ねあわせた。少なくとも過去に一度だけ、自分の行為によってフロラと同じほどの絶望感を与えた者に対し、その仕草で安逸を願ったことがあるのだった。

「是非そうあってもらいたい。そう考えてもらえれば、わたしのように頽廃《たいはい》と荒涼に沈んでいる存在でも、人間の心に安逸が訪れてほしいと願わずにはいられなくなるというものだ。そうとも、わたし自身のためにも、天に向かってそのように高らかに祈ろう！」

「そうよ、そうであってほしいわね」

「きみもそう思うか？」

「もちろんよ。わたしたちの考えがそうなるように祈るわ」

吸血鬼は感激した表情を見せ、さらにつけ加えた――

「ところでフロラ、この四阿がきみの一族の年代記のなかで、省《かえり》みるのも忌まわしい恐るべき破局的な出来事があった場所であることを、知っているかね？」

「もちろんよ」とフロラ。「あなたが言う意味はよくわかるわ。わたしたちの一族にとっては常識と言っていいことですもの――敢えて口にしたくはない悲しいことではあるけれども」

「わたしとて敢えて口にせよと強《し》いることはできない。きみの父上がまさにこの場所で、神の慈悲ある裁きさえ受けるに足りぬ行為を犯したのだから。しかしわたしには、そうしたことについて奇妙とも思えるほど強い好奇心があるのだ。どうかな、こうして善意を示した見返りとして、この興味心を満足させてはくれないだろうか？」

「あなたの言っている意味がわからないわ」とフロラが言い返す。

「ではもっとはっきり言おう。きみは父上が息を引きとった日のことを憶えているか？」

「それはもう――よく憶えていますとも」

「そのたいへんな行為が犯されたすぐあとに、きみは父上と顔を合わせたり言葉を交わしたりしているかね？」

「いいえ、父は自分の部屋に独りで閉じこもってしまったから」

「ほう！　どこの部屋だ？」

「今わたしが自分の寝室として使っている部屋で――」

「そうか、まさにあの絵が――物言う肖像画が――侵入した者に挑むがごとき目を向ける絵が、壁にかかっている部屋なのだな？」

「そうよ」

「その部屋にじっと閉じこもっていたのか！」とヴァーニーは愉しむように言った。「そしてそこから庭園へと出て、まさにこの四阿に入り、息を引きとったのだな？」

「そうだったわ」

「ではフロラ、別れを告げる前に――」

その言葉が口にされたかされないかというとき、すばやく駆け寄る者の足音が聞こえたと思うと、ヴァーニーの背後になっている四阿の戸口に、ヘンリー・バナーワースが姿を現わした。

「いたな！」とヘンリーが怒鳴った。「この機を逃《のが》すものか！　人間の姿を借りた怪物め、今こそ死を与えてやる。この地上から葬り去ってやる！」

その瞬間フロラが口から悲鳴を迸《ほとばし》らせ、わきへ一歩よけたヴァーニーの前へ体を投げだすようにして、兄にすがりついた。そのために、ヘンリーは吸血鬼に剣を浴びせんとしつつも果たせなかった。まさに間一髪だった。もしもヴァーニーの心にわずかでも隙があったなら、武器をなにも持っていないだけに、ヘンリーの剣の一閃のもとに斃《たお》れていてもおかしくなかった。しかし危機を逃れたと見るや、今し方までフロラが坐っていた椅子の上に跳びあがると、四阿の奥の腐朽して弱くなっている木製の壁を、全身から発するすさまじい力によって一瞬のうちに剝ぎとった。そしてヘンリーがフロラの制止を振りきらぬうちに、吸血鬼は四阿の外へ姿を消していた。以前のときほどの好機ではなかったとはいえ、またも仇敵を逃したヘンリーは、それでもなおバナーワース邸の敷地の外まで追っていったが、あとは迷路のごとき森のなかで無為に道を失うのみであった。

第百六十三章　漁師の家――深夜の血餐――追跡と銃撃

客人は寝牀《ねどこ》に横たわり、暖炉の火の燃える音に耳を澄ましつつ、ときおり目をあけてはそちらへ顔を向けて、薪《たきぎ》の上で立ち昇りあるいは踊り撥ねる焔の舌に見入りもした。あるいはまた、温《ぬく》みある焔の耀《かがや》きに照らされる部屋のあちらこちらへ視線を投じた。

逃走をつづけている客人の心理が如何なるものか、推測することは困難だ。とても眠れそうには見えず、しじゅう暖炉のあたりを眺めまわしているから。焔はときおり燃え改まるかのように高まるが、客人の心は、単に過去のことに思いを馳せるというだけにはとどまらず、なにごとかに深く入りこんでいるようだった。そこには過度なほどの関心と探究の深みが感じられる。

「ようやくふたたび機会がめぐってきたようだ」と客人はつぶやいた。「わが血への欲望を満たすためには、わが力の源を更新するためには、処女の生き血に代わりうる滋養はない」

客人の顔が戦慄すべき表情を帯びた。もしもだれかがそばにいてその表情を目にしたならば、ただちに恐怖が総身に走らずにはいなかっただろうが、しかしもとより客人は独りであり、人をおびえさせることはない。

「そうだ、今こそまさにその滋養を手に入れねばならない。もしもそれが叶わなければ、海で溺れ死ぬことも許されず、地に埋められたままでいることもできないこのわたしが、逃げだしたいと願わずにはいられないあの眠りのなかに沈みこみ、そしてそのあとは、考えもしたくないほどの死の苦悶に陥らざるをえなくなるだろう。

それにしても、落ちれば二度と戻れないであろうあの死に、どれほどあやうく瀕《ひん》していたことか。だが月の光に見いだされてふたたび生き返ったときには、あの恐ろしい渇きもまた再来し、周期的に摂取しなければならない晩餐を欲するようになった――あの厭悪すべき忌まわしき食餌《しょくじ》を。だが必ずそれを得なければならない、そうせずにはいられないがゆえに」

　客人はつぶやきながら、しばしば上下の唇を触れあわせ、その合間には隙間から長い舌が頻繁に突きだされた。あたかも血餐《けっさん》の享楽を心待ちにするかのように。

「そうとも、今宵こそが、これまでに費やしてきた生命を更新する日になるのだ。そのためには新鮮な獲物にありつかねばならない。この家の主人たる漁師は、ここの隣の部屋が娘の寝室だと言っていたはずだ。今から一時間のうちには、心づもりを決行してやる」

　客人は隣室への扉を凝視している。その視線には細心の注意を伴った計略と、そして慾望とが同居しているようだ。

「今こそ決行のときだ」そうつぶやくとともに、寝牀からそっと起きあがった。「この機を逃《のが》してはならない――家の者みなが寝静まっているらしく、静寂のみがあたりを支配している。まずはそれをたしかめ、そのあとわが深夜の晩餐だ。この身に生命力をとり戻すために――かつてと同じ己《おのれ》を回復するために」

　寝牀から這いだしたあと、しばし立ちつくし、束の間耳を澄ました。そして満足したようにつぶやく――

「よしよし、やはりみなよく寝入っている。だれも目覚める心配はない」

　短い紐をとりだすと、外へ出るほうの扉の把手を柱の釘に結びつけた。その戸口から邪魔立てが入ってくるのを防ぐためだ。それから隣室への扉へと近づいていった――漁師が娘の寝室だと言っていた部屋の戸口へと。扉の前でいっとき耳を澄まし、それからまたつぶやいた――

「まちがいない、この部屋だ――娘の寝室だ。父親がそう言っていたからには、それが本当のことではないと疑う理由はなにもない。嘘を言わねばならないわけがあるはずもない。したがって、ここがわが宝物《ほうもつ》の入っている金庫に相違ないのだ。わが生命を永らえるための霊液が――処女の肉体を流れる穢《けが》れなき血が――ここに秘められている」

扉をあけようとしたが、内側から施錠されているらしかった。

客人は一瞬困惑の表情を浮かべると、どうすればいいかとすばやく考えをめぐらせた。すると、扉板に小さな割れ目があるのを見つけた。近づいて、覗き見た。この穴をもう少し大きくすれば、そこから手をつっこんで、扉をふさいでいるなにがしかのものを除去できるのではないか。

このとき都合よく隅に置かれていた小型の鑿《のみ》が役に立った。それを使って割れ目を広げると、片手を挿《さ》し入れ、閂《かんぬき》をはずしおおせたのち、扉をそっとあけた。

猫のごとき細心さで、漁師の娘が臥している寝《ね》牀《どこ》へと近づいていった。十八になるかならずの美しい娘で、その麗貌においてこの土地の女王とすら呼ぶことにだれも異論を挟む者があるはずもない女人であった。

眠れる美女が横たわるその寝牀へと、吸血鬼が貪婪《どんらん》なまなざしを以て迫っていく。そして白く嫋《たお》やかな首筋と胸もとを見おろした――胸は呼吸とともに上下している。それを見ると吸血鬼は我慢できなくなったかのように、渇きもあらわに娘の上に屈みこみ、その顔が横を向いた瞬間、露出した片側の首筋めがけ、口と歯を降下させていった。

漁師の家のなか全域に悲鳴が響きわたり、家族を目覚めさせた。だが眠りを妨《さまた》げはしたものの、なにごとかまでを推測させるにはいたらなかった。

「助けて、助けて!」と娘は叫んでいた。

「メアリの声じゃないか?」と漁師が言った。

「たしかに娘の――」

「あの子がどうしたのか、急いで行ってみないと」と妻が言った。「あんな声で叫ぶのは聞いたことがないわ。なにか危ない目に遭ってるのじゃないかしら。あなた、早く行ってみて」

「助けて、助けて！」娘は押さえつける腕のなかでもがきながら、また叫んだ。怪物はその強力な抱擁によって拘束しつつ、処女の血管を流れる赤い生命の液を、激しい渇望のうちに摂取せんとしていた。

「くそっ、扉があかない！」と漁師が吐き捨てた。「いったいどういうことだ？　銃を持ってきてくれ。そのあいだになんとか力ずくであけてやるから」

妻が壁から銃をおろしてくるあいだに、漁師が力任せに扉を押しつづけたところ、ほどなく効き目が現われ、ついには勢いよくあけ放たれた。

「あなた、銃よ。急いでちょうだい。でも銃を使うときは決してあわてないようにね。船が遭難したというあの旅の人と、メアリとを見まちがえないように」

「だれが扉をこんなふうに縛りつけておいたんだ？　あの旅人か？」

「縛りつけてあったですって？　そうだわ、きっとあの人よ――急いでちょうだい！」

「助けて――助けて！」

またメアリが叫んだが、先ほどより声が小さく、体が弱っているように聞こえる。漁師が外側の広いほうの部屋に踏みこんだ瞬間、暖炉のなかで薪が燃え落ち、焔がパッとあがった。たちまち室内が明るく照らしだされ、漁師の視線は客人に与えた寝牀へと飛んだが、そこにはだれも横たわってはいなかった。

「いない」漁師はつぶやいた。「どこへ行った？」

娘の寝室のほうへ顔を向けると、扉があいているのが目にとまった。人がもがく音と、なにかを啜《すす》っているような音が聞こえた。

「なんの音だ？」漁師は声をあげた。「助けを呼んでいるのはだれだ？」

漁師の出現が突然で、しかも偶然にも時機に適《かな》っていたため、忌まわしき食餌に専心しすぎていた吸血鬼は侵入者の足音にも気づかず、つぎの声があがったときにようやく振り返った。

「なにをしている、この不届き者め！」と漁師は怒鳴ったが、目撃した光景へのあまりの驚きと恐れにより、力が抜けるほどであった。

吸血鬼はまた獲物へ向きなおったと思うと、娘の体を寝牀に投げだし、侵入者のわきを通過して逃げ去ろうとした。それに気づいた漁師はやっとわれに返るや、銃把《じゅうは》で殴りかかった。だが吸血鬼がすかさず後ろへ跳びのいたため、打撃は目標を失った。そのあと両者は迫《せ》りあい、揉みあいとなった。

しかし屈強で鳴らす漁師がそこで知ったのは、相手が自分よりさらに剛腕の持ち主だという一事であった。漁師が投げられたと覚った瞬間、怪物は早くも広いほうの部屋へと飛びこんでそこを駆け抜け、漁師の妻をも打倒したあと、外側の扉を突きあけて逃走していった。

「くそ、投げられるとは」毒づきながら漁師は起きあがった。「だが幸いまだ死んじゃいない。メアリ、おまえは大丈夫か？」

「ああ、なんてこと！」哀れな娘は叫んだ。「わたしを食べようとしていたのよ！　そして血を吸ったの！　歯の痕をつけられてしまったわ！」

「なんてやつだ、きっとやっつけてやる」

「だめよ、父さん！　あの男は怪物よ、行ってはだめ！」

「そうよ、仕返しなんてやめて」と妻も加勢する。「あんなに強い男だもの、相手になったら大怪我をしてしまうわ」

「わかってる」と漁師が応える。「おれを投げ飛ばしたんだからな。だが、親切にしてやったのに、恩を仇《あだ》で返しやがった。生きるに値しないやつだ。いくら強い男でも、この銃には太刀打ちできないはずだ。弾は前から装塡してある。きっと罰を与えてやる。相手が人間だろうが悪魔だろうが、追いかけない手はない」

ここまでの経過すべては、語った紙幅に比して遙かに短い時間のうちに起こったことである。このあと漁師は家から駆けだし、悪事を働いた旅人を追跡した。

刻限は夜明けどきの早いころあいである。海岸では波が磯に激しく押し寄せ、やむことを知らないとどろきをあげつづける。だが空は前日の嵐のなごりをとどめず、穏やかに晴れわたって雲ひとつ見えない。ただ朧《おぼろ》な灰色の夜陰が全空間を満たすばかりだ。

あたりには動くものがようやく認められるだけの薄明があるのみだ。家を出た漁師は百ヤードかそれをややうわまわる前方に、森のほうをめざして力のかぎりに逃げていくあの男らしき人影を目にとめた。それを阻《はば》むべく漁師は先を急いだが、間もなくその追跡も不必要となったことを覚った。というのは、逃げていく方角から加勢の追っ手が迫ってきたため、男が不意に向きを変えたと思うと、海のほうへと走りだしたからである。そして追われながら崖の上まで来たとき、漁師が発砲した。吸血鬼は溺死のほかありえない崖下の海へと落下していった。

第百七十三章　深夜の悲鳴——吸血鬼の晩餐——草地の追跡——旅籠の娘の死

旧《ふる》い旅籠《はたご》は閑寂に沈んでいる。どこからも人の歩きまわる騒がしい足音が聞こえたりはせず、うるさい話し声もなく、旅籠のいたるところを掃除する女将《おかみ》の忙しい立ち働きの音もしない。ごくたまに束子《たわし》や箒《ほうき》の音がすることもあるが、それらはこうした旅籠ではつねに付きものであるにすぎない。宿泊客も旅籠の使用人たちもほとんどが寝静まっているようであった。

多くの者が寝牀に身を横たえて深い眠りについているなかで、一人臥していない者がいた。その一人こそがかの旅人であり、なにかしらの考えごとに専心しているようだった。

椅子に身を預けたままでいるその姿は、形を変えつつ夜空を流れていく雲を眺めながら黙想に耽《ふけ》ってでもいるかのようだ。身動きひとつせず、光のない大きな目をいっぱいに見開いて、一時間近くもじっとなにかを凝視している。

ついにはそうした姿勢でいつづける疲れによようやく気づいたらしく、体を動かすとともに、呻きにも近いほどの大きな息をついた。

「この忌むべき命は、いったいいつまで永らえるのだ?」とつぶやいた。「こんな悍《おぞ》ましい化け物であることを、いつになったらやめられるのか?」

その思いにはきわめて苦々しいものがひそんでいるようだ。身震いしたと思うと、両手に顔を埋め、その姿勢を数分つづけていた。やがてふたたび顔をあげたときには、射し入る月の光のほうへ向き、このように言った――

「だが体が弱っているのはたしかだ。眠りが不足しているのも感じる。力を回復するには、血を摂取するしかない。その欲望へと駆り立てるこの渇きは、到底拒みがたい。癒さずにはいられぬ――そうするほかはない」

不意に椅子から立つと、全身を高く直立させ、両腕を宙へさしあげて、狂おしい勢いで唸《うな》り声を発した。が、すぐあとには落ちつきをとり戻したように、またつぶやいた――

「隣の部屋にあの娘が入っていくのが見えた。わたしはその同じ戸口から隣室に入ることができる。鍵を持っているから。そうすれば彼女を手に入れられる。またとない収穫となる。それによって渇きを癒せるはずだ」

自室の戸口に忍びやかに近づくと、そっと扉をあけ、部屋の外へ耳を欹《そばだ》てた。

「みな寝静まっている。起きているのはわたしだけだ。歩きまわっても気づかれまい。だれもが穏やかな夢を見ているのだから。貪《むさぼ》るべき獲物を狙う獣のごときものはわたしのみだ。やるしかない」

こっそりと廊下に出、年若き娘のいる部屋の戸口へと近寄っていく。娘はなにも気づかず平穏のうちに寝入っているようだ。悪夢のごとき命運が待ち受けているとも気づかず――憎むべき人喰いがすぐそばまで迫っていることなど知る由もなく。然《しか》り、この旅籠のなかに曲者《くせもの》がひそんでいる夢を、娘が本当に見ることができていたならば、彼女にとってどれほど幸いだったか――自分と同族では到底ありえない何者かが、忌まわしくも恐ろしい者が、美しく無垢なる女人の血を求める、そのような悪夢を見ていたならば。

「眠っている」旅人がまたつぶやく。「まちがいない」

今一度耳を欹ててから、扉に鍵を静かに挿《さ》しこんだ。が、錠がかかっていないことがわかった。そこで把手をまわそうとしたが、こんどはなにかが邪魔をして扉をあけさせない――なにかしら障害物があるようだった。

「不運なことだ。だがなんとかしなければ」

扉に片手と片足をあて、徐々に強く押していった。すると少しずつながら効果が出てきた。障害物がどかされていくようだった。しかも物音はまったく立たずに済んでいる。

「運が向いてきた」とつぶやく。「なにも聞きつけられていないはずだ。これでなかに忍びこめる。そして娘が目覚める前に、彼女自身にとってと同じほどわたしにとって大切な生命の源《みなもと》たる液を、手に入れることができる」

そして部屋のなかに入りおおせてみると、肘掛椅子が扉に押しつけられていたことがわかった。娘にしてみれば、なぜか鍵がなくなっていたため、そうでもするほかに扉があかないようにする手立てがなかったのにちがいない。

「今から鍵をかけておこう」と旅人はつぶやいた。「そうしておけば、だれかが邪魔しようとしてきた場合にも逃げやすくなる。そのほうが安全というものだし、晩餐を妨げられる惧《おそ》れも減ろう。少なくとも、力を回復できるほどには食餌《しょくじ》を進めねばならない」

寝牀に近づき、そこに横たわる若く無垢な眠り姫の姿を、慾望に満ちた目で見おろした。

「なにも疑わず、静かに寝入っているな」とつぶやく。「哀れなものだ。だが——やらなければならない」

身を屈みこませていく。顔を横向きに近づけ、娘の唇に耳が触れそうになった——寝息をたしかめるかのように。

不意に娘がなにかに気づいたのか、瞼をカッと開いた。そして起きあがろうとするが、すぐまだ仰臥《ぎょうが》へと戻った。その瞬間、吸血鬼は牙のごとき歯ですべらかな肌に咬みついた。そしてそこを食い破り、生命の液を啜《すす》りこんだ——自らも獲物もともに血みどろに染まるほどに。

あまりの恐怖がひとときの娘の力を奪い去ったようであった。束の間声さえ出せずにいたが、必死に絞りださんとして、ついにこの世ならぬかん高い悲鳴を放った。それは旅籠じゅうにまで鳴り響き、居合わせる者すべてをたちどころに目覚めさせずにはおかなかった。

「助けて！　人殺し！」娘はそう叫び、そのひと声が済むやただちに息を吸いこまねばならなかった。

同じ叫びを何度もすばやくくりかえし、と同時に死にもの狂いで襲撃者にあらがった。だが急速に力が弱まりゆき、意識まで遠ざかっていった。


旅籠の主人はちょうど不穏な夢に苛《さいな》まれていたところで——若いころ徴税役人と奇妙な争いをしたときの夢だった——そこへ心臓をもつらぬくような娘メアリ（百六十三章のメアリとは別人）の悲鳴が耳に飛びこんできた。

「なんだ、あれは？」とつぶやいた。「あんなひどい叫び声は聞いたことがない。いったいなにごとだというんだ？」

主人は寝牀の上に起きあがると、就寝用の帽子を脱ぎ、耳を澄ました。聞こえてくるのは、娘の部屋からの助けを呼ぶ悲鳴だった。

「なんてことだ、メアリの声じゃないか！　なにがあった？」

　瞬時も休まず夜着を羽織り、角灯《ランプ》を持って自室を飛びだすと、娘の部屋へと急いだ。

「どうしたってんだ？」すさまじい絶叫に眠りを妨げられた追い剝ぎ団の一人ネッドが、廊下で問いかけた。

「わからないが――とにかく手を貸してくれ！」と旅籠の主人。

「なんに手を貸すんだ？」

「この扉をあけるんだ――娘の部屋だ。悲鳴はここからだ。急いで！」

「助けて、助けて！」というか細い声が聞こえる。

「ただごとじゃねえな」とネッドが言う。「なにかが起こってるんだ。啜るような音がしてるぞ。娘のほかにだれかいるんじゃねえか？」

「とにかく扉をあけてくれ！」

「おまえも手を貸せ。ここを押しあけるんだ」

　そうネッドが言い、仲間と旅籠の主人との三人がかりで、扉に体あたりした。扉がようやくあけ放たれると、ただちに三人とも室内に飛びこんでいった。脆弱な錠前は難なく壊され、邪魔していた肘掛椅子も、音を立てただけでたやすくどかされた。

　たやすくは入れたものの、充分なすばやさで入ったわけではなかった。三人がいちどきに入ったため、折り重なって転がりあってしまったためであった。三人が起きあがって、そこにいる何者かに目をとめたときには、その男はすでに娘を腕に掻き抱き、部屋から逃げだしたところだった。

「助けて、お願い！」娘が叫ぶ。

「娘が危ない！」旅籠の主人がわめく。

「メアリか――」とネッド。

「そうだ、早く――早く追ってくれ！　メアリを助けてくれ！」

「だったらほっとけねえ」追い剝ぎ団の二人は唱和するように言い、旅籠の主人ともども三人がかりで追いかけはじめた。

「曲者は台所に駆けこもうとしてる。まだ娘をつれているはずだ」と主人が告げた。

「捕まえてやるとも」とネッドが応じる。「だれかがメアリをかかえてるのがたしかに見えたぜ。血だらけだった！　いったいなにをやったんだ？　殺そうとしたのか？」

「助けて、殺されるわ！」とメアリが叫んだ。

それと同時に、曲者が階下の台所の扉をあけようとしている物音が聞こえた。三人は逃げられる前に捕まえるべく、全速で階段を駆けおりていった。だが彼らがたどりついたときには、ちょうど曲者が逃げこんだあとの台所の扉が閉じられるところだった。

「逃げられた」と旅籠の主人。「なんてことだ！」

「心配するな、まだ追えるぞ」とネッド。「メアリの衣裳は白いし、空には月も出てる。外でも見つけられるさ」

「追ってくれ。メアリを助けてくれ――大切な娘を！」

三人は懸命に追いかけたが、曲者もさるもの、いっこうに追いつけない。体格のよい男で、歩幅の大きさからして有利なようだった。だが娘を腕に抱いたままであるだけに、力を保つのはたやすくはないはずだ。たとえ女の目方とはいえ、メアリは生まれつき体が大きいほうだったがゆえに。ところが曲者は超人的なまでの力を持つかのように、追いつかれないまま逃げつづけ、ついには前方につらなるいくつもの干し草の山のただなかに見失ってしまった。

「くそっ、ジャクソンの家の干し草置き場に逃げこんだな」と旅籠の主人。「だが、頼む、探してくれ。娘が危なくならないうちに」

追い剝ぎ団の二人は全力で駆けつづけた。ときおり息が切れ、しかも寒さのあまり足が動きにくくなってきたが、それでも死力を振り絞って走った。そしてほどなく干し草置き場に着いた。

そこへ駆け入ったとたんに目に飛びこんできた

ものは、短く刈られた干し草の小さな山のひとつに腰をおろしている男の姿だった。そして膝の上でぐったりとしている娘のすべらかな首筋に、牙のごとき歯で咬みつき、その血管から命の液体の奔流を摂取しているところだった。

追い剝ぎ団の二人を目にすると、男は立ちあがり、哀れな娘の体は地面へと転がった。男が駆けだした瞬間、追い剝ぎ団は逃がさんとばかりに銃を発砲した。狙いはよかったにもかかわらず、なぜか仕留められなかった。追い剝ぎ団はすぐさまメアリをかかえあげたが、その体はまだ温かかったものの、すでに息絶えていた。咬まれた傷と失血のせいか、あるいはあまりの恐怖感のゆえか、さだかではなかったが、しかしそのときはまさか前者とは思われず、後者が死因となったのだろうと見なされたのもやむなきことであった。

第二百一章　戦慄の光景――医師の疑念――夜の張り番

娘の部屋に入ったジョージ・クロフトン卿の目に飛びこんできたのは、如何なる観点からしても恐怖すべき惨状と呼ぶほかない光景であった。

長女エンマが寝台のわきに倒れて動かなくなっている一方で、次女クララはといえば死んでいるとしか見えないありさまだった。顔が異常なまでに蒼白なうえに、首筋が血に染まっていたからである。

クロフトン卿は椅子にどっとへたりこんでしまった。ノース医師はすぐクララに駆け寄り、彼女の目に明かりをかざしてみるとともに、手首に指をあてて脈拍があるかをたしかめた。

「気を失っているだけですな」と医師は告げた。

「しかし、血が――血がこんなに」とクロフトン卿がわめく。

「そのわけはまだわかりませんが」とノース医師。「とにかく、なにがあったのか訊きだしましょう」

医師は床に倒れているエンマをかかえ起こした。彼女もまた失神していただけだったが、こちらは怪我のたぐいはなにも見られなかった。起こされるとかすかながら意識をとり戻し、悲鳴に目覚めてすぐ部屋に駆けつけた小間使いたちの手当てを受けはじめた。

「これは奇妙ですな」とノース医師が言った。「クララお嬢さまの喉に、ごく小さな穴がひとつ空いているのですよ。なんだか歯の痕のように見えます」

「歯ですと！」

「ええ、もちろんそんなはずもありませんが」

「お願い、聞いてください」とエンマが泣き声で言いはじめた。「ああ――なんて恐ろしい！」

「なんです？　話してください」と医師。「お話を聞けば事情がわかるでしょう。なにがあったのです？」

「わたし、物音を聞きつけたので、自分の部屋からここに来てみましたの」とエンマが答えた。「そしたら、だれかが妹の寝牀の上に屈みこんでいたのです。それでわたし、大声をあげました」

「あなたが？」

「ええ、そうですとも！」とエンマ。「悲鳴をあげたのはわたしです。なにが起こっているのかわからないまま、驚きで倒れてしまったか、あるいは倒されるかしたのだと思いますわ。それきり意識がなくなったみたいで。なにがあったんでしょうか？　わたしも訊きたいくらいです。ああ、クララ、いったいどうしたの？　なにがあったというの？」

「だれかがいるように思ってしまっただけではありませんかな」と医師が言った。「ご自分の部屋に戻られたほうがいいでしょう、エンマお嬢さま。怖さと寒さのせいか、震えが止まらないようですから。明日の朝になれば、すべてのことがちがった形に見えてくるかもしれません。今はわたしたちみんなが、うろたえのあまり正しい認識ができなくなっているのです。お妹御《いもうとご》も急速に恢復するでしょう。今はお加減はどうですか、クララお嬢さま?」

「わたし――わたし、頭がおかしくなりそう!」

とクララがわめいた。

「大丈夫ですよ、お気持ちをしっかり!」と医師が宥《なだ》める。

「ああ、神さま、なんと恐ろしい」クララはさらにわめく。「あのものすごい顔! 鋭い歯! あ、わたし――ほんとにおかしくなりそう!」

「おお、クララ、おまえがそんなことを言っていると、わたしまでおかしくなりそうだ」とクロフトン卿が悲嘆を洩らす。「気が張りつめすぎているんだ。頼むから落ちついてくれ」

「あまり心配しすぎないことです」とノース医師がたしなめる。「この状態はそう長くはつづかないはずですから。クララお嬢さま、起こったことを包まずお話しください。主治医として知っておかねばなりませんから。詳しいことがわかれば、手のほどこし方もわかろうというものです、きっとお力になれますよ」

医師の冷静な説得が奏効したらしく、束の間の沈黙ののち、クララがそれまでより格段に落ちついたようすで話しはじめた。

「ああ、あれはやはり――とても夢だとは思えないわ」

「夢とは?」と医師が促す。

「お話ししますから――そしてやはり頭がおかしくなっているとわかっても、どうかわたしを家の外につれださないでください。愛する家族から引き離さないで。お願いですから!」

「心配要りませんよ。妙なことは考えないほうがよろしい」とノース医師。「お嬢さまをお邸《やしき》からつれだすなどということは、だれもしませんから。万一そういう必要が生じたときには、ちゃんとお知らせしますし。今はただ、ことの次第をあけすけに打ち明けてくだされぱいいのです。もしそれがお厭《いや》だということになると、わたしたちとしてもどうすべきかわからなくなりますので」

この言い合いもまた効果があったと見え、クララの納得が進んだようだった。束の間身震いしたあと、おびえとうろたえによるかのようにあたりを見まわし、それからやっと低く途切れがちな声で話しはじめた。

「なにかがこの部屋に入ってきたんです。人間ではないようでいながら、人間の男のようにも見えました。そんななにかが飛ぶように迫ってきて、わたしの首に歯を突き立てたのです」

「また歯か！　だれもが歯と言う！」クロフトン卿がわめいた。

「静かに！」とノース医師が言い、たしなめの手を振った。「ほかのことはともかく、それは今おっしゃらないほうが。頼みますから少しお黙りください。で、クララお嬢さま、お話はそれで全部でしょうか？」

「ええ――全部ですわ」

「では、おそらく夢をご覧になったのでしょうな。それ以上のことではありますまい。夢にすぎないのですから。気持ちをお静かにして、そのことはもう考えないようになさるのがいい。そうすればきっとぐっすり眠れるでしょう。ただし、エンマお姉さまに添い寝をしていただくことです。まだ少し神経過敏な時間がつづくと思いますから」

「わかりました」とクララ。

じつのところ、エンマも妹より遙かに状態がよいとは決して言えないのだったが、そばについてやると姉は請けあった。するとノース医師はクロフトン卿にうなずきを送り――

「しばらくはこのお話をなさいませんように」そう言ったあと、すぐに部屋を出ていった。

医師が廊下に出ると、そこではスミス氏ことじつはフランシス・ヴァーニーと、クロフトン家の二人の子息が待ち受けていた。

「みなさん、今夜はわれわれのだれもが、一睡もしないのがよろしかろう」と医師は周知させた。「これからすぐ階下におりて、今し方の騒動につき考察とご相談をいたしたいと。この件にはどうやら、目に見えている以上の秘密がありそうです。わたしはもう一度患者さんの容態を確認してから、すぐに参りますので」

ほかの全員が階段をおりて食堂室に入り、数分後ノース医師もそこに加わった。明かりが灯されて、みなが席につき、この会合を提案した医師へ一同の視線が集まった。夕刻の騒動に関し——事実か否かはさておいても——医師は相当に承服しがたい推測を胸に秘めているのだった。

「ノース先生」とクロフトン卿が切りだした。「先ほどのことについて、わたしたちはあなたのご意見に頼るしかありません。お考えがあれば、なんなりとおっしゃってください」

「まず申しあげますが」と医師は言った。「これはまったく理解を超えた事態です」

「まさにそこで問題ですな」

「どうか黙ってお聞きを。とにかく、あの話は夢ではありますまい」

「先生はそうお考えで？」

「まずまちがいありません」とノース医師。「二人の人間が同時に同じ夢を見るなど、本来ありえないことです。もちろん一抹の可能性もないとは言えないでしょうが、しかし信じるにはあまりに特殊すぎる偶然です。そこで注目すべきは、エンマお嬢さまが、お妹御の部屋に何者かがいるのをたしかに見たと証言されていることです」

「ああ、そうでしたな」とクロフトン卿。「たしかにエンマはそう言っていました。混乱しているせいで迂闊《うかつ》になっていましたが、それによってクララの話が裏づけられるわけですな。エンマはクララがまだ平静をとり戻す前にそう言ったのですから、妹は姉の言葉に影響されて同じ証言をしたのではないことになります。なんとしたことでしょうか！　これをどう考えればよいと？　この恐ろしい事態の真相とはなんなのか、みんなの意見を聞きたいところです。なんとも非現実的なように思われるが、しかし現実に起こったことです」

ノース医師以外の者たちはみな慄然としたようすで顔を見あわせた。

「問題とすべきは」と医師が言う。「この事態が果たしてなにを示唆しているのか、ということです。ご注意いただきたいのは、あくまで〈示唆〉であって、如何なる事実か、とまでは言っていないということです。積極的に結論づけるに足る合理的な根拠は、まだないにひとしいのですから。そこで、わたしがなにか申す前に、スミスさん、まずあなたのご意見からお聞きしたいと思います。必ずや参考になることでしょう」

「わたしにはまったくわかりませんね」とスミスことヴァーニーが答えた。「とにかく、自分の部屋で何者かに押さえつけられたことに当惑しているばかりです。状況のすべてにひどい恐怖を覚えたのもたしかです。混乱した物音と悲鳴とが交錯して、火事にでもなったのではないかと思ったほどでした」

「みなそれぞれの部屋の扉があかなくなって、だれもが閉じこめられたようになったのも奇妙でしたね」とノース医師。「あれも現実的ではないことのひとつでした。いったいだれがあんなふうにしたのでしょうか?」

「あれはまったく理解できない、困惑させられたことでした」とクロフトン卿が言った。「どうやって扉が全部施錠されたかなど、想像できることではありません。ご存じのように、鍵はすべて書斎の抽斗《ひきだし》のひとつに仕舞われているのですから」

「鍵なしに、独りでに扉が施錠されるはずはありませんからね」と次男のチャールズが言う。「それはつまり、われわれの気づかないところで、だれかがそれをやったとしか考えられないでしょう」

「たしかに」とスミスことヴァーニーが賛同する。

「では、みなさん」とノース医師が言った。「ここでわたしからひとつ申しましょう。じつのところ、それはある手紙に書かれていることなのです。相当以前にわたしの遠戚の者が書いた書簡で、その人も医師でした。言うまでもないことなのですが、そこに書かれていることの真実性は、わたしにも保証のかぎりではありません。自分が生まれる前に亡くなった人物の書いていることがたしかかどうかなど、請けあえるはずもないですので。彼もまた一人の迷信深い輩《やから》にすぎなかったとしても、まったくおかしくないでしょう」

「とにかく、どんなことが仄《ほの》めかされているのです？」とクロフトン卿が急《せ》かす。

「これは仄めかすという以上のことです。ある医学雑誌に載せられたものですから。実名は伏せてありますが、吸血鬼の出現について書いているのです」

「なんとおっしゃいました？」とクロフトン卿。

「吸血鬼です！」とノース医師。

「そうした恐ろしいものについて、わたしは聞いたことがあります」と、スミスことヴァーニーが口を出した。「尤《もっと》も、今の世の中ではだれも信じないような話ですが。吸血鬼が本当にいるなど、あまりに荒唐無稽《こうとうむけい》な考えですからね。幽霊といったたぐいと同様に、現代では実在が退《しりぞ》けられているものですから」

「そうお考えになるかどうかさておき、話を聞いていただきましょう」とノース医師。

ジョージ・クロフトン卿とその息子たちは好奇心もあらわな表情で、件《くだん》の記事とやらについて医師が記憶を紡ぎだすのを待ったが、豈図《あにはか》らんやノース医師はポケットから手帳をとりだすと、そこに挟まれていた印刷紙片を抜きとった。

「非常に興味深い内容でしたので、かつて雑誌に載っているのを見つけたときすぐ切り抜いて、以後ずっととっておいたのです」

「ときに」とスミスことヴァーニーがまた口を挟んだ。「その遠戚の医師とは、なんという方です？」

「チリングワース（小説前半に登場する人物）です」とノース

医師は答えた。

「ほほう、ずいぶん時代がかった家名ですな。わたしには聞き及びのない名前です」

「それは当然のことです。チリングワース医師はかなり以前に亡くなっていますので。それにわたしの知るかぎり、医学会で同じ名前を持つ者はほかにいません。しかしそれはともかくとして、この人物がなんと書いているかを聞いてください」

ノース医師はそう言うと、たたまれていた紙片を広げ、つぎのように読みあげた――

「『吸血鬼というものの存在は一般的には到底信じられていないことだが、それにもかかわらず、わたしは自分の経験上から、一人だけ実在したことを知っている。その者はすでに死んでいるが、名前をヴァーニーと言った――あるいはその通称で呼ばれていた。この者については、わたしの親しい知人であるB家とのかかわりのなかで知ることとなった』」

「それで全部ですか?」とスミスことヴァーニーが問うた。

「全部というわけではありませんが」と医師が答える。「このあとは、存命である関係者の感情に鑑《かんが》みて、場合によっては吸血鬼というものについてより詳細に解き明かしたいと述べるにとどまっています。おそらく、この医師がより長生きできたならば、つまり、それを解き明かすことによって感情を害するかもしれない関係者たちよりも長く生きられたなら、ことの次第を詳《つまび》らかにしていたのかもしれません」

「とにかく――とにかく」とクロフトン卿がせわしなく急かす。「ノース先生はそのことからして、わが娘を襲ったのはそういう存在だったと、結論づけておられるのですか?」

「可能性があるということです」と医師は答えた。「結論づけているとまでは申せません。あくまで、みなさんのお考えのご参考のためにお話ししました。このような事態ともなれば、あらゆる観点から考えることこそが有益だと思いますので。それだけのつもりです」

「まったく、恐ろしい可能性です」とクロフトン卿。

「じつに信じがたい話です」とスミスことヴァーニーが言う。

「なんとかしなければ」と次男チャールズが言った。「明日の夜、エドウィン兄さんとぼくとで張り番につき、この疑問の答えを出してやりたいと思います」

　まさにそのとき、一同の耳に叫び声が飛びこんできた。

「ああ、だれか来てちょうだい！」

　それが長女エンマの声だとわかると、五人の男たちは大急ぎで階段をあがっていった。

「早く、早く！」階段の上まで来たところで、エンマがまた呼んだ。「ああ、クララが！」

　部屋に駆けこんだみなを驚愕と悲哀が見舞ったのは、次女クララが息絶えているのが見てとれたからであった。

第二百十二章　丑三つ時——墓石——吸血鬼

　午前零時、古来よりこのように信じられてきた怪しき刻限である——

　墓より死者ら蘇《よみがえ》り
　腐朽せる墓苑にて亡霊ら冷たき死の牀《とこ》より起き
以《もっ》て夜陰を妖しき怪異のものとす

　午前零時とはなべての人になにがしかの物恐ろしさを覚えさせ、大いなるこの世より旅立ちし者らが身近にいると感じさせ、夜の静寂《しじま》に墓中のごとき闇黒《あんこく》の瘴気《しょうき》をただよわす時間帯である。

　今リングウッドの身にも冷気が忍び寄るとともに、教会のなかに不可解な光が射し入ったように見えた。光はそれまでの朧《おぼろ》だったさまざまなものの輪郭を奇妙にも明瞭にする。

「なぜこんなに震えねばならない？」リングウッドはつぶやいた。「なにを恐れている？　月の面《おもて》から雲が晴れただけではないか。あたりはこれからもっと明るくなるだろう。見るがいい、どこもただ静かなだけだ。なんの物音もなく、聞こえるのは自分の息のみ。見えるものもありふれた自然な風景ばかりだ。穏やかにすぎゆく時間に、神への感謝を。案じるべき怪異などなく、血を凍らせるような恐るべきものも見えはしない。クララよ、天上で安らかに眠れ」

　それから十分ほどがすぎたが、警戒しなければならぬようなことは起こらない。リングウッドはただ安堵するばかりだった。目には涙が滲《にじ》むが、それとてクララ以前に身近な人々が亡くなったときと同様の、自然な悔やみの涙であるにすぎない。クララもまたそうした人々と同じく今は墓に納められ、外界には跡形も残っていない。ただ彼女を愛した人々の胸のうちで生きつづけるのみだ。

「そうとも」とリングウッドは悲痛な声で言った。「クララはぼくのもとから去ったが、今も愛していることに変わりはない。美しいクララは、いまだにぼくのものであり、この胸にとどまっている。かつてと同様に、そしてぼくが生きつづけるかぎり、これからもずっと」

　その言葉を口にするのと同時に、かすかな物音が耳に入った。

　リングウッドは説教壇の上で弾かれたように立ちあがり、不安に駆られてあたりを見まわした。

「なんだ、あれは？」とつぶやく。「なんの音だ？」

　だがどこも静かなままで、すぐに安堵が訪れた。物音はたまたまどこかから聞こえてきたものか、あるいは聞こえたような気がしただけなのだろう。そう思ったとき、同じ音がまた聞こえた。

　こんどばかりはまちがいない。なにかを引っ掻くような奇妙な物音だ。リングウッドはそれが聞こえたほうへ全神経を集中させた。冷たいものが体じゅうを這いまわるような気がした。その方向こそは、クロフトン家の霊廟《れいびょう》があるところだ。リングウッドが愛《いと》しい記憶を今も胸にとどめつづけている恋人の、生家の墓があるところにほかならない。

額に汗が滲《にじ》むのを覚えた。仮にこの場から速やかに立ち去れば世界のあらゆるものが手に入ると言われたとしても、今のリングウッドはとてもそうする気にはなれなかった。できるのはただ、息をひそめ、物音がしたほうへ、教会のなかの通路の向こう側へ、カッと見開いた目を凝らすことのみだった。

なにか恐ろしいものが姿を顕《あら》わそうとしているのを感じる。なにごとか驚くべき出来事が起こって、自分のこの疑念が晴らされないかぎり、今夜というひとときは決してすぎ去りはしないだろうと思われた。それがなんであるかを想像することこそが、今このときの恐怖のすべてであった。

想像はおのずとクララのことに及ばざるをえず、するとと苦痛を伴うつぶやきが口をつくのを止められなかった。

「ほかのなんであれ——彼女の姿でだけはあってほしくない。まさか——まさかそんなことが！」

しかしリングウッドの恐怖は、クララの姿をそこに見たことのみによるものではなくなった。このような場合に彼女の姿を本当に目にしてしまうこと自体、もちろんあまりにも恐ろしいのはまちがいないところだが、しかし真の戦慄は、彼女が死のあとに帯びねばならないまったく新たな状態について、得心を余儀なくさせられることでこそあったのである。

時が進むにつれ物音は高まり、やがて不意に大きな響きとなった。

「クララだ！　彼女が来るのだ！」リングウッドは息を喘《あえ》がせた。

説教壇の前面につかまるリングウッドの手に、自然と激しい力がこめられた。すると昂奮した彼の視界を、白い経帷子《きょうかたびら》を着た人の姿らしきものが、ゆっくりとおごそかによぎっていった。そうだ、あの白く靡《なび》く衣裳は生ける者が着るべき衣《ころも》ではなく、今日に入っている墓碑の下に住む者こそが纏《まと》うものだ。

その人影の顔は見えない。ちょうど陰になっているためだが、リングウッドの心はそれがだれであるかを告げていた――クララにまちがいない。

これは夢ではない。興奮しすぎているがゆえの幻でもない。あのたしかな物音が聞こえるまでは、恐ろしくもあれだけ明瞭な人影が視界をよぎるまでは、反対の方角へ去ろうかとすら思っていたリングウッドだったが、そしてあの寺男《てらおとこ》が報告してきたことについても、疲れた頭が見せた幻覚以上のものではあるまいと見なしていたほどだったが、しかし今はそれらも自分自身のいっときの気の迷いにすぎないと心をさだめた。

「クララ！」と呼びかけた。「なにか言ってくれ！」

反応はない。

「頼むから、願うから――たとえきみの声によってぼくが地獄に落ちようともかまわない――希《こいねが》うから、返事をしてくれ！」

すべてが静かなままだ。白衣の人影はゆっくりと移動しつづけ、教会の正面扉口のほうへと向かっていく。が、そこにたどりつく直前、影が不意に振り返った。あたかも、自分が何者であるかについてのリングウッドの胸中にある一抹の疑念を晴らさんとするかのように。

その瞬間、顔が見えた。よく見知った、しかしあまりに蒼白なその貌《かんばせ》こそ、クララ・クロフトンにほかならない！

「クララ、きみなんだな！」言葉になった声はそれのみであった。

さながら雲に裂け目ができたかのごとく、そこから今一度だけこのおごそかな人影の顔を確認しなければと思った瞬間、あたりは最前にも増してまったき静寂に包まれ、正面扉口が閉じられて、人影は失せ去っていた。

リングウッドは説教壇上で立ちあがり、思わず両手を強く握りあわせていた。束の間ためらいを心に去来させたのち、思いきって教会の真ん中を駆けだした。

「追わねばならない」と声に出した。「たとえ導かれる先が地獄であろうとも、もはや追うしかない！」

正面扉口へと向かって走りながら声をあげた。

「クララ、クララ、クララ！」

扉口にたどりつくと、狂乱したように屋外を見まわした。人影を見失ったと思ったからだった。だが――夜空を背景とした暗がりのなかでも、あの物悲しい経帷子をふたたび目にすることができた。リングウッドは懸命に駆けだした。

まさにそのとき、月と下界とをへだてていた分厚い雲が流れだし、光線が燦然《さんぜん》たる美とともにあたりを照らした。

木立も小藪《こやぶ》も花々も、はたまた教会そのものをも含め、かの天体のまたとない輝きによって明瞭歴然と照らしだされないものはひとつとしてなく、古びた墓碑に刻みつけられている文字さえもはっきりと読めるほどであった。

それほどの明るさは長くはつづかなかったが、最高潮のときの光は美しいほどで、一方でそのあとの急速な闇は却《かえ》って漆黒となった。

「クララ、待ってくれ！」とリングウッドは呼びかけた。「もう少しここにいてくれ！　今のきみがどのような存在であれ、ぼくも同じになってもかまわない。霊廟につれこまれてもいい。そこがきみの住み家であるならば、ぼくも住もう。そしてそこを二人の愛の宮殿としよう」

人影はすべるように進んでいく。

追いかけても追いつけない。人影は墓苑に並ぶ古い墓碑のあいだを速やかに縫い進み、さらに引き離していく。リングウッドは目の前の地面ではなく、先を行く幽霊のような影だけを注視しているせいで、途中にあるさまざまなものに歩行を邪魔されたりもする。

それでもなお追いつづける。どこへ向かおうとかまわない、無理やり引きつれられていくのであってもかまわないとばかりに。愛する者の姿をひたすら追うことにのみ、身も心も傾けているがゆえに。

やがて一度だけ、追われていることに気づいているらしきようすを見せたあと、教会の外壁がなす角をまわりこんでいき、人影は視界から失せた。

同じ角をリングウッドもまわりこんだ。

「クララ、待て!」と呼びながら。「ぼくだ——ぼくの声がわかるだろう!」

だが姿は見えない。また教会のなかに入ったのではないかと不意に思った。そこで、ふたたび角を折れて戻り、教会の扉口に駆けつけた。そこに束の間とどまって、教会じゅうに響くほどの大きさと強い想いとをこめた声で、戻ってきてくれるようクララの名を呼ばわった。

返答は自分の声の谺《こだま》のみであった。

急激に耐えがたいほどの狂おしい気持ちに襲われると、リングウッドは教会の深奥部にまで駆け入った。そして名前を呼びつづけながらクララを探した。

だが無駄だった。完全に逃げきられたようだ。今夜の出来事に注いだ気力と体力と胆力のすべてが裏切られた。これほどの苦悶すべきことがほかにあるだろうか? 愛する恋人を死も厭《いと》わず追いつづけたのに、その恋人から拒まれるとは!

「必ず見つけてやる——そして問い質さねば」とリングウッドはわめいた。「決して逃がしはしない。生きていようが死んでいようが、彼女はぼくのものだ。永遠に待ちつづけてやる、たとえ墓のなかででも」

クララが戻るのを待つべく霊廟のなかに入ろうとの意志を実践するより前に、もう一度だけ墓苑のどこかにいる可能性をたしかめようと思い立った。あるいはその可能性への手がかりなりとも見つけようと。

その考えを胸に教会の扉口へと引き返し、薄暗い屋外にふたたび出た。そしてまたもクララの名前を呼んだまさにそのとき、背後の教会からかすかな物音が聞こえたように思った。すばやくきびすを返し、一瞬のうちに教会のなかに舞い戻った。

なにかが見えた――白くはなく、長身の黒い人影だった。それが急速に迫ってきたと思うと、リングウッドはそうと気づく前に襲いかかられ、倒されていた。

予期せざる打撃はあまりにも突然且つ強烈で、知らないうちに地面に転がされていた。武装していたにもかかわらず、霊廟から現われた幽鬼のような人影を見て以降の今宵の苦悶と懊悩の激しさのせいで、武器のことなどすっかり忘れ去っていたのだった。

第二百二十六章　異様な面談――激情の結果

わたしは自分がどこにいるのかまったくわからなかったため、じっと立ちつくしているのが最善だと考えた。前へ進もうとすれば危険が待ち受けているかもしれず、一方後ろはさえぎられて退《しりぞ》けなかった。

それに、わたしをそこまでつれてきた兵たちにはなにかしらただならない意図があるように感じられ、そのため、ここは下手に身動きするより、彼らに身を委ねるつもりでいるしかないと肚《はら》を決めた。自分の意志で一歩でも踏みだそうものなら、命とりになることが起こる可能性さえあるから。

その考えが最良だったことが間もなく得心された。それは突然まぶしい光が自分に浴びせられ、しわがれた声がこのように言うのが聞こえたことによる――

「つれてきたか？　ここに入れよ」

わたしは歩きだし、扉が開いたままになっている戸口を抜けて、狭い一室に入った。部屋の中央には松材製の簡素な机がひとつ据え置かれ、その席に座しているのは、護国卿《ごこくきょう》オリヴァー・クロムウェル（一六四九年の清教徒革命後の独裁者）にほかならなかった。

「まず訊くが」とクロムウェルが口を開いた。

「王党派をはじめとするならず者どもは、わが国を荒らさんとしている。そうは思わんか？」

「わたしなどには、なんとお答えしてよいものかわかりかねます、護国卿閣下」

「答えられないだと？　クリーヴランド公爵の追放された秘書長がそなたの家に隠れていたというのに、そんな返事で済むと思うのか？」

わたしは驚き、よろけそうになった。だれかが密告したのにちがいなかった。クロムウェルは反駁《ばく》するいとまも与えず、口早にまくし立てた。

「神は慈悲深く、われらもまた慈悲深い。それでもなお、悪しき王党派はわが英國共和国《コモンウエルス》の勇ましき兵らによって捕縛されねばならない――つねに神のほうに向かい、福音書と神を畏《おそ》れつつ騎兵銃を携えるわが竜騎隊によってな。彼らはそなたの家まで伴っていくが、悪しき王党派はそなた自身が捕り押さえるのだ。竜騎隊は背後で待つゆえに。そして悪しき王党派を、神が望まれる場所である河岸までつれていき、青き小旗を立てた小舟に乗せよ。あとは速やかに漕ぎ去るを祈ればよい」

クロムウェルはそこで間を置き、室内の弱い明かりを頼りにわたしをじっと見すえた。

「そのあとはどのようにいたしましょう、護国卿閣下？」

「明日の朝、ふたたびわれらに呼びだされることになる。そしてわが英國共和国への善良なる奉仕に対する褒美として、相当の金子《きんす》を与えられよう。然様《さよう》、神のための聖戦は報われる戦いであるべきだからな」

この面談のこうした成り行きは、予想していたものとは大きくちがっていたと告白しなければならない。じつのところは大いに恐れ、少なくとも身柄を拘束されるだろうと思っていたのだから。クロムウェルは鼻薬を利かせられる男ではなく、わたしの一身は危険このうえないと。それと同時に、クリーヴランド公爵の秘書長レイサムのために自分を犠牲にしたくはないとも考えていた。

「護国卿閣下の仰《おお》せのままに」とわたしは言った。

「よくぞ申した」とクロムウェル。「もしそなたが従わなければ、力ずくでも従わせるしかなかったのだからな。よかろう！　神を畏れる竜騎兵シムキンズよ、そこにいるか？」

「おります、護国卿閣下」と竜騎兵の一人が戸口に姿を見せて答えた。

クロムウェルが黙ったまま手で合図すると、シムキンズ竜騎兵はわたしの上腕部を万力のように強い力でつかみ、見張りの兵が立つ通廊へとふたたびつれだした。

それから間もなく、最前と同じ二人の兵たちに伴われ、足速にわが家へと戻っていくこととなった。

道義的には如何なる観点からしても承服できることとは言いがたいが、クロムウェルという人物について考慮するかぎり、命の危険はつねにあると思わねばならない。それで言うことを聞くのにためらっていてはいけないと決断したのだった。するとと意外にも気前よく、多額の褒美をとらすと言われた。王党派からすでにもらっている五十ポンドの礼金にそれが加わることになり、金銭面では却って好結果になったわけだ。わが家へ伴われていくあいだ、わたしは懸命に頭をめぐらせ、このまま従うのがよいかどうかと秘かに考えつづけた。そのため自分の身柄は完全に委ねてしまっているほどだった。

「もしもこのままで行けば」と内心で自分に言い聞かせた。「王党派に対しては依然として味方だと思わせることができる。しかもそのうえで多額の儲けができるのだ」

だがもしも状況がまったく逆転してしまえば、そんな希望のすべてが夢と潰《つい》えることになるのもたしかだ。

わが家の玄関口に着いたとき、真っ先に目に入ったのは、わが幼い息子が額のあたりを手でさすっている姿だった。息子は疲れているふうで、いきなり駆け寄ってきたと思うと、わたしの腕にすがりついてなにごとか駄々をこねた。

わたしは瞬間的に苛立ちに駆られ、自分がなにをしているかにも気づかないまま、ただ感情の昂《たか》ぶりに任せて、握りしめた拳を息子に浴びせ、玄関先の路面に倒した。そこに敷かれている丸い舗石のひとつに息子の頭が激突し、それきり口も利かなくなった。わたしは息子を殺してしまったのである。

自分の軽率な行為によってなにが起こったのか、すぐには理解もできなかった。今思いだせることといえば、まわりに激しい混乱が渦巻き、まばゆい光が明滅していたさまだけだ。なにかの強い力で自分もまた地に倒されたような気がしたのみだった。

完全に目覚めたとき、自分が小さな寝台に横たわっていることに気づいた。まわりは淡い照明に照らされたかなり広い部屋で、壁沿いに同じ寝台がたくさん並んでいた。薄明かりのなかでかろうじて見えるのは、朧《おぼろ》な人影の群れが動きまわっているようすだった。

そこはロンドンのストランド街に近年建設された病院の内部なのだった。

なにか言おうとしたが、声が出ない。舌が口に貼りついたかのようで、喋れなくなっていた。そのとき視界のなかで変化があったようだったが、明かりが淡すぎて人影も判然としない。

だれかがわたしの手首をとり、このように言うのがはっきりと聞きとれた――

「もはやご臨終です」

突然胸が潰されそうな重みがのしかかってくるように感じた。そのあとは必死に息をしようとする意識だけがつづき、海の底にでも沈んだような気分になった。ごく短いあいだながらひどい苦痛に襲われ、と思うと激しい水音が唄うように響き、そのあと何者かの腕に体をかかえあげられるのを妙にはっきりと感じた。が、すぐまた落とされ、四肢が冷気と麻痺に見舞われた。全身に痙攣《けいれん》が走り、目をあかずにいられなくなると、自分がどこかの展《ひら》けた屋外で仰臥《ぎょうが》しているのがわかった。すぐそばには掘られたばかりらしき墓穴がある。

空からは満月の冷たい光線が顔に浴びせかかる。耳にだれかの声が響いた。低くおごそかな声で──その言葉が痛いほど明瞭に聞きとれた。

「モーティマーよ」それはわたしの名前だった。「モーティマー、汝《なんじ》が生ける世で為《な》せしことは、その世でのあらゆる希望を、これから赴《おもむ》く世では思いだすことが叶わぬようにするに足ることであった。汝は慈悲の澄みたる泉に毒を注いだのだ。そのような者に、清廉なる天の恩恵がもたらされることはない。万物の創造主より汝の保護下にくだされし聖なる命を弑《しい》せし以上は、これよりのちは呪われし生を送らねばならぬ。これよりは荒廃と頽落《たいらく》に身を落とし、あらゆる善なるもの純なるものより忌避され、人類のすべてが汝に敵意を向けるであろう──汝、吸血鬼ヴァーニーに」

よろけながら立ちあがると、周囲は墓地であった。体は痩せて窶《やつ》れ、着ているものは破れちぎれた襤褸《らんる》だった。湿った墓臭が身辺にまとわりついていた。一人の年老いた男と出会ったので、ここはどこかと尋ねた。男はわたしを見ると、まるで墓穴の底から這いでてきた死骸とまみえでもしたかのように身震いした。

「ここはロンドンのアイルドンだよ」

夜闇のなかに優雅な鐘の音《ね》が響きわたった。

「あれはなんの鐘だ?」わたしは尋ねた。

「王政復古（一六六〇年のチャールズ二世即位）の記念日の鐘さ」

「王政復古だと！　いつのことだ?」

「去年の今日、王家がふたたび玉座につきなさった。それも知らんとは、そんなに長いこと寝てでもいたのかね?」

わたしは震え、先へと歩いた。さらに人々に尋ね歩こうと考えた。但しそのときは注意しなければならない。なぜこれほどまでになにも知らないのか、そのわけを少しでも気《け》どられれば、自分が如何に恐るべき存在であるかにも思い及ばれる惧《おそ》れがあるから。

　やがてわかったのは、二年近くのあいだ自分が死に近い失神状態にあったらしいこと、そしてそのあいだに、大いなる政変が起こったにちがいないことであった。亡命していた王家がふたたび玉座に戻り、世界史上でも類例のない大激変がこの英國を見舞ったのであった。

　しかし個人的な面においては、自分が何者であるかということの恐ろしさにまだ完全には覚醒していなかった。新たな名前で呼ばれた記憶もありはしたが、それがなにを意味するかをいまだ全幅には知るにいたっていなかった。

ガードナル最後の領主

ウィリアム・ギルバート

The Last Lords of Gardonal 1867

平戸懐古 訳

ウィリアム・ギルバート（William Gilbert 1804 - 1890）

※解説3参照

イギリスの作家・医師（十六世紀の同姓同名の物理学者とは無関係）。東インド会社への関与や海軍軍医などの履歴を経たのち、壮年期をすぎたころ救貧活動に乗りだすとともに執筆業に入った。おもに一八六〇年代から七〇年代にかけて分野に囚われず多くの小説を書き、なかでも本篇を含む連作集 *Innominato: The Wizard of the Mountain*（1867）が有名で現在でも読まれている。超能力を持つ占星術師インノミナート（イタリア語で名無しの意）が相談に訪れる人々に術をほどこすある種の心霊探偵シリーズで、就中《なかんずく》本篇が世に知られる。本邦初訳。

ほかの作品では、永久運動の探究に憑かれた男を材とした長篇 *Shirley Hall Asylum*（1863）や、望みを叶える鏡を巡る連作集 *The Magic Mirror*（1865）が目を惹く。またルクレツィア・ボルジアを擁護する観点の評伝 *Lucrezia Borgia, Duchess of Ferrara*（1869）も著わした。

なお子息ウィリアム・S（シュベンク）・ギルバートは父以上に著名で、作曲家アーサー・サリヴァンと組んだ共作オペラ作家ギルバート・アンド・サリヴァンの一人として作詞を担当し、『ミカド』（日本蔑視で問題化した）はじめ多くの人気歌劇を創作した。

第一章

スイス南東のエンガディン渓谷でもっとも荘厳な景色はどこかといえば、それはマダライン村近くのガードナル城の廃墟だろう。かつて封建時代、ここにはある領主《バロン》の一族が棲んでいた。渓谷の全体がこの一族の領地として、城館とともに父から子へと、何世代にも亘って受け継がれていたのである。この血統の途絶に立ち会ったふたりは兄弟だった。堂々とした体軀で見栄えのする若者たちだったが、人間というよりは悪鬼に近い存在だった。冷酷かつ強欲、横暴な兄弟だったのだ。

このふたりの父親はといえば、若い頃から自身の地所に心を砕き続けてきた御仁《ごじん》だった。領主といえば農奴を酷使するものと相場が決まっているなかで、彼の気配りは尋常でなく、エンガディンの谷に暮らす農奴たちの生活は、封建領主が強権を振るう土地ではめったに見られぬような余裕と活気に満ちていた。老いてのち、この領主は重い病に罹《かか》って城館に籠《こも》りきりとなり、土地の管理や農奴の差配は息子たち兄弟の手に委ねられた。ふたりの手に多くの権限が預けられたが、しかし老いた領主はまだ、自身の全権を明け渡そうとはしなかった。管理差配をどう処理してきたのか、ふたりを厳しく問い質《ただ》し、不正の隠蔽を疑い抜き、調査官たちに密偵させて、説明の裏を取らせた。老領主の余命が短いことを悟っていたのか、調査官は若いふたりの行ないについて、かならず吉報を届けてきた。これは認めざるを得ないのだが、父親の存命のうち、兄弟の行ないは大体のところ、特に非難すべきものではなかったのである。とはいえ彼らがたびたび本性を垣間見せたことも確かだった。渓谷の農奴たちは、それを遠くない日に実現される圧政の前触れと見ていた。

老領主が逝去すると、長男のコンラッドがガードナル城とエンガディン渓谷の総てを相続した。次男のヘルマンには、現イタリア北部のブレシャーノ地方に父親が所有していた広大な領地が割り当てられた。というのも、この頃すでにスイス南部とイタリア北部には、住民たちのあいだでかなりの交流が持たれていたのである。老領主はまた、息子たち兄弟のいずれかが子を持たずして亡くなった場合、その領地はもうひとりの所有となることを望んでいた。

　こうした次第で、コンラッドはアルプス北の渓谷を継ぎ、ヘルマンはアルプス南の地所を継いだ。弟の領地は兄の領地より狭かったが、それでも多大な価値があった。遺産の価値に差があるものの、兄弟ふたりの間柄は良好で、その関係は以後も続くものと見込まれた。ふたりとも攻撃的な性格だったが、彼らを隔てるアルプス山脈がこの和平を維持していたのである。

　とはいえ、コンラッドがエンガディンの領主になってから一週間と経たずして、領地の農奴たちは彼と亡き父の違いを目《ま》の当たりにすることとなった。コンラッドは傭兵の数を、父の時代から三〇〇も増員させたが、そのなかにもともと渓谷に住んでいた者はひとりもいなかった。雇われたのはボヘミア、ドイツ、イタリアの無法者から厳選された悪党どもで、山脈という堅牢な砦を隠れ家にして、エンガディンの東に位置するグリソン地方を繰り返し攻め込んでは、どんな残虐なことでも平然と行なってきた者たちだった。若い領主は自身を護衛させるため、こうした者どもからさらに、エンガディンの農奴の言葉を知らない者たちを厳選した。職務中に嘆願や弁明を耳にしても動じないようにするためだった。

　傭兵を多く維持するためには莫大な費用が掛かり、財政を圧迫するものだが、しかしコンラッドほど横暴な領主のもとで、これは問題にならなかった。彼は傭兵たちの給料を、農奴への税金を増やして賄《まかな》うことに決めていた。支払い能力がなかったり、文句を言って値切ろうとした不幸な者た

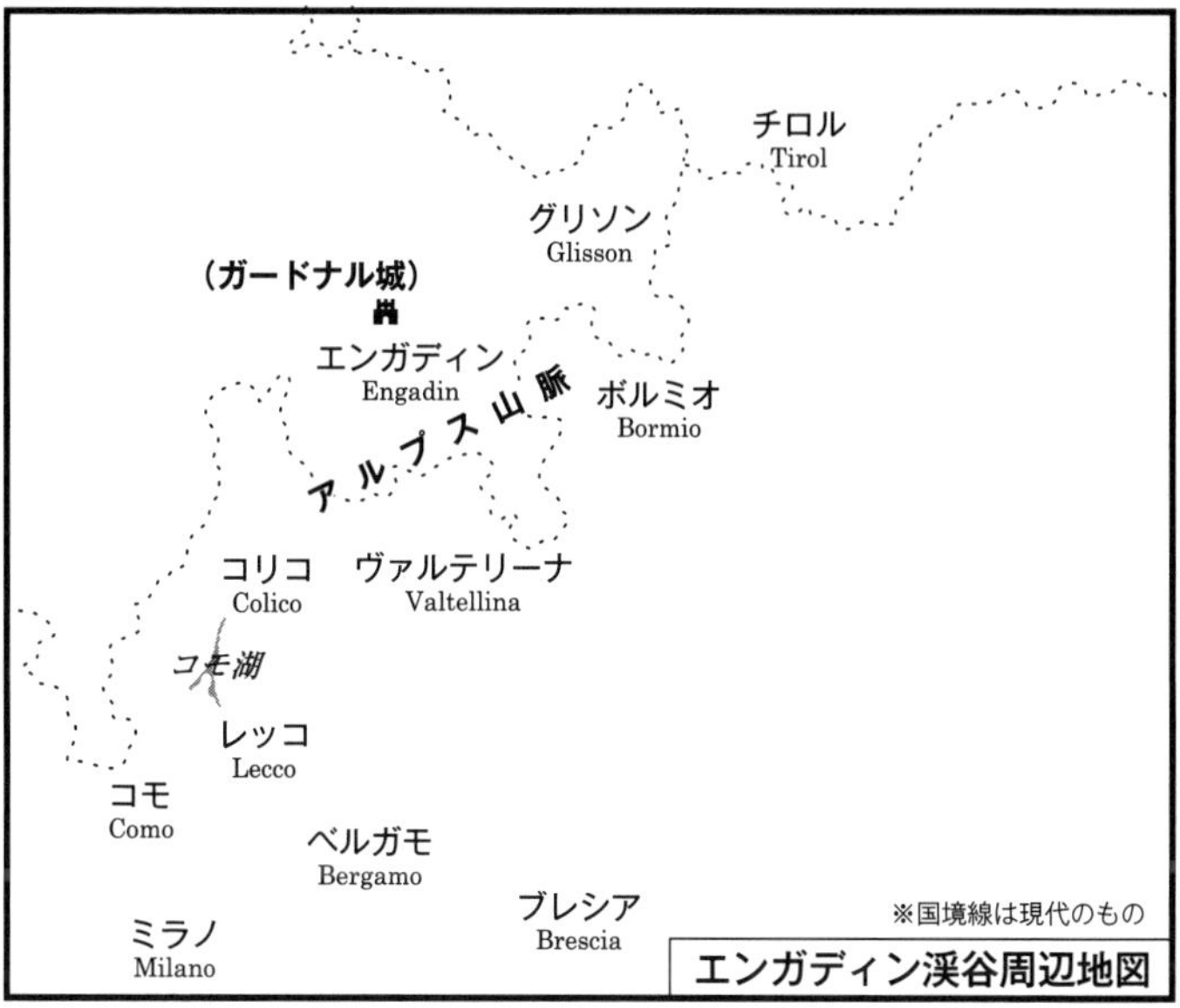

エンガディン渓谷周辺地図

ちは、災厄に見舞われることになった。つまり村に徴税のための兵団が送られて、支払いが済むまで宿舎に居座り続けたのである。彼らは自分たちの仕事をしっかりと理解しており、この用が済むまで引き上げることはなかった。この傭兵たちはひたすら容赦なく、拷問だとかお気に入りの手段で厳密に取り立てを行なった。そして税を回収し終えると、さらなる罰として貧農たちから食料家財の一切を強奪してゆき、残ったものも打ち壊してゆくのだった。領主の耳には傭兵たちの残酷な行ないについて多くの苦情が寄せられていたが、しかし彼らが罰を受けることはない。徴税の命《めい》を受けた者が未払い徴収のために犯した罪は、弾劾を受けることがないというのが領主の立てた方針だった。

　コンラッドの横暴な振舞いは、エンガディン渓谷の内に留まるものではなかった。山道の雪が解ける夏期、傭兵たちが略奪品を運搬できるようになると、エンガディンの領主は繰り返しアルプスを越え、イタリア北部を襲撃した。彼らは処罰を恐れることなく破壊し、奪掠《だつりゃく》し、そして戦利品を掻き集めるとガードナルの城に戻っていった。ミラノ当局に届いた苦情の量は凄まじかったが、行政はお決まりの腰の重さから、冬になるまで略奪者を罰するための積極的な動きを起こすことなく、そしていざ冬期に入ると、山脈越えなど軍隊でもないかぎりは不可能だと言い張った。春になる頃には慎重論が台頭し、この問題への関心も次第に薄れてゆき、ついには具体的な行動が取られることの一切ないまま、議論が自然消滅してゆくという次第だった。コンラッドの略奪に遭った地域は、ミラノの人々からはほとんどイタリアの一部と見做されていなかったのである。この地に棲む者たち自身も、今日でいう新教《プロテスタンティズム》に近い異端の説に染まりはじめており、また喋《しゃべ》る言葉もイタリア語でなく、独自の方言になっていた。そういうわけでミラノの行政は、エンガディンの領主が処罰を受けるに足る人物であることは間違いないが、保護するに値しない者どものために彼を処罰することは不都合だと考えるようになったのだった。彼に責任を問うためミラノ当局が実行したのは、教皇に彼を破門してもらうことだけだったが、コンラッドと彼の兵団は信仰など眼中になかったので、この措置は嘲笑を受けるだけに終わった。

ヴァルテリーナ遠征の折、アルプス南のボルミオ付近で、エンガディンの領主は途方もなく美しい娘を眼に留めた。このとき彼が連れていた従者はふたりだけだった。もっと多人数で通りかかったならば、そしてまた彼女が父親の畑で働く者たちに囲まれていなかったならば、コンラッドはただちに彼女をガードナルの城に誘拐していただろう。また彼は、遠征中のエンガディンの領主が通り掛かることを警戒していた村の民兵が、数分で駆け付けられるように武装待機していることも承知していた。彼は身勝手ながらも狡猾さを兼ね備えていたので、この時はただ、この娘に挨拶でもしておこうと試みたのだが、それすらも緊張を煽《あお》るようだと認めると、農奴のひとりに娘の名と住《すみ》処《か》を訊ねるに留めた。名はテレサ・ビッフィ。この辺りの富農一家の長女で、父母とテレサのほか三人の子が、領地の端にある館で暮らしているということだった。

こう聞き出すと、コンラッドはさっそくこの場を去ってビッフィの住居を目指し、その佇《たたず》まいをじっくりと観察した。そこそこ大きく頑丈な石造りの館で、一階の窓はどれも鉄格子で塞がれており、玄関は丈夫なオーク材の扉で内側から閉ざされていた。館の周囲をひとりで巡ったのち、彼はふたりの従者のもとに戻った。彼らは不審がられぬよう、この家から少し離れた、見つかりづらい場所に待機していた。

「ルドヴィコよ」コンラッドは従者のひとり、これまでどの遠征にも同行し続けてきた副官に声をかけた。「この家をよく覚えておけよ。後日、いや夜かもしれんが、再訪することになるからな」

ルドヴィコは動じずに、光栄にも閣下より授かった命令であるならば、どんなことでもこなしてみせますと応答した。エンガディンの領主と従者たちはその場を去った。

コンラッドの心を虜《とりこ》にしたテレサ・ビッフィの美しさは、ほとんど魔法のようだった。彼女への恋心は時が経つにつれ、薄れるどころか高まってゆくようだった。ついに彼はテレサを妻にしようと決めた。彼女を眼に留めてから一ヶ月後、コンラッドは娘を嫁に貰う意向をビッフィに伝えるよう、副官ルドヴィコに命じた。拒絶される可能性があるとはまったく考えていなかった。

ルドヴィコはすぐ任務に就き、件《くだん》の農家に辿り着くと、コンラッドの言葉を伝えた。ところが驚くべきことに、彼がビッフィから受け取ったのは断固たる拒絶だった。無礼な返答を持ち帰ることを良しとせず、ルドヴィコは領主の求婚を受け入れることでビッフィ家に生じるであろう利益を説きはじめた。

「テレサは最高の地位にある女性となるのだ。金銀財宝の莫大な富を得る、というだけではない。家族らにも地位が与えられ、子供らもゆくゆくは我が領主の任命を受け、エンガディン渓谷に割り当てられる広大な地所を持つことになる」

農夫ビッフィはルドヴィコの弁舌を辛抱強く聴き続け、結論が出ると答えて言った。

「あなたの御主人にお伝えください。意向はお聞きしました。受け入れることで、家族に大きな利益が生じることも認めましょう。私は高貴な生まれでも金持ちでもありませんが、貧しくもありません。しかし、ここに来る途中で盲目の乞食をご覧になったでしょうが、彼と同じくらいに飢えていたとしても、私はあなたの御主人のような恥知らずな悪党からの求婚は拒否させてもらうでしょう。あの方はたしかに、絶大な力と富を誇っておられる。しかしその富というものは、抵抗する術《すべ》を持たぬ金持ちや貧乏人から略奪されてきたものだし、力というのも、掻き集めた野盗と人殺しの群れをこき使って積み上げてきたものだ。奴ら、あなたの御主人が殺しの口実を与えてくれるんで、喜んで仕事をしますでしょう。私の返事は受け取りましたね。さっさとこの辺りから出てゆかれるのが良いでしょう。私の考えが当たっていれば、エンガディンのコンラッドからの使いと見抜かれたら最後、好意の欠片《かけら》もない歓迎を受けることになりますから」

「つまり、我が領主の意向に否と返すわけだ」ルドヴィコが確認した。

「その通りです。言い足すこともありません」農夫は肯《うべな》った。

「いまおまえが用いたとおりの言葉で返答をお伝えして良いのかね」

「一言も省略せずに」と農夫。「お好きなだけ言葉を盛ってもらって構いませんがね」

「本当に良いのか」ルドヴィコが言った。「考え直すなら今だぞ。しかし、コンラッド様にこの返事を伝えてくれと言うのであれば、俺はもちろんその通りにする。その場合、天国へ行けるよう早めにお祈りを済ませておくことだな。コンラッド様はこのような侮辱を許すお方ではない。俺の忠告に従って、手遅れになる前に意向を受け入れるのだ」

「他にお答えを持ち合わせていないもので」ビッフィが言った。

「残念だ」ルドヴィコは深く息を吐いた。「もう撤回はできんぞ」彼は馬の背に跨《また》がると、走り去った。

ルドヴィコは農夫にしつこく助言し、考えを改めるよう粘ったが、それを彼の嘘偽りない思いやりの顕《あらわ》れだったと解すべきではない。それどころかルドヴィコは、ビッフィが最初に拒絶したのを聞いて求婚が受け入れられる可能性がないことを、すぐに悟っていた。したがって彼は残りの対話のあいだじゅうずっと、館の造りをじっくりと観察し、最も容易な侵入方法を探ることに神経を集中させていた。やがてもっと穏やかでない任務でこの家に送られるだろうと、当然のように判断していたのである。

ビッフィの返事を聞いたエンガディンの領主の怒りはこのうえないものだった。

「この腰抜けが」彼はルドヴィコに言った。「そんな答えをこの俺に返すような奴を生かしておいたのか」

「しかしですね」ルドヴィコが応えた。「どうすべきだったでしょう」

「短剣で心臓をぐさり、それで済んだろう」とコンラッド。「おまえが怒りに任せてどこぞの婆さんを刺し殺したのを覚えているぞ。相手がビッフィでなくその妻だったならば、もっと勇気を出していたというわけかね」

「私がやりたいようにやっていたら」とルドヴィコ。「あの男はその場で殺していましたよ。しかし周りの畑にひとが出ていましたから、彼を殺してもお嬢さんを連れて帰ることはできなかったでしょう。それで行動を起こす前に、まず返答をお耳に入れるべきだと考えたのです。閣下、私の願いをお聞き入れください。もしあの男を罰するのであれば、その役目は私にお与えください。拒絶を聞いたとき平静を保っていたことへの褒美として」

「そうかね、きっとおまえは頭を使って動いたのだろう、ルドヴィコ」コンラッドはしばし口を噤《つぐ》み、それから言った。「いま俺の心は部下の無能さに掻き乱されていて、どうも冷静に考えがまとまらない。明日また話そう」

翌日、エンガディンの領主は副官を呼んで言った。

「よし、ルドヴィコ、任務を与えよう。おまえの趣味に合うはずだ。信用できる者を六人連れて、今日の午後ボルミオへ発つのだ。道中は近くの村で一泊することになるが、おまえの用事のことは一言たりとも漏らさぬように。翌朝にはその村を離れるが、ただし各人ばらばらに出発するのだ。一緒にいるのを目撃されなければ、妙な疑いも生まれまい。あの農夫の家の近くで落ち合ってくれ。夕方前にそこに到着しているのが望ましい。というのも、おそらくその家を襲撃することになるだろうから、その前に周辺のことをよく知っておく時間ができる。しかし正体は隠しておけよ、すべて台無しにならんようにな。この偵察のあと、少し距離を取って真夜中まで隠れているんだ。そうすれば、家族全員が寝入ってから周囲を偵察するよりも、時間に余裕ができるだろう。武力行使せずに家に侵入するよう頼みたいが、無理なら方法を見つけて押し入ってくれ。娘を連れ出せ。危害は加えるな。父親が抵抗したら殺せ。しかしそれは最後の手段だ。娘を怒らせたくはないからな。とにかく、彼女の安全が最優先だ。家を焼くなりなんなり好きにするが良いが、彼女をここに連れてくるのだ。この使命を迅速に果たして俺を満足させたあかつきには、おまえや同行した部下たちにはたっぷりと褒美をやろう。さあ、行って早く出発の準備をするのだ」

ルドヴィコは領主の指示を言葉通りに遂行することを約束し、その後まもなく傭兵たちから選《え》りすぐりの六人を引き連れて、ガードナルの城を発った。


ビッフィは勢い余って反抗的な返事をしてしまったが、後になってから、それがどう受け取られたものかと酷い不安に苛《さいな》まれた。娘への求婚を拒絶したことに後悔はなかったが、しかしエンガディンの領主が残忍冷酷、復讐心の強い男であることはよく知っていた。何らかの手段で報復が為《な》されるだろう。彼にできた予防策といえば、家の玄関扉や窓の掛け金を固く締めること、農奴をひとりボルミオの町に助けを呼ぶための使いとして待機させておくこと、また襲撃に備えるよう家族に注意しておくことくらいが精々だった。近隣の皆はためらいなく、ビッフィの味方をすると約束してくれた。コンラッドの求婚を憤然と突っぱねた勇気によって、周囲の者たちから英雄視されていたのである。

ルドヴィコが城を発った翌日のこと、真夜中になって、ビッフィは玄関扉が叩かれるのを聞いて眼を覚ました。ルドヴィコだった。密かに侵入しようとして諦《あきら》めたのち、いちど部下を下がらせて、武力行使する前に家主を騙して入り込もうと決めたのだった。誰何《すいか》されると、彼は道に迷った貧しい旅人だと答えた。疲労困憊《こんぱい》、もう一歩も進むことができない状態で、一晩だけ泊まらせてほしいのだと懇願した。

「申し訳ありません」ビッフィは言った。「しかし、暗いうちはこの家に余所《よそ》さまを入れることができないのです。ここは夜でも暖かいですから、窓の下の藁《わら》の山、それを使って寝てください。朝になったら扉を開けて、中で朝食を差し上げますから」

ルドヴィコは入れてくれと何度も頼んだが、ビッフィは頑《がん》として受け入れなかった。刺客の忍耐はついに切れ、ルドヴィコは急に態度を変えると、脅すような怒鳴り声で言った。「どうしても開けないというのであれば、この生意気な百姓、家ごと焼くぞ。気付いているか、こっちには俺を手伝う奴らが大勢いるのだ」彼は言いながら、夜闇からぞろぞろと現れた者どもを指差した。「さあ、すぐに開けるんだ」

ビッフィはすぐに相対する者の正体を理解し、返事の代わりに窓から離れると、家族を起こした。また待機させていた農奴に二階裏の窓から飛び降りて逃げ、近隣の住民を起こしてコンラッドの兵団の襲撃を知らせるように言った。この農奴は皆に武器を取ってすぐ援助へゆくよう頼んだのち、同じ内容をボルミオの町まで知らせることになっていた。叩き起こされたこの男はビッフィの頼みを実行に移そうとしたのだが、二階の窓から飛び降りた衝撃で身動きがほとんど取れなくなり、這って逃げようとするうちに領主の部下に見咎《みとが》められ、殺されてしまった。

ルドヴィコは恫喝《どうかつ》しても家に入れないと判ると、今度は玄関扉を打ち破ろうとした。しかし内側からもので塞がれているのか、これも上手くゆかない。そうこうするうちビッフィと妻子は家具や薪《たきぎ》を扉に寄せ、防御を増強してゆく。ルドヴィコは玄関扉から入ることを諦めると、部下に梯子を探すよう言った。二階の窓から中に入ろうというのである。というのも一階の窓は高い位置に小さく作られ、鉄格子で塞がれていたからなのだが、これは当時イタリアでは一般的だった。しかしいくら探しても梯子は見つからない。

ルドヴィコは次の策を考えはじめた。かなり時間が経っていたので、ぐずぐずしていると朝日が昇り、畑仕事に出る農奴たちに見咎《みとが》められるおそれがあった。とうとう、ひとりが家の裏に藁がまとめてあるのを見つけ、これを扉の前に据えて火をつけようと提案した。もしかしたら炎を眼にすることで、ビッフィ家の者たちが自発的に窓から逃げ出そうとするかもしれない。

この案はすぐに実行された。大量の藁《わら》が数フィートほど玄関扉の前に積み上げられると、火打石を剣の柄《つか》にぶつけて乾草《ほしくさ》に火花が散らされ、藁の山に火が起こされた。藁はよく乾いており、積まれた山はあっという間に炎に包まれたが、この計画はルドヴィコの期待に沿わなかった。一家はたしかに玄関側の窓に殺到した。しかし燃え上がる炎の激しさを認めると、彼らは思惑に乗ることなく下がっていった。そのうち炎上の轟音に混ざって、自制心を失った妻子らの悲鳴が聞こえてきた。玄関扉の内側に積まれていた薪や家具に火が燃え移り、一階に備蓄されていた飼料や玉蜀黍《トウモロコシ》にまで届こうとしていたのである。

ルドヴィコは家全体があっけなく炎に包まれてゆくのを眺めながら、事態がどんどん悪化してゆくのを感じた。炎の明るさが近隣の住民の大騒ぎを引き起こすのみならず、もし娘がこの火事で死ぬようなことがあったなら、閣下の怒りはどれほどのものになることか。また彼が手ぶらで戻った場合、自身と部下に科されるだろう罰についても考えた。彼はビッフィに二階の窓から逃げるよう呼びかけた。自分たちが受け止めてやるというのである。呼びかけが理解されるのに時間が掛かったが、とうとうビッフィはまず幼い子供らふたりを窓辺に連れてゆき、可能なかぎり低い位置からルドヴィコたちの腕のなかに落とし、このふたりは怪我もなく地面に着くことができた。

ビッフィが次の子を降ろそうと振り向くと、後ろに待っていたのはテレサだった。彼は娘の手を取って窓まで連れていったが、ふたりが窓辺に立ったとき、母親の叫び声が聞こえてきた。彼女は不治の病で寝たきりになっていたのである。テレサは弾かれたように、母を助けるため引き返していった。下で待ち受けていた傭兵たちは、お望みの獲物はほとんど捕まえたも同然と思っていただけに、失望するはめになった。なんといっても他の家族の命はどうでもよかったのである。ルドヴィコはテレサがふたたび窓辺に出てくるのをはらはらと待っていたが、望みは叶わなかった。炎は轟然と燃え盛り、屋根までも覆い尽くした。家人の叫び声はもう聞こえなかった。煙に窒息していなかったとしても、その声は炎の吠える音に掻き消されていた。火事の眩しさが遠景も近景も煌々と照らしていた。

ビッフィ家から四分の一マイルのところに住んでいた農奴が、たまたま用事で遠出する必要があり、かなり早い時間に床を出たところ、この火事に気付いて家族や周りの家の者たちを起こして廻った。彼らはすぐに武器を摑んで現場に急いだ。放火に違いないと想像していたのである。この知らせは別の村々を伝ってボルミオまで到達し、すぐに壮健な兵士たちが集められ、消火活動のため合流した。ビッフィ家の館に到着したとき、彼らが眼にしたのは巨大な灰の山だった。生命の痕跡は見られなかった。ルドヴィコと部下はすでに撤退していた。

朝日が昇りはじめていた。集まった農奴たちは火事の原因を解き明かそうと動き廻った。当初こそ失火かという意見もあったが、周囲の捜索で農奴の他殺体が見つかり、その後、火事から逃げ延びた子供ふたりが、恐怖のあまり雑木林に駆け込んで身を隠していたのも発見された。大人たちは難儀しながら、子供ふたりの断片的な言葉を整理して、略奪にきた徒党によって火事が起こされた事実を摑んだ。疑いはすぐエンガディンの領主コンラッドに向けられたが、彼が卑劣漢だという意見は一致するものの、証拠がない。

ルドヴィコと部下たちはといえば、近隣に気付かれたことを悟るとすぐに、ビッフィ家から一マイルほど離れた林に隠してあった馬のもとに発っていた。朝日がちょうど差しはじめたばかり、周囲のものは見分けられても、遠くから見定められるおそれはなかった。突然、部下のひとりが前方を指差した。白衣をまとった人影がぼんやりと見える。ルドヴィコは正体を確かめるため、しばらく歩みを止めて部下とともに注意深く観察した。彼らから逃げているように見えた。

「あれはあの娘じゃないか」部下のひとりが言った。「火事から逃れたんだ。まさしく窓際に親父と一緒にいた白衣の姿だ。俺はよく見ていたんだ。絶対に見間違えじゃない」

「確かにあの娘だ」もうひとりが言った。「俺だって見ていたからな」

「そうだと良いな」ルドヴィコが言った。「それなら本当に幸運だ。彼女を連れずに戻ったりしたら、コンラッド様から乱暴な労《ねぎら》いを受けるところだったからな」

彼らは足を速めたが、白衣の人影との距離は縮まらなかった。ルドヴィコは当然テレサが彼らから逃げているのだと考え、全力で追えと部下に命じた。彼らは最善を尽くしたが、人影は彼らの前方に、等しい距離を保ち続けた。さらに不可解なことに、朝日が昇るにつれて、その姿は曖昧《あいまい》にぼやけていった。彼らが馬を留めた場所に辿り着いた頃には、もう霧に溶け消えてしまっていた。

第二章

馬に乗る前、ルドヴィコはどの道を採るべきか部下と協議した。すぐに離脱すべきか、その前に近場で娘を探すべきか。いずれの提案にも危険が伴うように思われた。出発を遅らせれば農夫どもに襲撃されるかもしれない。まだ彼らを熱心に追跡していることは間違いなかった。しかしテレサを連れずに領主のもとへ戻った場合、彼らは間違いなく仕事に失敗した罰を受けることになるだろう。

ついにルドヴィコが思い至った。もしかしたらコンラッド様が相手ならば、堂々とついた嘘が通用し、叱責を回避することが出来るのではないか。一方で、それが怒り狂った農奴を相手に役立つとはまったく思えない。そこで彼は馬に乗るよう部下に命じた。テレサは火事から逃げ出して、こちらに助けを求めたが、ボルミオの民兵どもが近づいてきたので、今度はそちらに保護を求めた。領主にはそう説明しようというのである。この虚偽報告は、部下たちにも抵抗なく支持できるものだった。彼らはあのぼんやりした白衣の姿が、あの娘自身であるといまだに信じ切っているのだった。ルドヴィコと部下は帰路の途中、吹雪《ふぶき》に足を止められ、山越えに難儀した。すでに秋も深い時期であった。翌日、彼らはようやくガードナルの城に辿り着いた。

任務失敗の報を受けたコンラッドの怒りは言葉にできないほどだった。彼はルドヴィコを地下牢に放り込むよう命じた。一ヶ月以上も留置し続けたが、特に技量と度胸を要する遠征に彼の存在が不可欠だと認めると、ようやく解放した。他の部下たちも罰せられたが、副官の受けたものほど厳しくはなかった。もちろん彼らはすべての責任をルドヴィコに押し付けていたのである。

ルドヴィコを復帰させると、コンラッドはしばらく計画を練ることに専念した。彼はルドヴィコが説明したテレサの脱出劇を信じていたので、その計画はまず彼女を確保するためのものであったが、それだけでなく、結託していたボルミオの住民たちに報復するためのものでもあった。彼がルドヴィコを解放したのは、その計画を実行させるためだった。

*

冬が過ぎ、春の日差しがアルプスの山々の雪を急速に溶かしていった。ある朝、旅の汚れをまといながらも都市育ちの洗練を隠し切れない男たちが三人、巡礼者用宿舎《ホスピス》に辿り着き、占星術師インノミナートとの会談を求めた。使者がこの術師の城に派遣され、早々と戻ってきた。インノミナートは来訪者にすぐ来るよう求めているとのことだった。

三人が城館に辿り着いたときには、歓迎の準備が済んでいた。旅の疲れを癒す見事な食事が所狭しと並んでいた。当初こそ、客人たちは罠に掛かったような心地に怯えていたが、それも占星術師の友好的な様子を見るうちに払拭《ふっしょく》された。彼らが目の前の食事を平らげてしまうと、インノミナートは来訪の目的を訊ねた。どうやら代表らしきひとりが椅子から立ち上がり、語った。

「我々は、ボルミオの民が陥っている苦境について助言と支援を求めるために、閣下のもとへ遣わされました。昨年の晩秋、エンガディンの領主コンラッドが、我々の暮らす地域の近くにて、正当とは言い難い略奪を行なったのですが、このとき偶然、彼はテレサ・ビッフィという美しい娘を見《み》初《そ》めたのです。この娘の父親は、町から約半リーグのところに大きな農場を構えていました。夢中になったコンラッドはこの父親に使者を送り、娘に求婚する意向を伝えました。ビッフィはエンガディンの領主の悪名を充分に知っていたので、この提案をばっさりと断ったのですが、その口吻《こうふん》が、この暴君の怒りを極限まで引き出すような、あまりに激しいものだったのです。

「娘を手に入れるだけでなく、受けた侮辱に報復するため、エンガディンの領主は傭兵の一団を送りました。彼らは夜中にこの農夫の家を襲撃し、玄関を破ろうと奮闘しましたが、これが上手く行かないと悟り、また隣村への伝令を請け負っていた男も殺害してしまうと、ビッフィの家に火を放ち、なんとか逃れ出た子供ふたりを除いて、件《くだん》の娘も含んで家族全員、炎で焼き殺してしまったのです。

「しかし、コンラッドは誤った報告を受けたようで、娘は逃げ延びてボルミオの町に匿《かくま》われていると考えています。それで彼はふたたび傭兵を送り、今度は夜中に行政副長官《ポデスタ》の家を襲撃すると、彼の一五歳になる一人息子を拐《かどわか》して、ガードナルの城に連れ去ったのです。テレサ・ビッフィが五月に入る前にエンガディンの領主の手に渡らなければ、この少年を死刑にするだけに留まらず、ボルミオの町全体が報復を受けることになる、と宣告されました。

「この件について我々は、再三のことなのですが、ミラノ当局に保護を求めました。返答は丁寧で、援助も約束されましたが、しかし我々には、それが空《から》約束になると信じるに足る充分な理由があります。というのも、これまでのところ、この問題については何の措置も講じられていませんし、兵の派遣もまったくないのです。ポデスタの息子が処刑される期日まで、もうあまり時間がないというのにです。こうした次第で、閣下の偉大なお知恵とお力、また圧政に苦しむ弱者を守り助ける閣下のご人徳を聞き及んだ町の代表は、ご助力を乞うために我々使者を遣わしたのです。エンガディンの領主はこうした脅しを実行するのに躊躇《ちゅうちょ》のない人物だからです」

じっと集中して使者の話を聞いていたインノミナートは、エンガディンの領主の悪漢ぶりはよくよく知っているけれども、彼が大勢揃えているような傭兵の類《たぐい》を、自分はまったく備えていないのだと言った。

「しかし、閣下には余人の及ばぬお知恵があります。伝え聞いたこと総てから、閣下ならば我々を救う力をお持ちだと確信しています」

「あなた方の町に起きたことは」インノミナートが言った。「悲しむべきことだ、確かに。あなた方がエンガディン領主の策略から守られるべきであることも認めよう。私にあなた方を手助けする力があることも否定はしない。では、その不運なポデスタに伝えなさい。息子の身の安全は心配しなくて良い、私がコンラッドに彼を釈放させるからと。星々の教えによれば、地下牢に監禁された少年はまだ生きている。また、あなた方をここに寄こした者たちには、町にコンラッドの危害が及ぶ心配もないと伝えなさい。あなた方のすべきことは、テレサ・ビッフィという娘が私のほかには決して見つけることの出来ない場所に匿われていると、エンガディンの領主に伝える手段を考えることです」

「しかし、テレサ・ビッフィは父親と一緒に亡くなりました」使者が言った。「領主コンラッドはあの娘が閣下の庇護下にあるという状況が有り得ないものだと知った途端、閣下にも私たちにも報復するでしょう」

「恐れるな。私の言うとおりにしなさい」インノミナートは言った。「私の指示したことだけを実行しなさい。そうすれば恐れることなど何もないと約束します。早ければ早いほど良いでしょう」

そういうわけで、使者はボルミオに戻るとインノミナートとの会見の内容を余さず伝えた。不満の声もあがったが、熟議の末、占星術師の指示に従って動くことが決まった。どのように実行するかとなると、これは難題だったが、有力者のひとり、町一番に勇敢だと評される男が名乗り出たことで解決した。彼自らがエンガディンの領主への使者となり、インノミナートの伝言を運ぶというのである。この申し出は全会一致で承認され、翌日さっそく、彼は旅立った。

ガードナルの城に到着し、遣わされた目的を述べるとすぐに、彼はエンガディンの領主のもとに案内された。コンラッドは大広間で傭兵たちを従えていた。

「さて」使者が入ってくると彼は言った。「おまえの町の者どもは、ようやく正気を取り戻し、俺のもとにテレサを連れてきたというわけかな」

「いいえ、違うのです、エンガディンの領主様」というのが返答だった。「その娘は我々の庇護下にないのです。我々には彼女の居場所を知っていると思《おぼ》しい人物をお伝えすることしかできません」

「誰だというのか」

「レッコ付近の城に住む、高名な占星術師なのです」

「おい、おまえ、俺を誑《たぶら》かそうというのか」領主は硬い声で言った。「そんなことを試そうとは、おまえはよほど間抜けか勇敢かどちらかだな」

「どちらでもありません、閣下。煙《けむ》に巻こうというのでもありません。ただ事実を申し上げたのです」

「どこでその情報を仕入れたというのだ」

「インノミナートが自らそう述べたのです」

「おまえらが奴に助けを乞うたということだろう」コンラッドは食ってかかった。

「そうではないのです、閣下」使者は言った。「我々が助言を求めたのは、その通りです。閣下が我々の町を襲撃する際、また閣下がポデスタの息子の処刑を実行する際、どのように振舞うべきかということについて」

「それで、奴はどんな助言を与えたのだ」

「いま閣下に述べたことです。つまり、テレサ・ビッフィの居場所を知っているのは彼だけで、彼が良しと言わなければ彼女を解放することは出来ないというのです」

「奴は俺に戦いを挑んでいるというわけか」コンラッドは言った。

「そうは思えません、閣下」

エンガディンの領主はしばらく黙っていた。それからインノミナートが保有する傭兵の数を使者に訊ねた。

「いない、と思います」使者は答えた。「少なくとも、町の代表が訪ねていった時には、誰もいなかったようです」

コンラッドはふたたび沈黙した。考え込んでいるようだった。正直なところ敵対するというのであれば、インノミナートでない者を相手にしたかったのである。この男の噂はよく聞いていた。この術師の叡智《えいち》賢慮《けんりょ》を、彼はどんな貴族の権力にもまして畏怖していた。たとえこちらがどれほどの兵力を投入できるとしても、である。

「謀略の臭いがぷんぷんするが」とうとう彼は言った。「この疑惑が正しかったと判った場合、手酷く報復することになろう」突然コンラッドは使者を睨みつけた。「おまえを拘留させてもらうぞ。インノミナートを訪ねるあいだの人質としてだ。

もし奴と合意に至らなければ、おまえはポデスタの息子と同じ絞首台で死ぬことになる」
使者は監禁されることに抗議して、それはまったく騎士道に反していると述べ立てたが、効果はなかった。エンガディンの領主が理性に耳を貸すことはなく、不運な男はすぐに大広間から引っ立てられ、投獄された。

コンラッドはインノミナートと会談するという考えが気に入らなかったが、すぐに術師を訪《おとな》う準備を整えて、翌日には出発した。四人の傭兵が同行した。強調しておくべきは、エンガディンの領主はこれまでどんな機会にも、インノミナートに相対することを避けてきたという点である。彼が術師に抱いていた忌避感はとても大きかった。エンガディンの領主は自身がなにか定めに従って行動しているような心地になった。なんらかの力によって、得ることの叶わぬテレサを求めるよう、駆り立てられているかのようだった。

コンラッドがインノミナートの城に向けて選んだのは、遠廻りの経路だった。略奪したばかりのヴァルテリーナを突っ切るべきではないと考えていたし、また彼は途中で弟を訪ねることで、これから相対することになる謎多き人物について、詳しく知ることができるかもしれないと考えていた。彼の噂はエンガディンの谷よりも、弟のいるベルガモ地方においてこそ、よりよく知られているはずだからである。
エンガディンの領主は何事もなく弟ヘルマンの城に辿り着き、そこでこれまで曖昧なかたちで聞き及んでいた占星術師の異能に関する報告が、真正のものであったことを確認した。弟の地所で一日過ごしたのち、レッコへ出立した。名を隠したうえで二日のあいだ当地に滞在したが、それは部下のひとりの報告を受け取るためだった。インノミナートが城に兵力を置いているかどうか確かめるため、斥候《せっこう》として先行させたのである。自身どんな謀《たばか》りでもやってのけるコンラッドは、もちろん他人に謀られる可能性を考慮に入れて動く人物だった。やがてこの部下は戻ってくると、たいそう骨を折って調べ廻ったが、どう考えても兵士が城館に居ないだけでなく、どんな種類にせよ兵士そのものを雇っていないとしか思えない、インノミナートは身を守る手段に隠秘学《オカルト》の力だけを頼っているらしい、と報告した。

捕らえられる危険がないと判ると、コンラッドは傭兵とともにレッコを発った。数時間後、彼は巡礼者用宿舎《ホスピス》に到着し、そこで会見の願いが占星術師に伝えられた。少し経ってから戻ってきたインノミナートからの返答は、傭兵たちが城に入ることを許さないが、コンラッドがただひとりで来るならば、喜んで受け入れるというものだった。

彼はしばらく躊躇した。思ったとおり、怪しげな術を使う危険な輩《やから》なのかもしれない。そんな男の根城にのこのこと踏み込みたくはなかった。しかしテレサ・ビッフィへの思慕がこの招きを受け入れるよう強《し》い、彼は使者に同行し、占星術師の城へと向かった。

インノミナートは客人を厳しい態度で迎えた。席を勧めることもせず、訪問の目的を問い正した。

「私のことは知っていよう」コンラッドは言った。「エンガディンの領主である」

「率直に言って」インノミナートが答えた。「お名前も評判もよく存じ上げています。知らずに済めばもっと良かったのですが」

「そういった調子で話されるのを聞くのは残念だ」とコンラッド。どう見ても血圧の上昇を抑えるのに苦戦していた。「私のような立場にある人物には敵が多いものだが、あんたのように名のある者が、私への告発の正当性を疑うこともなく、私のことを決めつけてしまうとは、驚くほかない」

「私をそういう人物だとお考えであれば、その判断は誤りです」とインノミナート。「しかし改めて問いましょう、お訪ねの目的はなんですか」

「私はボルミオの無礼な男から、テレサ・ビッフィという娘を匿《かくま》っている人物について、あんたが知っていると聞いてきた。その情報が正しいのかどうか、訊いても構わないかね」

「私はそういう言い方はしませんでしたが」インノミナートが言った。「しかし、そうだと認めましょう。あなたがそれを訊ねる理由をお聞きしたい」

「明かすことに躊躇はしない」エンガディンの領主が言った。「隠さねばならぬようなことはない。私は彼女を妻にしたいのだ」

「そういうことであれば、あなたのお役に立てるでしょう」占星術師は言った。「しかし、不当にも地下牢へ幽閉しているボルミオの使者とポデスタの息子を即刻解放し、ふたりに護衛を付けてボルミオに返すという条件が満たされればの話です。それに、その町の人々に迷惑をかけるのも止めると約束しなさい。これらすべてと引き換えに、テレサ・ビッフィがあなたの妻となることだけでなく、あなたが彼女に与えようとしている高貴な地位に対して充分に見合うような持参金と花嫁衣裳を持たせることも約束しましょう」

「堅くお約束しよう」コンラッドは言った。「結婚式を終えたその時、ボルミオの使者とポデスタの息子、ふたりが我が城からまったく完全に自由の身となること、それに道中ふたりを守るために護衛を付けることも」

「あなたはすでに謀ろうとしている」インノミナートが言った。「しかし、私はどんな意味合いでも、提案を変えるつもりはありません。ふたりが安全にボルミオへ戻ってから一週間後に、テレサ・ビッフィはガードナルの城で結婚式を行なうことになります。こちらの条件は以上です。承諾か拒絶か、はっきりと述べていただきます」

「あんたの側でその約束を守るという保証はあるのか」コンラッドが言った。

「私の言葉だけです。他にはありません」

コンラッドはしばらく黙っていたが、それから言った。

「その提案を受け入れよう。だが私の条件もはっきり頭に叩き込んでくれ、占星術師殿。あんたが約束を守らなければ、たとえ兵力を隠していたとしても、私はあんたに報復するぞ。私は脅すだけ脅して実行しない奴らとは違うからな」

「よろしいでしょう」インノミナートは冷静に言った。「しかし、あなたがその脅しを実行できる力を持っていればの話ですが。現在のところ、あなたにその力はない。武装した人殺しや野盗の群れに囲まれていないからといって、私があなたに力で劣っているとはお考えにならないでください。あなたは自分が私の掌の上でどれほど無力な存在なのかということを、ほとんど想像もできていないのです。

「この鳥をご覧ください」占星術師は言葉を続け、壁に釘を打って提げられた木製の檻《おり》を降ろした。中には一羽のスズメがいる。「こいつは私の手のうちにありますが、しかしあなたのほうが、この鳥よりもさらに無力なのです。この鳥に、あなたを支配する力を与えましょう。私がこいつを支配する力よりも、はるかに大きな力です」

言いながら術師が木檻の扉を開くと、スズメはそこから空中に飛び出し、その後すぐに視界から消えてしまった。

「あの鳥は」占星術師は続けて言った。「私が力を奪うまで、あなたについてゆきます。私は約束の信憑性《しんぴょうせい》を疑われたからといって、あなたを咎《とが》めることはしません。偽りを弄《ろう》することはあなたの骨身に染み込んでいますから、あなたには周りの者がそういう発想をもたないなどと考えることはできないでしょう。あなたがこのあとすぐに私を裏切ろうとすることは判っていますが、あらかじめ警告することなく、それを罰するようなことはしません。あなたのように卑怯な行ないに慣れている者は、当然、他人の卑怯な行ないを疑うものだからです。囚人解放の約束を反故《ほご》にする策を弄したり、私への裏切りや悪巧みを心に抱いたときには、すぐあのスズメが、あなたのもとに現れます。即座にその考えを放棄すれば害はありません。しかしそうしなければ、すぐに酷い罰が降りかかることになります。あなたがどこに居ようとも、あの鳥はあなたのそばに出現するでしょう。そしてあなたにあの鳥を排除する方法はありません」

コンラッドはインノミナートの城を去り、部下とともにレッコに戻ると、そこで日が暮れるまでエンガディンへ帰る仕度に費やした。往きに用いた迂回路《うかいろ》で戻れば時間が掛かりすぎる。彼としては一刻も早く城に戻りたかった。すぐに囚人を解放し、テレサ・ビッフィとの結婚式に備えるためである。傭兵たちを従えてヴァルテリーナを堂々と突っ切れば、はるかに短い道のりで済むものの、あまりにも多くの危険に身を晒すことになる。そこで彼は部隊を分割し、三人を弟の城経由で戻らせて、借りた馬をヘルマンに返却させることにした。四人目の、イタリア語を解さず内通のおそれがないドイツ人の部下がコンラッドに同行することになり、ふたりは商人の姿に変装した。チロル地方から自国に帰る道中という設定である。領主はこのため二頭のラバと旅の装備を購入し、途中で村に宿泊せずに済むよう取り計らった。住人に見咎められて追い立てられる可能性を考えてのことだった。

翌朝、エンガディンの領主と従者はコモ湖で六人の船員がいる大きな帆船を雇い、二頭のラバと共に乗り込んでコーリコを目指した。当初、船は湖の東岸に沿って北上していたが、数マイル進んだ頃、それまで穏やかだった風が強くなり、漕ぎ手が疲労を訴えだした。船長は湖を横断して西岸の山並みで強風を凌《しの》ぐことに決めた。

この途中、インノミナートの城の小塔が視界に入ってきたが、その景色がコンラッドの心に城主との険悪な会談を想起させた。城を睨み付けるほどにインノミナートへの怒りは募り、ついに彼は感極まって声をあげ、船上の者たちを驚かせた。

「いつか、もう一度その面《つら》を拝んでやるぞ、無礼な野郎め、きのう俺が受けた屈辱に、眼の覚めるような報復をしてやるからな」

言い終えぬうちに岸辺からスズメが一羽、風に乗ってやってきて、帆船に着地したと思った途端、また飛び去っていった。コンラッドは即座にインノミナートの言っていた鳥の警告を思い出した。恐怖のような焦りとともに城から顔を背《そむ》けて思考の流れを変えようとしたとき、漕ぎ手が大声で警告を発した。コンラッドも目撃した。彼らの船の四倍も巨大な帆船が、荷を大量に抱えて帆を一杯に張り、風に押し流されて凄い速度で、いまにもこちらの横っ腹に激突しようかという勢いで迫っていた。衝突すればコンラッドも船員たちも間違いなく溺死していただろう。幸い、この奇妙な船の船長が漕ぎ手の大声を聞きつけて咄嗟《とっさ》に舵《かじ》を切り、彼らは命拾いした。ただコンラッドの帆船は船尾に激しい衝撃を受け、もう少しで沈没するところだった。

いまやコンラッドも、インノミナートの脅しが虚言などではないと真剣に受け止めざるを得なかった。術師が現状を掌握しているのを感じ、ふたたび刺激することは避けようと心に決めた。帆船は航海を続け、夕日が沈もうかという頃、無事コーリコに到着した。コンラッドと従者はラバを連れて下船し、もたもたせずに旅を続けた。

日没までひたすら前進し、それからふたりは夜をどう過ごすべきか考えはじめた。周囲を見廻すものの、民家どころか小屋ひとつ見つからない。そのうち大粒の雨が降りはじめた。ふたりは前進を続けながら、どうやら戸外で夜を越さなければならないと覚悟を固めかけていた。その時、眼前に朽ちかけた小屋が現れた。玄関扉が開いており、暖炉の炎が仄《ほの》明るく漏れている。領主はこの小屋の主に一晩泊めてもらおうと頼むことを決めたが、しかし様子見のためにまず部下を先にゆかせ、この小屋が一軒だけ孤立しているのか、それとも村の一部なのかを確認させた。後者の場合、見咎められぬよう細心の注意を払う必要があった。従者はこの命令に従って先に進んだ。それからすぐに戻ってきて、隣家の存在は認められないと報告した。

これに満足すると、コンラッドは小屋の玄関扉まで歩み寄り、夜のあいだ雨を凌がせてほしいと住人に頼み込んだ。朝を迎えたら相応の対価を支払うことを請け負った。住んでいたのは老いた農夫とその妻で、ふたりとも病的に痩せこけていた。彼らは荒屋《あばらや》が提供できる便宜すべてを喜んで提供した。家の裏にラバを繋ぎ、荷物や客人たちの寝床に使う乾いた飼料を運び入れると、老夫婦は客人の持参してきた食料で夕食を整えた。これを食べてしまうと、コンラッドと従者はぐっすりと眠ってしまった。

翌朝、ふたりは早く起床すると、旅を続けた。道を辿りはじめて数時間後、それまで従者と会話をしていたコンラッドは黙り込み、考えに耽《ふけ》りはじめた。従者の数歩前を進みながら、インノミナートに放り込まれた状況に思いを巡らせていたのだが、そのうちどうにかしてこの呪いを回避することは出来ないものかと考えはじめた。

それもすぐに遮られた。スズメがラバの眼前をさあっと横切ったかと思うと、従者が後ろから追いついてきて彼の肩に触れ、武装した男どもが八人から十人くらい、四分の一マイルほど向こうから近づいて来るのを指さした。コンラッドは自分を狩り立てるために組織された近隣の農夫たちではないかと恐ろしくなり、手遅れになる前にと、急いで従者と雑木林に潜り込んだ。目撃されてはいないようだった。そこから行進する兵士たちが通り過ぎてゆこうとするのを窺うことができた。彼らはふたりが隠れている付近まで来ると立ち止まり、どうやらラバの足跡を調べはじめた。しばらくのあいだ話し合っていたが、どの方向を探すべきか議論しているようにも見えた。最後に先頭の男が号令を発し、彼らは前進を再開した。コンラッドたちはすぐに隠れ場所から立ち去った。

その日、これ以上の出来事は起こらなかった。夜遅くにふたりはボルミオを通過したが、幸いにも見咎められることはなかった。なにごともなく山脈の麓《ふもと》まで辿り着き、夜が明けると山道を登りはじめた。良く晴れた穏やかな日で、太陽の輝きも爽やかなものだった。旅の危険は過ぎ去ったのだ。コンラッドは安堵に気を良くし、従者との会話を楽しんだ。

ふたりの進む道もかなりの高度に達してきた。道幅は狭くなり、彼らは並んで進むことができなくなり、コンラッドが先行することになった。黙って進むようになると彼はふたたび物思いに沈んでいったが、その中身は近づきつつある結婚式に絞られていた。例の息子と使者がボルミオに帰り着くまで、どれくらいのあいだ待つことになるだろうか。

突然、ある考えが頭に浮かんだ。人質の護衛たちは仕事を済ませたのち、結婚式が終わるまで近場に隠れていられるのではないか。それから別の誰かを人質に取って戻ってくれば、自分に加えられた侮辱の代償をふたたび要求することが可能になる。それは漠然と閃いたものに過ぎず、実行する意図などほとんどない思いつきだったが、彼は直後、占星術師の力がまだ有効である証《あかし》を得ることになった。

スズメが彼の前方に降りてきて、ラバが接近してくるまでその場に留まり、それからその眼前で上空に飛びあがった。コンラッドは眼でその軌跡を追いかけた。高く舞い上がったのを見上げると、ふと山頂付近に積もった雪の塊《かたまり》が視界に入り、それが内側から震え動くのを認めた。邪《よこしま》な考えは消え失せた。彼は従者に気を付けろと叫び、ラバを急進させ、かろうじて雪崩に巻き込まれずに済んだ。直後、ふたりの駆け抜けてきた道が雪崩に呑み込まれた。

いまやコンラッドはインノミナートの途方もない力を確信していた。畏怖が膨れ上がり、もうあの術師を出し抜いたり報復したりすることなど考えまいと心に誓った。

　ガードナル城に帰り着いた翌日、エンガディンの領主はボルミオの使者とポデスタの息子を地下牢から出して連れてくるよう命じた。彼は落ち着いた口調で礼儀正しく、ふたりに働いた無礼を後悔しているが、しかしボルミオの住民たちの振舞いが、彼にこうすることを強いたのだ、などと述べた。彼は使者の語ったことについては真実だと認めるつもりでいたが、しかしインノミナートとの会談から、ボルミオ住民の行動がエンガディンの領主に対して友好的だったとか、また今回の騒動に責任がないとは考えていなかった。それでも彼は横暴に振舞うつもりは毛頭なく、彼らが中傷をやめさえすれば、友好的な関係を築きたいと希望した。ボルミオの住民が彼にどんな中傷をしたのかというのは、よく判らないところなのだが。

「しかし同時に、俺の身にも公平を期すならば」

彼は続けたが、このときは生来の強欲が優勢になっていた。「身代金なしにおまえたちを帰すことは許容すべきではないと思う」

　言い終えぬうちにスズメが窓から飛び込んできた。スズメは大広間を二、三回ばたばたと飛び回ると、入ってきた窓から去っていった。その場にいた者たちは、この鳥に気付いても無関心な眼で追うのみだったが、コンラッドだけは別だった。これが占星術師の警告であることをまざまざと理解していたので、彼は提案を引っ込めなければどんな事故が起こるのだろうと辺りを見回した。鳥が消えたのち、異常なことは何も起こらなかった。

　エンガディンの領主は意見を変え、捕虜たちに今すぐ城を発ってもらって構わないと述べた。そして道中の不運を避けるため、四人の護衛を付けることも言い添えた。こうして彼は契約を履行した。数日後に傭兵たちが戻ってきて、使者とポデスタの息子ふたりが無事に目的地に到着したことを報告した。

第三章

捕虜を解放するとすぐ、コンラッドは結婚式の準備に取り掛かった。インノミナートには嫌気が差していたが、彼が約束を守ることは疑っていなかった。その信頼は、占星術師からの使者によって改めて確かめられた。次の水曜日、花嫁が護衛を伴ってガードナル城に到着するというのである。式典にテレサを送る準備は滞《とどこお》りなく進んでいると、使者はインノミナートの言葉を伝えた。

婚礼の儀が豪奢《ごうしゃ》荘厳なものになるように、エンガディンの領主は出費も労力も惜しまなかった。これまで放置されてきた城付属の礼拝堂が掃除され、祭壇が改装され、壁掛《タペストリー》けも飾られた。式典後に予定される大規模な披露宴に向けて、祝宴場が準備された。花嫁が到着時に案内される大広間の上座には、コンラッドと彼女のために玉座がふたつ据えられた。

結婚式の当日、花嫁を受け入れる準備は完全に整っていた。到着時刻は知らされていなかったので、式典に従事する者は総員、夜明けまでに支度を済ませていた。コンラッドは大いに興奮し、見張り塔に登った。彼女を連れた行列が視界に入った瞬間、従者たちに指示を出そうというのである。何時間が経ってもテレサが姿を現すことはなく、しまいに彼は術師との約束に重苦しい不安を感じはじめた。

谷を覆っていた霧が晴れたとき、とうとうコンラッドの不安は払拭《ふっしょく》された。遠方から城へ向かってくる旅団の姿が仄《ほの》見えた。馬に乗った者もいれば、徒歩の者もいる。その先頭には花嫁が、堂々たる白馬の背に跨《また》がっていた。その顔は厚いヴェールで覆われている。見事な衣装を身にまとった従騎士が左右を固め、やはり馬に揺られている。後ろには馬に乗った侍女とふたりの下男が続いていた。そして最後尾には、荷を積んだラバが何頭か引かれている。エンガディンの領主はさっそく塔を離れ、花嫁を迎えるため城門に下りていった。

到着してみると、城門には女主人に言われて先乗りしてきた従騎士がひとり待っていた。

「テレサ様から命じられてきました」彼はエンガディンの領主に言った。「閣下にお目通りする前に、テレサ様がお召し物を変えるお許しをいただけるでしょうか」

もちろんコンラッドは快く同意して、披露宴の予定されている祝宴場に戻っていった。

その後まもなく、テレサ一行が城に到着した。馬から降りることなく、彼女は同行してきた侍女やコンラッドが宛がった従女とともに、居館に向かっていった。ラバ追いの従者ふたりが花嫁衣装の入った大きな荷物を運び入れた。

一時間足らずでテレサは着替えを終え、コンラッドとの式に臨んだ。従騎士のひとりが彼女をエンガディンの領主のもとに案内した。彼女が大広間に入るや否や、列席の者たちから歓声が上がった。彼女の美しさはそれほど並外れたものだった。コンラッドは感激に呼吸を忘れ、彼女を迎えて歩み出た。しかし彼が辿り着く前にテレサは膝を曲げ、彼が顔を上げさせるまで不動を保った。

「跪《ひざまず》いてはいかん、美しいひとよ」彼は言った。「この場に居る者どもこそが、その類まれな美貌を讃えるために跪くべきなのだ。誰に対しても膝を折ってはならん」

そう言いながらテレサの手を取り、コンラッドは彼女を玉座まで導いた。それから隣に座り、紹介の式を始めるよう命じた。ひとりひとり、列席する人々が彼女の前に導かれていった。それぞれに対して優雅に愛想良く受け答えがなされ、彼女への好印象はどんどん高まっていった。

これが終わると、コンラッドは皆に列を組むよう指示し、テレサの手を取って礼拝堂に移動し、他の者たちもそれに続いた。全員が配置に着くと、司祭によって誓約式が執り行なわれ、新郎新婦となったふたりは従者や来賓《らいひん》とともに披露宴の席に移動した。祝宴のために準備された食事も立派なものだったが、一同はしばらくのあいだエンガディンの領主とその花嫁の並んだ姿に眼を奪われ、饗宴に取り掛かることを忘れていた。このふたりを越えるほどの魅力を放つ新郎新婦を見つけることなど不可能だったろう。承知のように、コンラッドもその容姿に限っていえば、顔貌《がんぼう》も体格も実に男らしい美に満ちていた。そして花嫁の愛らしさはといえば、これはほとんど死すべき生命を超克しているかの如くだった。ふたりの盛装も大変なものだったが、彼ら自身に比べれば、ほとんど注目を受けているとは言い難かった。

この騒《ざわ》めきが熱気を残しながら静まると、披露宴は順調に進んでいった。その場の誰もが高揚しており、祝宴場じゅうが暖かな活気に満ちていた。コンラッドにもこの和気藹々《あいあい》とした空気が影響したようで、このとき彼を目撃した者には、この男が本当は冷血な暴君なのだということなど、ほとんど想像できなかっただろう。顔つきは親しみやすい陽気さで輝かんばかりだった。彼は花嫁に見惚《みと》れていたが、かろうじて来賓に注意を払うことも忘れてはいなかった。何度も席から立ち上がっては、客人の要求を見逃さないよう使用人に念を押していた。

そのうちコンラッドは、見えない人物を探すかのように列席をきょろきょろと見廻してから、使用人頭《がしら》を手招きして近くに呼んだ。

「ここには我が妻テレサの従騎士たちが居ないようだが」エンガディンの領主は言った。

「閣下、ここにはおりません」使用人頭が言った。

「どういうことだ」コンラッドは少し焦った。「ここに彼らの席も作っておかないと駄目だろう。いま彼らはどこにいるのだ」

「閣下」領主の表情から嵐の訪れを予感しながら、使用人頭は言った。「彼らはここにいないのです。ラバから荷を下ろし、テレサ様が居館の私室を出られるとすぐに、従者たち全員が城を去りました。席は用意してあったのですが、そこを確かめていると従者のひとりがやって来て、彼らが城を去ったと伝えてきたのです。私はすぐに追いかけ、戻ってくるようお願いしました。彼らが祝宴に参加されなければ、閣下がお心を痛めると確信していましたので。しかし彼らは、テレサ様が無事に城に到着したことを見届けたらすぐに城を去るよう、はっきりと命令を受けてきたのだと言いました。私はもう一度、留まるようにお願いしたのですが、駄目でした。彼らは帰路を急ぎ、私はひとりで戻ってきたのです」

「無作法な猟犬どもめ」コンラッドは怒りの声をあげた。「鞭を鳴らして奴らに礼儀を教えてくれる」

「ご立腹なさらないでください」テレサが夫の手にそっと触れて言った。「彼らは主《あるじ》の命令に従っただけなのです」

「いつか」とコンラッド。「奴らの主には仕返しをする。なんと恥知らずな下郎だ」

言った端から彼はスズメを探して辺りを見廻したが、鳥の姿はない。ところがその不在が、むしろコンラッドを不安にさせたようだった。彼はこれまでのような警告なしに、術師の罰が発動することを恐れていた。テレサは夫の顔を見やって落ち着かせようと全力を尽くしたが、なかなか上手くゆかなかった。コンラッドはどこから襲撃されるのか見極めてやろうというのか、神経質に周囲を窺い続けている。酒杯を唇まで持ち上げたが、ワインに毒が仕込まれているのではという考えに心を鷲掴《わしづか》みにされた。そのまま食事を続けられなくなった。幸福の絶頂で死に打たれるのだという考えで頭が一杯になった。

しかしテレサが辛抱強く宥《なだ》めるうち、インノミナートの怒りが具現化していないことも徐々に理解され、彼は落ち着きを取り戻した。祝宴が続けられた。

披露宴が終わる前にエンガディンの領主とその新妻は祝宴場を辞し、居館に入ってその露台に出た。沈みゆく夕日は暖かく穏やかで、空には雲ひとつ見られなかった。しばらくのあいだ、ふたりは並んで露台を行ったり来たりしていたが、そのうち腰掛《ベンチ》に落ち着いた。コンラッドはテレサの腰に腕をまわし、彼女は頭を彼の肩に預け、ふたりは山並みの向こうに沈んでゆく太陽の遠大さに見入っていた。コンラッドが妻の手を握ったとき、陽の光はほとんど消えかけていた。

「なんて冷たいんだ、おまえの身体は。愛するひとよ」彼は言った。「中に戻ろう」

テレサは答えなかった。代わりに腰掛を立つと、夫に導かれて露台に面した部屋に入った。天井から鎖で吊った大きな真鍮の角灯《ランプ》で照らされた部屋だった。ふたりが角灯の下に近づいてゆくと、外光が遠のくにつれ、角灯の光が増していった。コンラッドはふたたび妻の身体に腕をまわし、自身の胸に彼女の頭を優しく押し付けた。ふたりはしばらくのあいだ、そのままの姿勢で幸福に浸っていた。

「おまえは本当に私を愛しているのかね、テレサ」コンラッドが訊ねた。

「愛しているのか、ですって」テレサは領主の胸に顔を埋めて言った。「愛しているかですって。ええ、世界中のなによりも。わたしの存在そのものが、あなたの命にかかっているのです。あなたの命が消えてしまったら、わたしの存在も終わるのです」

この彼女の言葉に、コンラッドは痺れるような幸福を感じて言った。

「最愛のひとよ、私に接吻しておくれ」

テレサは顔を彼の胸に埋め続けていた。コンラッドは、恥ずかしがる彼女を促そうとその頭に手をやって優しく引き離し、唇を重ねようとした。

彼は動けなくなった。恐怖に愕然としていた。頭上の角灯が照らすのは、テレサの天使のような顔ではなかった。墓のなかで萎《しお》れた屍者の醜い顔だった。生気を示すのは、その眼が放つ悍《おぞ》ましい燐光だけだった。コンラッドは部屋を出て助けを叫ぼうとしたが出来なかった。彼女は片腕で彼の腰をがっちりと抱き留めており、もう片腕を上げて冷たく湿った手を彼の口にべったりと押し当てると、そのまま床に突き倒した。それから唇で彼の首に咥《くわ》えつくと、生命の血を着実に吸い出し、呑み下していった。コンラッドは動いたり叫んだりすることがまったく出来なかったが、自らを待ち受けている恐ろしい運命をまざまざと意識していた。

こうしてコンラッドは数時間、吸血鬼の妻の腕に押さえつけられていたが、とうとう気が遠くなり、意識を失った。

朝日が昇ってから数時間後、彼は意識を取り戻した。恐怖に打たれ青ざめて、彼は地面から立ち上がり、テレサの姿を探して怖々と周りを見廻した。しかし部屋には彼ひとりしか居ない。数分のあいだ、彼はぐずぐずしていた。それから椅子を立って部屋を出たが、身体がとても衰弱しており、あまり遠くまで移動できそうになかった。

部屋を出たコンラッドは城の中庭を目指した。行き逢った人々は敬意を込めて彼に会釈《えしやく》をしたが、どの相手の表情にも、驚きがはっきりと認められた。彼らが昨日まで見慣れていたのは筋骨隆々とした若者だったが、それほどまでに彼は変わってしまっていた。そのうちコンラッドは子供たちの陽気な笑い声を聞きつけ、この騒ぎの出所に急いだ。妻のテレサがそこにいた。驚いたことに、彼女はその美貌を完璧に取り戻しており、子供たちの遊びに付き合っていた。子供の母親たちは、領主夫人の思いやりに感じ入っていた。

コンラッドはしばらくのあいだ突っ立ったまま、驚愕ともに妻の姿を見つめていた。浮かんできたのは、昨晩の出来事は悪夢以外のなにものでもないという考えだった。しかし、この体力の減退をどのように説明すれば良いというのか。テレサは子供たちと戯《たわむ》れ廻るうち、ふと顔をあげて夫に気付いた。彼女は嬉しそうに声を上げ、一緒に遊んでいた可愛い子供を腕に抱き上げると、彼のもとに駆け寄ってきて、勢い込んで言った。

「ねえ見て、あなた、コンラッド様。とっても可愛らしい。小さな天使だと思いませんか」

領主は妻をじっと凝視するほかない。何も言えなかった。

「愛するわたしの夫、なにに苦しんでいるのですか」テレサが言った。「具合が悪いのですか」

コンラッドは答えなかった。急に背を向けると、よろめきながら離れていった。テレサは不安の表情を浮かべ、彼が去るのを眼で追いかけていた。

コンラッドは部下に指示を出すのに使っている小さな部屋に駆け込んで、混乱を鎮めようと椅子に座った。そこにルドヴィコが入ってきた。彼は毎朝、ここで領主の指示を受けることになっていたのである。コンラッドに敬意を表して礼をすると、静かに脇に立って彼が口を開くのを待っていたが、しかしその間、興味を抑えられぬというように、この男の変化した外貌をまじまじと注視していた。少し経ってから、コンラッドはなぜそんなふうに見つめるのかと彼に訊ねた。

「無礼をお許しください、閣下」ルドヴィコは言った。「しかし、閣下がご病気ではないかと心配になりまして。見間違いだと思うのですが」

「なぜ俺の具合が悪いと思ったのか」エンガディンの領主は訊ねた。

「閣下の顔色が普段よりも青白いように見えます。また喉の横のところに小さな傷があります。なにかお怪我をされたのでなければ良いのですが」

ルドヴィコの最後の発言で、昨晩の出来事が幻覚の類でないことが確定してしまった。吸血鬼と化した妻の嚙み痕が残っているのだ。これ以上に強力な証拠があるだろうか。彼は早急に手を打たねばならぬと悟った。事態の切迫は、むしろ考えに集中することを助けてくれた。四リーグほど離れた山中に棲んでいるという高名な隠者を訪ねることを決心した。敬虔さのみならず、悪霊祓《ばら》いの力でも有名な人物だった。この結論に達すると、彼はルドヴィコに急いで頑丈なラバに鞍を付けるよう指示した。隠者の棲《す》み処《か》へ至る道は険しいのみならず、危険も多かったのだ。

ルドヴィコは頭を下げ、他に指示のないことを確認すると部屋を出た。領主がラバに鞍を載せるよう命じた理由を考えた。彼はたいてい、血気盛んな馬にしか乗らないのである。辿り着いた結論は、領主はなにか深刻な病気に罹《かか》っているのに違いなく、悪い血を吸ってくれる蛭《ひる》を探しにゆこうとしているのだ、というものだった。

ルドヴィコが部屋を出るとすぐ、コンラッドは通りかかった従者をひとり呼びつけ、いますぐ朝食を持ってくるよう命じた。食事をしっかり摂れば、これからの長旅に充分な体力を取り戻すことができるかもしれない。ある程度は目論見《もくろみ》通りになったが、それは食事というよりもワインのおかげだった。食欲がなく、ほとんど食べることができなかった。

コンラッドは慎重に妻を避け、城の中庭まで降りていった。ラバの用意が整っていたので、これに跨って出発した。しばらくの間はゆっくりと進んでいった。まだ身体が弱ったような、だるいような感じだったのである。しかし山地を進み、標高が高くなるにつれ、涼しい風に身体が癒され、元気づけられたように思った。

彼は結婚してしまった悍ましい吸血鬼をどうすれば排除することができるだろうと考えはじめた。彼女の本性について、もはや疑いを抱いてはいなかった。考え込んでいるうちに、非常に高い山の急斜面を走る小道に入っていった。足場が覚束《おぼつか》なくなり、転倒しないようにそちらに意識を集中せねばならなくなった。しかし恐怖を抱いていたわけではなかった。考え続けていたのはどうすればテレサから逃れられるのかということ、そしてそれが叶い次第すぐ、どうやってインノミナートの術策に復讐をしてやろうかということだった。報復の計画に没頭すればするほど興奮してゆき、ついに彼は大声を上げた。「恥知らずの悪党め、貴様が俺に押し付けたあの忌々しい鬼からきっちり解放されたあかつきには、誓って言うが、貴様を城のなかで生きたまま焼いてやる。魔術を行なったのだから、それにはふさわしい罰だろう」

言うや否や山道ががらがらと崩れはじめ、傾斜を転がり滑って深い崖下に落ちていった。コンラッドはラバから危うく身を投げ出した。ラバは岩の破片とともに崖下に吹っ飛ばされていった。彼は一瞬でも身体を支えてくれるものなら何にでも、捨て鉢に力を込めてしがみついた。しかし触れるものすべてが砕け落ちてゆき、彼は次第に斜面を滑り、岩棚の縁《ふち》に引き寄せられていった。足掻《あが》きはどんどん激しくなったが、待ち受ける死もどんどん近づいてきた。とうとう両脚が絶壁にぶら下がったが、そのとき周りよりも固い岩を摑むことに成功し、崖下に落下することだけは食い止めた。恐怖に呑まれ、彼は眼下に茫洋と広がる深淵を見やった。すると突然、彼の脳裏にまったく場にそぐわない映像が、生々しい現実感を伴って現れた。

不運な農奴が誤って狩りの獲物を殺したために木の枝から吊るされ、いまだ死に切れず苦痛に喘《あえ》いでいた。妻子がコンラッドの容赦を嘆願していたが、効果はなかった。

これが消えると、今度は手に短刀を握った少年が、彼を叱りつけた母親を刺しているのが見えた。

これも過ぎ去ると、コンラッドはどこか小さな村に立っていた。住人はひとり残らず家のなかで死んでいた。冬が近づくと気性が荒くなるコンラッドは、この村から食料をすべて略奪するよう傭兵たちに命じたのだが、その直後に吹雪が起こり、村の者たちは家から出ることすらままならず、そのまま死に絶えていったのだった。

ふたたび彼の意識は今いる場所に戻り、視界には下方でぽっかりと口を開けている黒々とした深淵が映っていた。その奥に、まるで夢のように、農夫ビッフィの家が見えた。彼は妻子に囲まれて幸せそうだった。

この幻に気付いた途端、コンラッドの摑んでいた岩がぐらつき始めた。もはや為《な》す術《すべ》なしと思われたとき、不意にスズメが一羽、彼の眼前の斜面の辺りに飛来し、すぐに飛び去った。

「命だけは助けてくれ」エンガディンの領主は絶叫した。「秘密は総て隠しておくと誓う」

言い終えるや否や、斜面の頂上に長い杖を握った山羊《やぎ》飼いが現れた。この男はコンラッドの危機を認めると、慎重にしかし着実に、彼を助けようと斜面を下ってきた。山羊飼いは岩棚の縁まで数フィートのところ、コンラッドのそばに辿り着くと、彼に登山杖を伸ばした。コンラッドはその杖を摑んだ。山羊飼いがとんでもない力持ちでなかったならば、彼ともども引きずり寄せてしまっていただろう。だが少しもたつきながらも、コンラッドは岩棚によじ登った。山羊飼いは斜面の高い位置に退《ひ》いてから同じように彼を引き上げ、どうにか安全な場所まで救出した。危機から脱したコンラッドは周囲をぎらぎらと見廻したが、そのまま目眩《めまい》に呑まれて地面に崩れ、失神した。


意識を取り戻したコンラッドは、自身がとても衰弱しており、日が沈む前に隠者の城まで辿り着くことは出来ないだろうと悟った。そのため彼は山羊飼いの山小屋についてゆき、そこで夜を越させてもらえないかと頼んだ。山羊飼いはこの高貴な来客のため、出来るかぎりのもてなしをした。山小屋で提供できる最高の夕食を整えたが、しかし、もしこれが最上級の珍味を取り揃えた料理だったとしても、味の違いなど判らなかっただろう。コンラッドには食欲がまったくなかった。日が暮れゆくなか、山羊飼いは葉を集めて寝台を用意し、その上に外套を広げた。コンラッドは疲れ果てていたので、ひと晩そこでぐっすりと眠った。彼の休息を妨げるようなことは何も起こらなかった。

翌朝、睡眠を経てコンラッドはいくらか体力を取り戻していた。ガードナルの城に戻る準備を整えたが、山羊飼いを補助に伴うことにした。彼には気前良い報酬を約束した。隠者を訪ねることは完全に諦めていた。インノミナートの敵意を刺激する可能性に恐れを抱いていた。彼の凄まじい力についてては、これまで示された証拠で充分以上だった。やがて彼は無事に自身の城に帰り着き、山羊飼いは約束の報酬を受け取って城を辞した。

中庭に入ると妻が家臣に囲まれて、悲しみのあまり恐慌に陥っていた。彼女は夫の姿を認めるや否や、驚喜に声をあげ、彼に駆け寄って抱きしめた。しかしコンラッドは彼女をぐいと押しのけてそのまま前進し、ルドヴィコに指示を出す部屋に向かった。領主の帰還を聞き及んでいたルドヴィコが、さっそく彼を待っていた。

「ルドヴィコ」エンガディンの領主は彼の姿を認めて言った。「今から言うことを、迅速かつ隠密に遂行してほしい。下に降りて良馬を二頭見繕《みつくろ》い、旅支度をするのだ。一頭にはおまえが、もう一頭には俺が乗る。食料や装備は二日か三日を見ておけ。準備ができ次第すぐに、誰にも明かさず城を離れ、一リーグほど山に入ったところで俺を待ってくれ。二時間以内に合流する。さあ、おまえが俺の指示を忠実に実行するさまを見せてくれ。この指示に従ったからといって、おまえがなにかを失う心配はない」

ルドヴィコが仕事に掛かるため領主の前を辞した直後、従者がひとり部屋に入ってきて、テレサの入室の可否を問うた。

「我が妻に伝えてほしい」領主は丁寧に穏やかに言った。「いまは勘弁願いたいと。重要な仕事に取り掛かっているのだ。しかし午後に会おう。いまから楽しみで仕方がない」

ひとりになるとコンラッドは、これからの計画をより詳細に詰めはじめた。弟のヘルマンを訪ね、この恐ろしい事態にどのような措置を取るべきか相談する必要がある。もし良い案が出てこない場合、彼にガードナルの城とエンガディンの谷をすべて受け渡すことを申し出なければならない。これまで慣れ親しんできた生活を維持するのに充分な年金を受け取ることを条件に。それから彼は、妻として受け入れてしまった悍ましい怪物に追われる可能性のないような遠い国へと逃亡するつもりだった。もちろん午後にテレサを入室させる気など毛頭ない。彼はただ城から脱出しやすくなるよう、彼女との面会を延期させただけだった。

ルドヴィコが部屋を辞してから約一時間後、コンラッドは弱った体力の許すかぎり急いで裏口から城を出た。そして従者のあとを追い、二頭の馬を従えて待っている彼に合流した。コンラッドは急いで馬に乗り、ルドヴィコを伴って弟の地所へ向かい、三日後には無事に到着した。ヘルマンは兄の変わり果てた外見に度肝を抜かれたが、喜んで彼を迎え入れた。

「我が兄、コンラッド」ヘルマンは言った。「いったい何が起きたのだ。青ざめて弱々しく、げっそりやつれている。病気なのか」

「その千倍は悪い」コンラッドが言った。「ふたりだけになれる場所に移ろう。そこですべて教える」

ヘルマンは兄を私室に連れてゆき、そこでコンラッドは我が身に降りかかった災禍を語り聞かせた。ヘルマンはじっと聞き入った。しばらくのあいだ兄の精神状態を疑わずにはいられなかった。しかしコンラッドの説明はどこをとっても詳細かつ明快で、その疑念も払われてしまった。年金の代わりにエンガディン渓谷の領地を譲るというコンラッドの提案に対して、ヘルマンは充分に考慮すると約束した。また彼は、この問題にさらなる進展が生じる前に、ジェノヴァから約十マイルほどの海岸に所有している別荘へ行くようコンラッドに勧めた。周囲から隔絶された静穏な環境で、体力を取り戻すことが出来るだろうという。

コンラッドは弟の助言に感謝して、喜んでこの提案を受け入れた。二日後に出発し、その週の終わる前には、無事に別荘に辿り着いた。

彼は日中、屋敷を取り囲む敷地を巡ったり周辺の屋敷を訪ねたりしていたが、夕方になると別荘に戻り、海の見える窓辺に座った。夕焼けは甘く穏やかで、コンラッドはこんなに安らいだ心地を覚えたのは久々だった。陽が海に沈み、月が姿を現し、星がひとつまたひとつ、雲のない天に輝き出した。彼の心を過《よ》ぎったのは、太陽が海水に没してゆく光景が、岩棚の絶壁に呑まれようとしていた自身の姿にとてもよく似ているという考えだった。そう想像するとほぼ同時、何者かの手が彼の肩に触れた。振り返ると、そこに立っていたのは、荘厳なばかりの美を湛《たた》えた彼女だった。妻のテレサだった。

「最愛のコンラッド」彼女は思慕に溢れる声で言った。「なぜこんな残酷な仕打ちをしたのですか。お考えをまったく示されず、突然いなくなってしまうなんて」

「恥知らずな悪鬼が」コンラッドは椅子から跳ね起きて言った。「消え失せろ、なぜ俺に憑くのだ」

「愛する我が夫、そんなふうに酷い言い方をしないでください」テレサが言った。「あなたのためにこそ、わたしは墓から起こされたのです。そしていま、わたしの存在はあなたの命にかかっているのです」

「むしろ俺の死に、だろう」コンラッドは言った。

「もう一度でもあの夜を繰り返したら、俺は屍体になってしまう」

「いいえ、愛するコンラッド」テレサは言った。

「あなたの命を永遠にする方法があります。これをひとくちだけ」言いながら、彼女は背後の卓から銀の杯を手に取った。「そうすれば明日、お身体の具合の悪さは綺麗に消えてなくなっているでしょう」

コンラッドは彼女の手から杯を機械的に受け取って、それを唇まで持ち上げたところでぴたりと止めてしまった。そして震えながら、杯を卓上に戻した。

「血だ」彼は言った。

「そうです、愛する我が夫」テレサが言った。

「ほかになにがあるでしょう。わたしの命はあなたの生命の血に依存しています。それが絶えればわたしの命も消えるのです。だから、さあ、飲んでください。お願いです」そう言って、彼女はふたたび杯を差し出した。「ほら、太陽はもう波の下に沈んでいます。すぐに日光が絶えるでしょう。飲んでください、コンラッド、お願いです、飲まなければ、この夜があなたの最後です」

コンラッドはふたたび杯を手に取り、唇まで持ち上げた。しかし出来なかった。彼は杯を卓に置いた。真っ白な月光が部屋に差し込んできた。まるで日光が絶えたことを宣言するかのようだった。テレサはふたたび悍ましい吸血鬼になっていた。夫に跳び掛かって床に押し倒し、治りかけた喉の傷に食いついた。

翌朝、部屋に入った使用人たちが床上にコンラッドの遺体を発見した。テレサの姿はなかった。その後の消息が聞かれることもない。

最後にもう少しだけ、語るべきことが残っている。ヘルマンはガードナルの城とエンガディン渓谷の新しい領主となったが、家臣を兄以上の横暴さでこき使った末、自暴自棄になった彼らの反逆に遭い、殺された。渓谷もグリソンに併合されることとなった。

カバネル夫人の末路

イライザ・リン・リントン

The Fate of Madame Cabanel 1873

平戸懐古 訳

イライザ・リン・リントン（Eliza Lynn Linton 1822 - 1898）

※解説4参照

イギリスの女流小説家・エッセイスト。本名エリザベス（Elizabeth）・リン・リントン。多彩な作品を書くとともに言論人としても高い注目度を誇った。とくにキャリア初期に有名新聞のスタッフになり「初めて定期報酬を得た女性ジャーナリスト」と呼ばれて名を馳《は》せるなど、当時盛んになっていたフェミニズムの謂《い》わゆる「新しい女《ニュー・ウーマン》」像を地で行く先見的婦人であり、そのイメージにふさわしく女性の自立を説く記事を書いたが、後年にはなぜか真逆に転じ、女は男社会をささえるべきと主張して女性運動を批判するにいたった。

そんな作家のおそらく唯一の吸血鬼小説である本篇が、そうした転向への過渡期かとも想像される一八七〇年代に書かれたことは、作者の心理面からして興味深い。吸血鬼を狩る民衆《モブ》の問題を抉《えぐ》る異色作としてアンソロジー・ピースとなっている。初出は短篇集 *With a Silken Thread and Other Stories*（1880）。本邦初訳。

他作では、女優を夢見て因習的な家から出奔しきびしい現実に直面する娘を描く長篇 *Realities*（1851）が近年新解説付きで復刊。また短篇怪奇小説では、結婚生活の破綻にまつわる幽霊譚を未亡人が語る "The Sixth Poor Traveller"（1854）が秀逸。

近代化の拡がりも科学による啓蒙《けいもう》も、ブルターニュの小村ピューヴロには無縁のものでした。その村に生きる人々は揃って素朴、学知に疎《うと》く、迷信深く、文明世界の知恵にもその恩恵にも、ほとんど接することがありませんでした。彼らは週日、実りの少ない農地に苦しみ続けていました。与えられた土地はかろうじて生活を続けられるようなものしか返してくれなかったのです。彼らは日曜と聖人の祝日になると石造りの礼拝堂へ赴《おもむ》いてミサに参列しました。神父様《ル・キュレ》の言うことを盲目的に信じ、彼の言わなかったことをも信じました。未知のものを神の奇蹟でなく、邪悪なものと捉えていました。

外の世界の理知と進歩に唯一繋がっていた人物は、ジュール・カバネル氏だけでした。この村の地主で信頼厚く、市長《メール》、治安判事《ジュージュ・ドゥ・ペ》、それにあらゆる役所仕事をひとりでこなしていました。彼はときどきパリに行っては新しい品物を馬車一杯に積んで帰ってきました。それを見た人々は、各々の知力に合わせて嫉妬し、賞賛し、恐怖するのでした。

ジュール・カバネル氏は、彼の属する階級のなかで最も魅力的とまでは言えない外見をしていましたが、基本的には善いひとだと思われていました。ずんぐりと背が低く、眉もべったりと垂れ下がった男で、絨毯《じゅうたん》みたいに刈り込んだ髪は暗青色、顎鬚《あごひげ》のほうも同様で、少し肥り気味、贅沢な生活を好んでおり、容姿の魅力の欠如を補うために、その裏に美徳を必要としていました。しかし彼が悪いわけではありません。彼はただ普通の人間で、見目麗《うるわ》しくはなかったというだけなのです。

五十歳に至るまで、彼は周辺の地主連中との未婚競争に勝ち抜き続けていました。娘の相手にと狙いを定めてきた母親たちからの申し入れもすべて断って、独身の自由を維持していたのです。おそらく美しい家政婦のアデルが彼の独身生活を長引かせているのだと、村の人々は声を潜めて〈未亡人修道院《ラ・ヴーヴ・プリヴール》〉亭で噂しました。しかしアデル本人にあえて言う者はひとりも居ません。誇り高く無口な女性で、自身の尊厳について変わった観念を抱いており、誰も余計な干渉をしたいとは思わなかったのです。そういうわけで、村でどんなゴシップが囁《ささや》かれていたとしても、それが主人と家政婦の耳に入ることはありませんでした。

　こうした折、まったく突然に、いつもより長くパリに滞在していたジュール・カバネル氏は、妻を伴って帰ってきました。アデルがこの常ならぬ帰宅の知らせを受けたのはそのたった二十四時間前のことで、やるべき仕事も多いようでしたが、しかし彼女は無言を貫くいつもの姿勢でこなしました。主人の望むとおりに部屋を整え、客間のテーブルに自ら進んで、地味ながら綺麗な花束を飾ることさえしました。

「花嫁さんを迎えるにしては変な花」ときどき働きに来る間抜け娘《グース・ガール》のジャネットが呟きました。判ったのはフランスで未亡人の花《ラ・フルール・デ・ヴーヴ》と呼ばれる匂い紫《ヘリオトロープ》、紅罌粟《スカーレット・ポピー》、ひと房の狼茄子《ベラドンナ》、そして鳥兜《トリカブト》。幼く無知なジャネットも言ったように、とても結婚を祝う花ではありません。ところがその花たちは、アデルが置いたそのままの状態で主人を迎えたのでした。帰宅したカバネル氏が激しい嫌悪とともに捨てるよう命じたことに意味があったのだとしても、夫人のほうはなにも理解していないらしく、文脈を知らぬ騒ぎに手を貸そうとする者のように、申し訳なさそうな曖昧《あいまい》な顔で微笑んでいました。

　カバネル夫人は英国から来た女性でした。若くて可愛らしく天使のように美しいひとでした。

「悪魔の美しさ《ラ・ボーテ・デュ・ディアブル》だよ」ピューヴロの人々は冷笑しつつも身震いを抑えられずに言いました。その言葉が平素よりも生々しく感じられたのでした。彼らは浅黒く陽に焼け、栄養状態も悪く、背筋の曲がった貧相な体格をしており、この英国女性のふくよかな体型、背筋の伸びた姿勢、潑剌《はつらつ》とした顔色が理解できなかったのです。自分たちが経験で知ることと違っているため、それは善でなく悪のように見えたのでした。この第一印象が深まったのは、称賛に値する時間厳守でもってミサに出席したにも拘らず、彼女が典礼書に従うことなくずうっと《ア・トラヴェール》十字を切り続けていたときでした。悪魔の美しさ《ラ・ボーテ・デュ・ディアブル》だよ、誓ってそうさ！

「ふぅむ！」鄙《ひな》びた墓地の老墓掘人、マルタン・ブリオリクが言いました。「あの赤い唇、あの薔薇色の頰、むっちりした肩、まるで吸血鬼みたいだ。血で生きているみたいだ」

　彼はある晩〈未亡人修道院〉亭で、重々しく確信するような調子でそう言ったのでした。というのもマルタン・ブリオリクはこの村一番の賢者という評判を勝ち得ていたのです。マルタンとは違う分野で博識な神父様も、またマルタンとも神父とも違う分野で博識なカバネル氏も、その例外ではありませんでした。彼は空と星々について、また野原で育った薬草やそれを食べる内気な獣について、あらゆることを知っていました。また占いの力を持っていて、地表からはるか下方に隠れた水源を、手に握った杖《バゲット》で見つけることが出来ました。もし正しい瞬間に岩の裂け目に入ってから急いで出てくる素早さと勇気があれば、クリスマス・イブに宝物が見つかる場所も知っていましたし、自身の眼で白衣の幽女《ホワイト・レディ》たちが月光に照らされて踊っているところや、小鬼《インプ》のインファンたちが木の根元の虚《うろ》のそばでふざけて跳ね回っているところを見たこともありました。それに仲の悪い近村クレシュ＝アン＝ボアの悪党たちのなかに狼男《ルー・ガルー》が紛れ込んでいることを確信していました。地上にそういうものが存在していて、誰もそれを疑わなかったとすればの話ですが。彼には他にも神秘的な力がありました。そういうわけで、もしマルタン・ブリオリクが性根《ね》の捻じ曲がった天邪《あまのじゃ》鬼《く》から善意の発言をしたとしても聞き容れられることはありませんでしたが、彼の悪意から成る発言は、なにかしらの意味を持ってしまうのでした。

ファニー・キャンベル、つまり現カバネル夫人は、英国のみならず、どこにおいても特別に人目を引くようなことはありませんでした。しかし死んだように生き、無知ゆえに噂の蔓延《まんえん》するピューヴロのような場所では話が別です。彼女はロマンチックな秘密を過去に隠したりはしていませんでした。その来歴はとても平凡なもので、ただ悲哀に満ちたものではありました。彼女は孤児で家庭教師でした。若く貧しい娘でした。雇い主と喧嘩をしてパリで立ち往生し、孤独でほとんど生活資金もなく、そして自分にしてやれる最高の行ないとして、ジュール・カバネル氏と結婚したのでした。他に愛する者もおらず、苦難と窮乏のなか初めて親切にしてくれた男を夫にするという選択は、難しいものではありませんでした。こうして彼女は夫というよりも父にふさわしい中年男の求婚を受け入れたのです。家庭の義務を陽気に誠実に行なおうという明白な良心と決意を持っていましたが、自分を残酷な環境の餌食となった殉教者だとか犠牲者だと思ったことはありませんでした。ただ彼女は美しい家政婦のアデルと、その小さな甥の存在を知らなかったのです。主人はこの子にとても親切にし、カバネル家に住むことを許し、神父を教師に付けていたのでした。もし知っていたならば、罌粟《ポピー》、匂い紫《ヘリオトロープ》、それに毒のある花を結婚祝いの花束に選んだ女性と同じ屋根の下に住むことになる前に、きっと考え直していたはずです。

カバネル夫人の性格に名前を付けようとすれば、それは気易さということになるでしょう。丸く柔らかに弛緩した顔や身体の輪郭、穏やかな青い眼、動じない安らかな微笑みに、それが良く表れていました。それは短気なフランス気質を苛《いら》つかせ、特にアデルをうんざりさせました。夫人を怒らせたり、侮辱されたと気付かせることすら不可能なのだ、と家政婦は深い軽蔑を滲《にじ》ませて言いました。

そして彼女を公平に扱うために、啓蒙《けいもう》する努力を惜しみませんでした。しかし夫人はアデルの不遜な沈黙や正妻然とした態度をすべて、底なしの甘さで受け入れました。それどころか多くの悩みが手を離れてゆき、アデルが親切に義務を引き受けてくれることに満足を表明していたのです。

彼女はこんなふうにのんびり穏やかに過ごし、ある意味では才能を眠らせたまま、それまでの困窮と不安からの反動を味わっていたのですが、予想される通り、その結果ますます美しくなり、その健康的な鮮やかさがさらに目立つようになりました。唇はさらに赤くなり、頰は薔薇色を深め、肩は以前よりも肉付き良くなりました。しかし彼女が次第に艶《あで》やかになる一方、この小村の健康状態は悪化してゆきました。年長の者でさえ、これほどの疫病の流行、これほど多くの死者の記憶を持ち合わせていないほどでした。主人もやはり少しだけ患いましたが、幼いアドルフのほうは危篤《きとく》となってしまいました。

下水道のない村や、そういう場所での健康状態の悪化というものは、フランスや英国では珍しいものではありません。どちらもフランス生まれの情けない悪習というわけではないのです。しかしアデルはこの事態を、普通に起こり得ることから遠く離れたものとして受け取っていました。そして無口の習慣を破ってまで、ピューヴロやカバネル家を襲った奇妙な病について、誰彼なく猛烈に話しかけました。その信じ込み方には普通以上のものがありました。小さな甥を襲った謎の病に名前を与えることも、治療法を見つけることも出来ていなかったのです。どうも何かがおかしいのだと彼女は言いました。だってここのところ、ピューヴロはまったく上手くいっていないでしょう。ジャネットはアデルが整った顔で英国の奥様を見つめる眼付きに気付いていました。余所《よそ》から来た女の溌剌とした顔やその豊かな身体から離れ、甥子の貧しく衰えゆく青白い顔に視線を逸らすとき、その眼は死んだようなものになるのでした。背筋が凍って虫唾《むしず》が走るようだった、と彼女は後に言いました。

　ある晩アデルは、まるで耐え切れなくなったようにマルタン・ブリオリク老人の住まいに駆け込んで、例の病の発生源と治療法を訊ねました。

「待ちなさい、アデルさん」マルタンは言いながらべたべたと汚れたタロット・カードを切り分けて、三つ組にして机に配しました。「こいつは人間よりも多くを見通す。人間は哀れな幼子が突然病気になったことにしか気付かない。そうかもしれないが、もし違うのだとすれば。人間による災厄でないのだとすれば。神は我々に病を遣わし、私の仕事を増やしてくれる。しかし幼いアドルフは善良なる神の怒りに触れたわけではあるまい。見えるぞ、邪悪な女の意志が。ふむ！」彼はカードを切って、なにか熱っぽく興奮した様子でそれを置きました。萎《しな》びた手が震え、アデルの理解できない言葉を発しました。「聖ヨセフと総ての聖人たちよ、我々を守り給え！」彼は吠えました。

「あの余所者、英国女、カバネル夫人と呼ばれる女、正当な夫人に非《あら》ず。なんと、酷いことだ！」

「おっしゃってください、マルタン師、どういう意味ですか」アデルが相手の腕を摑んで叫びました。その瞳は荒々しく、弧を描く鼻孔は拡がって、引き攣《つ》った唇はねじ曲がって動き回り、小さな四角い歯にぎゅっと押し付けられていました。「判るようにおっしゃってください」

「ブルコラク！」マルタンは低い声で言いました。

「そう思っていたんだ！」アデルは喚きました。「知っていたんだ。嗚呼《ああ》、私のアドルフ！　ご主人様があの美しい肌の悪魔を連れ帰ってきた日が恨めしい！」

「あの真っ赤な唇には理由があるはずだ、アデルさん」マルタンは頷きながら大声で言いました。「見てみるが良いよ、血で光っているのだ。最初からそう言っていた。カードもそう言っていた。〈血〉と〈悪女〉を引いた。領主さんが彼女を連れ帰ってきた夜、俺は自分に言い聞かせたのだ。

『ははは、マルタンよ、おまえは軌道に乗っているぞ、軌道にな、マルタンよ』それからアデルさん、私は忘れなかった。ブルコラク！ カードがそう言うのだ。アデルさん。吸血鬼だよ。見てみるが良い、さあほら、カードが真実を告げるのが判るだろう」

「それで、判ったとすれば、マルタン師」アデルが掠れ声で言いました。

老人はまたカードを切りました。「判ったとすれば、かね。アデルさん」彼はゆっくりと言いました。「森のそばの地面に昔から穴が空いているのを知っておろうな。小鬼《リユタン》どもが出入りしている竪穴《たてあな》だよ。月明かりの下で白衣の幽女《ホワイト・レディ》たちが出くわした奴らの首を絞めている場所だよ。きっとあの女たちがカバネル氏の英国女にも同じようにしてくれるだろう。もしかしたらね」

「そうかもしれないけど」アデルは勢いをなくして言いました。

「勇気を出せ、勇敢な女よ」マルタンは言いました。「やってくれるはずだ」

ピューヴロの周りで本当にきれいな場所といえば墓地だけでした。たしかに鬱蒼《うっそう》と茂る森が神秘的で深遠な雰囲気をまとっていましたし、草原の広さは夏の長い日中を彷徨《さまよ》い続けても終わりが見えないほどでしたが、しかし若い女性がひとりきりで行くような場所ではありません。この墓地以外の場所には、惨めなほど小さく区切られた畑が広がっていました。農民たちが周りの荒地から奪い取り、貧しい作物を植えてきた場所でしたが、あまり美しいものではありませんでした。カバネル夫人はぼんやりした無気力さに包まれていましたが、英国の女性が生来的に持っている散歩と新鮮な空気への愛情のために、この小さくきれいな墓地にたびたび通っていました。彼女の感情が墓地というものに結び付いていたわけではありません。ここで窮屈な棺に横たわる死者のなかに知り合いはいませんでしたし、彼らのことを気にするのでもありませんでした。ただ彼女は小さく可愛い花壇や永久花《イモーテル》の花輪を眺めるのが好きだったのです。屋敷からの距離も充分で、草原の向こうの暗い森の連なり、その奥の山々を見晴らす景色も壮観でした。

ピューヴロの人々にはこれが理解できませんでした。狂ったわけでもない者が、死者の日でもなく、愛するひとの墓を飾るためでもないのに墓地を頻繁に訪れて、ただそこに座ったり墓石のあいだを逍遙《しょうよう》したり、疲れては草原や山々を眺めたりするなどということは、彼らにとって説明のつくことではなかったのです。

「それってまるで」そこまで言ってルズエフは口を噤《つぐ》みました。〈未亡人修道院〉亭でのことです。

村人たちは毎晩のようにここに集って、その日の出来事を話し合っていたのですが、三ヶ月前にカバネル夫人がやって来て以来、その異国風な生活態度、ミサ典礼書についての邪悪な無知、意味不明な行ないが主な議題になっていました。冗談めいた質問が差し挟まれ、ひとつの疑問が別のものに結び付けられてゆきました。アデルさんは大丈夫かね。夫妻に子供が生まれたら小さな《ル・プチ》アドルフはどうなるんだろう。二匹の野良猫を同じ屋根の下に住まわせるなんて領主様は勇気あるお方だこと。なにが起こるだろうかね。滅茶苦茶になるさ、決まっているよ。

「墓の周りをうろつくことが、まるでなにと似ておるのかね、ジャン・ルズエフ」マルタン・ブリオリクが言いました。それから立ち上がると低い声で、しかし一言ひとこと、はっきりと続けました。「なにと似ておるのか教えてやろう、ルズエフ。吸血鬼さ。あの女《ラ・ファム》カバネルは赤い唇と赤い頬をしていて、アデルさんの甥っ子は眼の前で枯れ果てようとしている。あの女カバネルは赤い唇と赤い頬をしていて、墓のあいだに何時間も座っている。このなぞなぞが解けるかな。俺にとっては祝福された太陽のように明らかだ」

「マルタン師、そうです、吸血鬼だ!」ルズエフは震えながら言いました。

「吸血鬼！」その場の人々は皆、呻き声で唱和しました。

「俺が最初に吸血鬼と言ったのだ」マルタン・ブリオリクは言いました。「最初っから言っていたのを覚えているだろう」

「その通りだ！」彼らは答えました。「あなたが言ったのは真実だ」

こういうわけで若き英国人がピューヴロに来てから知り、付き合うことになったよそよそしさは、いまや明確な像を結ぼうとしていました。マルタンとアデルがあくせくと蒔《ま》いた種がとうとう根を張ったのです。ピューヴロの人々は自分たちの決断を疑う者や、可憐なカバネル夫人は特異な力など持たない普通の女性で、ただ健康で顔色が美しいだけで、それに生きている子供の血を吸ったり新たに埋葬された者を獲物にしたり、そんなこととは無縁なのだと言い張る者たちを、無神論者、不道徳者と非難する心積もりになっていました。

幼いアドルフの顔色はどんどん悪くなり、身体はますます痩せてゆきました。激しい夏の日差しが、水はけ悪い湿地の不潔な泥小屋に住まう飢えた人々を照らしています。頑健だったジュール・カバネル氏も村人たちと同様の症状を訴えはじめました。クレシュ＝アン＝ボアに住む医師が診察に来て、病状は深刻だと告げました。アデルが甥子と主人に何があったのかと訊ねると、彼ははぐらかしたり、理解できないことを言ったり、発音できない言葉で答えたりして、彼女を困らせました。実際のところ、この医師は正直でとても疑い深い男だったのです。仮説を作ってはそれが真実か否か見極めることを自分の使命にしていました。彼は夫人のファニーが夫と幼子に密かに毒を盛っているのではないかと考えており、アデルにそれを悟らせまいとしていたのですが、他の原因と結びつけた判りやすい答えで誤魔化そうにも、彼女の心を落ち着かせることは出来ませんでした。

カバネル氏は想像力がなく、疑い深くもないひとでした。人生については単純に考えており、他人を傷つけることを恐れて自分を苦しめることもしない男でした。利己的でしたが、酷薄なひとではありませんでした。自身の快楽を第一の原則にしており、自身への反発や敬愛の欠如を想像したり、まして耐えたりすることなど出来ませんでした。ただ彼は妻を愛していましたし、他の女性を愛したことはありませんでした。粗雑で平凡な性格だったので、詩的な心の強さと熱さに突き動かされて彼女を愛していました。量は少なくとも、その質に混ぜ物はありませんでした。しかし彼の愛は、痛ましくも試練に晒されることになりました。アデルが、それから医師が、遠回しに仄《ほの》めかしてくるのです。一人目は悪魔の仕業《しわざ》について、そして二人目は警戒すべき秘密の手口について。飲食するもの、またそれが誰の手でどのように準備されたものなのか注意しろと言うのです。アデルは英国の女性の陰湿さについて、また悪魔が美しい金髪や輝く顔色と引き換えに要求する取り分について言い添えるのでした。カバネル氏が若い妻をどんなに愛していたとしても、この絶え間ない毒の滴下《てきか》にまったく意味がなかったわけではありません。彼の不屈の忠誠にはわずかな効果も及ぼせないということを、充分に語ってくれたのです。

ある晩、アデルは苦悶の末、彼の足元に跪《ひざまず》いて涙を流しました。夫人はいつもの散歩に出かけていました。「どうしてあんな女のために私を捨てたのですか。私はあなたを愛していて、あなたに忠実でした。彼女は墓場を彷徨《さまよ》い歩き、あなたと幼子の血を吸って、美しさのためだけに悪魔と契約し、あなたを愛さないというのに」彼は突然、感電したような心地になりました。

「私は惨めな愚か者だ」彼はアデルの肩に頭を乗せて、泣きながら言いました。彼女の心は喜びで跳ねました。彼女の平和が取り戻されるのでしょうか。宿敵は追い出されるのでしょうか。

その夜から、カバネル氏の若き妻への態度は変化しましたが、彼女はあまりにも落ち着いて、なんの疑いも持っておらず、なにに気付くこともありませんでした。もし気付いていたとしても、彼女のカバネル氏に対する愛情はあまりに深みを欠いていました。夫人のそれは、ほとんど心を乱すことのない友情だったのです。不安になるのでなく、彼女はむしろ彼の態度に滑り込んだ愛想のなさを、他のことと同じように好意的に受け入れました。泣いて騒いでカバネル氏と喧嘩していたほうが賢明ではありました。ふたりはより良く互いを理解し合えたでしょうし、フランス人というものは喧嘩からの和解という興奮を好むものなのです。

生来親切なカバネル夫人は、村のあちこちへ赴《おもむ》いて病人に様々な援助を申し出ました。しかし少数の極貧者を除いて誰も、彼女を礼儀正しく迎えたり、援助を受け入れたりはしませんでした。彼女が瀕死の子供に触れようとすると、母親は震える手で子供を引き離し、自らの腕に掻き抱くのでした。大人の病者に話しかけると、弱々しい眼は不可解な恐怖の色を浮かべて彼女を見つめ、理解できない方言で消え入るように同じ言葉を吐くのでした。「ブルコラク！」

「ここのひとたちはどうしてこう英国人が嫌いなんだろう」彼女は援助を諦めながら考えました。おそらくすこしは落ち込んでいましたが、あまりに鈍感で深刻に気分を害したり悩んだりしてはいませんでした。屋敷に戻っても同じでした。彼女がすこしでも幼子に優しく接しようとするものなら、アデルが半狂乱になって拒絶するのでした。一度など、アデルは甥子を夫人の腕から乱暴に奪い取ってこう言ったのです。「忌まわしいブルコラク！　よくも私の眼の前で」またファニーが夫を心配してビーフティー・ア・ロングレズ《英国風》でも淹れましょうと提案すると、医師が見透かしたような眼で彼女を睨み、アデルは鍋をひっくり返して噛みつくように、しかし眼に熱い涙を浮かべて言いました。「まだ足りないというんですか、奥様。それならまずは私から殺しなさい！」

ファニーはなにも答えませんでした。ただ医師が自分を見つめるのがとても無礼だとか、アデルの機嫌がとても悪いらしいと思っただけでした。彼女、なんて気難しいひとなんでしょう。それに英国の家政婦とは大違い！

しかしカバネル氏はこの諍《いさか》いのことを聞くとファニーを呼び、ここ最近よりも優しい声で言いました。「私を傷つける気はないね、我が妻よ。おまえのやろうとしたことは悪いことではなくて、愛と優しさによるものだね」

「悪いことですって。悪いことなんてしません」ファニーは答え、青い眼を大きく見開きました。

「たったひとりの大事なお友だちにどうして悪いことをするというの」

「私はおまえの友だちかね。恋人かね。夫かね。私を愛しているかね」カバネル氏は言いました。

「大事なジュール、こんなに大切で、身近なひとが他にいますか」彼女がキスすると、彼は熱を込めて言いました。

「おまえに神の恵みがあるように！」

翌日、カバネル氏は急用で呼び出されました。「二日ほど家を空けることになりそうだ」彼は言いました。「しかし出来るかぎり早く帰ろう」こうして彼の庇護を想起させる警備もなく、若い妻は敵の只中にひとり残されました。

アデルは外出していました。暗くて暑い夏の夜です。幼いアドルフはこの日、いつも以上に熱を出して、うなされ続けていました。日が沈むにつれ、体調は悪化してゆきます。間抜け娘《グース・ガール》のジャネットは、少年を夫人に触れさせてはならないと厳命されていましたが、彼の病状悪化に怖くなってきて、夫人が援助をしようと小さな客間に入ってくると、重すぎる責任を喜んで放棄して、自身の腕から彼女に幼子を預けました。

座った膝の上にアドルフを乗せて話しかけ、低く柔らかに童謡を口ずさんで宥《なだ》めていると、痛苦の激発が過ぎ去ったのか、彼はまるで眠ったようになりました。しかしこの悶えのなかで彼は自分の唇と舌を嚙んでおり、血が口から滲《にじ》み出ていました。もともと可愛らしい男の子でしたが、死に至る病がこの瞬間、痛ましいほどの愛らしさを与えていました。ファニーが屈み込んで青白い顔にキスすると、彼の唇の血が彼女の唇に転写されました。

彼女は彼に屈み込んだままでいました。神秘的な力が女性的な気持ちを刺激し、将来の母性が予感されたのでした。そこにアデルが老マルタンや村人たちを引き連れて、駆け込んできました。

「見なさい！」彼女は叫ぶとファニーの腕を摑み、顎を摑んで顔を押し上げました。

「彼女の行ないを見なさい！　みんな私の子を見て。死んでいる、彼女の腕のなかで死んでいる。この女の唇にあの子の血が！　これ以上の証拠が要りますか。この女が吸血鬼なんだ。皆いま見た証拠を否定できますか」

「否、否！」群衆は掠れ声で喚きました。「この女は吸血鬼だ。神に呪われた存在、人間の敵だ。穴に突き落とせ。皆を死なせたようにこの女も死なねばならない」

「死ね、この子を死なせたように！」アデルが言いました。疫病で親族や子供を亡くした者たちが繰り返しました。「死ね、家族を死なせたように！」

「どういうことなの」カバネル夫人は立ち上がり、英国の女性の真の勇気をもって彼らに相対しました。「私があなた方になにをしたというのですか。夫の不在のあいだに、こんなふうに私のところに怒鳴り込んで来るなんて」

「貴様の為《な》した災禍を思え」老マルタンが叫んで彼女の近くに詰め寄りました。「魔女である貴様は我々の善良なる領主を魅了した。吸血鬼である貴様は我々の血で肥え太った。まさにいま、我々は証拠を得たではないか、貴様の口を見よ、呪われたブルコラク。貴様の犠牲者が横たわって、死のなかで貴様を訴えているぞ」

ファニーは面白がるように笑いました。「そんな馬鹿げたことには付き合いきれません」頭を上げて言いました。「あなたがた、いい大人でしょう、それとも子供ですか」

「俺たちは大人さ、ご夫人」粉屋のルグロが言いました。「大人である俺たちは、弱い者たちを守らねばならんのだ。俺たちみんな疑いを持っていたし、それに俺以上に正当な理由のある者もいないだろう、三人の幼い子らが天命より前に天国に連れてゆかれたんだから。そしていま、俺たちは確信している」

「だって私は瀕死の子供を看病して、宥めるのに最善を尽くしていたのですから」カバネル夫人は思わず感情的に言いました。

「もう充分！」アデルが叫び、夫人の腕を摑んで引っ張りました。手に込めた力を絶対に緩めませんでした。「彼女を竪穴へ、みんな、もし私の甥っ子が死んだように、善良なルグロの子供が死んだように、村の子供たち全員が死ぬのを見たくないならば！」


戦慄が彼らを揺さぶり、呪言《じゅごん》のような呻き声が口々に上がりました。

「竪穴へ！」彼らは吠えました。「悪魔に己の命を取らせろ！」

アデルは素早く、白く健康的な腕を捩《ね》じり上げました。その形や美しさに痛々しく嫉妬を繰り返してきた腕です。哀れな女がまた声をあげる前に、ルグロが屈強な手でその口を覆いました。この怪物を殺すことは、彼を含むその場の誰の心のなかでも人殺しには当たりませんでしたが、それでも彼らはカバネル夫人の人間らしい叫び声に神経を乱されたいとは思わなかったのでした。それから黙りこくって、恐ろしい葬列は森に向かって進んでゆきました。まだ生きている荷は猿轡《さるぐつわ》を嚙まされ希望もなく、まるで屍体のようでした。アデルと老マルタンを除き、彼らを動かしていたのは個人的な恨みというより、恐怖からの本能的な自衛心でした。彼らは敵でなく処刑人でした。国家の法典以上に正しい法に基づいた処刑人でした。ところが彼らはひとりずつ数を減らしてゆき、最終的に六人になりました。そのなかにはルグロがおり、また妹を亡くしたルズエフも連なっていました。

竪穴はカバネル家から一マイルも離れていないところにありました。暗く寂しい場所で、村で一番に勇敢な者でも夜更けにひとりで訪れようとはしないところでした。たとえ神父が同行していたとしてもです。「だが大勢でいれば勇気が湧くものさ」老マルタン・ブリオリクが言いました。「半ダースの屈強な男たちはアデルという名の女に導かれ、小鬼《リユタン》や白衣の幽女《ホワイト・レディ》どもを恐れることもない」

重荷を担いで出来るかぎりの早足で、まったくの静寂のなか、葬列は湿地を歩いてゆきました。ひとりふたりが粗雑な松明《たいまつ》を掲げていました。夜闇が深く、道中に危険がないわけではなかったのです。目的地に近づいてゆくごとに、犠牲者の身体は重くなってゆきました。彼女はもう長いあいだ抗《あらが》うのを止めていましたが、いまや担ぎ手の腕のなかで死んだようになっていました。しかし誰もそのことに触れず、他のこともまったく話しませんでした。一言たりとも交わされることはありませんでした。自分たちの方法が賢明だったのか、法律に則ったもっと良い方法はなかったのかと、疑いはじめていたのでした。そう考えた者は脱落者のなかにもいました。アデルとマルタンだけが自分たちの計画に固執して、ルグロもその正しさを確信していましたが、自らに課された義務を割り切れず、人間的に悲しんでいました。アデルは夫人への嫉妬、母親的な苦悩、迷信への恐怖といったこと総ての影響を受けていたので、自分の苦しみの源《みなもと》である犠牲者の苦しみを和らげる努力などまったく行ないませんでしたし、彼女が自分と同じ普通の女性で、本当は吸血鬼などではないことなど思いも寄りませんでした。

道は暗くなり、処刑場への距離は短くなり、そしてとうとう彼らはこの恐ろしい怪物、吸血鬼、罪のない哀れなファニー・カバネルの投げ込まれるべき竪穴の縁《ふち》に到着しました。彼女を降ろすと、松明の灯りが彼女の顔を照らし出しました。

「偉大なる神よ《グラン・デュー》」ルグロは帽子を脱いで叫びました。「彼女は死んでいる！」

「吸血鬼は死なない」アデルが言います。「マルタン師に訊いてみなさい」

「吸血鬼は悪霊に連れ去られるか、身体に杭を突き刺されて埋葬されないかぎり、死ぬことは出来ない」マルタン・ブリオリクは説教するように言いました。

「見てられませんよ」ルグロが言い、他にも数人が同調し、彼らは哀れな女の口から猿轡を外しました。ちらつく光のなかに横たわる彼女の青い眼は半ば開いており、土気色の顔が死の白さを帯びていました。彼らに人間的な感情がすこしだけ戻り、まるで突風に吹かれたような動揺が走りました。

突然、彼らは蹄《ひづめ》の音が草原から轟《とどろ》いてくるのを聞きました。二人、四人、六人、彼らはいまや四人の丸腰男、それにマルタンとアデルだけになっていました。人間の復讐なのか森の悪魔の邪悪な力なのか、彼らの勇気は萎《な》え、心からは平静さが失われました。ルグロは森の闇のなかへ猛然と突進し、ルズエフも彼に続き、他のふたりは草原を逃げ、騎手たちはどんどん近付いてきました。アデルだけが松明を頭上高く掲げ、自身の黒々とした情熱と復讐に燃える姿、そしてその犠牲者の屍体の双方を照らし出しました。隠そうとはしませんでした。終えた仕事を誇りに思っていたのです。

このとき騎手たちが突っ込んできました。ジュール・カバネルが先頭におり、医師と四人の農村警備隊《ガルド・シャンペートル》が続きました。

「恥知らず、人殺し」彼は馬から飛び降り、青ざめた顔で睨み付け、ただそれだけ言いました。

「ご主人様」アデルが言います。「死んで当然です。吸血鬼ですから。私たちのあの子を殺したのです」

「愚か者」ジュール・カバネルは彼女の手を振り離して吠えました。「嗚呼《ああ》、愛しい妻よ！　人にも獣にも害を与えなかったおまえが、獣よりも悪い者どもに殺されるとは」

「彼女はあなたを殺そうとしたんです」アデルが言います。「お医者様に訊いてください。ご主人様を苦しめていたのは何なのですか、先生」

「こんな悪行に巻き込まんでください」医師は死人から顔を上げて言いました。「旦那様の病状がどうであれ、彼女がこんなことになる謂《いわ》れはなかった。あなたは自ら判事となり、処刑人となった。アデル、あなたは法廷に立たねばならない」

「あなたもそう言うのですか、ご主人様」アデルは言いました。

「私もそう言おう」カバネル氏が答えました。

「無辜《むこ》の命を無惨に奪ったおまえは、法廷に立たねばならない。おまえに加担した共犯者たちも」

「私たちの子らへの復讐はないのですか」

「神に復讐するというのか、女よ」カバネル氏は厳しく言いました。

「私たちにあった愛は、ご主人様」

「憎しみの記憶となった。アデルよ」カバネル氏は言い、死んだ妻の青白い顔を見つめました。

「それなら私は席を退《の》きましょう」アデルは苦く泣きながら言いました。「私のかわいいアドルフ、先に旅立ったのは正しかった」

「待ちなさい、アデルさん！」マルタンが叫びました。

しかし手が伸ばされる前に、彼女は声をあげて一息に穴へと身投げしました。カバネル夫人を埋葬しようとしていた竪穴です。身体が穴底の水面にぶつかる鈍い水しぶきの音が聞こえました。かなりの高さがあったようでした。

「こいつらは俺のことなど何も証明できんぞ、ジャン」老マルタンは自らを拘束している警備に言いました。「俺はあの女の口に猿轡をしたわけでも、肩に担いだわけでもない。俺はピューヴロの墓掘り人だ。いいかね、卑小な被造物《マ・フォワ》たちよ、俺なしに死ねば、貴様ら皆が悍《おぞ》ましい目に遭うのだぞ！　奥様のお墓を掘らせていただこう。方法には注文を付けないでもらいたい。それに、ジャン」彼は囁《ささや》きました。「こいつらは好き勝手に言うだろうが、この裕福な貴族連中は何も知らんのだ。あの女は吸血鬼なのだ。これからその身体中が杭で貫かれるだろう。俺よりも奴らに詳しい者がいるか。このまま彼女を縛りつけておかなければ、墓から出てきて我々の血を吸うことになる。それが吸血鬼のやり方なのだ」

「静かにしろ」警備隊のひとりが言い、別のひとりに命じました。「殺人者たちと一緒に牢屋へ入れろ。舌を押さえておけよ」

「殉教者や公益家の入る刑務所へ」老マルタンが言い返しました。「世界は功労者に報いるものだ」

　彼はこの信念を捨てずにトゥーロンの捕囚として生き、死んでゆきました。最後まで怪物退治によって世界に貢献したと信じており、この怪物の他には自身の名前と功績を伝えてくれる存在をピユーヴロに残していませんでした。しかしルグロや同行していたルズエフは、暗い夏の夜に森のなかで行なったことの正当性をひどく疑っていました。動機の正しさゆえに罰せられるべきではないと常に主張していたのですが、やがてマルタン・ブリオリク老人の叡智《えいち》に対して不信が育ってゆき、己の力でなく法に任せるべきだったと思うようになり、その力で村の小麦粉を挽《ひ》いたり木靴《サボ》を修理したり、神父様の教えと妻の励ましに従って良い生活を送ることを望むようになったのでした。

食人樹

フィル・ロビンソン
The Man-Eating Tree 1881
夏来健次 訳

フィル・ロビンソン（Phil Robinson 1847 - 1902）

※解説4参照

イギリスの作家・ジャーナリスト・動植物研究家《ナチュラリスト》。本名フィリップ・スチュアート・ロビンソン（Philip Stewart Robinson）。インドで生まれ、イギリスで教育を受けたのち帰印して父親とともに新聞編集に携わり、大学で文学の教鞭《きょうべん》も執った。英本国に居を移してからは新聞記者となり、アフガニスタン戦争やズールー戦争を取材したほか、本篇の舞台であるヌビア（＝エジプト／スーダン）やキューバなど世界各地に赴いた（キューバでは投獄も経験した）。

執筆面ではインド居住時の経験や見聞を材とするアングロ・インディアン（在印英国人）文学の先駆と言われ、巧みに織り交ぜるユーモアで知られた。散文集 *Under the Punkah*（1881）に収められた随筆とも創作ともつかない本篇でもその才は発揮されており、作者の最人気作になるとともに、史上初の吸血植物小説とも謳《うた》われ（類似題材の虚報記事類はそれ以前にもあったが）、今にいたるまで種々の傑作集に採られている。本邦初訳。

なお弟E（エドワード）・ケイ・ロビンソンもインドの新聞編集者で、のちにアングロ・インディアン文学の最高峰となるラドヤード・キップリングの若き日に才能を見いだして育成した師匠的位置にあり、後年には母国イギリスで自然史研究者としてその方面の協会を設立するなど、兄フィル以上の著名人物だった。

【本稿を〈大いなる中庸《ちゆうよう》〉の人々の娯楽に供する前に、信憑性《しんぴようせい》の疑わしい話だと大勢《たいせい》に見なされるであろうことを恐れるがゆえ、その信憑性なるものについて敢えて私見を述べておきたいと思う。それはこれまで他人からは聞いたことのない、わたしだけの考え方である。つまりこういうことだ――最高の知性と最低の非知性とを両極端として、自分自身をその中間に置き、一方の極からもう一方の極へと往還をくりかえすとき、どちら側にせよ人は極に近づくほどものごとを信じやすくなることを発見し、驚くのである。これを逆説的な言い方にすると――〈自分より愚かな者にせよ賢い者にせよ、どちらも自分よりはものごとを信じやすい〉ということになる。この説によって指摘したいこととは――〈大いなる中庸〉の人々には認識されにくいであろうが――ものごとを信じやすい人間の性質というものは、恥ずかしいことでも蔑《さげす》まれるべきことでもなく、且《か》つまたそうした性質は信じる対象がなんであるかにかかわりなく、むしろその性質自体にどれほど重きを置いているか――賢い性質にせよ愚かな性質にせよ――に左右される、ということである。この説からして、以下の逸話における〈信じがたさ〉をどれだけ楽しめるかによって、読者は自らの知性あるいは非知性にどれだけ重きを置いているかを計れるであろうと考える次第。――Z・オリエル】

わたしの父方の伯父ペレグライン・オリエルは並はずれた旅行家であり、出生時の洗礼式の代父母すら将来そうなることを予想していたのではないかと思えるほどであった。事実、伯父はこの世界のあらゆる屋根裏部屋や地下室と呼ぶべき奥所《おうしよ》を、尋常ならざる熱心さで探索しまわった。だが伯父の旅行談義に関するかぎりは、残念ながら自分の目で見たことと人づてに聞いた話とのあいだに、クセノフォン（古代ギリシヤの哲学者）のごとき細心の注意深い区別を保てておらず、ブルンスビュッテル（ドイツ北部の小都市）の市議会議員たちのみならず——伯父はオーストラリアから生け捕りにしてきた家鴨《あひる》のような嘴《くちばし》を持つ獣カモノハシを議員たちに見せ、人工の害獣を持ちこんだと非難された——だれもが懐疑的にならざるをえなかった。

　そのようなわけで、人間を喰らう樹木から命からがら逃げのびたという伯父の体験談に対しても、信じるのはおろか真剣に耳を傾ける者さえほとんどいなかったのは無理からぬことである。その木はウパスノキ（東南アジアに自生する毒性樹）よりも恐ろしい樹木だったと伯父は語った。

「その恐るべき植物は、ヌビア（現代のエジプト南部およびスーダン北部）の羊歯《しだ》森林の真ん中に忽然《こつぜん》と聳《そび》え立ち、〈死の木陰〉とでも呼ぶべき広い茂みをなしていた。毒性の樹液によって間近な周囲の植生を枯れさせ、敵性獣から逃げてきたりあるいは真昼の炎熱を避けるため木陰を求めてきたりする動物を捕食する習性を持っているのだった。あるいは魅惑的な茂みを求めて飛んできたり、大きな青白い花の蜜で喉を潤《うるお》そうとしたりする鳥たちをも獲物とした。あるいはまた人間までときとして犠牲になった。現地人が風雨からの避難場所にしようとしたり、足を傷つける鋭い葉の生えた草地から逃げてきたり、豊かな茂みのなかにぶらさがるみごとな果実をもごうとしたりすると、やられてしまうのだ。金色に輝くその果実はまるで巨大な蜂蜜の雫《しずく》のような姿で、自らの重みで下辺がふくれあがっているさまは半透明の梨《なし》のようでもあった。茂みをなす葉は奇妙な露《つゆ》を湛《たた》えてしじゅう潤っており、その露が一日じゅう樹下《じゅか》の地面へと長い筋を引きながら滴《したた》りつづける。それを吸った樹下の草は不気味な形になり、また緑色に血のような赤みを含んだ草の葉がところどころでその木の茂みに届くほど高く細くのびて、さながら木陰に隠された忌まわしい納骨堂の秘密を守る忠実な衛兵たちのように見え、あるいはまたこの殺戮樹の黒々とした根もとを囲む緑色の仕切り壁のようにも見えた」

件《くだん》の樹木についての伯父の語りとはこのようなものであった。ある日わたしは植物事典を調べて、生き物を捕食する植物の一群がたしかにあることを知ったが、しかしそれらの大半は非常に小さいもので、且つまた細かな昆虫などを捕えるものがほとんどだった。ところが伯父はそうしたものについての知識は持たないのだった。というのは、毛氈苔《もうせんごけ》や靭《うつぼかずら》葛や虫採菫《むしとりすみれ》などが発見される前に亡くなっているからである。かの食人樹《しょくじんじゅ》についての伯父の知識はひとえに自身の恐怖体験のみに拠《よ》っており、それについての解説もあくまで自身が考えたものであった。伯父によれば、いわゆる弱肉強食の法則以外は、これまで考えられてきた自然界の法則などというものはなべて否定可能であり、またその弱肉強食すらもより大きな無法則性があることの証拠にすぎず、したがって動物的な知覚も植物的な感覚も自然界ではじつは同等のものなのだという——つまり生物の自己防衛力が動物と植物との差において偏《かたよ》っているのは単に大いなる創造主の気まぐれにすぎず、動物も植物も衝動的な本能に左右されるところは明らかに類似しているというのだった。こうした説からはじまって（伯父にとってはそれはすでに仮説以上のなにかであった）、さらに二、三段階考えを深めたすえに、蓋《けだ》し自然界では火急の危険性や切迫した必要性によって、あらゆる動植物がつねに革命的なほど大きな進化を遂げる可能性があると確信するまでにいたった。たとえば草を主食にして樹上に巣を作る狼が出現したり、棘《とげ》のついた蔓《つる》をのばして昆虫を捕食する菫が誕生してもなんの不思議もないというわけだ。

「なにゆえに感覚は知覚の結果にすぎないなどと主張することができようか？」と伯父は言う。

「もしそれがたしかなら、感覚と知覚が同等に共存しなければ成立しない視覚・聴覚・触覚・嗅覚・味覚という五感の存在すら否定しなければならないというのに？　また、あらゆる動く生き物の世界において、種を絶滅から守るために弱肉強食の法則が与えられているしたら、動かない生き物の世界だけが無防備と無攻撃の法則に縛られているなどということがありうるだろうか——同じほど危険な環境で種を存続させなければならないというのに？　わたしは決してそんなことはないと考える。たとえばブラジル産の寄宿植物のなかには、樹木にしがみついてその樹液を吸いとっている種がある。一方樹木はその寄宿種を枯渇させんがために、樹液を根に集めて、その根で地中をつらぬいて新たな場所を求め、そこに新たな分身を生んで樹液を移行させる。するともとの寄宿種は枯渇した枝を新たに樹木の芽が生えた地面に落下させ、ふたたび闘いがはじまる。それから印度《インド》菩提樹《ぼだいじゅ》を見てみるがいい。遠い泉を求めてのびるあの樹木の根が持つ強い渇望と、オアシスを求める駱駝《らくだ》の悲しい願望とどこがちがうだろう？　あるいは渇きを癒さんと大河ナイルをめざしたセンナケリブ王（古代アッシリアの王）の軍勢とどう異なるか？

それほどに繊細な植物が、無意識だと言えるだろうか！　事実、わたしは草原を延々と歩きつづけながら、まわりの草を絶えず眺めていたことがあるが、長く見すえるうちに、草たちが生気を奮《ふる》い立たせて、一斉にこちらへ向くのではないかと恐れを覚えたことがあった。緑の絨毯《じゅうたん》のごとき草原がなぜやら青白くなって、わたしの足もとにいたるまで銀色に変わり、歩きつづけるうちにも周囲の草が枯れ果てていくような気がした。それほど広大な範囲から嫌悪感を向けられるのを感じるのはじつに奇妙なもので、まるで草たちと争いあっている気分だった。だが争いに勝ったところでなんになろう？　少し手をのばしただけでも、その手の陰になった草たちが病むほどにおびえ、しかもわたしがなにか口を利くと、そのたびに下生えの茂みが縮みあがる。のばした手の先にある大きな藪《やぶ》が――かつてそのたくましさを愚かにも誉めそやしたことのある大藪だ――色を失って弱々しく萎《しお》れる。葉の一枚たりとてわたしに共感を示そうとはしない。息を吐くだけで植物が生気を失う。それどころかわたしの存在そのものが植物たちを衰弱させるので、より気性の強い草木のなかに入ると安堵するほどだ。不注意にも草を踏みつぶしたとき、鋭く尖った気の強い葉が足に仕返ししてくるのを感じた場合も同じだ。植物とは本来復讐する力を持っているものだ。天竺鼠《てんじくねずみ》ならば人は小屋で飼って楽しむこともあるが、背鰭蜥蜴《せびれとかげ》を飼いたいと思うだろうか？　同様に庭で育つ繊細な草花ならば子供たちを愉しませるが（子供たちは黄金虫《こがねむし》が虫ピンに刺されたまま回転するさまさえ愉しんで見るものだ）、走る鹿を捕まえたり飛ぶ鳥を叩き落としたりする植物を庭に植えたいと思うか？　しかもそれがもし人間をも捕獲し、その肉体が干からびるまで血を吸いとる植物だったとしたら？　動いて当然の人間が動かないはずの樹木によって拘束され、その可動性自体を失うまで精神も血肉も吸収され尽くすとしたら――なんと恐ろしいことではないか！

何年も前のことだが」と伯父はいよいよ本題に入る。「わたしは休むことのない探検の足を中央アフリカへと向け、セネガル川が大西洋へと注ぎこんでいる河口から出発して、大サハラ砂漠の辺縁に沿って東漸《とうぜん》し、ヌビアの東海岸にまでたどりついたところで、三人の現地人を従者として探検に赴《おもむ》いた。従者のうち二人は兄弟で、残りの一人はガボン高地出身のオトナという名前のまだ十代の若者だった。ある日、前夜にテントを張ってくれた兄弟二人に騾馬《らば》を任せたあと、銃を携え、オトナ一人を伴って、さほど遠くない距離にある羊歯《しだ》の密林を徒歩でめざしていった。目的地に近づいてみると、その密林はなにもない広い原っぱによってふたつに分かれていることがわかった。よく見かける羚羊《れいよう》が小さな群れを成しているのが見えた。羚羊は賢い獣で、原っぱのなかでも日陰になっている側を選んで進んでいく。わたしはこの羚羊の群れのあとにこっそりついていった。疑《うたぐ》り深い獣ながら後ろに危険が迫っていることには気づかず、群れはわたしの前方をゆっくりと歩いていく。そうやって羊歯の密林の辺縁をともに一マイルばかりも進んだ。とある角《かど》をまわりこんだところで、原っぱの真ん中に一本だけ立ち木があるのが見えてきた――ほかには一切樹木がないところに。似たものをこれまで見たことがない種類の木で、大いに気を惹かれた。とはいえ、肉を夕食にするつもりの羚羊の群れに意識を集中させるべきときだったので、ひと目見て驚くに足る短い時間しか関心を向けてはいなかった。それにしても小型の細い羊歯しか生えていない荒れ地に、一本だけでそれほど豊かな茂みをなすことのできる樹木が立っているのは驚きだった。

そのあいだにも羚羊たちはわたしとその木の中間を歩きつづけ、見守るうちに空き地を横切りつつあった。群れの前方には羊歯の森への入口をなすかのような茂みの開口部があり、放っておいては夕食を見逃すことになると直感した。前方で横《おう》列《れつ》をなしながら進む群れのなかほどめがけて発砲した。若い一頭に命中し、ほかの羚羊たちは突然の脅威に狼狽して駆けだした。地面に倒れて悶え苦しむ一頭を置き去りにして、みんな件《くだん》の立ち木のほうへと逃げていく。オトナがわたしの指示に応じ、獲物を確保すべく駆け寄っていった。が、倒れていた若い羚羊は彼が近づくのを見てとると、立ちあがって、必死に逃げていく仲間を追いかけはじめた。ほどなく群れは木のそばまで近づいたが、木陰の下へくぐり入るのではなくて、不意に木から逸れ、数ヤード離れた周囲をまわりこんでいった。

目がどうかしたのか――それとも本当に木が羚羊を捕まえようとしているのか？　わたしがそう思ったのは、突然木が動きだしたように見えた――あるいは見えたように感じた――からであった。木をまわりこもうとしていた羚羊たちが急に止まって、薄暗い夜気のなかで立ちつくした。何本もの大枝が突風すら伴うほどに勢いよく振りまわされ、群れへと向かっていった。そして激しい力で羚羊を薙《な》ぎ払い、あるいは地面に叩きつけた。わたしは思わず手で目をこすり、いっとき瞼を閉じてから、また見開いた。木はふたたびじっと動かなくなっていた——まさに呆然と立つわたしと同様に！

一方オトナはなおも懸命に羚羊を追いつづけ、間もなく木に近づきつつあった。傷ついた羚羊を捕まえようと彼は手をのばしたが、獲物は跳《は》ねて逃れた。また追いかけるが、また逃げていく。さらに追跡劇がつづき、ついに双方とも木陰の下に入った。

そしてこんどこそはわたしの見誤りではなかった。

木が痙攣《けいれん》するように動きだしたと思うと、幹を傾け、濃い葉の茂みをつけた幾本もの大枝を地面へと振りおろした。追うもの追われるものの姿が、深い茂みによって視界からさえぎられた。わたしからは百ヤードほど離れているところだ。不意に茂みのなかから、明らかに苦痛を表わすオトナの悲鳴があがった。と思うと、絞めつけられるようなくぐもった声に変わり、そしてそのあとには、若者を押し包んでいる葉のざわめきだけとなって、人の声はまったくしなくなった。

「オトナ！」と呼びかけたが、返事はない。もう一度呼んでみたが、自分の声が傷ついた獣の苦悶の叫びのように聞こえるだけだった。人間であることも忘れた気分で呆然と立ちつくした。この世のあらゆる恐怖を以《もっ》てしても、あの恐ろしい木からわたしの視線を逸らすことはできなかっただろう。立ちつくす足を地面から離れさせることも同様に。一時間もそうして立っていたような気がする。いつの間にか森の影が原っぱの半ばほどまでのびたころ、体を麻痺させていた激しい恐怖感がようやく薄らいだ。最初の衝動は、自分の存在をあの木に気づかれないうちに忍び足で立ち去りたいという思いだったが、逆に木へと近寄っていくことをすぐに理性が指示した。獲物にするはずだった羚羊と一緒にオトナも倒れているにちがいない。大枝が動きまわったように見えたのは、葉の茂みにひそんでいた大蛇《だいじゃ》の仕業だったのかもしれない。そう考えると、身を護るべく用心しつつ、今は静かになった木へと向かって足を進めはじめた。踏み歩く草の葉が奇妙なほど大きい音を立てる。森のなかからは蟬《せみ》たちのかん高い鳴き声が響きつづけ、波の音のようにあたりの空気を震わせる。ほどなく恐るべき真実が目の前であらわにされることとなった。

　五十ヤードほど迫ったところで、木は初めてわたしの存在に気づいたようだった。分厚い葉の群れが忍びやかに蠢《うごめ》きはじめるのが感じとれた。それはさながら、長い眠りについていた獣がようやく目覚めたときのようだ。あるいは蜷局《とぐろ》を巻いていた大蛇がゆっくりと動きだすところか。蜂の群れが木の枝から飛び立つようすを見たことがあるだろうか？　蜂たちはたがいにくっつきあうようにして群れているが、枝を叩いたりまわりの空気をざわつかせたりすると、ひとつの生命体のような塊になっていた群れが急速に分散し、一匹ずつの個体の存在をあらわにする。膨大な群体をなしていた生命のひとつひとつが残らず個々の意識を思いだし、恐怖に駆られて一斉に動きだすのだ。

　やがてあと二十ヤードほどまで近づいた。木はあらゆる小枝にいたるまで蠢きだし、根によって地面に固着しているのがもどかしいかのように、すべての枝がわたしに向かってこようとしている。そのさまはあたかも、北洋のフィヨルドの民が恐れる伝説——深い海の底に沈む大岩に縛りつけられた手負いの単眼巨人ポリュペーモスが、目に見えぬ腕を獲物に向かって容赦なくのばすという——を思いださせる光景だ。

　葉の一枚一枚が飢えたように蠢き顫《ふる》えている。それぞれがひとつひとつの手のようにまさぐり動き、あるいはたがいに絡まりあったりほどきあったりする。肉厚で動きの不規則な、指のない手のように見える葉は（あるいはむしろ唇か舌のように見えなくもない）、それぞれの中央部が深く凹《へこ》んで椀《わん》のような形をしている。一歩ごとに慎重にゆっくりと近づいていくと、それらの凹んだ部分が開いたり閉じたりするように絶えず蠢いているのがわかってきた。

いちばん長くのびた大枝まであと十ヤードほどのところまで迫った。樹木のあらゆる部分が興奮したようにせわしなく動いている。その顫動《せんどう》のありさまはなんとも気色の悪いもので――それでいて目を魅《ひ》かずにはいない。まるで近くに食料があるのを感じとったように憤然としている。葉のひとつひとつがそれぞれおたがいを食料と勘ちがいしたかのように向かいあい、くっついて吸いあったりする。その力が強いために葉の根もとが半分ほどの太さに細められ、薄くなった二枚の葉がひとつに絡まりあって、ふたつの貝殻が螺旋《らせん》形に重なったような巻貝状になり、それが緑色をしたなにかの幼虫のように蠢く。そしてやがてあまりに激しい動きに疲れたのか、ゆっくりと分かれていく。ちょうど人の手足にくっついて血を吸い飽きた蛭《ひる》が剝がれていくさまを思わせる。葉の凹みの部分が粘着質の液で濡れ光っているのが見え、それが地面へと滴《したた》り落ちる。落ちる途中で葉から葉へとつたっていくときの音が、独り言をつぶやく木の声のようにも聞こえる。ところどころにぶらさがる金色の綺麗な果実が、あちらの葉につかまれたりこちらの葉に吸いつかれたりしながら、ほどなく重なる葉の陰に見えなくなったと思うと、吸い尽くされたあと不意に放される。葉同士も大きいものが小さいものの樹液を吸血鬼のように吸い尽くす。ぐったりと垂れさがる葉の亡骸《なきがら》は、鼬《いたち》に食い散らかされたあとの小動物の死骸を思わせもする。

慄然とさせる蠕動《ぜんどう》の様相を緊迫のなかで呆然と見守るうちに、曰《いわ》く言いがたいあまりの厭悪《えんお》感ゆえに、自分がまさに目撃しているはずの光景が信じられなくなってきた。だが目の前にある樹木はたしかに生きた獣のごとく動いている。上方の大枝のひとつがわたしの存在を意識したのが感じとれた。すると大枝から生えている無数の湿った手のような小枝の群れが、こちらへ向かって宙をまさぐりながら下降しはじめた。ひとつひとつの小枝がのびたり震えたり揺らいだり曲がったり、あるいは必死さを表わすように大きく振られたりする。一方大枝も食料となる肉の存在を感じとって狂おしく痙攣《けいれん》しながら、あちらへこちらへと大きく動きまわる。そのさまは食欲に駆られるあまり苦悶するほど必死になっているのを感じさせる。葉は急激に救いがたくなった人間が狂ったように両手を揉みあわせて祈るさまにも似て、たがいに激しくくっつきあい絡みあう。張り詰めた樹肉から汚らしい樹液がわたしの体へと滴り落ちてくるのを感じた。

このありさまは、恐怖に駆られた狼狽ゆえの幻視か？　感覚が勝手に暴走をはじめたのか？　そうではない——木が獣のごとく動いているのは事実なのだ。幹がわたしへと向かって傾いてくる。柔らかな地面から己《おの》が根を抜き起こそうとしているかのようだ。そのようすはあたかも、無数の口を具《そな》えた山のような巨大怪物が、わたしの命を欲してなにごとかつぶやきながら迫りくる姿を思わせる！

死の接近を感じた危機感から、向かってくる化け物へとやみくもに発砲した。感覚が麻痺しているのか銃声が遠いもののように聞こえたが、発砲による反動の衝撃でなんとかわれに返り、焦りつつ再装塡した。銃弾は軟質の樹肉のなかにめりこんだらしい。銃創のできた大枝が痙攣し、木の全体が大きく揺らいだ。果実がひとつもげ、樹液腺を血管のように盛りあがらせている葉をつたって、大きな茂みのなかから地面へと落ちていく。するとつぎの瞬間、大枝がゆっくりと傾いたと思うと、樹液でふくらんだ幹から音もなく断ち切られ、濡れ光る葉の茂みのなかを静かにすべり落ちていった。わたしはふたたび発砲し、不気味な大枝をもうひとつ死にいたらしめた。銃撃を浴びせるごとに、恐怖の植物は少しずつ命を削られていくようだった。そこでさらに撃ちつづけ、あちらの葉を殺してはこちらの枝を斃《たお》していった。撃つごとに殺意と憤激は高まり、ついには弾薬が尽きた。大樹はハリケーンにでも襲われたように破壊され、残骸だけが残っている体《てい》となった。地面には落ちた枝や葉が堆《うずたか》く積もり、それらが喘《あえ》ぎながら蠢き、あるいは撥ねあがってまた落ちたりする。その上へいくつかの瀕死の大枝がぐったりと垂れさがる。そんななかでも幹は依然として立ちつくし、たくさんの枝の折れ目から液を滴らせる。

立てつづけの銃声を聞きつけたらしく、従者の兄弟の一人が騾《ら》馬《ば》をつれて近づいてきた。初めのうちは主人の頭がおかしくなったのかと思い、近寄る気になれなかったとあとで語った。わたしはすでに狩猟用ナイフを持ち、木の茂みと闘いはじめていた。残っている葉は依然ひとつひとつが命を持つかのようで、一度ならず葉に絡まれては、鋭い口で食いつかれるのを感じた。従者が駆けつけてくれたのにも気づかず、落下した茂みを切り苛《さいな》みつつ懸命に中心部へと進んでいった。そしてついには最後の必死の一撃で、刃《やいば》が柔らかな幹のなかに柄《つか》まで沈みこんだ。その瞬間、急速に凝固する樹液に足が滑り、いまだ喘ぎつづけている葉の茂みのなかへ倒れこんだと思うと、その衝撃と疲労とで失神した。

従者の二人がわたしを野営地まで運んでくれた。成果なくオトナを探しつづけていたとき以来ようやく意識を回復し、さらに二、三時間してやっと口が利けるようになった。あの恐ろしい木の怪物のところへ戻ってみることにしたのは、数日経ってからのことだった。あの兄弟は同行を拒んだ。木は完全に死んでいた。そうとわかったのは、綺麗な羽根飾りを頭頂部につけ大きな嘴《くちばし》を具えた野鳥が一羽、腐りつつある果実を啄《ついば》んでいたからだ。わたしたちの一行が近づくと鳥が飛び立ったので、そのあとで茂みの除去にとりかかった。死に絶えて根のまわりに積もりながら依然樹液にまみれている葉を掻き分けたあげく、これまでに餌食となったとおぼしい動物のゾッとさせる数多《あまた》の死骸とともに、最後の生け贄《にえ》となった若者オトナの亡骸《なきがら》が見つかった。遺体からすべての葉をとり除くのは時間がかかりすぎるため、百枚近くもの吸血樹の葉に吸いつかれた姿のまま埋葬しなければならなかった」

以上が思いだせるかぎりでの食人樹にまつわる伯父の告白である。

カンパーニャの怪

アン・クロフォード

A Mystery of the Campagna 1886

夏来健次 訳

アン・クロフォード（Anne Crawford 1846 - 1912）

※解説4参照

本名アン・クロフォード・フォン・ラーベ。アメリカ人彫刻家トマス・クロフォードの長女としてローマで生まれ、ドイツ軍人フォン・ラーベ（Von Rabe）男爵と結婚、夫の死後ローマに戻り歿時《ぼつじ》まですごした。生前は閨秀《けいしゅう》画家と伝わり、わずかな文章創作の一端が本作で、一八八六年イギリスでクリスマス向け怪談集に採録され初めて世に出たのち、別作との合本としてアメリカで出版され（*A Mystery of the Campagna, and A Shadow on a Wave* 1891）、いずれもフォン・ディーグン（Von Degen）なるドイツ風偽名が付された。爾後《じご》本篇により吸血鬼小説史に名を遺す。本邦初訳。

弟に怪奇小説の分野でつとに知られるアメリカ籍の作家フランシス・マリオン・クロフォードがおり、名作「上段寝台」（「上床」／「上段ベッドの船客」他）はじめ長短篇の邦訳に恵まれている。吸血鬼小説「血こそ命なれば」（「血は命の水だから」）が『幽霊島　平井呈一怪談翻訳集成』に収録されており、今般の本書刊行によって奇しくも姉弟が東京創元社の海外怪奇本棚で顔を揃えることとなり慶賀。

また妹メアリは明治時代の駐日英国公使ヒュー・フレイザーの妻で、夫が日本で客死したのち姉と同様に自らの生地ローマに移り、回想記『英国公使夫人の見た明治日本』を出版して世界史に刻まれた（メアリー・フレイザー名で淡交社より邦訳あり）。

第一部　マルツィアリ葡萄園《ぶどうえん》での出来事について
のマルタン・デタイユの陳述

マルチェロの嘆願の声が今もわたしの胸のなかで響いている。この不可思議な逸話においてある役割を果たすことになる旧《ふる》い知己である彼と、長《なが》の歳月に及ぶ懸隔《けんかく》を経たのちに再会したがゆえであろう。わたしはことの顚末を告白したいと思っており、そのために友人のサットンに助力を頼んだ。サットンは経緯を書き留めたうえで、マルチェロをめぐる事情が人々に記憶されるよう図ることに協力したいと望んでくれた。

マルチェロはある春の日、ローマの名所ヴィラ・メディチ周縁の月桂樹が緑なす街路の一角にあるわたしのアトリエを訪ねてきたのだった。「絵を描《か》くのをいっとき休んで、一緒に来てくれないか」彼はそう言って、わたしの手から気安くパレットをとりあげた。「外に馬車を待たせてある。今からある地所に屋敷を探しにいくのだ」言いながら早くも絵筆を洗ってくれている。それは嬉しいことではあった、筆洗いの作業は好きではないので。それからマルチェロはわたしの天鵞絨《ビロード》の上着をとり、壁の掛け釘からは上物のコートをおろした。やむなく子供のように着換えを任せるしかなかった。二人のあいだでは昔から彼の言いなりなのである。またたく間に馬車に乗りこむと、システィナ通りを抜け、馭者《ぎょしゃ》に指示した行き先であるサン・ジョヴァンニ門へと向かっていった。

この逸話は口述によって可能なかぎり詳しく証言したいと考えている。画家仲間たちによれば――といっても彼らがどれだけよく知っているかは疑問ではあるものの――英語を話すわたしの能力はかなり高いが、文章を書く技術となるとまったく別物だそうなので。じつのところサットンからも英語で話すよう促された。サットンはわたしの母国語であるフランス語をほとんど忘れてしまったため、聞きとるのに自信が持てないからとのことであった。但しわたしが英語でまちがった場合は筆記において訂正してくれることを約束した。信憑性《しんぴょうせい》に欠ける話になってはいけないからであり、マルチェロをめぐる記録を読む人々に一笑に付されるようでは困るのである。わたしは母国フランス人の読者のためにできればそちらの言葉で書き遺したいと望んだが、マルチェロには存命のイギリス人の友人が多くいるし、かの国の人々もわが母国人同様に記憶してくれるはずだとサットンは主張した。説得し返そうとしても無駄だ。イギリス人はわれわれフランス人に勝《まさ》るとも劣らず頑固だから。仕方なく意向に沿うことにした。ただ、サットンにはほかにも口に出していない理由があるように思えたが、それはまた別の話だ。フランスの読者に向けてはわたしが自国語に翻訳しなおせばいいだろう。とかく英語の文章というものは、いつもなぜやらどこか横歩きをしているようであったり、あるいは角《かど》からあたりをこっそり見まわしているようであったり、あるいはまたときとして逆立ちをしているようにさえ見え、さらには凧《たこ》の尾のような小さな装飾が多すぎるようにも見えたりもするのである。フランス語を用いないことにはするが、わたしもまた英語の表現法を忘れている場合があることを断っておかなければならない。決してサットンを惑わすためにわざとそうするわけではない。ともあれ前置きを長くしすぎたようだ。本題に入ることにしよう。

サン・ジョヴァンニ門の近くまで来ると、駅者は馬車の速度を落としてくれた。だがマルチェロはそんな気遣いを理解する男ではない。オペラの創作で頭がいっぱいになっているときの彼に、如何《い》か にしてそのような望みを持てよう？　馬車がそろそろと進むうちにも、彼は夢見るように前方を注視するのみだった。やがて小ぶりな邸宅《ヴィラ》群が列《つら》なり、葡萄園が広がりはじめるあたりに着くと、ようやく彼も周囲へ目を向けた。

　あのあたりのようすはだれもが知るとおりだ。家名や頭文字の刻まれた錆《さび》の目立つ鉄の門が並び、その向こう側では薔薇や薫衣草《ラヴェンダー》に挟まれた歩道がまっすぐにのび、打ち捨てられた小さな集会所《カジーノ》の址《あと》へとつづく。そのさらに向こうでは、林や草叢《くさむら》におおわれた斜面がカンパーニャ・ロマーナ（ローマ周縁の鄙びた圏域。ナポリのあるカンパニア州とは異なる）へくだっている。人殺しがあっても悲鳴も聞きつけられないほど人けのない一帯だ。そうした鉄の門のいくつかの前で馬車を止めては、マルチェロは地所のなかを覗きこんだ。だが彼の好みに合うところはなかなかない。歓喜させる場所が必ず見つかるはずと考えているようだったが、たやすくは実現にいたらなかった。馬車から跳びおりて近くまで駆け寄っては、いつもこんなふうに言いながら引き返してくるのだった。「あそこに並ぶ窓の形は霊感を阻《はば》むものだね」とか「あの黄色い塗装は第二幕での二重唱には合わないな」などと。またあるときは、屋敷の雰囲気は気に入ったものの、歩道に金盞花《マリゴールド》が生い茂っているのがよくないと言うのだった。それで馬車を先へ先へと進め、もうこれ以上拒むわけにいかなくなるあたりまで来た。そしてついに、かなり古色蒼然としてはいるが、マルチェロの趣味に合致した屋敷に出くわすにいたった。現実生活環境からかけ離れすぎており、とても人が住める建物ではないようにわたしには見えた。暗鬱な橄欖《かんらん》の木や、緑の葉の茂る樫の木――正確には姥目樫《うばめがし》――などが暮らしの供《とも》となるだけと思われた。

「ここに住めば名声を得られそうだな！」マルチェロは決然とそう宣すると、門の内側にある大きな鐘を鳴らすための鉄の棒を引いた。しばらく待ったのち、待ちきれなくなったように地《じ》団駄《だんだ》を踏みながらもう一度鳴らした。

「だれも住んでいないようじゃないか。もう暗くなってきたし、このあたりは湿気が多すぎる。わかってるだろう、テノールの歌声には湿気がよくないと……」

　わたしがそう言うと、マルチェロはまた地団駄を踏みながらさえぎった。

「なんだと、それじゃきみはテノールの歌声を持ってるとでも言うのか？　無知なやつだ！　歌声ならバスのほうがもっと繊細だが、たやすく環境に害されはしないものさ。だがきみはバスなど唱《うた》わんじゃないか。友だちなら友だちらしくしたまえ。そうでないなら、ぼくを置いて帰るがいい」

そう言われても今さら徒歩で帰れるものではない。

「帰ってきみの大切なイギリス人の娘たちに甘ったるい愛の歌でも唱ってやるがいい。そしたら娘たちは嬉しがって、あのゾッとするような紅茶をごちそうしてくれるだろうよ。そしてきみは天国行きだ！　だがぼくの天国はここなのさ。だからここにとどまって、天使が門をあけてくれるのを待つのみだ」

マルチェロはとても不機嫌で聞きわけがなくなっていた。だがそうしたときの彼をこそ人は彼らしいと思うのである。それでわたしも待つことにして、ポケットからハンカチをとりだすと、喉を包むように首に押しあて、声が湿気にやられるのを防ぐため一、二小節唱ってみた。

「うるさいぞ、静かにしていろ！」マルチェロが怒鳴る。「屋敷のなかから人が来ても聞こえないじゃないか」

ようやく人が姿を現わした。粗末ななりをしたようすは番人らしく、あるいはこのあたりでは管《グア》理《ルディアーノ》人と呼ばれるのか、頭のおかしな連中が来たとでも言いたげな目でわたしたちを見た。一人はたしかに頭がおかしいが、それはわたしではない。話しかけたマルチェロのイタリア語は、フランス訛《なま》りがあるもののかなり流暢《りゅうちょう》なようだった。管理人にはよく理解できたらしく、マルチェロが財布をとりだしたときには機嫌がよくなっていた。彼はひと息のうちに説得の言葉を矢つぎばやに繰りだしたあと、金貨を一枚武骨な手に握らせた。すると管理人は諦めたように肩をすくめ、マルチェロをつれて屋敷へと向かっていった。わが友は肩越しにこちらへ振り返り――

「きみは馬車で帰るがいい。イギリス人どものゾッとする茶会に遅れないようにな。ぼくは今夜はここに泊まるから」

ありがたい《マ・フォワ》！　許しが出たので、わたしはさっさとその場を離れた。テノールが嫉妬深い女のようなひどい声になっていたから。それに怒りも湧いていたが、うわべでは笑ってみせた。マルチェロは芸術家気質の男だが、ときとして理不尽で乱暴になり、人をひどくいらだたせる。だがそれも長つづきするわけではなく、またたれしも他人のことはそうした型に塡《は》めて考えたがるものでもある。市街地への入口に着かないうちにわたしの怒りも収まっており、あんなに貨《かね》のいっぱい詰まった財布を持ったマルチェロを人けの乏しいところに置き去りにしてきたことを後悔しはじめていた。彼は見るからに貧民とは異なるので、管理人があり金を残らずいただこうともくろんで、命まで奪う誘惑に駆られたとしてもおかしくない。寝ているあいだに殺して橄欖の木の下にでも埋めるか、あるいは廃墟となった古い廟墓《びょうぼ》に死体を隠すことも雑作《ぞうさ》はあるまい。そうした場所もカンパーニャ・ロマーナの辺縁地域にはよくあるだろう。とにかくそんな目的に使えるところが無数にあるはずだ。わたしは馭者に声をかけて馬車を止めさせ、引き返してくれるよう頼んだ。だが馭者は首を横に振り、午後八時までにはサン・ピエトロ広場に戻らねばならないという意味らしいことを口にした。馬も主人の言うことを理解したかのように、あからさまに疲れたようすを見せた。これ以上なにができよう？　それもさだめだとわたしは自分に言い聞かせ、ヴィラ・メディチまで送ってほしいと依頼した。かの大邸宅の前に着くと、無理難題の旅をさせた詫《わ》びとして多額の運賃をはずんだ。馬車が去りゆくときには馬も疲れが吹き飛んだかのように疾駆していき、わたしはこの奇妙な午後のただなかに独り残される仕儀となった。

その夜のテノールは盛大な拍手に迎えられ、イギリス人娘たちにもちやほやされはしたが、なかなか眠れないのには困った。マルチェロのことは努めて考えまいとしたし、事実さほど気にもしていないつもりだったが、いざ床《とこ》に就くとまったく寝つけなかった。

　マルチェロはもう殺されているのではないか、などと考えもした。あの管理人によって、暗闇のなかで埋められているかもしれない。あの男が死体を引きずっていくのが目に見えるようだ。見目のよい頭部を石にぶつけながら、体じゅう血だらけになって暗い道を引かれていき、ついには黒々とした穴に入れられ土をかぶせられる。そしてあの男は引き返して金貨を数える。だがやがてはわたしも眠りに落ち、マルチェロがあの門の前に立って地団駄を踏んでいる姿を夢に見た。そのあとまたも眠れなくなったが、夜明けとともに撥ね起きて着替え、月桂樹の歩道の奥にある自分のアトリエへと向かった。制作用の上着を着るべく手にとると、マルチェロにそれを脱がされたときのことが思いだされた。彼が洗ってくれた絵筆を手にする。よく見るとあまりきれいになってはおらず、絵具と石鹼がこびりついたままだ。腹立たしくなったことが妙に嬉しく、少し神聖な気分にさえなった。もし本当に彼を叱ることができるとすれば、まだ生きている場合にかぎられるのだから。彼への思いをいっとき頭から引き剝がし、絵の制作に気持ちを切り替えた。古代ローマの英雄ガイウス・ムキウスが右手を炎にかざすところを描いた絵だ。そしてほどなく許す気持ちになった。あの顔を思いだして好感を覚えずにいる者がいるだろうか？

　友情の火を絵筆にこめて制作に励んだ。あの門の前で見せたマルチェロのいらだちと不機嫌の表情を、ガイウス・ムキウスの顔に付与するべく力を尽くした。この絵にあれほどふさわしい表情があろうか！　あの顔をもう二度と見られないのか？　読者はこう問うだろう、なぜ絵の制作などすぐにやめ、マルチェロの身になにが起こっているかをたしかめに行こうとしないのか、と。だがそれにはいくつかの理由がある。年の一度の展覧会がすでに迫っており、にもかかわらずわたしの絵はまだ描きはじめたばかりであること。完成できるはずはないと画家仲間たちに言われていること。エトルリア王ポルセンナの肖像を描くためのモデルを頼んだ男が来る予定になっていること。モンタナーラ通りで胡桃《くるみ》焼きをしている男で、前かがみの姿勢で椅子に坐りつづけることに喜んで同意してくれたのである。それに本当のところを言えば、朝の到来とともにマルチェロをめぐる空想が薄れはじめていたことも否めない。北からの陽光が制作にはじつに都合よく、感傷的な気分を失せさせてくれた。なにより、わたしはもともと悩みがちな気質ではないのだ。そのため、画架の前に座しているあいだに、今まではなんと愚かだったか、マルチェロは無事に決まっているではないかと自分に言い聞かせた。絵具の匂いが冷静になるのを助けた。そう、たしかにいつマルチェロが入ってきてもおかしくないという気分になれた。彼の気まぐれにはいい加減うんざりしていただけに、少し説教をしてやるための心の準備すらしていた。ときあたかもドアをノックする音がしたので、「入りたまえ《アントレ》！」と声をあげた。やはり彼が戻ってきたかと思ったのだが、ちがった。ピエール・マニンだった。

「風変わりな客が訪ねてきたぞ。田舎者らしい風体の男で、きみに用があるそうだ」とマニンは言った。「マルチェロの筆跡でここの住所が書かれた汚い紙切れと、手紙を持っていた。ところがその手紙をすぐには手わたしてくれないのだ。シニョール・マルティーノ（語り手デタイユの名マルタンのイタリア語呼称）にじかに会わねばならないと言い張ってね。この男がまたなんとも、人殺しを描くためのモデルにぴったりのやつだ！　とにかく会ってやるといい。そのあいだにおれはそいつの顔をスケッチしたいから、しばらく引き止めておいてくれ」

　マニンのあとについて庭を抜け、外に出た。男が寄宿棟のなかに入るのを守衛が認めなかったようだ。その男というのは、昨日会ったあの古屋敷の管理人だった。白い歯を見せて笑みを浮かべたあと、管理人は言った。「昨日はどうも、シニョーレ」と意外にまともな挨拶をする。ここローマで見るその姿は、あまり危険そうな風体《ふうてい》ではなくなっていた。ただ赤茶けた肌をした頭のにぶい田舎者といった風情《ふぜい》だ。農夫の使う粗末な荷馬車をわきに駐《と》め、壁に嵌《は》まる鉄の輪に毛深い馬をつないでいる。わたしは片手をさしだして手紙を受けとると、わざと読みにくそうなふりをした。寄宿棟の玄関わきの陰にマニンがスケッチブックを持って立っているのが見えたからだ。手紙には以下のように書かれていた。今も持っているので、書き写してもかまわない。マルチェロの手帳からちぎった紙片に鉛筆で手書きされたものであった。

わが友《モン・ヴュー》よ！　ぼくはここでよい一夜をすごした。管理人は好きなだけ長くとどまってもいいと言っている。心配することはなにもない。それどころか神聖なほどに気持ちが静まっている。それに、頭のなかではすでに名をあげるための創案ができた。すまないがぼくの下宿に行って、衣類をいくらかと、それからありったけの原稿用紙と楽譜用紙をとってきてくれないか。ついでにボルドー・ワイン二、三本も。そしてそれらを管理人に預けてほしい。

名声がこの頭の上におりてくるべく準備をしているのだ！　面会したくなったとしても、これから八日後まで待ってもらいたい。その前に訪ねてきても、門があけられることはない。管理人はぼくの奴隷も同然で、呼んでもいないのに友だちを装って侵入しようとする輩《やから》がいたら、殺してもかまわないと言いわたしてある。あの男はためらわないはずだ。なにしろすでに三人殺したと告白しているくらいだから。

（もちろんこの部分はマルチェロ流の冗談だ

と承知している）

訪ねてくるときには、郵便局に立ち寄って、局留めにしてあるぼく宛ての書簡類をとってきてほしい。ここに名刺を添えてあるから、これを見せればわたしてくれるはずだ。ペンとインク壺も忘れずに頼む！　マルチェロより

わたしはとにもかくにも荷馬車の荷台に乗りこみ、すでにスケッチを終えたマニンにアトリエの施錠を任せてから、友人の指示を果たすべくガタゴトと出かけていった。ゴヴェルノ・ヴェッキオ通りにあるマルチェロの下宿に着くと、考えつくかぎり必要なものを全部荷物にまとめた。下宿屋の女将《おかみ》がマルチェロはいつ戻るのかと口早に問い質して作業を邪魔した。下宿代は前金で払ってあるらしいので、その面で心配しているわけではないようだった。マルチェロの居場所を教えてやると、女将は悲しげにかぶりを振って、そのあたりの空気の悪さについてさんざんまくし立てた。「可哀相に！」下宿人がすでに土の下に埋められているとでも言いたげに、女将は憂鬱そうな嘆息を吐いた。そして荷馬車で去るわたしと管理人を窓から暗い顔で見送った。いらだたせられると同時に、こちらまで迷信深くなりそうだった。トリトーネ通りの角まで来たところでわたしは荷馬車からおり、純粋に礼の気持ちから一フランを管理人に与えた。「元気でと伝えてくれ！」後方からそう呼びかけたが、管理人は聞く耳も持たないふうでさっさと行ってしまった。無理にでも同行すればよかったかと悔やんだ。マルチェロはわれわれ友人にとってはしばしば厄介者となるが、それでもみなが好意を懐《いだ》いていることに変わりはない。

八日間という日々は予想よりも早くすぎ去り、冒険行にちょうどよい明るく暖かな木曜日が訪れた。午後一時にスペイン広場に入ると、栄養のよく行き届いていそうな馬に牽《ひ》かれた馬車を選んだ。

一週間前にマルチェロの非常識さのせいで余計な金がかかってしまったことを憶えていたから。案の定かなりの速さで疾駆し、早くも地名を忘れかけていたマルツィアリ葡萄園にたどりついた。なぜこんなにも昂奮するのか自分でもわからないほどに心臓が高鳴っていた。例の門の前に着いて鐘を鳴らすと、すぐに管理人が出迎えた。野草の花が咲く長い歩道に足を踏み入れるや否や、マルチェロが急ぎ足で出てきた。

「きっと来てくれると思っていたよ」わたしの片腕をつかんで引き寄せながらそう言うと、小ぶりな灰色の屋敷へとつれていった。ある種の柱廊玄《ポーティ》関《コ》といくつかの露台《バルコニー》が具《そな》わり、正面前には日時計が設《しつら》えられている。鉄棒《かなぼう》付きの窓が各階に並び、居住可能なうえに安全そうに見えるのが安堵を誘う。マルチェロによれば管理人はこの屋敷には寝泊まりせず、カンパーニャ・ロマーナ圏内にある小さな小屋に住んでいるのだという。そしてマルチェロ自身は毎夜屋敷じゅうを厳重に施錠して寝ているそうで、それもまた安心の種となった。

「食料はどうしているんだ？」とわたしは訊いた。

「山羊の肉があるし、乾燥させた豆や玉蜀黍《とうもろこし》もある。それに羊乳《ペコリーノ》チーズや黒パンもたっぷりあるし、おまけに古びたワインもな」マルチェロは笑みを洩らしながらそう答えた。「だから飢える心配はないってことさ」

「根《こん》を詰めすぎるのは禁物だぞ」とわたしは注意した。「オペラの創作以上に、体が大切だからな」

「根を詰めすぎているように見えるか？」明るい外光のなかでまっすぐに顔を向けた。創作について口出しされたのが不満なようで、わたしは少し後悔した。

　つい顔をまじまじと見やると、マルチェロは半ば怒ったような表情で睨み返した。

「いや、まだそこまではないな」わたしは気圧《けお》されるように答えた。たしかに根を詰めすぎていそうに見えるとは言いきれなかったからだが、しかし目のなかには疲れの気味が窺え、周囲にかすかな隈《くま》ができかけていなくもなかった。こめかみあたりの張りがやや減じて、美男ぶりにいくらか翳《かげ》りが差し、奇妙に虚《うつ》ろな気配が全体にまとわりついてもいる。揃って玄関の前に立ちつくしていたので、マルチェロがドアを押しあけた。管理人はやけに響く足音をさせ、わたしたちの後ろからのたりのたりとついてきた。

「ここがぼくの天国さ」

マルチェロのその言葉とともに屋敷のなかに入った。内部はこの種の建物の大方の例に洩れない。玄関広間には浮彫りのほどこされた漆喰《しっくい》壁が巡らされ、階上の部屋べやへ通じる階段は古雅な装飾に彩られている。マルチェロはそこを軽やかにあがっていき、ほどなく上方のどこかからドアが施錠され鍵が引き抜かれる音が聞こえた。と思うとふたたび姿を見せ、階段の降り口からわたしを見おろした。

「仕事部屋はここだ」と言って、背の低いドアをあけ放った。鍵は錠前に挿《さ》しこまれたままであり、ついさっき施錠の音がしたのは別の部屋らしい。

「こんなところで天使の気分になって創作するのは、果たして許されることかね！」とマルチェロが声をあげる。

薄暗い廊下を通ったあとだけに、その部屋に入ると明るい日射しがことさらまぶしい。わたしは一瞬梟《ふくろう》になったように目をしばたたいたが、すぐに広い室内を見まわし、武骨な机と椅子がひと組あるだけのがらんとしたところであることを知った。椅子の上にはオペラの原稿が置かれている。

「家具調度類がないのを不思議がっているようだな」とマルチェロが笑う。「そういうものは外にあるのさ。これを見ろ！」

そう言って、虫食いの目立つ扉板と緑色の黴《かび》に汚れたガラスの張られたぐらつくドアへとわたしを引っぱっていった。そこをあけ放ち、錆びた鉄の手摺りに守られた露台へと出た。たしかに家具調度は外にあると言えよう——それは目を射るばかりのすばらしい景色の謂《い》いだった。サビニ山脈、アルバン丘陵《きゅうりょう》、中世の塔や導水橋の廃墟が建つ広々としたカンパーニャ・ロマーナ、そして海へとつづく見わたしのよい平野。すべてが日の光のなかで輝くばかりでありながら静謐《せいひつ》に満ちている。ここでなら創作に励めるのも宜《むべ》なるかな！　露台《バルコニー》は屋敷の一角をなすように造りつけられており、そこの右手から見おろせる細道は姥目樫の並木に沿い、丈高い月桂樹の茂み――かなり古い木立らしい――へとのびている。崩れかけた彫像や古い石棺のたぐいが茂みの前に白く点在し、なにかの顔像《がんぞう》の口から毀《こぼ》たれた長い樋《とい》に細流が注ぎこんで、わたしが立つ高みからさえその音が聞きとれる。赤茶けた肌をした管理人が畑から玉菜《たまな》や玉葱《たまねぎ》を収穫しているのが見え、あの男を人殺しかもしれないなどと案じたことが思いだされてつい苦笑した。日に焼けた胸板の前に小さな雑嚢《ざつのう》をぶらさげている姿は、むしろとても人がよさそうに見える。古い石柱のひとつに腰をおろし、今地面から掘りだしたばかりの玉葱を、凶器には使えそうもないナイフで刻んで、黒パンと一緒に食いはじめた。わたしはなにも言わず、あの男を疑ったことは胸のうちにとどめた。口に出せばマルチェロに笑われるだろうから。二人して露台に立ち、管理人が噴水に両手をかざして水を飲むようすを見おろした。と思うとマルチェロが手摺りから身を乗りだし、「おーい！」と長く声を響かせた。のらくらした管理人は顔をあげてうなずき、噴水に手を届かせるために半ばひざまずいていた石の上からゆっくりと立ちあがった。

「ぼくたちは食事をとりたいんだがね」とマルチェロはわけを言った。「それできみを待っていたんだ」

ややあって階段を重い足どりで昇ってくる足音が聞こえたあと、管理人が風変わりな食い物を入れた籠を持って仕事部屋に入ってきた。羊の乳から作った淡白なペコリーノ・チーズと、石のように硬く密度のある黒パンと、鉢にいっぱいに入れた野草とソーセージからなるサラダだ。サラダに混ぜてある大蒜《にんにく》の強い匂いが部屋を満たす。一度出ていってからまた戻ってきた管理人は、焦げて煙の立つ玉蜀黍《とうもろこし》と荒々しい見た目の山羊肉を一緒に調理したものを皿に山盛りにして持っていた。油が使われているか疑わしく見えるしろものだ。「気分よく暮らしていると言ったと思うが、これでわかっただろう！」とマルチェロが自慢する。

なんともひどい料理だが、食べないわけにはいかない。饐《す》えた匂いのする粗末な出来のワインがあるだけでもありがたい。土や木の根のような味のする酒ではあったが。ようやく食べ終えたところで、わたしは口を開いた。

「ところでオペラの創作のほうは進んでいるのか？」

「言うまでもあるまい！」マルチェロは声をあげた。「どれだけ書き進んだか見ただろう」といって原稿の山へ顔を向ける。「だが今そのことは口にするな。頭のなかにある案を言葉に出して失いたくはないんだ」

いつもは自分の創作について議論したがる彼らしからぬことだ。わたしは驚きの目で見返した。

「来たまえ」と彼が言う。「庭におりてみよう。仲間たちについて聞かせてくれ。みんなどうしている？　マニンはクリュタイムネストラ（ギリシャ神話のアガメムノン王妃）のモデルにふさわしい女性を見つけたか？」

わたしはいつものようにマルチェロの満足する答えを返してやった。それから屋敷の裏にある石のベンチに揃って腰をおろし、月桂樹の茂みを眺めながら、絵についてあるいは画学生たちについての話をした。姥目樫の並ぶ細道を歩きたかったが、それは止められた。

「湿気が嫌ならあのあたりには行かないほうがいい」とマルチェロが言う。「まるで地下納骨所みたいにじめついているからな。もうしばらくここにいて、このすばらしい眺めを堪能しようじゃないか」

「いいとも、そうしよう」わたしは諦《あきら》めてそう応えた。

　マルチェロは煙草に火を点け、黙ったままわたしにも一本勧めた。あまり会話をしたくないならそれもまたよしだ。彼はときどきどうでもよいことを口にし、わたしも同じ調子で受け答えした。旧《ふる》くからの親友同士なのに、一週間ほど会わなかっただけで、たがいにまるで知らない他人になったような気分だった。遠く離れたところで長年すごした者同士のようだ。なにかよく理解できない雰囲気が彼にまとわりついている。そうなのだ、別々にすごしたことが大きな懸隔となり、ある種の気まずさあるいは堅苦しさが、二人のあいだに生まれてしまっている。今のわたしには、彼の背中を軽く叩いて、以前のような罪のない冗談を言うことさえ不自然になりそうだ。彼もまた同様の窮屈さを感じているにちがいないとわかる。一緒に遊ぶことを楽しみにしてきたのに、なにをして遊べばいいのかわからなくなった子供も同然だった。


　午後六時になると、わたしは屋敷を離れた。マルチェロとの別れになごり惜しさを感じることはなく、早くローマに戻ってほかの仲間とすごしたい気分だ。ここにいるのはかつての親友に似た影のごとき存在にすぎない気がする。門のところまで送ってくれて、わたしの手に手を重ねたとき、本当のマルチェロが一瞬まなざしに現われたように思えた。が、馬車を出す前にもたがいに長い言葉は交わさず、わたしは「必要があればいつでも呼んでくれ」とだけ言い、彼は「ありがとう！《メルシー》」とだけ応えた。ローマに戻る道中、彼の手が妙に冷たかったせいで寒けを覚えていた。なにかあったのではないかとずっと考えつづけた。

　その夜わたしが不安を打ち明けると、ピエール・マニンは残念そうにかぶりを振り、ひょっとするとマラリアに罹《かか》ったのかもしれないと言いだした。あの熱病に冒された者は往々にして奇妙な挙動をとるという。

「やはりあそこにとどまらせてはだめだ！　すぐ

にでも離れさせなくては」わたしは声を荒らげた。
「おたがいマルチェロのことはよく知っているじゃないか。彼の意志を曲げさせるのは無理だ」とマニンが言う。「放っておくしかあるまい。そして気まぐれが収まるのを待つんだ。初期のマラリアなら死にゃしない。そのうち、ある夜不意におれたちのところに戻って、いつものように笑ってる、なんてことになるだろうさ」

だが戻りはしなかった。わたしは絵の制作に没頭するよう努め、なんとか描きあげたのだが、あと二、三筆で完成というころになっても、マルチェロは姿を現わさなかった。集中して創作に励んでいるためかもしれない。湿気の多いあの土地で独り黙々と机に向かって。そこには感情以上のなにか具体的な理由があるのではないか。それがなんであるにせよ、わたしの気は滅入る一方だった。人生でこれほど憂鬱に駆られたことはない。そして夕刻に近いころ、ついに耐えがたくなった。そこまでは憶えているが、その先の記憶がない。ないはずだ、意識を失っているのをマニンに見つけられたのだから。彼によれば、わたしはしばらくはおとなしくしていたが、そのうちに譫妄《せんもう》状態になり、マルチェロのことばかりをうわ言につぶやいていたという。今し方夕刻に近いころと言ったが、正確には日が沈んで空が美しい色に染まった瞬間だった。芸術家なら理解できることだが、そんなときにもわたしは最後の筆を画布に走らせていた。英雄ガイウス・ムキウスの、というよりわが友マルチェロの肖像画のために。

絵のほかの部分はよく描けていたが、いちばん肝心なところである顔にかぎっては、妙に色が褪《あ》せて沈んだものになっていた。顔色が刻々と蒼白さを増し、わたしから遠ざかっていくようだった。不可思議な膜がかかっているかのごとくに。しかも両の目が閉じているように見えるのだ。めったに怖がることのないわたしは、光の加減で色彩に奇妙な効果が出ているのにちがいないと思い、少し時間が経って灰色の暮色が画布を覆ったところで、やや距離をとって絵を見なおした。すると肖像の唇が、血の気が失せて白くなった口の部分が、わずかに開いてため息をついた！　もちろん目の迷いだと思った。譫妄状態に陥るほど気分が悪くなっていたのだから無理もない。そのせいで、想像のなかで本物のため息に、あるいはむしろ疲労のすえの吐息のようなものに見えたのだ。そして意識を失ったのはその直後ということになるだろう。気がつくとベッドに寝かせられ、マニンとサットンがそばに立っていた。慈善修道尼が薬瓶の列を前にして、小声でなにか言いながらせわしなげに看病に励んでいた。わたしは自分の両手をかざしてみた。妙に痩せて黄ばみ、長い爪が白々としていた。マニンの声がとても遠くからのように、「神に感謝を！《デュー・メルシー》」と言うのが聞こえた。そしてずっとあとになるまでわたしが知らずにいた以下の経緯については、サットンの証言に委ねることとする。

第二部　マルツィアリ葡萄園での出来事についてのロバート・サットンの陳述

ぼくはデタイユに付き添った。彼の役に立てて嬉しい。しかしマルチェロ・スーヴェストルに対する彼の敬愛の情に関するかぎりは、全面的に賛同できるわけではない。とはいえマルチェロの良質は評価するものである。たしかに非常に優れた才能を持っている――それは言っておきたい。ただ、気まぐれな変わり者であることは否めないのだ。われわれイギリス人が好んで理解したいと思う種類の人物ではない。ぼくは小説を書くことを生業《なりわい》としているが、あのような人格はことさらに研究した経験がなく、自作に登場させたいとは思わない。すでに述べたとおり、たいへんな好人物であるデタイユのためになれたのは幸いであり、仕事を擲《なげう》って付き添うこともまったく辞さなかった。ぼくが友人であることはマニンも知っていたので、デタイユの症状がかなり深刻で長びきそうだとわかると、ためらわず協力を要請しにきてくれた。たしかにひどい譫妄状態で、マルチェロをめぐるうわ言をさかんにわめき立てていた。

「なにを題材に書いているのか言ってみろ！　知っているぞ、『葬送行進曲』だろう！」そう言うとデタイユは奇妙な旋律を唱《うた》いだした。わたしはその勘どころをつかみ、紙に書き留めた。かつて聴いたことのない曲であった。慈善修道尼がけわしい目で見すえていたが、なにを言っているのかわかるはずもなく、習慣からそんな視線を向けているにすぎない。哀れなデタイユはその奇妙な旋律を何度もくりかえしたが、やがて声を止めたと思うと、自分が描いた絵へ目を向けるそぶりを見せた。絵が消え失せていくというようなことをわめいた。

「マルチェロ、マルチェロ！　きみも消えていくのか！　わたしが行くまで待て！」だが譫妄状態にある肉体は赤子のように弱っており、ベッドからおりることもできない。

「動けない！」デタイユがわめく。「縛りつけられてしまった」そして手首を縛っている縄を嚙み切ろうとするような仕草を見せたが、すぐ諦めて泣きだした。「だれもようすを見にいってはくれないのか？　ああ、きみが生きていると知ることだけでもできたら！」

マニンがぼくへ顔を向けた。なにを言いたいかはわかっている。自分は友人のそばを離れるわけにいかないので、代わりに行ってくれというのだ。不承ぶしょうではなく、応じるのに吝《やぶさ》かではなかった。デタイユのベッドのそばに座してうわ言ばかり聞いていては、こちらまで神経が参ってしまう。マニンの求めはたしかに躊躇《ちゅうちょ》を覚えさせるものではあったが、ぼくの画業にとっては興味深い刺激となることも否めない。それで行くことを承知した。マルチェロの不可解な孤絶状態については、マニンとデタイユからすでに詳しく聞かされていた。とくにデタイユは画学校での夕食のとき、しばしば同席したぼくに対し、独特の明快な調子で何度も話してくれていた。

マルツィアリ葡萄園の門の前では、鐘を鳴らしても無駄だと承知していた。訪問者がぼくではすぐには入れてもらえないばかりか、却《かえ》ってマルチェロの怒りと疑念を高めることになるだろう。もう生きていないかもしれないなどとは決して思っていないが、少し精神に変調をきたしている可能性は大いにあると考えていた。フランス人はとかく心の平衡をたやすく崩しがちだから。とすれば、そうした人々は夕刻から夜にかけての時間帯がいちばん危ない。神経が昂《たかぶ》って、正常への希求力が失われやすい。その点は当然健康な者のほうが優《まさ》っている。そこで夜になにかしら手がかりをさぐりだすことにした。もちろん夜のほうが見つけられにくいと考えてのうえだ。本来なら寝ているべき時間にさまよい歩くのをマルチェロが好むことも知っている。その折なら彼の姿をこの目で見る機会が必ずあるはずで、おそらく一瞥《いちべつ》するだけでも充分だろう。

第一段階は、サン・ジョヴァンニ門から長い距離を徒歩で視察に出向いておくことだ。それを早朝に決行し、粛然《しゅくぜん》と歩きに歩きつづけて、道の右手に〈マルツィアリ葡萄園〉の文字が刻まれた鉄の門が見えるところまで来た。そこで止まらずさらに歩きつづけ、右側に広がるカンパーニャ・ロマーナへとつづく草の茂みの濃い小径《こみち》にたどりついた。石ころが多いうえに、蔦《つた》や年旧《としふ》りた低木の茂みに覆われた小径で、しかも最近の多雨《たう》のせいで路面が深くえぐれている。案の定人の足跡などまったくなく、ほとんど使われていない道筋だとわかる。そこを用心深く進んでいく。アブルッツィ（中央イタリアの山岳地域）を独りで放浪した経験から、前へも後ろへも絶えず注意を配る習慣がついていた。回転式拳銃を持っているので――古くからの友だ――何者も恐れていない。ただこの冒険に大きな関心が湧いていたのはたしかで、要らぬ出来事に邪魔されたくはない。原野にのびる小径は予想よりも長く、いよいよ濃くなる茂みが視界をさえぎってきた。ようやく行き止まりまで来たところで、あたりを見まわした。マルツィアリ葡萄園は左手遠方に広がっている。灰色の集会所《カジーノ》の址《あと》の向こうに、月桂樹の茂みへとのびる姥目樫沿いの道があるのがひと目で確認できた。その先は野菜を育てている農園で、真ん中に農夫のものらしい差し掛け小屋がある。犬小屋がないかと探したが見あたらず、番犬はいないとわかる。その粗末な農園の奥は少し広い草地で、柵が仕切っていた。ひと跳びで軽く越えられそうだった。視察はこのへんで切りあげるのがいいが、さらに少し先まで行ってみたい誘惑に抗しきれなかった。それはやってよかった。というのは、柵のすぐ向こう側にかなり深い小川があって、最近の長雨のせいで水が満杯に流れているとわかったからだ。歩いてわたるには水が深すぎ、跳び越えるには幅が広すぎる。そこで柵の板材を使うことを思いついた。一枚抜きとって橋の代わりに差しわたせばいい。川幅を目測し、柵板で充分だとたしかめた。そのあとは来た道筋を引き返し、依然うわ言をわめきつづけているデタイユのもとに戻った。

なにを言ってもデタイユは理解してくれないので、慰めの材料を探しにいくことも無駄足になるだけだと思われた。だがいずれは意識がはっきりするときが来るだろうし、それになにより、ぼく自身があの屋敷の調査に興味をつのらせはじめていたことが大きい。そこでマニンと話しあい、少し腹ごしらえをして休息をとったあと、夜中にもう一度マルツィアリ葡萄園に赴《おもむ》くことを再確認した。下宿の大家には地方に出かけて明日帰ってくると説明し、〈ナツァーリ〉の店でサンドイッチをいくらか仕入れ、酒瓶にはシェリー酒だとされているものを満たした。ことさらな酒好きではなく寒さしのぎのためなので、その程度の品で充分だ。

午後七時近くに出発し、朝歩いた道筋を正確にたどっていった。例の小径に着いてみると、小川の向こう側からだれかに見とがめられずに通るにはまだ少し明るすぎると気づいた。そこで生け垣の陰にちょうどいい場所を見つけ、体を横たえた。もつれながら垂れさがる蔦の蔓《つる》が巧い具合に帳《とばり》をなしてくれている。運動不足と午前中に歩きすぎた疲労のせいですぐ眠りに落ちた。目覚めると夜中になっていた。空には星が光り、湿気が霧になって喉にまで入りこんでいる。体は固くなっているうえに寒い。酒瓶をとりだして飲んでみると、やはり芳《かんば》しからぬ品だとわかったが、体を温《ぬく》める役には立った。懐中時計をたしかめ、午後十一時十五分前と知った。起きあがり、草の葉や棘《とげ》を体から払い落としたのち、小径を歩きだした。柵の前に来て、その場に坐りこみしばし考えを巡らせた。ここでなにを見つければいいというのか？　こんなところにいったいなにがある？　なにもありはしない！　マルチェロが生きているという事実以外はなにも。だがそんなことは発見でもなんでもない、まちがいなく生きていると初めから感じているから。ぼくはこの莫迦げたたわごとに好んで乗せられた愚か者で、大山鳴動して鼠一匹という結果になるに決まっているのだ！　少なくとも、この騒動をなんとか利用して、恥ずかしくなるような自分の行動を、これから書く小説に使うことぐらいはできようというものだ。それでもわずか一章分にも満たないだろうから、ここからさらに冒険を加えねばならないが。

「よし、行くぞ！」と自分に言い聞かせた。「どれだけ莫迦者でも、少しは建設的なところを見せなければ」

そして音を立てないよう注意しつつ、柵のてっぺんの板をとりはずした。柵を越えるための踏み段があったので、それにあがればたやすくとりはずせた。少し難儀して板を橋代わりに小川にかけ、その上を用心深くわたった。そしてできるかぎりすばやく且《か》つ静かに、月桂樹の茂みへと向かった。あたりは濃い闇に覆われ、徐々に目を慣らしていくしかない。そもそも見るべきものはそう多くない。石がベンチの列のように半円型に並んでいたり、古風な胸像を頂部に載せた折れた石柱が散在したりするばかりだ。そのうちに右のほうに拱《アー》門《チ》めいた地下への降り口が見つかり、そこから石段がくだっていた。おそらく廟墓に通じているのだろう。柵で囲われた一画の真ん中に、卓状の大きな石がひとつあった。下面は土中に深く沈んでいる。まわりに人がいないのをたしかめたうえで、その石の前に座した。暗がりに慣れてきたおかげもあって、ためらいなくサンドイッチにありついた。ひどく腹が空《す》いていたから。

はるばるここまで再来してきたというのに、この苦労に報いるようななにごとも起こってはくれないのだろうか？　マルチェロがぼくに会いに屋敷から出てきて、この無聊《ぶりょう》を慰めてくれるため、今まで独り黙々とこの地で考えてきたなにかしら奇矯な見世物でも演《や》ってくれたら、などと考えたが、その状況の異常さを思い慄然とした。こんな得体の知れない藪のなかでなにかが起こるかもしれないなどと期待すること自体、どうかしているのではないか？　いくらそういう事態にふさわしい場所だとしても。それより屋敷に近づいてようすを窺ったほうがいいだろう。もしどこかに明かりが見えれば、なかにマルチェロがたしかにいるということだ。それだけならどんな愚者にもわかるが、小説家はそれを作品中の場面に昇華し、登場人物を操り人形のように巧みに動かしてみせねばならない。そしてそうした人物が本当に生きているように感じたときこそ、小説家は自分の作品に驚くのである。姥目樫の細道の奥まで来ると、目の前に屋敷が現われた。さっきまでいた木立のあたりよりもたくさんの玉菜や玉葱が見える。眺望が展《ひら》けているので、屋敷の上階の露台《バルコニー》に立つ者からはたやすく見つかるだろう。そこで姥目樫の陰にふたたび身を隠したちょうどそのとき、上階の窓のひとつ——露台ではないが——に不意に明かりが点いたのが見えた。が、長くは灯されず、明かりはすぐに階下の扉の一部をなす丸型の窓からの薄光《うすびかり》のみとなった。

その扉があけられようとした瞬間、ぼくはすんでのところでいちばん茂みの濃い姥目樫の幹の陰に跳びこんでいた。扉が軋《きし》みながらゆっくりと開いていくあいだを利して、傾いている幹を猫のように這い登り、長く突きでた大枝の上で身を伏せた。

予想したとおり、戸口から現われたのはマルチェロだった。ひどく青白い顔をして、夢遊病者のようにぎこちなく進みでてくる。その手に持つ蠟燭の火明かりのなかで見る顔の、あまりの虚《うつ》ろさが驚かせる。こけた頰と微動もしない目のまわりには濃い影が宿るが、燃えるような眼光の割には、なにを注視しているわけでもないかのようだ。唇も蒼白で、左右へ大きく引きのばされているために、隙間から歯のきらめきがかいま見える。やがて蠟燭が手から落ちたが、かまわずにゆっくりと歩いてくる。奇妙なほど規則的な足どりで、葉の茂る姥目樫の陰のなかにまで進み入ってきた。ぼくは上方から見おろしているが、もし真ん前に立ちはだかっていたとしても、気づかれずに済むのではないかと思われるほどだ。マルチェロが幹の下をすぎていくと、ぼくは地面におりてあとを尾《つ》けた。靴はすでに脱いでいるので、足音を聞かれる心配はない。いきなり振り返ったりすることはないはずだ。

マルチェロは依然としてぎこちない歩調のまま、ついには月桂樹の茂みのところで足を止めた。ぼくは地下廟墓入口に転がる古い石棺の陰にひざまずき、成り行きを待った。なにをするつもりなのか？　マルチェロはまわりを見るわけでもなく、じっと立ちつくしたままだ。体内の発条《ぜんまい》仕掛けが止まりでもしたかのように。非常に興味深い精神状態になっているのはたしかだ。と思うと、不意に両腕を上へ振りあげた。戦場で致命傷に見舞われた瞬間に兵士がする仕草を思わせる。そのまま地面に倒れこむのではないかと予想した。だが事実はちがい、マルチェロは前へ一歩足を踏みだした。

　その方向を見やると、一人の女の姿が目に入った。ぼくが屋敷の前で待ち受けているあいだ、女はその場でずっと隠れていたもののようで、今茂みの暗がりからゆっくりと進みでると、顔をマルチェロの片方の肩の上に載せた。彼はといえば両腕を大きく広げ、女をきつく抱きしめた。そのため女の顔は彼の首の陰に隠れる形になった。

　これがことの真相だったのだ。ありふれた色恋沙汰を盗み見るために、ぼくははるばるこの地まで送りこまれたというわけだ！　オペラの創作とやらも、そのためと称していた隠遁《いんとん》生活も、デタイユをわざわざ呼びつけていながら面会を冷たく拒んだことも、すべては——街中《まちなか》では果たしえないこの秘密の逢瀬を隠すための策略だった。その理由はマルチェロ自身にしかわからないが。これほど腹立たしいことがあるか！　このじめつく暗闇のなかを毎晩さまよい歩いているとしたら、あのように病的に見えるのも無理からぬことだ。それどころか、半ば狂っているかのようではないか！　マルチェロが聖人君子でないことぐらいはもとより承知している。あたりまえの話だ。だがよりにもよってこれほどの愚昧《ぐまい》の徒だとは！　これまでも浮いた噂にはこと欠かなかったが、しかしいつも無駄に秘密めかさない賢明さがあったればこそ、だれも不要に逢い引きを覗き見ようなどとはしなかった。わかっていればこのたびもこんなまねはしなかった。フランス人とイタリア人の血が混じりあっていることがこの事態の根底にあるのではないかと、ぼくは秘かに思った。フランス人の気まぐれと能天気さと、そしてイタリア人の狡猾さとが！　自分が経てきたこのたびの謎に満ちた冒険行の詳細について反芻《はんすう》してみた。そうすると、ぼくの怒りの真因は、マルチェロが殺害された死体となって見つかるという劇的な展開ではなかったことへの落胆にあるように思えた。こんな莫迦げた結末のために荷厄介な用を背負いこんだ自分に腹が立ったのだ。まさかマルチェロと女が抱きあうところを見物させられる結果に終わろうとは。女の顔はよく見えず、体も裾が長くて黒っぽい奇妙な衣装に包んでいる。わかるのは背が高く痩せていることと、衣装から覗く両手が輝くように白いことぐらいだ。憤懣《ふんまん》とともにじっと見すえているうちに、二人揃って歩きだした。依然たがいに寄り添いあいながら、地下廟墓への石段をおりていくではないか。月桂樹の茂みに隠れて逢瀬を重ねるだけでは、あの男の狂った秘密の恋情は満足しないというのか！　ぼくはなおもしばしじっとしていたのち、二人が姿を消したところへこっそりと歩み寄った。耳を澄ますが、しんと静まり返ったままだ。そこでそっとマッチを擦《す》り、石段の下方を覗きおろした。石段は上のほうがわずかに見えるのみで、途中からはせりあがるような暗闇に呑みこまれている。おそらく想像どおり地下廟墓にちがいないが、ひょっとしたら古代ローマの浴場址《あと》という可能性もなくはない。そういう場所ならマルチェロが居心地よく女と密会するのもうなずける。そこで冷めた夕食でもともにするのかもしれない。すると腹が空いていたことを思いだし、夕食を分けてくれるならマルチェロを許してやってもいいなどと考えた。実際怒りと同じほど空腹がひどく、たまらず石のベンチのひとつに腰をおろし、サンドイッチの残りをたいらげた。

愛に狂ったあの男女が地上に戻ってくるのをつくねんと待つという選択は、かたときも頭に浮かばなかった。すでに真相は見えたのであり、すべてはくだらない色情沙汰にすぎない！　早くローマに帰って怒りを鎮《しず》めるのがいちばんだ。そして如何に莫迦げた使いに行かせられたかをマニンにぶちまけてやる。反論してくるならそれも望むところだ！

デタイユのもとに戻るまでのあいだ、フランス語をあまりしゃべりたくなくなっていたのでそのように努めた。だがそんな怒りも、火山の溶岩が急に石化するときのように突然に冷めた。市街地への出入口の門が閉じられていると知ったためだ。入るのに通行証が要るとは思わなかった。知らせておいてくれるべきことであり、これまたマニンの落ち度だ！　憤慨しながらあたりをうろついたせいで、体を温める役には立った。通りには民家が並び、寄宿棟のすぐ前には食堂もあるが、どこももう明かりが点いていない。こんな夜中にどこかの扉を叩いて人に怪しまれるのも剣呑《けんのん》だ。そこで民家の壁の陰に身をひそめた。ここまでの経験から屋外で隠れていることに慣れてきていたし、それに外套さえまとっていれば心地よからぬことはない。酒瓶をもうひと呷《あお》りして喉を潤し、時がすぎるのを待った。やがてついには門があけられたので、これ幸いとばかりになかに入った。夜通し屋外にいて泥棒とまちがえられるよりはましだ。門番が目を細めて見すえてきた。荷物をなにも持っていないのを不審に思っているのだろう。もし雑嚢なりとも持っていたら、フラスカティかアルバーノあたりから来て観光を楽しんでいるうちに誤解された罪のない旅行者だとでも思われるところだ。しかし外套を着こんで両手をポケットにつっこみ、夜通し歩きまわってきたあと朝っぱらに市街地への門の前をうろついている男となれば、門番が怪しむのも当然というものだ。事実今門番はぼくを見すえながら肩をすくめたところだ。

幸いラテラノ広場で朝早く稼動している馬車を見つけることができ、ひどく疲れていたので、クローチェ通りの自分の下宿へとできるかぎり急いだ。下宿に着くと大家夫人がすぐに入れてくれた。ようやく夜露に湿った服を脱ぎ捨ててベッドに入れた。怒りの気持ちもある程度収まっていたが、あまりにも眠かったのでもっと熱がさがってもかまわないと思うほどだった。一時間や二時間遅れてもマニンにとってはどうということもないはずだ――まだマルツィアリ葡萄園のあたりでさまよっているのかと呆れさせておけばいい。とにかくどう思われようと今は眠らずにはいられない。

　長いこと眠りつづけ、ベッドのわきに立った大家のソーラ・ナンナ夫人の「あんたに会いたいって人が来てるわよ」と呼ぶ声でやっと目覚めた。

「おれだ、マニンだ！」と夫人の後ろの戸口から声がした。「待ちきれないいから来てやったぞ」本当に待ちくたびれて疲れたらしい顔をしている。

「デタイユはまだうわ言をわめいてる」とマニンはつづけた。「前よりひどいほどだ。いったいなにがあったんだ！　わかったことがあるなら早く話してくれ」

　そう言うとぼくの腕をつかんで揺さぶった、まだ眠っているのかとでも言いたげに。

「なぜなにも言わない？　目にしたものがあるはずだ。マルチェロに会えたんじゃないのか？」

「ああ、彼の姿を見た」

「それで？」

「元気だったよ——少なくとも死んでなどいなかった。女と抱きあっていたぐらいだからね」

　マニンはいきなり部屋の扉をバタンと閉じてしまい、外から「この野郎め！」と怒りの声をあげると、階段を駆けおりていく音を響かせた。ぼくはそんな気分にさせてやれたことに満足し、背を向けると、邪魔された眠りにふたたび落ちた。マニンはスペイン階段を二段ずついちどに駆けあがったときのような昂奮の仕方で、ひどく憤慨していたようだ。デタイユには可哀相なことをした。つかんだ情報を知らせても救われることはないだろうから。そのあとぼくは充分眠ってから起き、風呂に入ったり少し食事をとったりして気分を一新し、あらためてデタイユに会いに出向いていった。思えばぼくが莫迦げた目に遭ったことも彼が悪いわけではないのだから、済まない気持ちがしていた。

　デタイユは前日見たときと変わらない譫妄《せんもう》状態にあった。マニンが言ったようにむしろいっそうひどくなっているほどだ。くりかえしこんなことをわめき立てていた。

「マルチェロ、気をつけてくれ！　わたしたちには助けてやれないんだ！」弱くしわがれた声ではあるが、どこかしっかりした調子なのが却ってよくない兆候だ。足を奇妙なぐあいに動かしている。まるで長い道を歩いて疲れきっていながら、どうしてもめざすところに着かねばならないともがいているかのような。と思うと不意に動くのをやめ、子供が泣くときのような嗚咽《おえつ》を洩らしはじめた。「ああ、足が痛い」と哀れな声でつぶやく。「疲れてしまった。でも行かなければ！　やつらが追ってくるが、負けてはいられない！」

　そのあと目に見えない追跡者と激しくとっくみあうようなようすを見せた。そのさなかにも得意な歌が紛れこんでみたり、あるいはまた警告の声をあげたりもする。唄う声は話すときの声とまったくちがっている。その奇妙な旋律は葬送歌だと自分で言いながらくりかえし唄いつづけ、それを聴くうちに、ぼくはなんとも承服しがたい気持ちになってきた。もしそれが本当に葬送歌だとしても、キリスト教における埋葬の儀に際して唄われるものでは決してない。唄いながらデタイユは頰に涙をつたわせ、マニンがそれを女性もかくやというやさしさでぬぐってやるのだった。しかもデタイユは歌の合間に弱い手拍子まで入れる。譫妄状態にあるため手を強くは叩けないが、それでいて泣き叫ぶ声には心を搔き乱すような激しさがある。

「マルチェロ、もうきみとは二度と会えないのか！　なぜわたしたちを置いて独りで行ってしまった？」

　デタイユがようやく泣きやんだところで、マニンは彼のそばから離れ、慈善修道尼に付き添いを代わってくれるよう促した。そしてぼくを隣の部屋に引き入れ、ドアをきっちりと閉じた。

「マルチェロの姿を見たと言ったが、そこのところをもっと詳しく聞かせてくれないか」と頼んだ。

　それでぼくはあの奇妙な体験のすべてを話して聞かせた——マニンへの個人的ないらだちはもう

忘れていた。彼自身苦しんでいるうえに疲れきっているとわかり、とても怒る気にはなれなかった。屋敷から出てきたときのマルチェロの顔や挙動について、彼は何度もくりかえしぼくに話させた。それは単に色恋に狂った男という以上の印象を与えたらしかった。

「心を病んでいる者は奇妙な直観力を持つことがあるものだ」とマニンは言う。「やはりマルチェロはひどく病んでおり、危険な状態にあると考えざるをえない。そうだ！」そう言うと部屋の戸口へ急ぎ、修道尼を呼んだ。「来てくれないか！」

尼僧はそれを聞きつけると、デタイユのシーツをまっすぐに敷きなおしたり涙をもう一度拭いてやったりしてから、ぼくとマニンのいる部屋に静かに移ってきた。手には湿ったハンカチを持ったままだ。背が並はずれて高く屈強そうな女性で、射抜くような黒い瞳と自制の利いた物腰を持っている。余計なことながら、呼び名はクローディウスというあまり女性的でないものを使っていた。

「教えてほしいんだが」とマニンは問いかけた。「デタイユがベッドから撥ね起きて、押さえつけなければならなくなったのは、正確には何時だったかね？」

「十一時半を少しすぎたころだったと思いますが」修道尼はすぐ答えた。

するとマニンはわたしへ顔を向け、「マルチェロが屋敷から庭に出てきたのは何時だった？」

「たしか十一時半ごろだと思う」わたしは気が進まないながらもそう答えた。「懐中時計をたしかめてから四十五分ほどすぎていたからな。但し、絶対に正確だとは言えない」

偶然の神秘を証明しようと試みたりするのは、わたしは好きではない。マニンがしようとしていることはまさにそれだ。

「尼僧、あなたのほうはたしかなのか？」ぼくは少し疑わしい気持ちとともに質した。

修道尼は落ちつき払い、大きな黒い瞳で見返しながらこう言った。

「デタイユさんが撥ね起きるほんの少し前に、トリニタ・デ・モンティ教会の三十分ごとの鐘が鳴ったのを聞いた憶えがありますわ」

「そのときの状況をサットンに詳しく話してやってくれないかね」とマニン。

「少しお待ちを」修道尼はそう言うと、速やかに静かにデタイユのところに引き返し、たくましい腕で上体を起こしてやって、水を注いだグラスを口につけてやった。デタイユは無意識のように水を飲んだ。修道尼はほどなく戻り、ドアの隙間から患者を見守れる位置に立った。

「デタイユさんにはわたくしたちの話は聞こえていませんわ」そう言って、ハンカチを乾かすためか椅子の背にかけた。「とにかく十一時半すぎなのはまちがいありません。そのときから症状がひどくなりだしたんです——それ以前よりもいっそう。そして教会の鐘が鳴ったあと急に静かになり、と思うと体が震えはじめて、ベッドまで一緒に揺れるありさまになりました」


多くの修道尼の例に洩れず流暢《りゅうちょう》な英語で話してくれたので、翻訳するには及ばず、すべて彼女自身の発言のままだ。

「震えがいっこうに止まらず、引きつけを起こしているんじゃないかと思いました。それで、お医者さまのところにおつれするご相談をマニンさんとしはじめましたら、ちょうどそのときになって震えがやみ、すっかり静かになりました。頭の上では髪が逆立ち、目は飛びだしそうなほど大きく見開いていましたが、それでいてなにも見ていないかのように虚ろでした。蠟燭を顔の前にかざしても反応しませんでしたから。と思うと突然ベッドから撥ね起き、戸口へ向かって駆けだしました。そんなに強い力が残っているとは思いもしませんでした。でも戸口にたどりつく前に押さえつけることができました。それほど体が軽くなっていましたから。子供みたいにもがくのもかまわず、ベッドまで運び戻しました。またしてもベッドから離れようとしたとき、ちょうどマニンさんが隣の部屋から戻ってきたので、二人してベッドに寝かせつけましたが、そのあともスーヴェストルさんの名前を長いこと叫んでいました。しばらくすると、体がとても冷えていました。もちろん疲れきったせいだと思いましたので、食事の時間ではありませんでしたが、牛肉スープを少し飲ませてさしあげました」

「きみもいきさつを残らず尼僧に話して聞かせたまえ」マニンがぼくに向かっていった。「看護する者はありったけの事情を知っているほうがいいから」

「わかった」とぼくは答えた。「果たして聞きたい話かどうかはわからないがね」

するとと修道尼が言った。「患者さんに関することとならなんでもお聞きしたいですわ。どんなことでもおびえたりはしませんし」

そして椅子に腰をおろし、両の手を長い袖のなかにたがいちがいに入れて、耳を傾けるかまえを整えた。そこでぼくは、マニンに語ったことをそのままもう一度話して聞かせた。修道尼はきらめく瞳をぼくの顔から逸らすことなく、むずかしい病状についての話に聞き入る医者のような冷静さで耳を澄ました。ぼくにしてみれば、恋に狂った若造の行状について慈善修道尼を相手にこと細かに述べ立てるなど、ほとんど神をも畏《おそ》れぬことをしているように思えてならなかった。

「今の話についてどう思うね、尼僧？」ぼくが語り終えたところでマニンが尋ねた。

「なんと申したらいいかわかりませんわ。わたくしには理解できないことです」

修道尼は袖口から手を抜きだし、乾かし終えたハンカチをとると、デタイユのベッドわきの持ち場へと静かに戻っていった。

「やはりおびえさせてしまったかもしれないな」とぼくはマニンに告げた。

「そんなことはないだろう」と彼は返した。「聖職者はさまざまなことを見聞しているし、それに修道尼は聴聞僧と同じくらい冷徹でなければならないものだ。自分自身の感情にたやすく動かされるようでは務まらないからね。おれが知るかぎりでも、クローディウス尼僧はこのうえないほどひどい譫妄状態の患者のたわごとに対しても、まったく動じずに耳を貸しつづけていた。この前の夏、哀れなジュスタン・ルヴォルが身罷《みまか》ったときのことだ。きみはここにいなかったから知らんだろうがね」そう言って自分の額を片手で押さえた。

「きみも具合がよくなさそうじゃないか」と水を向けてやった。「そろそろ寝《やす》んだらどうだ。ぼくが居残っているから」

「そうだな」とマニン。「だがその前に、デタイユがこれからわめき立てたら、全部頭に叩きこんで忘れないようにすると約束してくれたまえ。目が覚めたら、どんなことを言っていたか聞かせてもらうから」

マニンはそう言うと、固い長椅子の上に頭陀袋《ずだぶくろ》になったようにどっと身を投げだし、たちまち眠りに落ちた。数時間前には彼に対してあれほど憤《ふん》懣《まん》を覚えていたぼくだが、今は楽に眠れるようにと頭の下にクッションを挟んでやるしかなかった。

そして隣の部屋で椅子にかけ、うわ言をわめきつづけているデタイユの単調な声に聞き入った。そのあいだもクローディウス修道尼は祈禱《きとう》書を読みあげていた。夕刻になると数人の画学生たちがそっと入ってきて病人の顔を覗きこみ、気の毒そうにかぶりを振った。彼らはマニンをとり囲んで病状でも訊こうとしているようだったが、ぼくが唇に人差し指をあてながら隣室をさし示すと、みんなうなずき、爪先立ちでそちらへ移っていった。

マニンが目覚めると、ぼくはデタイユがわめき立てていることの内容を教えてやった。いつも同じことしか言わないので、記憶するのもさほどむずかしくはなかった。夜になると看護役が別の慈善修道尼と交代し、クローディウス尼僧は翌日の日中になるまで戻ってこなかった。マニンが肉体的にも精神的にも疲れているようだったので、ぼくは一緒に付き添いしてやると申しでた。彼は前夜と同じような危険な事態がまた発生するのではないかと恐れているようだった。交代した新たな慈善修道尼は繊細でやさしそうなようすの小柄な女性で、患者の容態を見たときには、柔和な茶色い瞳に涙を滲ませていた。ときどき胸に十字を切っては、数珠《じゅず》紐で首からさげている十字架を腰のあたりで握りしめるのだった。それでいて穏やかで且つ仕事では気が利き、クローディウス尼僧と同様、薬を投与する時間などについてはきわめて几帳面だった。

夜には医師がやってきて、処方薬を少し変更していった。患者の所見についてはなにも言わず、ただ危機の到来に備えていなければならないと警告するのみだった。マニンが夕食の用意を差配したので、ぼくも彼と一緒に黙々と食事した。二人とも空腹など感じている余裕はなかったが。そのうちに彼が懐中時計を見た。

「今夜また同じことが起こったら、デタイユはまちがいなく死ぬだろう！」そう言って頭を両手で押さえた。

「もしそうなったら、これほど莫迦げた死因もないな」ぼくは憤然とそう言ってやった。マニンがフランス人にありがちなめそめそした泣きだし方をしそうだったので、わざといらだたせて元気づけたかったからだ。さらにつづけて――「なにしろ、一週間もすれば冷めてしまうようなくだらない色恋沙汰に耽っている愚か者のために死ぬんだからな。マルチェロが同じ熱病に罹るとしたら、それは自業自得というものだ！　ぼくはふたたびあそこまで出向いてあいつまで看病するのは、とてもごめんだね」

「これは熱病じゃない」マニンがゆっくりと言った。「今までに見たことのない、わけのわからない恐ろしい事態だ。デタイユのわめいていることをじっと考えているうちに、そういう懸念しか持てなくなった。あれが聞こえるか！」不意に声をあげた。「午後十一時の鐘だ。警戒しなければ」

「また同じ危険な状態になるとしたら、尼僧に知らせたほうがいいな」

　ぼくがそう言うと、マニンはなにか起こるかもしれないと慈善修道尼に手短に告げた。

「わかりました」と修道尼は応え、患者のベッドのわきに静かに腰をおろした。マニンは枕もとに付き添い、ぼくもそのそばで見守った。デタイユの絶えざるわめき声のほかはなんの物音もしない静けさだ。

　この先を語る前に、読者にはもう信じてもらえないかもしれないと断っておかねばならない。事実、到底信じがたい成り行きになる。自分でもこんな話を聞かされたら一笑に付すだろう。信憑性など持ちえないことなのだから。それにもかかわらず、このぼくロバート・サットンは、これから述べることは誓ってたしかに起こったのだと言わねばならない。もっと言えば、誓う必要すらない。単に事実なのだから。

　一同デタイユをじっと見守っていた。目を閉じて横たわってはいるが、状態はひどく不安定だった。あるとき急に静かになったと思うと、体を細かく震わせはじめた。クローディウス尼僧が言ったとおりの症状だ。奇妙に規則的な、体じゅうの筋肉が均等に震えているかのような状態だ。と思うと、ベッドをささえている台そのものが突然激しく揺れだした。まるで頭のほうと足のほうをそれぞれ人の手がつかんで揺らしているかのようだ。それからこれまたクローディウス尼僧が言ったような、体の硬直症状が起こった。これは決して誇張ではなく、短く刈った頭髪が逆立った。たしかにそうなったのだ。ランプの明かりがベッドの左側の壁にデタイユの横顔の輪郭を投げかけるさまをじっと見ているうちに、壁に描かれたかのように本来動くはずのないその影の、額の上の生えぎわから髪の毛が立ちあがり、まったくちがった輪郭になっていくのがわかった——しかもゆっくりとではなく急にそうなったのだ。デタイユの目が突然大きく見開かれ、なにかを恐ろしいまでにじっと凝視しているふうになった。張りつめたその目が見ているものは、しかし決してぼくとマニンの顔ではなかった。

二人とも息を止め、つぎになにが起こるかを待った。小柄な修道尼はデタイユのすぐそばに立ち、口を堅く引き結びやや青白い顔をして、ものも言わずにいる。

「怖がることはない」とマニンが囁きかけた。

「わかっています」

修道尼は冷静な口調でそう返すと、患者にさらに近寄り、その手をとった。死体のごとく硬直している手を自分の両手で挟み、温めるようにした。ぼくはデタイユの心臓の上にそっと手を置いてみた。鼓動は触知できないほどかすかで、止まっているのかと思われた。口に顔を近づけると、呼吸も感じられない。この硬直状態が永久につづくかのようだ。

そう思った瞬間、前触れもなくまったく突然に、デタイユの体がものすごい力で文字どおり撥ねあがり、部屋の中央あたりまで飛んでいった。ぼくたちは風に煽《あお》られた木の葉のようにわきへ退《しりぞ》けられた。ぼく自身はとっさに全力でデタイユを組み押さえ、戸口まで飛んでいこうとするのを間一髪で止めた。マニンはといえばテーブルまで突き飛ばされて倒れこみ、その弾みでテーブルから薬瓶がいくつも落ちて砕けた。両手をかざして瓶の破片をなんとか防いだマニンは、ぼくに力を貸すためにすぐ駆け寄ってきた。彼の手首が切れて血がしたたっていた。小柄な修道尼もこちらへ走り寄った。彼女はデタイユに押されて膝から床に崩れたのだったが、看護職の本能からか、はだけたままの患者の胸板にすばやく肩掛けをかぶせてやっていた。なんと異様なとりあわせの四人であることか！

四人？　いや、五人いるではないか！　ぼくたちの目の前、ドアのすぐ内側のところに、マルチエロ・スーヴェストルが立っていた！　全員が見た、彼がたしかにそこにいるのを。身動きもしないまま、血の気の失せた顔をこちらへ向けている。

顔と同様に蒼白な両の手はわきにだらりとさげ、目のみが生気を物語る。その双眸《そうぼう》はデタイユを凝視している。

「やっと帰ってきたのか!」ぼくは叫んだ。「なにを突っ立ってるんだ、手を貸してくれ!」だがマルチェロは動こうとしない。ぼくは怒りが湧き、無理やりにでも引き寄せてやろうと、デタイユから手を離してマルチェロに跳びかかっていった。だがのばしたぼくの両手はドアにしたたかにぶつかっただけだった。その瞬間、蜘蛛の巣のようななにかに体を包まれるのを感じた。それは目や口までふさごうとする。まわりが見えなくなるうえに息苦しくなったが、そう思ったつぎの瞬間には、蜘蛛の巣のようななにかは体から離れてふわりと宙へ浮いていった。

マルチェロは消えていた!

デタイユはマニンの手からも離れ、床に転がっていた。四肢が折れたかのような不格好な姿勢だ。そのそばに修道尼がひざまずき、激しく震えながらも頭を起こしてやろうとしている。ぼくとマニンは顔を見あわせたあと、ともにかがみこんで、デタイユを担ぎあげ、ベッドまで運び戻した。そのあいだにマリー尼僧は割れた薬瓶をそっと掻き集めた。

「あれを見ただろう?」マニンが嗄《か》れた声で修道尼に囁きかけた。

「ええ、見ました!」マリー尼僧はそう答えるにとどまり、あとは十字架を握りしめるのみだった。が、すぐに冷静な口調で——「手のお怪我を手当てしましょうか?」

修道尼自身も手が震え、それ以上にマニンの手も激しく震えていたが、傷口には繃帯《ほうたい》がしっかりと巻かれた。

マニンが隣室に移っていったと思うと、椅子にどっとくずおれた音が聞こえた。一方デタイユは眠っているようだった。呼吸は平常に戻り、目は閉じているが、瞼《まぶた》のあたりには穏やかな表情が窺える。両腕は自然な状態でシーツの上にのばされている。ベッドに横たえてやって以後はもう身動きひとつしない。ぼくはマニンが暗がりで座している隣室にそっと入っていった。彼は動かず、ただこう言った。

「マルチェロは死んだ！」

「死んだか、あるいは死にかけているだろう」とぼくは言った。「すぐ行かなければ」

「わかってる」マニンが小声で応える。「行かなきゃならん。だが彼にたどりつけるかどうか」

「明るくなり次第出発しよう」とぼくは言い、それからまた二人とも黙りこんだ。

　ようやく朝が明けると、マニンは友人の一人を呼んで付き添いを交代してもらい、マリー尼僧にはこう告げた。「昨夜のことは黙っているように」

　尼僧は小声で答えた。「わかりました」

　彼女なら信頼できる。デタイユはまだ眠りつづけていた。これが医師の言った危険な状態か？　安心はできないにせよ、今はそれほど危なそうには見えない。ぼくは出発前にせめて朝食をとっていこうとマニンを説得した。少なくとも自分の分にはありついたが、口に入れたものに味を感じたかは怪しいところだ。

　馬車は幌付きのものを頼んだ。帰りにはなにを積んでくることになるかわからないからである。ぼくもマニンもそのことについては口には出さなかったが。マルツィアリ葡萄園にはまだ早朝のうちに着くことができた。道中は二人ともひと言も会話を交わさなかった。馬車の馭者が好奇心から覗き見ようとするのを尻目に、ぼくが門の鐘を鳴らした。デタイユの陳述に登場した例の管理人《グアルディアーノ》が、すぐに姿を現わした。

「マルチェロはいるかね？」ぼくは門の隙間から問いかけた。

「なんだって《キロサ》？」と管理人は訊き返してから、

「ああ、あの人か。もちろんいるさ。まだここから出ていっちゃいねえ。呼べばいいのか？」

「呼べばいいか、だって？」マルチェロが人の声を聞きつけられる状態にあるか疑わしいが、とにかくまだ生きていると考えるよう努めるしかない。

「そうじゃない。ぼくたちをなかに入れてくれ。彼を驚かせてやりたいんでね。きっと喜ぶだろうから」

　管理人はためらったが、結局門をあけてくれたので、ぼくとマニンは馬車を外に待たせ、なかに入っていった。屋敷へ直行すると、裏手に位置する玄関の扉が大きく開いたままになっているのがわかった。夜中に突風でもあったのか、木立から飛ばされたとおぼしい葉っぱや小枝が玄関ホールに吹きこんでいた。それらが敷居を跨ぐように散らばっていることからして、玄関扉は突風が吹いたときからずっとこのままの状態だったとわかる。管理人はどこかへ行ってしまった。訪問者を入れたせいでマルチェロに叱られるのを恐れたのかもしれない。とにかく邪魔者がいなくなったのをいいことに、ぼくたちは階段をあがっていった。この屋敷についてはデタイユからの報告を聞いているマニンのほうがぼくよりよく知っているので、彼が先になってあがった。上階の角にある一室が露台《バルコニー》のある部屋とのことなので、早朝から創作に集中したいはずのマルチェロがいるとすればそこと考えられる。但し声に出して呼んだりはしなかった。

　だがマルチェロはいなかった。机の上に原稿が散らかっていることからして、仕事に励んでいたようでもあるが、それにしてはインク壺が乾ききっており、埃《ほこり》まで入っている。何日も使っていないかのようだ。声を出さないようにして、ほかの部屋べやをめぐってみた。まだ寝ているのか？　それもちがった。ベッドには人が横たわった形跡がない。あるいは昨夜は別の場所で寝たのか。部屋はどこも鍵がかかっていなかったが、ひとつだけ例外があり、胸を高鳴らせた。だがマルチェロはいそうになかった。扉の錠をあけたようすがなかったから。鍵穴から日の光が洩れている。マルチェロの名前を呼んでみたが、返事はない。強くノックしても内側からの反応はない。そこで、肩からドアにぶつかってみた。木材が古く、ところどころ罅《ひび》割れており、なんとか壊してあけることができた。

なかに人はおらず、ただ彫刻家が制作中の作品を載せておくための台が置かれていた。その上には白い布をかぶせられたなにかがある。彫刻用の道具は床に置かれている。白布は湿っており、そのようすは如何にも息を呑ませるものだ。何時間もこの状態になっていたものとおぼしい、丸一日ということはないにせよ。布をどけたりはしなかった。

「マルチェロを怒らせることはない」とマニンが言う。

ぼくはうなずいた。芸術家の世界では、制作者の見ていないときに彫刻作品などを盗み見るのは禁忌とされる。マルチェロが彫刻もやっているとしたら驚きだが、二人ともそう口に出しはしなかった。それを言うことをなにかがためらわせた。白布はその下に隠されているものにぴったり貼りつくようにかかっており、女人《によにん》像の頭部と丸い乳房の輪郭が窺い知れた。布がかかったままにして像のそばを離れた。廊下ではいくぶん螺旋《らせん》状になった階段が上方へとのびていた。そこを昇っていくと、見晴らし台のようなところに出た。よい景色が望める小ぶりな露台《バルコニー》といった趣で、屋敷の屋根の上に位置しているのだった。そこにもだれもいないことはひと目で見てとれた。

露台からは集会所《カジーノ》の全景が眺めおろせた。単純で小規模な造りの露台で、明らかに夏の短いあいだだけ供用するためのもののようだ。ぼくとマニンは手摺りに寄りかかり、庭を見おろした。人影は管理人だけで、玉菜《たまな》畑のなかで寝そべっていた。両手を頭の後ろにまわして枕代わりにし、居眠りしているようだった。例の月桂樹の茂みが初めから気になっていたが、こうして見るとごく自然なようすであるにすぎず、管理人の住まいを先に調べてみるほうがよいと思われた。そこで階段をおりて外に出た。

管理人の小屋のほうへ向かっていくと、当の本人が怠惰な足どりで近づいてくるのが見えた。

「お友だちには会えたかい?」愚鈍《ぐどん》そうながらも落ちつき払った顔でそう問うところを見るかぎり、この管理人がマルチェロの失踪にかかわっているわけではないようだ。

「それがまだでね」とぼくが答えた。「でもどこかで出会えるんじゃないかな。散歩にでも出ているのかもしれないから、もうしばらく待ってみるよ。ところでこれはなにかね?」できるだけさりげなくそう尋ねた。今三人が立っているところは、前に述べた拱門《アーチ》型の地下坑入口だ。

「この穴か?」と管理人。「おれは入ったことはねえが、ずいぶん古いものだって噂だな。なかを見てみてえのか? それなら角灯《ランタン》を持ってきてやるがね」

ぼくがうなずくと、管理人は自分の小屋に戻っていった。だがじつはすでに蠟燭数本をポケットのなかに用意していた、屋外でもマルチェロを見つけられなかった場合には地下におりてみるつもりでいたから。実際あの夜に彼の姿が見えなくなったのはこの場所でのことだった。それ以来ずっとこの穴が頭のなかにあった。だがさしあたり蠟燭はポケットのなかに隠したままとした。秘かに持っていれば地下坑探検がより計画的な気分でできるようになり、好奇心を高められるというものだ。

「最後にマルチェロを見かけたのはいつだい?」角灯を持ってきた管理人にそう質した。

「昨日の暮れ方に、夕めしを持ってってやったときだな」

「それは何時だった?」

「聖母マリアさまにお祈りするときだ」と管理人は答えた。「夕めしはいつもそのときなんでね」

これ以上はなにを訊いても無駄だと思われた。なんとも注意力の散漫な男らしく、他人を満足させられるなら平気で嘘もつきそうだ。

「おれが先に入ろう」とマニンが言い、角灯を手にとった。地下への石段をおりはじめたとたんに冷気が肺に入りこみ、息苦しくなりかけた。下方は濃い闇に満たされていた。隠し持っていた蠟燭に火を点けて照らしてみると、石段は比較的近代のもののようで、上方の丸天井も同様だった。壁になにかの銘板が嵌《は》めこまれているのを見つけ、好奇心の高まりを抑えつつそこの文字を読んでみた。なにが待ち受けているか知れない下方へおりるのを遅らせたい気持ちもあった。文字はこのようなものだった。

《Quest antico sepolcro Romano scoprì il Conte Marziali nell' anno 1853, e piamente conservò.》

現代英語に翻訳すると――

〈マルツィアリ伯爵が一八五三年にこの古代ローマ時代の霊廟を発見し、畏敬の念を以て保存した〉

そのときはここにこうして文章に書く以上のすばやさで読みとり、すでに足音が下方でかすかになりつつあるマニンを急いで追いかけた。そのせいで蠟燭の火が冷気の微風に消え、あとは手で壁をつたっておりていくしかなかった。まわりは恐ろしいまでに真っ暗で、しかもじめつく。突然遙か下から叫び声が響き、心臓が止まりそうになった――恐怖を示す悲鳴だ！

「どこにいるんだ？」と叫び返したが、マニンはぼくの名を呼ぶばかりで、こちらの声を聞いてはいないようだ。「ぼくはここにいるぞ！　暗くて見えないんだ！」

できるかぎり急ごうとするが、石段はところどころで曲がっているのだった。

「彼を見つけた！」と下から声がした。

「生きてるのか？」と問い質すが、返事がない。

最後の曲がりをすぎたところで、角灯の明かりが目に入った。石室への狭い入口から洩れている。そのすぐ内側にマニンが立ち、奥の暗がりを凝視していた。高くかざす角灯の明かりが見せる彼の表情により、恐れが本当になったことがわかった。

そう、マルチェロはたしかにそこにいた。床に仰向けに横たわって天井を見あげているその顔は、しかし死者のものだった。すでに硬直しているのがひと目で見てとれた。ぼくもマニンも言葉を失ったまま、そばに立って見おろした。ひざまずき、形ばかり手を触れてみた。そして初めて確信したかのように言った。

「死んでから数時間経っているな」

「昨日の夕刻だ」マニンが恐懼《きょうく》に衝《つ》かれた声で返した。が、いくぶん満足感のある声でこうつけ加えた。「やはり思ったとおりだ」

マルチェロの死体はわずかに頭を仰《の》け反《ぞ》らせていたが、美男の顔立ちに苦悶の歪《ゆが》みはない。むしろ消耗のすえ静かに息を引きとったように見える——生から死の無意識へとゆるやかにすべり落ちたかのような。襟もとが大きくあけられ、胸板の一部があらわになっていた。その肌はゾッとするほどに白く、と同時に、心臓のすぐ上のあたりになにかの小さな痕《あと》があった。

「角灯を貸してくれ」ぼくは小声で促し、明かりを手にすると、死体の上にかがみこんだ。かすかに紫がかった茶色の小さな痕で、ひと晩のうちに色がそのように変わったもののようだ。

つぶさに検分すると、どうやらまず血液が体表近くまで吸いあげられ、それからこの小さな穴もしくは切り込みのようなものが作られたらしいと思われた。かすかな皮下出血の痕跡が認められたのがその推測を生んだのである。ほんの少量の血液が凝固し、目に見えないほど小さなその傷口をふさいでいるのだった。マニンからマッチを一本借り、その先端で傷のようすを調べてみた。皮膚の厚さよりわずかだけ深い程度の傷で、ナイフのたぐいで刺したものにしては浅すぎる。また幅が狭いので、銃弾がかすった痕とも思えない。なんとも奇妙な創傷だ。ひょっとしてだれかが近くに隠れているのではないか、あるいは秘められた出口があるのではないかと二人で探してみたが、成果はなかった。もし殺した何者かがいるとしても、犠牲者の近くにとどまっていると考えること自体おかしいのかもしれない。マルチェロが美しい農夫の娘と逢瀬を重ねていたとすれば、それに嫉妬した村の男の仕返しででもあるだろうか？　それにしては刃物で刺したわけではないというのが妙だ。あるいは毒殺だとしたら、この小さな傷口から毒を一滴程度入れただけでこんな死にざまをするものだろうか？

　あたりをさぐり見るうちに、マニンの目が涙で曇ってきているのが窺えた。顔は床に横たわる友人の亡骸《なきがら》にも似るほどの蒼白さだ。友人の瞼はぼくが閉じてやろうとしたが無駄であった。石室の天井は低く、壁面とともに流麗な漆喰《しっくい》の浮き彫りで飾られていた。同じ道沿いにあるよく知られた遺跡の装飾と同類のものだ。有翼の精霊、鷲獅子《グリフィン》、唐草模様、などなどがみごとな繊細さで彫りこまれて室内をとり巻いている。出入口は入ってきたところ以外にはないようだ。中央には大理石の棺が据え置かれ、その上蓋《うわぶた》によくある飾り彫りがほどこされている。側面の一方にはヘラクレスが面《ヴェ》紗《ール》で顔を隠した者に指示を与えている図が、もう一方には妖精《ニンフ》と牧神《フォーン》の図がそれぞれ彫られ、上蓋の真ん中ほどの空いている部分には以下のごとき文言が刻まれていた。石面に深く穿《うが》たれたそれらの文字には依然として顔料が残っているところもある。

D.M.
VESPERTILIAE : BPYKO
ΛΑΚΑΣ · Q · FLAVIVS ·
VIX · IPSE · SOSPES · MON ·
POSVIT

「これはなんだ？」とマニンが囁いた。

　そちらを見やると、鶴嘴《つるはし》と長い鉄梃《かなてこ》が一本ずつ投げだされていた。この地方の人々が石灰華《せっかいか》の塊を切りだすのに使う道具で、マニンの足がそれにつまずいたのだった。だれが持ちこんだものか？　地上にいる管理人の持ち物と考えるのが普通のところだが、しかしあの男はこの地下室には入ったことがないと言っていた。嘘ではないだろう、この地の怖いところや人の行かない場所についてはよく知っているはずだから。ではマルチェロが持ちこんだものだとすれば、なんのために？　彼が考古学上の興味によって石棺を開いてみようとするなどとはとても思えない。事実、棺の蓋はこれまで一度もあけられた例《ためし》がないように見え、あの〈畏敬の念を以て保存した〉という表現に合致している。

しゃがんで鶴嘴と鉄梃を見ていた姿勢から立ちあがったとき、石棺の上蓋とその下の棺本体とを密着させているものが漆喰であることが見てとれた。しかもその漆喰の一部がとり去られていた。おそらく足もとに転がっている鶴嘴を使ったのだろう。手の爪で漆喰をつついてみたところ、かなり脆《もろ》いとわかった。ぼくはものも言わず鶴嘴を手にとり、マニンも本能に従うように角灯で照らしてくれた。なにが二人をそうさせたのかはわからない。ぼく自身はなにも考えておらず、ただ石棺のなかを見たいという抗しがたい欲求のままにしたことだった。漆喰はかなりの量が以前にとり去られているのがわかった。今まで気づかずにいたが、小さなかけらが地面にたくさん落ちていた。すべての漆喰をとり去るのにさほど時間はかからなかった。マニンの手から角灯をとると、それを地面に置いた。マルチェロの死に顔が明るく照らしだされると同時に、蓋と石棺本体とのあいだに大きな隙間ができているのが見てとれた。そこに鉄梃の一端を挿しこみ、鶴嘴で一撃した。石棺の縁が欠け、わずかながら罅《ひび》割れもした。マニンが身震いした。

「どうする気だ？」横たわるマルチェロのまわりを見やりながら彼がそう言った。

「手を貸せ！」とぼくは声をあげ、二人で持てるかぎりの力で鉄梃を押しこんだ。腕力に自信のあるぼくは、石の蓋がわずかでもあがるのを拒んでいることにある種の怒りを覚えていた。もし鉄梃が折れたらどうする？　だがつぎのひと押しで隙間の奥まで嵌まりこんだのを見てとると、こんどはそれを文字どおりの梃《てこ》とするため、二人とも両腕をまっすぐのばして鉄梃をつかみ、ありったけの筋肉を使って下方へ圧《お》した。蓋がわずかにあがったが、気が遠くなりそうになったので一旦作業をやめて休んだ。

天井から錆びた鉄鎖《てつさ》がさがっているのが見えた。かつて明かりを固定していたものとおぼしい。そうとわかると、ぼくは石棺の上に這いあがり、角灯を鎖の末端に結わえつけた。

「もう一度やるぞ！」

その宣言とともに、二人してふたたび蓋をあげにかかった。かなりあがったところで、梃を押し入れるのと持ちあげるのを交互にくりかえし、ついには蓋が平衡を失って棺の片側へ落下し、激しい音を立てた。壁面も震えるほどの轟音で、束の間本当に耳を聾《ろう》される気がした。天井から落ちる漆喰のかけらが体にかかる。二人とも一瞬立ちつくしたが、衝撃が去ったところで、棺の縁に寄りかかってなかを覗きこんだ。

吊るした角灯の明かりのなかで見たものは——なんと表現したらいいだろう？　黴《かび》に覆われた幾重もの古布《ふるぎぬ》の上に横たわっていたのは、一人の裸体の女性だった。明らかに生きているものと見え、顔がかすかな薔薇色を帯び、唇は艶《つや》やかな真紅で、胸の隆起は大きな真珠のごとく丸く、その奥には甘やかな夢が渦巻くかと思えるほど生気が漲《みなぎ》っている。まわりを囲む腐朽した土や石に比し、その美しい姿はなんと鮮やかであることか。さながら朝の気配のごとく新鮮だ！　両の腕は体のわきにぴたりと沿わせてのばし、上向き気味にしている掌《てのひら》は桃色を呈する。閉じられている目は眠る子供のそれのように穏やかで、長い髪は上方からの薄明かりを受けて赤みがかった金色に輝きながら、細かく編みこまれた無数の紐状をなして頭に巻かれ、その下からわずかにはみだした巻き毛が額にかかる。神聖なまでに完璧な形の乳房に浮かぶ青い血管には、疑いもなく生きた血が流れていると誓えよう！

二人とも麻痺したかのように呆然と見おろして

いたが、やがてマニンが棺の縁に寄りかかったまま息を喘《あえ》がせはじめた。生きて微笑んでいるようにさえ見えるこの女人《にょにん》の顔よりも、それを凝視している彼の顔のほうがはるかに蒼白になっている。説明のつかないこの光景を前にしては、ぼくの顔も同様の青白さを呈していたにちがいない。真紅の唇は見守るうちにもますます赤くなっていく——赤さが増していくのだ！　唇の隙間から真珠のように白い小さな歯が覗いている。ついさっきまでは見えていなかった。そして今、赤い血がひと雫《しずく》流れだし、丸い顎の先からわきへと滴《したた》って首の上に落ちた。ぼくは戦慄とともにこの生ける屍《しかばね》を見つめていたが、もはやこの光景に目が耐えがたくなった。逸らした視線はふたたびあの棺《ひつぎ》蓋《ぶた》の文字に落ちた。そしてそのすべてが今ははっきりと見え——且つ読めた。〈蝙蝠姫《ウエスペルティリア》〉（VESPERTILIAE）——ラテン語の名前にちがいなく、薄闇のなかで見るこの女の名はそれだけでも邪悪なものを感じさせずにはいない。だが真に恐怖すべきは、古代ローマ人に判読されにくいようにギリシャ語で記された〈Βρυκόλακας〉という一語の意味、すなわち吸血鬼だ。そして彼女の恋人だったに相違ないフラウィウス（FLAVIVS）という男ですらも、死の抱擁から彼女を救うことは叶わず（VIX IPSE SOSPES）、遺骸をこの棺のなかに入れて重い石蓋《いしぶた》で覆い、漆喰の接着力を信じて密閉したうえで、自らの愛した美しき怪物をこの地下廟墓に葬ったのだ。

「忌まわしい鬼女《きじょ》め！」ぼくは声を張りあげた。「おまえがマルチェロを殺したのだな！」すると冷徹な復讐心が俄然身のうちに湧いた。「鶴嘴をとってくれ」とマニンに告げた。

　自分がそう言ったときの声が今でも耳に響く。マニンは夢でも見ているように虚ろなまま鶴嘴をとりあげ、手わたした。そのようすはまるで頭がどうかしてしまったかのようで、額には汗が玉をなしてきらめいていた。ぼくは自分のナイフをとりだすと、鶴嘴の長い木製の柄《え》を切断し、細長く鋭い杭状《くい》にした。そして一抹のためらいもなく石棺の縁を跨いでそのなかに入り、鬼女ウェスペルティリアの体の下に敷かれている腐朽した屍衣の上に立った。長靴《ちょうか》に踏みつけられた屍衣は灰のように脆《もろ》く崩れた。

白い胸の隆起を見おろし、そのなかでも最も美しい場所、すなわち、網の目をなす青色の血管が薄布《うすぎぬ》のかかる土耳古石《トルコいし》のごとく鈍くきらめいている一点を選んで、尖った杭を雪のように白く息づく肌にひと思いに刺しこみ、さらに踵で踏んづけて深くつらぬいた。

鼓膜が破れるかと思うほどのかん高くもすさまじい叫び声が女体から放たれた。が、ぼくはもはや恐れはせず、慄《おのの》きすらしなかった。悲鳴を聞いたぐらいでは、人は恐れない場合もあるものだ。手を止め、女の顔を見おろした。顔色がおぞましい変化を遂げつつある——驚愕すべき最終的な変転へと！

「邪悪なる吸血鬼め」つのる怒りとともにおごそかにつぶやいた。「もう人を害することはできないぞ！」そして呪わしい顔をふたたび見返しはせず、忌むべき棺の縁から外へ跨ぎでた。

二人でマルチェロをかかえ、石段をゆっくりと昇りはじめた——道筋の幅が狭いうえに死体が硬直しているため、難儀な作業になった。石段は下半分が古く、比較的近い時代に造られたらしい上のほうはいくらか広くなっていることに気づいた。ようやく地上に出ると、石のベンチのひとつに管理人が寝そべっていた。利益にならない仕事などしない男であることはわかっている。硬貨をいくらか握らせてやった。

「見てわかるとおり、マルチェロを見つけたよ」できるだけさりげない調子で告げた。「とても弱っているから、馬車まで運んでやらなきゃならない」

マルチェロの顔にはハンカチをかぶせてあるが、すでに死んでいることは管理人も気づいているにちがいなかった。硬直している脚を見れば一目瞭然だ。だが臆病なイタリア人はこうした出来事にかかわりたがらない。警察沙汰に対しては子供っぽい恐怖心をいだきがちで、この管理人もただこんなことを口にしただけだった。

「可哀相に！　ひどく具合が悪いようだね。ローマまでつれていったほうがいいだろう」

そして冷たい荷を担いで姥目樫の道を行くぼくたちから用心深く離れていき、一緒に門まで来ることはなかった。馬車の馭者席でうたた寝をしている馭者に自分の姿を見られたくないからだろう。ぼくとマニンがマルチェロの遺体をやっとのことで馬車に積みこむと、馭者は不審そうな目を向けた。友だちが重病に罹ったのだとぼくが説明し、金貨を一枚手につかませてやった。ゴヴェルノ・ヴェッキオ通りまで送ってくれるよう指示すると、馭者は金貨をポケットに仕舞い、馬に鞭をくれて走らせた。マルチェロもぼくたちと一緒に席に坐らせ、両わきからささえてやった。そうしないと、車輪が道の小石を踏むたびに、壊れた人形のように遺体が揺らぐからだ。やっとゴヴェルノ・ヴェッキオ通りに着き、人に見られないように注意しつつ下宿屋に担ぎ入れた。玄関前にあがり段のない家であるため、体を寄せて引きずりながら入れることができ、そのおかげで人目を惹かずに済んだ。マルチェロの部屋まで運び、ベッドに横たわらせた。いつの間にか瞼が閉じられていることに気づいた。おそらく馬車の揺れによるのだろうが、あまりありそうにないことではある。下宿屋の女将も予想どおりの挙動を見せた。すでに述べたようにイタリア人にはよくあることで、マルチェロの重病を偽装と承知のうえで真に受けるふりをしてくれた。ところが女将が医者を呼ぼうかとまで言うので、これはもうはっきり死んでいるのだと口に出したほうがいいと考えた。すると女将はちょうどそのときになって、マルチェロはたった今し方亡くなったようだと言いだした。さっきまでは目を開いてぼくたちを見ていたのに、今は目を閉じてしまったからというのが女将の言い分だった。そのうえ、小食すぎるとそのうち病気になるといつも自分が注意してやっていたことまで明かした。それで体が弱くなったうえに、近ごろ都会の空気が悪くなったり、過労が祟《たた》ったりしたせいだろうという。女将が自分なりのそういう架空の説を創りあげてくれたので、ぼくたちとしては大いに助けられた。本当の死因を人々には決して知られたくなかったから。女将はそれで満足すると、いつもの世間話に興じるために街へ出かけていった。

こうしてマルチェロ・スーヴェストルは世を去ってしまったが、同時に吸血女ウェスペルティリアも潰《つい》え果てたのである。

ほかに語ることはもはや多くはない。マルチェロは自室のベッドに見目よく静かに横たわり、画学生たちが訪れてわきに立ち、黙して眺めおろした。彼らは束の間ひざまずいて祈りをつぶやき胸に十字を切ったあと、今生《こんじょう》の別れを告げて去った。

そのあとぼくとマニンはヴィラ・メディチへと急いだ。そこではデタイユが眠りについており、クローディウス尼僧が面長の顔に安堵の表情を浮かべて見守っていた。彼女は音もなく立ちあがると、部屋の戸口に訪れたぼくたちに近づき出迎えた。

「もう大丈夫そうです」と慈善修道尼は小声で知らせてくれた。やがて目覚めて瞼をあけたデタイユは、ぼくたちが来たことにすぐ気づいたようだった。

「神に感謝を！」とマニンが敬虔な言葉を吐いた。

「わたしは病気だったのか？」デタイユが弱い声で問うた。

「少し熱が出ていたのさ」とマニンはすぐに答えてやった。「もうすっかり治まった。ほら、サットンも見舞いに来てくれたよ」

「マルチェロは戻ってきたか？」というのがつぎの質問だった。

マニンは揺らがぬまなざしで見返して、「いや」

とだけ答え、あとは自分の表情に物語らせた。
「では、死んだんだな？」その問いにはマニンはうなずくにとどめた。「可哀相に！」とデタイユは独り言のようにつぶやいたあと、重そうな瞼を閉じてふたたび眠りに落ちた。

マルチェロの葬儀を終えてから数日後、ぼくとマニンはあの忌まわしきマルツィアリ葡萄園を再訪し、故人の所有物であった品々を持ち帰った。オペラの楽譜原稿を注意深く束ねなおしているとき、ぼくはある一節に目を惹きつけられて衝撃を覚えた。デタイユが譫妄状態のさなかで絶えず唱《うた》っていた歌にそっくりだったがゆえだ。急いでそれを書き写した。あとでデタイユにたしかめたところ、奇妙にも本人はまったく憶えていないのだった。マルチェロが自分の楽譜原稿を覗き見るのを許したことなど一度もないとも告白した。隣室に置かれている女人像については、白布がかけられたまま手を触れずにおくことにした。そして人目に触れず崩れ去るに任せた。

善良なるデュケイン老嬢

メアリ・エリザベス・ブラッドン
Good Lady Ducayne 1896
夏来健次 訳

メアリ・エリザベス・ブラッドン（Mary Elizabeth Braddon 1835－1915）

※解説4参照

イギリスの女流小説家。二〇〇〇年代から急速に邦訳紹介が進み、長篇 *Lady Audley's Secret*（1862）が『オードリー夫人の秘密』（林清俊訳・私家版電子書籍）／『レイディ・オードリーの秘密』（三馬志伸訳・近代文藝社）として訳出された（解説3参照）。同作は怪奇小説ではなく探偵小説の祖型的な趣《おもむき》を呈し、謎めく貴婦人の秘密を解き明かす濃密な展開と迫力によって当時のベストセラーとなった。作者ブラッドンは舞台女優から作家となり、人気を得るとともに版元社主と結婚し、通俗物からリアリズム小説まで幅広く多作して、長篇だけで生涯に八十冊を超えたという。

既訳短篇はいずれも幽霊譚で、"The Cold Embrace"（1860「冷たい抱擁」倉阪鬼一郎訳・創元推理文庫『淑やかな悪夢　英米女流怪談集』／川本静子訳・みすず書房『ゴースト・ストーリー傑作選　英米女性作家8短篇』各所収）、"At Crighton Abbey"（1871「クライトン館の秘密」松岡光治訳・アティーナ・プレス『ヴィクトリア朝幽霊物語』／「クライトン・アビー」三馬志伸訳・作品社『ヴィクトリア朝怪異譚』各所収）、"The Island of Old Faces"（1892「昔馴染みの島」中野善夫訳・創元推理文庫『怪奇礼讃』所収）がある。本邦初訳の本篇は『ドラキュラ』前夜の変種吸血鬼譚として意味深い。

I

ベラ・ロールストンは日々の糧《パン》を得るため、また少しでも母親の力となるために、未知の世界へ飛びだして、老婦人付添婦《コンパニオン》となる仕事に就こうと心を固めた。付添婦を雇うほど奇特で、且《か》つ充分な給与を支払ってくれる婦人ならばどのような人でもよいと考えた。それでロールストン母娘《おやこ》にとってはめったに手にすることのなかった一ポンド・ソヴリン金貨を両替し——手に入れてからたちまちのうちだった——そのなかからしぶしぶ抜きだした五シリングを携えて、西ロンドンのハーベック街にある使用人紹介所を訪れ、雇用と給与を保証してくれる老婦人の紹介を依頼した。紹介所の女性所長はベラが卓上に置いた半クラウン銀貨（旧制度で二シリング六ペンス相当）を一瞥《いちべつ》し、二枚ともフローリン銀貨（旧制度で二シリング相当）ではないことをたしかめたうえで、ベラの履歴や諸事項を分厚い登録簿に書きこみはじめた。

「年齢は？」と女性所長が短く問う。

「七月で十八歳になりました」

「なにか資格はお持ち？」

「いいえ、なにも。もしなにか資格がとれるとしたら、家庭教師《ガヴァネス》になりたいですわ——付添婦というだけでは下に見られそうですから」

「わたしどもの紹介所では、付添婦でも高い資格を持っている人が大勢登録されていますのよ。老婦人付添婦だけでなく、令嬢付添婦《シャペローン》もね」

「ええ、存じていますわ」とベラは若さに特有の闊達《かったつ》さで言った。「でも令嬢付添婦はまったくくちがいますものね。母はずっと以前にピアノを手放さなければならなくなってしまって、そのときわたしまだ十二歳でしたから、今はもう弾き方も忘れちゃっていると思うんですの。母は針仕事をしていますけれど、それを助けてあげなければいけなくて、勉強をしている余裕はないんです」

「あなたができないことを説明して時間を無駄にしなくてもけっこうよ。話すならできることを話してくださったほうがね」と所長は身も蓋もない言い方をしながら、繊細な指でペンを宙に浮かせて、書きこめる話が聞けるときを待った。「二、三時間もつづけて本を朗読することはできるかしら？　活動的かどうか、器用かどうか、早起きかどうか、長時間の散歩はできるか、気性はおだやかか、人にやさしく接することができるかしら？」

「それらのご質問には『はい』と答えられます、ただひとつ、気性がおだやかかどうかというのを除けば。給与を払ってくださる雇い主なら、どなたであれ優しく接してさしあげたいと思います。給与に見あうことをやっていると思ってほしいですから」

「わたしのところに付添婦を探しにこられるお客さまは、話好きすぎる娘さんをあまり欲しがらないわね」書きこむのをすでに諦めている所長がきびしく言った。「うちのお客さまは上流のご婦人方が多いから、そういう人たちはむしろまったく逆の付添婦を好みがちよ」

「もちろん、よく存じあげていますわ」とベラが言い返す。「でも、所長さんとこうしてお話しするのはまったく別ですから。わたし、自分のことについては何度でもくりかえしお話ししたいくらいですの」

「お話は一度だけにしていただきたいわね」と所長が口の端から吐きだすように言った。

使用人紹介所の女性所長は年齢不祥の風貌で、黒絹のきついドレスに身を包み、化粧は濃く、頭にはほかのだれかの見目よい髪を載せている。蒸し暑い気候のなか、ハーベック街の建物の三階で毎日八時間の勤務をしている身には、ベラのような若い娘の無邪気な活発さが神経に堪《こた》えるいらだちを与えているようだった。一方ベラ自身の目には、床にブリュッセル絨毯《じゅうたん》が敷かれ、窓に天鵞絨《ビロード》のカーテンがかかり、並ぶ椅子も天鵞絨張りで、大理石製暖炉の上ではフランス式置き時計が時を刻んでいるさまが、ウォルワース地区ベアフォード街の三階にある自分たち母娘の住まいに比べては、さながら宮殿のような贅沢なところと見えているのだった。

「わたしに合いそうな雇い主さまは、登録されているでしょうか？」間を置いてからベラがおずおずと尋ねた。

「残念ながらありませんわね、今見たかぎりでは」所長はそう答える前に、ベラがさしだしておいた二枚の半クラウン銀貨を指先でつまんで、すでにさりげなく抽斗《ひきだし》に仕舞っていた。「おわかりでしょうけど、あなたはまだ未熟と言わざるをえません――それなりの地位のあるご婦人方の付添婦になるには若すぎるんです。こう申しあげてはなんですけれど、そうなるにふさわしい教育を受けていらっしゃらないところがね。これからの努力にかかっているのではないかしら」

「では、望ましい雇い主を見つけられるまでにはまだ長くかかると？」とベラが疑わしげに問い返した。

「なんとも言えないわね。それほど急がれる理由がなにかおありなのかしら？――決まった男性がいるから、というようなことではないでしょうね？」

「まさか！」ベラは頰を赤らめて声をあげた。「そんなことあるわけございませんわ。わたしの動機は、ただ母が貧しいからです。母の重荷にはなりたくありませんの。少しでも家計の助けになるお金を、自分で稼ぎたいと思ってのことです」

「あなたの年齢では、充分に家計の助けになれるだけの給金を稼ぐのはむずかしいと思いますよ――とくにあなたの未熟さではね」そう言い返した所長は、ベラの赤らんだ頰と目のきらめきと際限のない活発さが憤然としたものに変わってきたのを見てとった。

「では、すみませんけれど、お支払いした相談手数料をお返しいただけませんかしら。それほど地位の高くない雇い主さまが登録されている、別の紹介所に相談してみたいと思いますから」ベラは事前に母と話しあったとき、押さえこまれるだけでは終わらないようにしようと決めていた。

「わたしのところよりたくさんの雇い主を登録している紹介所はないと思いますよ」所長はそう言い返したままで、貪欲な手はふたたび銀貨をとりだそうとはしない。「どこに行っても、雇い主が見つかるまでには長く待たねばならないでしょうね。あなたの場合には例外的なところがありますから。でも、わたしとしても心に留めておきますよ。それ以上のことは申しあげられませんけれど」

所長は鬘《かつら》の載った高慢そうな頭で半ば蔑《さげす》むようにわずかだけ会釈《えしやく》し、相談の終了を仄《ほの》めかした。ベラはやむなくウォルワース地区の自宅への帰途についた——九月の午後に運ぶ足が一歩ごとに重かった。

一方ベラが帰ったあとの使用人紹介所では、女性所長の母親と事務所の建物の大家夫人が愉快さに浸《ひた》っていた。とくに大家夫人は客用にお茶を載せた盆を運び入れたあともわきの小部屋にとどまり、ロールストン嬢を帰らせた所長の手腕に拍手を送った。

「お嬢さまのお芝居はなんともすごかったですわね、お母さま」と家主夫人は言った。「舞台に立ってもいいほどじゃないかしら。女優になったらきっとひと財産稼げますわよ」

Ⅱ

ベラは希望とともに待ちつづけ、郵便配達夫のノックの音に毎日耳を傾けつづけたが、届くのは一階の商店と住人への郵便物がほとんどで、手まわし式の弾み車と踏み板付きのミシンを使っての針仕事に一日の大半を費やす貧しい母娘の住む三階に届くものは少ない。母親ロールストン未亡人は生まれがよく教育もある淑女だったが、ならず者の男と結婚したのが不幸のはじまりだった。家庭を顧《かえり》みない夫との生活ののち、最貧の寡婦となってから今にいたるまで数年が経つ。ただ母親は幸いにも気力と器用さに富む女性で、針子としては有能であり、ウェスト・エンド地区のさる商店のためにマントや外套《がいとう》を縫う仕事によって、自分と独り娘が生活できるだけの稼ぎをあげることはできた。とはいえ贅沢な暮らしは望むべくもない。住まいはウォルワース街のはずれのさびれた界隈の安い貸し間で、食事は家庭的な質素なものに抑え、衣装は着古しで済ませる、というのが母娘の暮らしぶりであった。それでもおたがいを慈しみあい、しかも二人とも陽気な性格だったおかげで、多少なりとも幸福を感じることができていた。

しかしどこかの上流婦人の付添婦になることによって外の世界に出たいという考えがベラの心に根づいたため、如何に母を敬《うやま》っていようとも、また母と娘が別れて暮らすことがどちらにとってもつらいことになるとわかっていても、変化と昂奮を望む気持ちをもはや変えがたくなっていた。中世の昔の騎士見習いがいずれは騎士になって聖地に赴《おもむ》き、異教徒と戦いたいと望んだ熱情にもひとしく。

郵便配達夫のノックの音が聞こえるたびにベラは階下に駆けおりるが、もうそのくりかえしにも疲れてきた。「あんたのところには届いてないよ、お嬢さん」と薄汚れた顔をした配達夫がいつも言い、一階の差し出し郵便物を回収していく。「あんたのところには届いてないよ、お嬢さん」と貸し間の家主がからかってニヤリと笑うので、ベラは気をとりなおすため、またもハーベック街まで歩いていき、自分にふさわしい雇い主はまだ来ていないだろうかと使用人紹介所の女性所長に問いあわせた。

「あなたは若すぎますからね」と所長は答えた。「お給金がよほど欲しいのでしょうけれど」

「もちろんです」とベラは返した。「欲しくない人がいるものでしょうか？」

「あなたぐらいの年齢の女性は、普通は家で呑気にすごしたいと思うものよ」

「わたしはちがいます」とベラ。「母の力になりたいんです」

「来週の今日またいらっしゃい」と所長が告げた。「それまでになにかわかったら、手紙をあげましょう」

　だがそれからも手紙は来なかった。ちょうど一週間後、ベラはいちばん好みの帽子をかぶり――これまで雨に祟《たた》られたことのない帽子だ――ハーベック街へと出かけていった。

　十月の気だるい午後で、夜には霧に変わりそうな灰色の気配がただよっていた。ウォルワース地区の商店の列がそんな灰色の大気のなかでも輝いて見えるが、子供のころメイフェア地区やベルグレイヴィア地区で遊んで育った若い娘には高嶺《たかね》の花の眺めであり、誘惑と羨望を招いてやまない。欲しい品物はいくらでもあるが、買える見込みはまったくない。

　晩秋のハーベック街はもぬけの殻にもひとしく、長い長い通りに高級邸宅が果てしなくつらなるばかりだ。そのいちばん奥に件《くだん》の使用人紹介所があり、ウォルワース地区から歩いてきた身にはその眺めが厭《いや》になるほど遠く感じられた。ぼんやりと見ていると、一台の馬車がわきを追い越していった。C型緩衝器付きの古式の黄色い二輪馬車で、二頭の丈高い灰色の馬に牽《ひ》かれていく。一頭には堂々とした形《なり》の馭者《ぎょしゃ》が騎《の》り、もう一頭には長身の従者が跨《また》がる。

「妖精の教母さまが乗るような馬車だわ」とベラは思った。「南瓜《かぼちゃ》に変わったとしても驚かないくらい」

　驚いたのは、使用人紹介所の前に着いてみると、そこに先ほどの黄色い馬車が停まっていたことだった。玄関の上がり口には長身の従者が立ち、主人のために待機しているようすだ。このまま訪問するとその主人たる人物と顔を合わせそうで、ベラはつい気後《きおく》れがした。先ほど馬車がわきを追い越していくときちらりとかいま見えたかぎりでは、羽根飾り付きの婦人帽と、白貂《しろてん》の毛皮製らしい外套が印象にあるのみだった。

玄関口に近づいたベラを男ぶりのよい紹介所員が出迎え、三階へ案内して所長室のドアをノックした。

「ロールストンさんがお見えですが」所員はベラを部屋の外で待たせ、申しわけなさそうにそう伝えた。

「入れてさしあげて」と所長が早口で告げる声と、そのあと先客がなにか言う低い囁《ささや》き声が聞こえた。

ベラは若さと活気と希望で自分を勇気づけながら、部屋のなかに入っていった。彼女の視線は所長へ向かう前に、あの馬車に乗っていた人物に釘づけになった。

暖炉のわきの椅子にかけているその老婦人ほど年老いた女性は、かつて見たことがなかった。顎のすぐ下から足にいたるまで小柄な体を白貂の外套に包み、羽根飾り帽の下の顔には深い皺《しわ》が刻まれている。あまりの老齢に顔が擦《す》り減り、ふたつの目と尖った顎だけになってしまったかのようだ。鼻も高い鷲鼻《わしばな》ではあるが小さいため、鋭い顎と耀《かがや》く大きな目に挟まれては、ほとんど見えないほどだ。

「デュケインさん、こちらがロールストン嬢ですわ」

デュケインと呼ばれた老婦人は指に宝石のきらめく鉤爪《かぎづめ》のような手で眼鏡を持ちあげると、輝く黒い瞳が数倍の大きさになって、恐ろしいほどにぎらつきながらベラを見すえた。

「あなたのことはトーピンター所長さんから全部聞きましたよ」まるで目から発しているかのように聴こえる年老いた声でそう言った。「お体は健康ですか？　体力があって活動的で、よく食べよく眠りよく歩き、生活のあらゆることを楽しめていますか？」

「わたしは病気というものがどんなことか知りませんし、のらくらとすごしたこともありません」とベラは答えた。

「それならわたしにふさわしい方だわね」

「はい、あらゆる条件からして、完璧にふさわしいと思いますわ」と所長が口を出した。

「条件などは必要ありません。このお嬢さんはすなおで正直で、その人柄だけで信用できます」

「まさにデュケインさんと同じですわね」とトーピンター所長が小声で言った。

「若くて体の強い人が欲しいんです。健康な人なら問題が起きませんからね」

「その点では、これまでデュケインさんはご不運でしたものね」所長がまた小声で言った。この老婦人が前にいるだけで声がやさしく小さくなるらしい。

「そうね、本当に不運でした」と低い声が返る。

「でもロールストン嬢は決して失望させませんわ。トムソン嬢のことでは不幸なご経験をなさいましたけれどもね――あんなに健康そうに見えましたのに。それからブランディー嬢も、種痘《しゅとう》をして以降は医者にかかったことがないと言っていましたのに――」

「あれはきっと嘘でしょう」と老婦人はつぶやいてから、ベラに向かって短く問いかけた。「あなた、イタリアでひと冬すごすのはかまわないかしら？」

イタリアで！　その言葉だけでベラは魔法にかかったようになり、若い顔を紅潮で輝かせた。

「イタリアに行けるとしたら、夢のようですわ」と嘆息した。

ウォルワース街からイタリアへ！　夢見がちな乙女にとってはどれだけ遥かな、ありえないほどの旅であることか。

「あなたの夢が本物になるのよ。来週の今日、午前十一時に、チャリング・クロス駅から特別列車で出発しますから、そのつもりでいてください。列車の出る時間の十五分前には駅に来てくれるようにね。あなたの荷物や旅仕度《たびじたく》はうちの使用人たちが用意しますから」

それだけ言うとデュケイン老婦人は杖を頼りに椅子から立ちあがり、トーピンター所長に補助されながら玄関へと向かった。

「お給与については如何《いかが》でしょう?」玄関への途中で所長が尋ねた。

「給与? ああ、いつもと同じね。もしあのお嬢さんが前金として一週分欲しいと言うなら、わたしに手紙をください。小切手を送りますから」老婦人はこともなげに言った。

トーピンター所長は階下まで付ききりで導いたのち、客人が黄色い馬車に乗りこむまで見守った。上階の所長室に戻ってきたときには、少しだけ息が切れていた。そして前にベラに威圧的だと思わせた態度に変わっていた。

「例外的なほど幸運だと思わなければいけませんよ、ロールストンさん」と所長が言う。「うちにはほかにも十人以上も若い女性が登録されていて、そのなかのだれを推薦してもおかしくなかったんですからね。でも今日の午後いらっしゃいとあなたに言っておいたことを思いだしたので、それで機会をさしあげることにしたの。デュケインさんはうちに登録されている雇い主のなかでも指折りの上客の一人よ。付添婦に年間で百ポンドも給金を支払う人ですから。これで贅沢に暮らせると約束されたようなものね」

「一年に百ポンド! なんてすごいことかしら! わたしももっと上等な服装をしたほうがいいでしょうか? デュケインさまはいつも大勢のお友だちに囲まれているのでしょうか?」

「あのお齢《とし》ですからね、世間からは離れて暮らしているのよ——自分の部屋にこもって。小間使いや従僕や、専属の看護人や配達人はいるけれども」

「付添婦の人たちだけ、どうして辞めてしまうんでしょう?」とベラは問い糺《ただ》した。

「みんな健康を損ねたのよ」

「まあ！　それでみんな辞めていったんですの？」

「そうよ、辞めるしかなかったのね。ところであなた、給与の前金は要るかしら？」

「ええ、お願いします、買いたいものがありますから」

「わかりました。デュケインさんに手紙を出して、小切手を送ってもらいます。そこからうちの一年分の仲介料を差し引いて、差額をお支払いしますからね」

「そうだわ、仲介料のことを忘れていました」

「この紹介所は遊びでやっているわけじゃありませんよ」

「よく存じていますわ」とベラはつぶやきながら、最初に払った五シリングの紹介料を思いだした。だが一年で百ポンドの給与とひと冬のイタリア行きがたった五シリングで手に入るとは、だれに予想できただろうか？

Ⅲ

イタリアのリヴィエラ地方の小都市カプ・フェリーノに滞在するベラ・ロールストンから、ロンドンのウォルワース街ベアフォード街に住む母親ロールストン夫人宛てに、以下のような手紙が届いた。

この場所をお母さまにも見せてあげたかったと心から思います。青い空、橄欖《かんらん》の茂み、橙《だいだい》と檸《れ》檬《もん》の果樹園、それを挟む崖と海と、広い丘陵《きゅうりょう》地帯に囲まれた盆地、そして夏の波が躍りあがる小石と緑草の海岸——イタリアの海辺とはそんなところなのです！　ああ、そうした景色をお母さまに見せてあげられたらどんなにいいだろうと思えてやみません。そしてこの日差しを浴びると、新聞の今日の日付が信じられなくなります——十一月とは！　この空気はイギリスの六月と同じくらいです。太陽が暑くて、日傘なしにはわずか数ヤードも歩けないほど。お母さまをウォルワース街に置いたままわたしがここに来ていることを思うと、この綺麗な海岸も、すばらしい海も、冬に咲き誇る夏の花々も、もう決して見せてあげられないだろうと悲しくなってきます。わたしの部屋の窓の下につらなる天竺葵《ゼラニウム》の生け垣は、花をたくさんつけてこんもりした茂みをなし、アーチやテラスを囲む柵にはディジョン薔薇の蔓《つた》が絡み、薔薇園は十一月なのに花が満開なのです！　どうか思い描いてみてください。このグランド・ホテルの贅沢さはとても想像できないでしょうけれども。まだ新しいホテルで、建築も装飾もお金に糸目をつけていないかのようです。わたしたちの部屋は壁に薄青色の繻子《サテン》が張られ、デュケイン老婦人の羊皮紙のような顔色を際立たせます。とはいえあの方も日中はずっとバルコニーの隅の椅子にかけて日差しを浴びてすごし、そうでないときは馬車に乗って出かけるときぐらいだし、夜は暖炉のそばの肘掛椅子に身を沈め、使用人以外とはだれとも会わないので、あの方の顔色がどうだろうとさしたることではありませんが。

わたしたちの続き部屋はこのホテルでいちばん上等なところです。わたしの寝室もそのなかに含まれ、とても素敵なお部屋で、壁には青繻子《あおしゅす》と刺《し》繍《しゅう》飾りが張られ、琺瑯《ほうろう》塗りの家具が並び、四面の壁のどれにも姿見がとりつけられているので、今まで見たことがなかった自分の小さくて生意気そうな横顔がかいま見られます。わたしの部屋はれど、青繻子張りの長椅子を運びこませてわたしの寝台代わりとしてくれたのです。可愛らしい小さな寝台だけれど、下に車輪がついているので自由に動かすことができ、朝の日差しを浴びたいときには窓辺まで運んでおきます。デュケイン老婦人はなんだか風変わりな年老いた祖母のように感じられる人で、わたしの人生のなかに突然現われた、とてもやさしくてとてもお金持ちのご主人さまです。

ご主人さまはきびしいというようなところがまったくありません。わたしは長い時間をかけて本を読んでさしあげるのですけど、そうしているうちにうつらうつらとしてしまわれます。ときどきなにか厭な夢でも見るのか、寝入ったまま呻《うめ》き声を洩らすことがあります。わたしの朗読に飽いてくると、フランシーヌという小間使いの娘にフランス語の小説を読ませることもあり、ときおりクスクス笑う声や唸る声が聞こえたりして、どうやらわたしが読むディケンズやスコットよりもおもしろいと思っていらっしゃるようです――わたしはフランス語があまり巧くないけれど、フランシーヌはフランス語をとても早く読むことができるので。普段のわたしはずいぶんと自由にすごさせてもらっています。ご主人さまが外に出て楽しんでいらっしゃいとしばしば言ってくれるので、丘陵地帯を何時間も散策したりします。どこもかしこも綺麗で、橄欖の木立のなかで迷いそうになったり、丘の上の松林のあるほうへどんどん登っていったり、さらには黒々とした丘陵よりもっと高い白い雪山まで登ることもあります。ああ、この土地がどんなところか、本当にお母さまにも知ってほしいとも思うほどです。お母さまは老いて疲れた目でベレスフォード通りの向かい側を眺められるだけでしょうから。ホテルではテラスが人々のいちばんのくつろぎ場ですが、その外の庭園へと出ることもよくあります。庭園にはテニス・コートがあって、このホテルでただ一人友だちと言えるとても気立てのよいロッタという娘さんとときどきテニスをします。わたしより一歳年上で、ホテルにはお兄さんと一緒に泊まっています。お兄さんは医師で――というより今はまだ医学生ですが、将来は医師になる人です。旅に出る直前にエジンバラ大学で医学士になったのだとロッタが言っていました。お兄さんがイタリアに来た目的は、もっぱら妹のロッタのためです。というのはロッタが夏に深刻な胸の病気に罹《かか》ったので、冬には国外へ出なければならないからです。彼らは両親が亡くなったため身寄りがなく、それでなおさらおたがいを大切にしあっています。わたしもロッタのような友だちができてとても喜んでいます。大いに尊敬に値《あたい》する娘さんなのです――こんな褒め言葉をつい使ってしまうのは、このホテルにいるほかの若い娘たちのなかには、お母さまが知ったら震えあがりそうな生き方をしている者もいるからです。ロッタはイタリアの片田舎で伯母さんに育てられたせいで、世の中のことをよく知らない素朴なところがあります。ロッタが小説を読んでいることをもしお兄さんが知ったら、英語にせよフランス語にせよ、お兄さん自身が読んで認めたものでないかぎり決して許さないでしょう。

「兄はわたしを子供みたいに思っているの」とロッタは言います。「でもわたしは気にしていないわ。兄はわたしを大切にしているからそう思ってくれているのだし、だれかに大切にされたり、自分がすることや考えることまでだれかが心配してくれたりするのは、とてもいいことですものね」

きっとそれが、一部の若い娘たちがひどく結婚したがる理由なのでしょうね――強くて勇敢で誠実で、本当に自分のことを思って助言をしてくれる伴侶《はんりょ》を欲しいと思うのでしょう。でもわたしは欲しいと思いません。だってお母さまがいてくれますもの。お母さまが世界のすべてですから。わたしとお母さまのあいだに、男性の伴侶が挟まっても邪魔になるだけでしょう。もし結婚することがあるとしても、夫はわたしの心のなかの二番めの場所にいるだけになると思います。それより、きっと結婚はしないと思います。男性から結婚を申しこまれるというのがどういうことかもよくわかりません。今の時代に、お金のない娘と結婚したがる男性がいるでしょうか。生活はとてもお金のかかることですから。

ハーバート・スタフォード――この人がロッタのお兄さんですが――は頭がよくて心も優しい人

です。デュケイン老婦人のようなお年寄りと一緒に暮らすのはさぞたいへんだろうと、ハーバートは言ってくれます。でも彼はわたしたちの――つまりわたしとお母さまの――貧しさを知らないから、こんな素敵なところですごせることがどれほどすばらしい経験になっているか想像できないのでしょう。わたしだけそんな贅沢をして自分勝手ですけれど。お母さまはわたし以上にこういう楽しみが欲しいはずなのに。なにも経験できなかったんですものね――お父さまがよからぬ人で、結婚してすぐ落ちぶれてしまって、それ以来お母さまの人生は窮乏と困難の連続だったのですから。

ベラはこの手紙を、イタリアのリヴィエラ地方の小都市カプ・フェリーノに滞在しはじめてひと月と経たないころ――景色の目新しさが薄れないうちに、あるいは環境の贅沢さに飽かないうちに――書き送ったのである。それから毎週のように母への長い手紙を書いた。身近にいる親しい者が母親だけという生活をしてきた若い娘は、とかくこういう手紙を書くものだ。自分の心のうちを残しておくための日記のようなもので、いつも華やかなことばかり書いていたが、しかし新しい年を迎えて以後、そうした土地や人々についての活きいきとした描写のなかにも、いくぶんか憂鬱《ゆううつ》な気配が忍び入ってきたかのように、母親ロールストン夫人の目には読めるようになった。

「故郷が懐かしくなるあまり、寂しくなっているのではないかしら」と母は考えた。「本心はこのベアフォード街に帰りたがっているのかも」

それはひょっとすると、新しい友だちであるロッタ・スタフォードという娘が兄と一緒にジェノヴァやスペツィアやピサへの小旅行に出かけたそうなので、その寂しさの表われなのかもしれないとも思えた。二月になる前には戻ってくる予定だというが、それまでのあいだは、ベラの手紙での書きぶりからして、ほかの人々の態度や行ないにはどうしても馴染《なじ》めず、孤独を感じているらしいことが察せられた。

母のこの推測は事実を読み当てていた。初めのうちはたしかにロンドンのウォルワース地区からイタリアのリヴィエラ地方へと住むところが大きく変わって、物珍しさへの驚きと楽しさのなかで昂奮状態にあったベラだが、今はなぜかわからないながらも倦怠感《けんたいかん》が忍び入っているのだった。もう丘に登るのも楽しくなくなったし、橙《だいだい》の小枝を振りまわしながら岩と草におおわれた山の中腹を跳び歩いても心が弾まなくなってしまった。迷迭香《ローズマリー》や麝香草《タイム》の薫《かお》りも、海からの爽やかな潮の香《か》すらも、心地よく胸を満たすことがなくなった。ベアフォード街のことを思い、母の顔を想いだしては、懐かしさに焦がれた。それらは遠い――あまりにも！　だがそのあとは、デュケイン老婦人のことへ頭を切り替えた。今老婦人は温かすぎる居間にいて、山ほどの橄欖の薪《まき》を焚く暖炉の前でくつろいでいる。干からびた胡桃《くるみ》割り人形を思わせる横顔にあの目がぎらついているさまは、不気味さを覚えさせずにはいない。

ホテル客たちがカプ・フェリーノはとても落ちつける土地だと口々に言うのをよく耳にした。それは若い人たちよりも年配者にとってとくにそうで、あるいはまた健康な客より病者にとって心地よいところだと。そのとおりだろうと思う。年若いベラは、ロンドンの自宅にいたときよりもここのほうが心地よいとは、今はもう思えない。だがそれも、いちばん身近な存在だった愛しい母とずっと別れているためにそう感じられるだけなのだと自分に言い聞かせた。母はベラにとってある意味で乳母であり、あるいは姉であり、友であり、優しい話し相手であり、この世で一人だけのかけがえのない人だ。その母との別れを思いだしてすでにたくさんの涙を流し、大理石のテラスで西のほうを眺めやりながら何時間も憂鬱にすごして、心を遥か彼方へと飛ばしつづけた。

今はテラスの東の端の角のところの、いちばん気に入りの場所にいる。橙の木立の陰になってとくに心地よい一画だ。そのとき下方の庭園からふと聞こえてきたのは、リヴィエラ地方によく訪れるらしい男女の旅客の話し声だった。ベラのいるテラスをささえる壁に沿って置かれたベンチに腰かけている者たちだ。

　初めは聞くともなく聞いていただけだったが、会話のなかにデュケイン老婦人の名前が出てきたせいで耳を欹《そばだ》たせられた。盗み聞きという邪《よこしま》な意識さえないままにベラが耳を傾けていると、べつに秘密めいたことを話しているわけではなく、単にホテルで知りあった客の一人についての話題としているだけのようだった。

　見るかぎり二人とも年配者で、一人は人生の半分の毎冬を海外ですごしてきたというイギリス人聖職者、もう一人は慢性的な気管支炎のために毎年冬になるとこの地で静養するという未婚のイギリス人老婦人だった。

「わたくし、あのデュケインさんとはこの十年のあいだ、毎年ここイタリアでお会いしていますのよ」と老婦人が言った。「でもいまだにあの方の本当の年齢がわかりませんの」

「わたしの見るところ、百歳はくだらないでしょうな——たとえ一歳たりとも」と聖職者の男性が返した。「あの人の思い出話は、英国摂政期（十九世紀初頭）にまで遡《さかのぼ》りますから。そのころが人生の絶頂期だったようです。第一フランス帝国の最盛期にパリ人協会に所属していたことを証拠立てる話をしていました——ジョセフィーヌ（ナポレオンの妻となる女性）がボアルネ子爵と離婚する前の話です」

「最近はあまり話さなくなりましたわね」

「そうですな。老い先が短くなってきたせいでしょう。晩年をおだやかにすごす賢さのある人です。あの風変わりな老齢のイタリア人医師が主治医のようですが、もっと前に寿命を縮めてやらなかったのが不思議なくらいです」

「むしろ逆じゃないかしら。きっとあのお医者のおかげでデュケインさんは長生きしているんですわ」

「ほう、マンダーズさん、あんな外国人の変わり者の医師が、自分の患者を長生きさせるなんてことがあるとお考えで？」

「あら、噂をすればなんとやら――あのお医者、近ごろはデュケインさんが行くところにどこへでもついていくようですわね。今日はまたなんとも芳《かんば》しからぬ顔をしていますこと」

「芳しからぬ、ね」と聖職者が鸚鵡《おうむ》返しにした。

「あの医師パラヴィシーニ博士は、自分の顔の醜さなど気にもしないのでしょう。気の毒なのは、デュケイン老婦人とあの博士の板挟みになっている年若い付添婦ですよ」

「でもデュケインさんもあの娘さんにはとてもお優しいようですけれど」

「それはたしからしいですな。老婦人は使用人には気前がいいようです。お付きの者たちはみんな善良なるデュケインさまと呼んでいますから。まさにクロイソス（古代トルコの富豪王）のごとき老嬢です。自分だけでは財産をとても使いきれないが、棺に入ったあと他人に財産を任せることもさせたくない人のようです。あれだけ長生きする人は、やはり命に執着があるんですな。その代わり若い娘たちには気前がいい――とはいっても、娘たちを幸せにはしてやれないわけですが。なにしろ、あの人に仕えているうちに死んでしまうのだから」

「それをおっしゃってはいけませんわよ、カートンさん。付添婦の一人が可哀相にフランスのマントンで亡くなったことは、わたしも知っていますけれど」

「さよう、しかも三年前には別の一人がローマで死にました。あの折はわたしもかの地にいたのです。デュケイン老婦人は付添婦の遺体の始末を、さるイギリス人一家に任せました。生前にはとても気前よくしてやって、その娘さんもとても満足していたのですが――しかし亡くなってしまってはね。敢《あ》えて言いますが、マンダーズさん、若い女性がデュケイン老婦人とパラヴィシーニ博士のもとで暮らすというのは、どうにも恐ろしいことというほかありません」

やがて話題はほかのことへと移ったが――ベラの耳にはもう聞こえていなかった。身動きもできず、山脈から吹いてくる冷たい風を体に浴びているような気がした。あるいは海からの風が足のほうから忍びあがってくるような。明るく綺麗な景色に囲まれ、橙の葉陰のテラスで椅子に座しながら、身震いを止められなかった。

そう、デュケイン老婦人がパラヴィシーニ博士と一緒にいるときは、たしかに不気味な気配がただよう気がする。老婦人が気味悪く老いた高貴な魔女になったかのように。また博士のほうも急に老《ふ》けこんだように見え、顔が生きた人間のそれではなく、見たこともない蠟《ろう》製の仮面にでもなったかのように。だがそんなことを気にする必要があるか？　年齢を重ねるというのはそれだけで気高く神々しく価値あることであり、それにデュケイン老婦人はとてもやさしいではないか。パラヴィシーニ博士も大人しく無害な医師であり、読み耽《ふけ》っている本からめったに顔をあげることがないほどだ。いつも自室にこもって、医学や科学の――おそらくは化学の――実験に専心している。そんなことがわたしになんの関係があるかしら？――とベラは思う。彼女に対してはいつも丁寧で、変に馴れなれしくしてきたりすることは決してない。そもそもこんなお金持ちの老婦人とともにこんなお城のようなホテルで暮らすことができて、これ以上幸福なことがあるだろうか？

きっと友人のイギリス人娘ロッタが旅に出たせいで、その兄ハーバートとも会えなくなった気鬱から、そんなことを考えてしまうのだ。ハーバートはベラが仕事中でないときにはよく話し相手になってくれて、自分が読んださまざまな本の話題などで楽しませてくれたのだから。

「きみも休み《オフ》――病院の看護婦がよくそう言うように――のときには、ぼくたち兄妹《きょうだい》の部屋に来てほしいね。そして一緒に音楽を楽しもうじゃないか。たしか歌が得意なんだったね？」

ハーバートがそう言ってくれたときには、ベラは昔やっていたピアノの弾き方を今は忘れてしまっているせいで、恥ずかしさに顔が赤らむのだった。

「昔は日暮れどきになると母と一緒によく歌を唄ったものよ、楽器の伴奏などなしで」

そんなときベラはそう答えたが、かつてピアノのあった場所にミシンが置かれた粗末な部屋での休憩時間のひとときを思いだして、つい目に涙が滲《にじ》んだ。母の物悲しくも真心のこもった愛しく美しい歌声を思いだして。

愛する母にもう一度会えたらどんなにいいだろうと思っている自分に気づくことがしばしばあった。すると奇妙な予感が心に忍び入ってくる。そして憂鬱な思いに沈んでいる自分に腹が立ってくるのだった。

ある日ベラは過去三年のうちに死んだ二人の付添婦について、フランス人の小間使いフランシーヌに尋ねてみた。

「体が弱くて、可哀相な人たちだったわね」とフランシーヌは答えた。「初めてデュケインさまのところに来たときには若々しくて明るい人たちだったけれど、二人とももとてもたくさん食べるくせに怠け癖があったのね。贅沢のしすぎと運動不足が命を縮めたんじゃないかしら。ご主人さまはあの二人にもとてもやさしかったわ。いつも仕事がないから空想ばかりしてすごして、そういうことがきっと体によくなかったのよ。二人とも睡眠不足になっていたみたいだから」

「わたしはよく眠れてるわ」とベラは言った。「ただ、イタリアに来てからときどき奇妙な夢を見るようになったけれど」

「夢について考えすぎないほうがいいわよ」とフランシーヌが注意した。「可哀相だったあの二人みたいになっちゃうといけないから。どちらも夢をよく見たみたい――そしてついには墓のなかで永遠に夢を見つづけることになったのよ」

ベラが少しばかり夢に悩まされているのは事実

だった。といっても厭な夢や怖い夢というわけではなく、これまでに眠りのなかで経験したことのないたぐいの夢だった。頭のなかで車輪がまわっているような感じで、つむじ風が吹くような大きな音が響くが、それは巨大な時計を思わせる律動的な音でもあって、と思うとこんどは突風と大波のただなかに投げだされたような轟音《ごうおん》になり、より深い眠りの層の無意識領域に落ちこんだようになって――ついにはなにもわからなくなる。そしてそんな暗黒の合間のあとに、人の声が聞こえてきたと思うと、またもあの車輪の音になり、それがどんどん大きくなったのち、ふたたび暗黒に戻り――やがて目覚めると、ひどい疲労と圧迫感が残るのだった。

ある日ベラはそんな自分の夢についてパラヴィシーニ博士に相談した。専門家の助言が欲しかったので、数少ない機会を逃すまいとして。じつのところ、クリスマス前だというのに、蚊にひどく悩まされていた。腕に蚊の刺し傷らしい痕《あと》を見つけ、それが毒でも注がれたかのようにひどい痛みを伴っていたので、怖いほど心配になったのだった。ベラがデュケイン老婦人も見ている前で袖口を肘までめくりあげると、パラヴィシーニ博士は眼鏡をかけて、彼女の白くふくよかな腕にできているその傷痕をつぶさに観察した。

「この傷はたしかにひどいね」と博士は言った。「表層の血管を巧みに刺している。まったく吸血鬼のような蚊だ！　だが心配することはない。わたしが処方する薬で癒えない傷はないからね。この種の蚊に刺されたら、またいつでも診《み》せなさい。放っておくと危険なこともあるから。もし毒を注入されたら、それが人に感染して広まることもあるしね」

「あんな小さな生き物でも、そんな咬みつき方ができるんですのね」とベラは言った。「わたしの腕の傷がまるでナイフで切られたみたいに見えるのも、そのせいなんだわ」

「もしも蚊の刺した傷痕を顕微鏡で見たなら、そんなふうに驚くにもあたらないことだとわかると思うよ」とパラヴィシーニ博士は返した。

　博士が処方した薬を使うと、傷がふくらんで皮膚が醜く盛りあがったが、ベラはその痛みをも我慢した。だがほどなくして癒え、たしかにかなり速く効く薬であることがわかった。博士を好ましく思わない人たちは変わり者などと呼ぶが、少なくともこういう小さな負傷の手当てに関しては、繊細な手捌《てさば》きと確実な技術を持っているようだ。

　以下はベラから母ロールストン夫人への四月十四日付けの手紙である。

親愛なるお母さま
　わたしの二度めの四半期給与の小切手を見てください――二十五ポンドです。以前のように年間の仲介料だと言って十ポンドも差し引かれることもないので、そっくりそのままお母さまにさしあげることができます。わたしの手もとには、必要以上にもらっているお小遣いがまだ残っているから大丈夫です。ここではお金を使うこともないんですもの――ときどき使用人たちにチップをわたしたり、物乞いや街角の貧しい子供たちにあげたりする程度で。もちろん、ものすごくたくさんお金を持っている人たちは別でしょうけれど。そういう人たちが買いたくなるような商品は山ほどあります――高価な鼈甲《べっこう》や珊瑚《さんご》や刺繍飾りや――億万長者しか興味を持たないような品物が溢れています。イタリアは夢のように綺麗な国ではあるけれども、買い物に関しては――ロンドンのニューイントン・コーズウェイ地区をそっくり所有していないと楽しめないほどかもしれません。
　お母さまは最近のわたしの手紙がどことなく気だるそうだから、体によくないところがあるのではないかと心配してくれますが、大丈夫、わたしは健康です――もちろん、ロンドンでよくウェスト・エンドまで歩いて半ポンドのお茶を買いにいったり、あるいはダリッジ地区まで絵を見にいったりしていたころに比べたら――単に健康のために歩いていたのですけれど――それほど体が強いわけではなくなったのはたしかですが。イタリアは呑気な雰囲気の国で、人々が〈倦怠〉と呼ぶ気分がわかる気がします。それでもやはり、この手紙を読んでいるお母さまが心配そうな顔をしているところが思い浮かぶようです。本当に本当に、わたしは病気というわけではないのです。このあまりに綺麗な景色に少し疲れてきた気がするだけなのです――目の前の壁に飾られたターナーの絵が目に入るたびに疲れを覚えてしまう人がいるのと似たことではないでしょうか。毎日いつのときもお母さまのことを考えています――お母さまとそしてわが家の懐かしい狭い部屋のことを。お母さまの実家だった古い廃屋から持ってきた肘掛椅子を置いた質素な居間のことを。それから、ミシンのわきの鳥籠のなかでいつも唄っていたディックのことを。彼がとてもよく懐《なつ》いてくれているのが、わたしとお母さまの自慢ですものね。つぎの手紙ではディックも元気にしていると書いてくれることを期待しています。

わたしの友だちのロッタとその兄は、まだ旅から帰ってきません。ピサからローマへと移ったようです。幸せな人たち！　五月にはイタリア湖水地方まで足をのばすようです。この前ロッタから届いた手紙には、どの湖に行くかまだ決めていないと書いていました。彼女の手紙はいつも愉快で、どんな小さな楽しみについても教えてくれます。

残っているわたしたちはといえば、来週みんなでベッラージョに行く予定です――ジェノヴァからミラノを経由して。素敵でしょう？　デュケイン老婦人はいつもゆったりとした道のりで旅をします――豪華な列車を巧く捕まえられたときを除いて。途中のジェノヴァには二日、ミラノには一日滞在していく予定です。帰ってきて旅の話をお母さまに書き送るときのわたしの手紙は、どれほど自慢話だらけになっていることかしら！

愛をこめて、心からあなたのものなるベラより

Ⅳ

淡い顔色が多いグランド・ホテルの宿泊客のなかでもひときわ鮮やかな薔薇色の頬が愛らしいイギリス人の付添婦ベラ・ロールストンのことを、ロッタ・スタフォードとその兄ハーバートはよく話題にした。年若い医師見習いであるハーバートは、大勢の人々が滞在する大きなホテルでも孤独でいることの多いベラについて、同情心と優しさをあらわにしていた。だれもが楽しみを満喫しているなかにあって、ベラが身近にしているのはデュケイン老婦人だけのように見えた。それでは日日がつらいにちがいなく、子供のように母親に心を寄せているのも無理からぬことで、しかもその母親とも長く別れているとあっては。

「この世で慈しむ者が母と娘のおたがいだけとは、可哀相に」とハーバートは思うのだった。

ロッタはベッラージョで久々にベラと再会する約束をしていることを、ある朝兄に伝えた。

「デュケイン老婦人が使用人全員をつれて、わたしたちより先にベッラージョに着く予定だそうよ」とロッタは言った。「ベラとまた会えるのがとても楽しみだわ。彼女はいつも明るくて華やかで——尤《もっと》も、最近は故郷の懐かしさに沈むこともあるみたいだけど。短いあいだに同じ年ごろの娘とこんなに親しくなれたのは、彼女が初めて」

「ぼくは彼女が故郷を懐かしむところも好きだね」とハーバートが言った。「優しい心を持っている証拠だからな」

「そんなに心を分析してなんになるの？　ベラがとても貧しい家の娘だってことを忘れないほうがいいわよ、お兄さん。ベラのお母さんはウェスト・エンドの商店に出すための外套を縫製しているんだって、彼女自分で言っていたわ。そんなに貧しい暮らし方って、めったにないんじゃないかしら」

「仮に彼女の母親がマッチ箱を作っているとしても、ぼくはなんとも思わないね」

「建前ではもちろんそうでしょう――わたしだってそう言うわ。マッチ箱作りだって立派な仕事ですからね。でも外套を縫っている母親の娘とは、お兄さんは結婚しないほうがいいってことよ」

「ぼくたちはその問題についてはこれまでちゃんと考えてこなかったからね」と言い返すハーバートは、妹をわざと不機嫌にさせているのだった。

病院での二年間の実習経験を経て、ものごとの軽重で人を差別することによって起こるよくない事態を厭《いや》というほど目にしてきた。癌、結核、壊疽《えそ》、そうした重病の患者たちは人間性の尊厳を保たれない扱いを受けている。社会階層の差別においても、問題の本質は同じだ――憐《あわ》れみと恐れの気持ちとが都合よく混同されているのだ。

スタフォード兄妹《きょうだい》はよく晴れた五月のある夕刻に、ベッラージョに到着した。二人の乗る蒸気船が埠頭《ふとう》に接近するころにちょうど日が沈みかけ、深まりゆく夕映えのなかであらゆる建物の壁がこの季節特有の鮮やかな紫色に染まった。淑女ふうの一団が埠頭に立ち、船の接岸を待っている。そのなかに見憶えのある青白い顔を認めて、いつも冷静なハーバートが驚きに打たれた。

「ベラだわ」兄の肘を突きながらロッタが言った。「なんて変わりようかしら。まるで病人みたい」

やや間を置いてから二人が手を振ると、哀れにもつらそうな表情をしたベラの顔にも再会の喜びがあふれた。

「今日の夕方にあなたたちが来るんじゃないかという気がしていたわ」とベラは言った。「わたしたちはここに来てもう一週間になるの」

本当は毎日夕刻にここに来て、いつも船の到着を待っているのだとはつけ加えなかった。蒸気船グランド・ブルターニュ号が近づいてくるとその銅鑼《どら》の音でわかるため、埠頭のより近いところで待ち受けるのはたやすかった。スタフォード兄妹との再会はとても嬉しく、友人を身近にできることは、デュケイン老婦人が如何によい人であろうとも、その喜びはまったく異なるものだった。

「まあ、ベラ、どうしてそんなに顔色が悪くなってしまったの？」抱擁しあいながらロッタが声をあげた。

ベラは答えようとしたが、その声は涙で喉に詰まった。

「いったいなにがあったの？　まさか悪名高い流行性感冒に罹《かか》ったんじゃないでしょうね？」

「いいえ、病気というわけじゃないのよ――前より少し体が弱くなっただけ。カプ・フェリーノの空気が本当は自分に合っていなかったのかもしれないわね」

「そのせいで体が弱っちゃったのかしら。でもそういう人には今まで出会ったことがないわ。ハーバート兄さんは医者だから、診てもらいなさいよ。もう資格も持っているのよ。ロンドル・ホテルではたくさんの流行性感冒の患者の治療にあたったんだから。イギリス人の医者に親切に診てもらったと言って、みんな喜んでいたわ」

「さぞよいお医者さまになったことでしょうね」とベラは弱々しく言った。「でもわたしは本当にそういうわけじゃないのよ。病気ではないの。それに、病気になったらデュケイン老婦人の主治医が――」

「あの黄色い顔をしたゾッとする男のこと？　わたしならボルジア家のだれかに診てもらうほうがましと思うくらいだわ。まさかあの医者が処方した薬なんか服《の》んでるんじゃないでしょうね？」

「いいえ、薬はなにも服んでいないわ。自分が病気だと訴えているわけじゃないんですもの」

この会話は三人がホテルへと歩いていく道中で交わされた。スタフォード兄妹はすでに庭園に面したよい続き部屋を予約してあった。デュケイン老婦人一党が占める上等な部屋べやは、その上階に位置していた。

「あなた方のお部屋は、ちょうどわたしたちの真下になるわ」とベラが言った。

「それなら、あなたもわたしたちのところにおりてきやすいわね」とロッタは返したが、大階段がホテルの中央部に位置しているので、じつのところは必ずしも行き来しやすいとは言えない。

「そう言ってくれて嬉しいわ」とベラは応えた。「ただ、わたしと一緒にいると、あなた方が疲れやしないかと心配なの。この暖かな気候だから、デュケイン老婦人は一日の半分も眠ってすごすほどで、わたしはいつも暇をもてあますことになって、そのせいで余計に母とわが家のことを考えてしまい、いちだんと気がふさぎがちになっているのよ」

〈母とわが家〉という言葉のところでベラは泣き声気味になった。わが家と呼ぶあの質素な貸し間が、これほど愛しく思いだされたことは今までにないほどだった。まるで芸術と富《とみ》のかぎりを尽くして創りだされた、この世で最も美しいものででもあるかのように。日差しに照らされた湖やゆるやかな丘陵が前方に広がる美しい庭園にいながら、故郷への懐かしさに焦がれ憂鬱に浸るのだった。

また、異様なほど恐怖を起こさせるあの悪夢——果てしない車輪の回転や、底知れぬ深淵への沈下に囚われ、苦悶のすえにようやくわれに返る、夢というよりむしろ幻覚に近い現象——もくりかえし脳裏に蘇ったが、しかしそれを眠りのなかで実際に見たのはカプ・フェリーノを発つ前のことであって、ベッラージョに来てからはまだ一度も夢に現われてはいなかった。それでこの湖水地方の空気が自分に合っているのではないかと希望をいだきはじめた。少なくともあの異様な悪夢を見なくて済んでいるからには。

ハーバートが処方箋を書いてくれたので、ホテルの近くの薬局で調剤してもらった。強力な液薬で、ふた瓶服用し、そのうえで湖にボートで漕ぎだしたり、あるいは春の花々が咲く丘や野原を歩きまわったりしたところ、地上が天国であるかのような気分になり、精神力が魔法にかかったように格段に向上してくるのがわかった。

「本当にすばらしいお薬ね」とベラはハーバートに言った。しかし心の奥底では、彼の優しい声や、あるいはボートに乗りおりするときにさしのべてくれる彼の手のぬくもりや、そしてともに漕ぎだす湖の美しさなどが、じつは治癒に大きく役立っていることをベラ自身感じとっていた。

「彼女の母親が外套を縫う仕事をしていることを忘れないほうがいいわよ」とロッタはなお言いつづけた。

「マッチ箱作りであろうがかまわないさ。ぼくの気持ちは変わらない」とハーバートはくりかえしつづけた。

「彼女と結婚できるならどんな条件も必要ないってこと?」とロッタ。

「ぼくが言うのは、結婚したいと思うほどある女性を愛しているなら、貧富や地位の高低はどうでもいいってことさ。ただ――彼女がだれの妻になるにせよ、生きて結婚生活を全《まっと》うできるか心配なのはたしかだ」

「それほどベラの病状はよくないの?」とロッタが問い質した。

ハーバートは溜め息をついたきり、問いには答えない。

ある日ベラはハーバートと二人で高地の草原《くさはら》に出かけて錦百合《ヒヤシンス》の花を摘み集めているとき、例の悪夢について打ち明けた。

「奇妙なのは、それがまるで夢ではないみたいに感じられることなの」と彼女は言った。「あなたなら、なにかしら納得の行く理由がわかるのではないかしら。枕に頭を載せる位置とか、まわりの空気とか、そういったなにがしかの原因が」

そしてその夢で覚える強い恐怖感についても告白した。眠りのさなかに同じ息苦しさに襲われることや、車輪が回転するような恐ろしくうるさい音や、そのあと頭のなかが空白になって、それからやっと意識をとり戻すことについても。

「今までにクロロホルムを与えられたことはないかい?――たとえば歯医者から麻酔剤として」と

ハーバート。

「それはないけど――パラヴィシーニ博士から前に同じ質問をされたことがあるわ」とベラ。

「最近のこと？」

「いいえ、ずっと前よ。上等列車に乗っているときに」

「体が弱って気分がすぐれなくなって以降、あの医師から薬を処方されたことは？」

「ときどき液薬をくれたわね。でもわたし薬が嫌いだから、ほんの少ししか服まなかった。しばらくして気分の悪さは治ってきたけど、体の弱りは前よりひどくなってくるようなの。ロンドンの自宅で暮らしていたころは人一倍体が丈夫で、毎日長い距離を散歩できていたのに。あのころはダリッジ地区やノーウッド地区あたりまで散歩するようにと母が勧めていたの、ミシン仕事ばかりしていると体が硬くなってしまうからと言って。ときには――ごくたまにだけど――母も一緒に散歩に出かけたこともあるわ。平素はわたしが外で新鮮な空気を吸ったり運動したりしているあいだも、独り家で働くことが多かったけど。母はわたしたちの食事にもとても気を遣っていたわね――質素でも栄養豊かなものをたくさん食べるようにと。わたしが健康で強い娘に育ったのも、そんな母のおかげなの」

「でも今のきみは健康そうにも強そうにも見えないよ、気の毒だけれど」とハーバートが言った。

「イタリアの気候があまり合っていなかったのかもしれないわ」とベラ。

「イタリアの気候が悪いわけじゃないと思うね。むしろデュケイン老婦人と一緒に屋内にこもりきりなのがよくないいんじゃないかな」

「こもりきりなんてことはないわ。デュケインさまはとても親切な人だし。わたしさえよければ一日じゅうバルコニーでくつろいでいてもいいと言ってくれるほどよ。それに、あの人と一緒に暮らすようになってから、これまでの人生でなかったくらいたくさん小説を読めるようになったし」

「そうだとすると、普通の老婦人とはかなりちがう気質のようだね。使用人を奴隷のようにこき使う人が多いものだが」とハーバート。「ただ不思議なのは、身のまわりにいつも使用人を侍《はべ》らせていなくてもいい気質にもかかわらず、付添婦をつねに雇っていることだ」

「付添婦といっても、実際に付き添うのはほんのいっときですからね。とても裕福な人だから、わたしに払う給与なんてものの数ではないのでしょう。それからパラヴィシーニ博士はといえば、とても優秀なお医者さまだと思うわ。蚊に刺されたわたしのひどい傷を、すっかり治してくれたんだもの」

「蚊の刺し傷程度なら、早いうちにアンモニアを少し塗るだけで治るものさ。それより、今の時期は蚊に悩まされることもない気がするがね」

「いいえ、そんなことないわ。カプ・フェリーノを発つ少し前に刺されたのよ」

ベラは亜麻布のゆるい袖口をめくりあげ、傷痕を見せた。ハーバートはそれを念入りに観察し、驚きと怪訝《けげん》さの混じった表情になった。

「これは蚊の刺し傷じゃないね」

「いいえ、蚊しか考えられないでしょう――カプ・フェリーノに蛇や蝮《まむし》がいれば別だけれど」

「そういうものに咬まれた痕でもない。ぼくにからかい半分のことを言っても無駄だよ、ロールストンお嬢さん――きみは自分では気づかないまま、あの変わり者のイタリア人医師に生き血を抜きとられていたんだ。近代ヨーロッパの最も偉大な人物も同じ方法で殺害されている（バイロン卿の直接の死因となった瀉血療法を指すと思われる）。なんと恐ろしいことか！」

「わたしはこれまで血を流したことなんて一度もないわよ、ハーバート」

「莫迦なことを言ってるんじゃない！　もう片方の腕も診せてみなさい。そっちにも蚊の刺し傷があるんじゃないか？」

「あるわよ。わたしは皮膚が弱いから治りにくいんだと、パラヴィシーニ博士が言っていたわ」

ハーバートは明るい日射しの下でベラの両腕をあらためて観察し、傷には古いものから新しいものまであることをたしかめた。

「これはじつにひどい傷痕だ」と評した。「こんな傷をつけた蚊をもし見つけたら、すごいやつだと褒めてやらなきゃならないだろう。だが冗談はともかく、正直に答えてほしいんだが――きみの健康と幸福を心から願っている親友に質問されたときのつもりで、あるいはきみの大切なお母さんに尋ねられたつもりで真剣に教えてほしい――蚊以外でこれらの傷の原因になることに、まったく心あたりはないか？　ほんのかすかな疑いでもいいんだが」

「いいえ、心あたりなんてないわ！　これが正直な答えよ。じつのところ、蚊が腕を刺したところを自分では見ていないの。あの小さな悪魔を見かけたこともないわ。ただ、カーテンの下でかん高い喇叭《らっぱ》のような彼らの翅音《はおと》を聞いたことがあるだけ。体のまわりで彼らがうるさく飛びまわっているのもときどき感じるわ」

その日の後刻、デュケイン老婦人が主治医パラヴィシーニ博士とともに馬車で午後の遠出に行っているあいだに、ベラとスタフォード兄妹はホテルの庭園のベンチにかけてお茶を飲んだ。

「きみはいつまであの老婦人のもとにいるつもりだ？」ベラとロッタが話しているとき長く黙りこんでいたハーバートが、突然二人をさえぎってそう問いかけた。

「あの人が週に二十五ポンドずつお給金を払ってくれるあいだは、ずっといるつもりよ」

「そのために、自分の健康をそこねるとしてもか？」

「わたしが健康を害しているのは、あの人に仕えているせいではないわ。あなたもよく知っているとおり、本当に楽な仕事をさせてもらっているんですもの――一、二時間本を朗読してあげることが週に一度か二度あることのほかには、ときどきロンドンの取引先への手紙を代筆してあげる程度なんですからね。こんなに呑気な勤め口はほかにないでしょう。なによりも、年に百ポンドのお給金をくれるところなんて決してないわ」

「では、身の破滅を招くまでそうするってことか？　あの人に仕えながら死ぬときまで？」

「それは、わたし以前の二人の付添婦と同じように、という意味？　そんなことにはならないわ！もし本当に体の調子が深刻になったら、そのときはすぐに列車に乗ってロンドンに帰るわよ。ためらうことなしにね」

「きみ以前の二人の付添婦のことをどう思うんだ？」

「二人とも死んだのよね。デュケイン老婦人にとっても不運なことだったでしょう。あの人がわたしを雇ったのは、そのためでもあるのよ。人一倍たくましくて強い娘だから。そんなわたしがこうして青白く弱い体になってしまったのは、あの人にはとても残念でしょうね。そういえば、あなたが作ってくれた液薬がとてもよく効いたとデュケインさんに話したら、是非会いたいと言っていたわ。ご自分の体のことについて相談したいんですって」

「ぼくも是非話がしたいね。あの人がきみにそう言ったのはいつ？」

「一昨日《おととい》のことよ」

「では、今夜にでも会いたいと伝えてくれるかい？」

「もちろん！　あの人のこと、あなたはどう思っているの？　よく知らない人の目には、怖いほど年老いているように見えるんじゃないかしら。昔はとても美しい人だったのだと、パラヴィシーニ博士は言っていたけれど」

　ハーバートがデュケイン老婦人からの書状で呼びだされたのは、同じ日の午後十時近くのことであった。書状を持ってきた専属配達人の案内によって老婦人の居間に通されると、ベラが小説を朗読してやっているところだった。彼女の声は低く細くだるそうで、苦労して出しているようすが聞きとれた。

「読むのはもういいわよ」老婦人が不満そうな声で言った。「そのだるそうなところ、なんだかブランディ嬢に似てきたみたいね」

橄欖の薪を燃やす暖炉の前で、小柄な老婦人は前屈み気味に椅子に座していた。老いて縮こまった体を黒と深紅からなる錦織りの豪奢な衣装で包み、白髪の頭を震わせながらハーバートのほうへ顔を向けると、筋張った首の下の古いヴェネチア刺繍の襟もとを飾るダイヤモンドが蛍《ほたる》のように光った。

訪問者を見すえる目もまたダイヤモンドのごとくぎらつき、獣皮製の仮面にも似た干からびた顔のなかで唯一の生きているものであるかのようだ。病院に勤務するハーバートは病人たちの衰弱した顔をたくさん見ているが――いずれもが病《やまい》の痛ましい痕跡の刻まれた顔だ――この老婦人ほど悍《おぞ》ましい印象を与える皺だらけの顔は見たことがなかった。それは言い知れぬ死の恐怖すらも超えて生きのびているもののごとくで、何年も前に棺の蓋の下に隠された顔だとしてもおかしくないほどだ。

暖炉の一方のわきにはイタリア人医師パラヴィシーニ博士が立ち、燃え盛る火へと身を乗りだす老婦人を見おろしている。そのさまはどこかしら、自分が誇りとする宝物を眺めているかのように見える。

「よく来てくれたわね、スタフォードさん。ベラ、あなたはもう自分の部屋にさがりなさい。そしてロンドンのお母さん宛ての長たらしい手紙のつづきでも書いたらいいでしょう」とデュケイン老婦人は言い、ベラが静かに退《ひ》きさがったあとでこうつけ加えた。「あの娘《こ》は森や野原で見つけた花々のひとつひとつについて、手紙いっぱいに書きつらねるんですよ。ほかになにか書くことがないのかと思うくらいにね」

ベラはカプ・フェリーノのホテルでのときと同様に、ここでも老婦人の広い居室に隣接する小さな部屋を寝室としているのだった。

「あなたは医学を学んでいらっしゃるそうですね、スタフォードさん」と老婦人が言う。

「医師の資格をとりました。臨床の仕事をしはじめてからは、まだ間もないですが」とハーバートは答えた。

「ベラを診てあげているそうね。あの娘から聞きました」

「薬を処方してやっています。体調が改善してきたようで、少し安堵しました。ただ、改善といっても一時的なものです。彼女の症例には、もっと根本的な治療が必要だと思っています」

「あの娘の体調など、なんでもありませんよ。若《わか》気《げ》のいたりで、どこかが悪いと思いこんでいるんです。充分な労働をしないでぶらぶらしているのが、体にあまりよくないというだけでしょう」

「聞いたところでは、以前あなたに仕えていた二人の付添婦が、彼女と同じ症状ののちに亡くなっているそうですね」

ハーバートはそう言ったあと、震える頭を驚いたようにのびあがらせた老婦人をまず見やり、それからパラヴィシーニ博士へ鋭くさぐる視線を向けた――すると老医師は黄色い顔をわずかに青褪《あおざ》めさせた。

「付添婦のことを心配するにはおよびません」デュケイン老婦人が言い返した。「あなたを呼びにやらせたのは、わたし自身について相談したいからです――無気力症だった娘《むすめ》たちのことではなくて。あなたはお若いし、医学は日に日に進歩する科学だと新聞が書いていますからね。勉強はどちらでなさったの？」

「はじめはエジンバラ大学で、それからパリ大学で」とハーバートは答えた。

「どちらも優等な学校ね。新しい理論や発見についてもたくさん勉強されたんでしょう。医学は中世の魔女術にも通じますものね。アルベルトゥス・マグヌス（十三世紀ドイツの錬金術師）やジョージ・リプリー（十五世紀英国の錬金術師）をご存じでしょう？　それから催眠術や電気術についても？」

「血液の移行術についても」とハーバートは言って、ゆっくりとパラヴィシーニ博士へ目を向けた。

「人間の命を永らえさせる方法について、新しくお知りになったことはないかしら？　医術での治療に使うための――なにかしらそういった秘薬のようなものは？　わたし、なんとかして自分の寿命をのばせないかと思っていますのよ。そこにいる博士は三十年にわたる主治医で、わたしを生かしつづけるためにさまざまな手を尽くしてくれました――持てるかぎりの智識を傾けて。博士は科学のあらゆる新しい理論を修《おさ》めている人ですが――すでに年老いていています。しかも日に日にさらに老いていくせいで――もともと偏屈で頭が固いうえに――新しい考え方を理解しきれなかったり、受け入れられなかったりしはじめています。このままでは、なんとか手立てを講じないと、博士のために却ってわたしが命を縮めることになりそうなんですのよ」

「あなたはまったく、信じがたいほどの忘恩の徒だ。狡猾《こうかつ》きわまりないお方だ」とパラヴィシーニ博士が口を出した。

「あら、文句を言うことはないでしょう。この年寄りを生かしてくれている努力に報いて、何千ポンドも支払っているんですからね。わたしが年々生きのびるにつれて、貯《たくわ》えがふくらむ一方でしょう。もしこの命が絶えたら、あなたにはびた一文《いちもん》入らないのよ。遺産のすべては、優秀なのに貧困に苦しんでいる十九歳になった若い子女たちを保護する施設に、残らず寄付されることになっているんですから。おわかりよね、スタフォードさん？　それほどの財産に恵まれているわたしに、あと数年でも長くお日さまを浴びさせてほしいというわけなの。もう少しだけこの地上にいさせてくれるなら、ロンドンに立派な診療所を建てられるだけの資金を提供しましょう。ウェスト・エンドで開業医をはじめられるようとり計らってもあげますよ」

「失礼ですがデュケインさん、当年で何歳におなりでしょうか？」とハーバートは尋ねた。

「わたしはルイ十六世（十八世紀フランス国王。妃はマリー・アントワネット）がギロチン台の露《つゆ》と消えた日（一七九三年一月二十一日）に生まれました」と老婦人は答えた。

「それがたしかなら、あなたはもう充分なだけの日の光を浴び、この地上にいる喜びもとうに満喫されたと言わねばなりますまい。そして残りの生存の日々は、これまでの罪に報いるべく——あなたを生き永らえさせるための生け贄《にえ》とされた若い命への償いに充てるべきでしょう」

「それはどういう意味ですの、スタフォードさん？」と老婦人が質した。

「ほう、あなたの罪について、いやそれ以上に、そこにおられる主治医のひときわ深い罪業について、ぼくが説明してさしあげる必要があるでしょうか？　今雇われている気の毒な付添婦の娘は、パラヴィシーニ博士の実験的な治療法のせいで、まったくの健康体から危険なまでの病身へと衰弱しています。のみならず、以前に雇われていた二人の若い娘たちも、博士によって同じ症状で奉職中に早世を余儀なくされたことは疑いの余地がありません。博士がベラ・ロールストン嬢に対し、彼女が雇用されて間もないころからしばしば、麻酔剤を投与したのちに血液を抜きとっていたことは疑いなく、充分な証拠とともに医事陪審《ばいしん》に訴えでることが可能です。彼女の著《いちじる》しい健康悪化の症状自体が、その事実なるを物語っています。両腕に残る刃物様の傷痕は見誤まりようがなく、また彼女自身が訴える夢のなかでの昂奮状態の様相は、睡眠中に麻酔剤を投与されているに相違ないことを如実に示しています。きわめて悪質な行為であり、仮に殺人未遂罪にまでいたらないとしても、それに匹敵する重罪と断じねばならないことは論を俟《ま》たないでしょう」

「お笑い草だ」パラヴィシーニ博士が瘦せた両の手を大袈裟《おおげさ》に宙に振りあげながら反駁《はんばく》した。「きみのその主張と威嚇《いかく》のことだよ。わたしレオポルド・パラヴィシーニは、自分がしたことについて法に裁かれる謂《い》われなどまったくないと思っているからね」

「あの娘をつれてお帰りなさい、スタフォードさん。そして彼女のことはもう二度とわたしの耳に入れないでちょうだい」デュケイン老婦人が張りあげる声は、それを出さしめている邪悪な老いた頭脳に宿る生気の炎には似つかわしからぬほどか細くなっている。「母親のいる実家につれてお帰り。雇っている最中に死にそうになる弱い娘は、もう要りません。代わりになる強い娘はいくらでもいますから」

「もしあなたがまたほかの付添婦を雇うなら――とくにイギリス人の若い女性を採用するならば、デュケインさん、ぼくはあなたの罪深いやり口を白日にさらし、英国全土に警鐘を鳴らします」

「若い娘などもう要りません。パラヴィシーニ博士の実験は、わたしにはもう信じられなくなりましたから。付添婦たちだけじゃなくて、わたしの命まで危なかったほどでした。こんな年寄り、血のなかに泡がひとつ入っただけでも死んでしまうんですからね。そんな危険な治療は、もう受けてはいられません。ほかの医者を探します――あなたよりまともな人をね、博士。パスツール（十九世紀フランスの細菌学者）やフィルヒョウ（十九世紀ドイツの病理学者）のような天才を。あの娘をつれて帰りなさい、スタフォードさん。お望みなら結婚すればよろしいわ。千ポンドの小切手を書いてあげますから、それを持ってつれて帰って、たらふく牛肉を食べたり麦酒《ビール》を飲んだりする暮らしをさせればいいでしょう。そうすればすぐにまた肥え太って、強い体になりますよ。とにかくもう実験は要りません。聞いていますか、パラヴィシーニ博士？」老婦人が医師を睨みながらまた声を張りあげると、皺の刻まれた黄色い顔が怒りといらだちに歪んだ。


翌日ベラはスタフォード兄妹とともにヴァレーゼ（ミラノに近い小都市）に向けて出発したが、デュケイン老婦人のもとを去るのは彼女にとって決して好ましいことではなかった。気前よくもらえていた給与のおかげで、愛する母のために大いに助けになれていたのだから。しかしハーバートがあたかも主治医さながらに積極的且《か》つ冷静に看護してくれるので、体調については全面的に彼に任せるしかなかった。

「あの老婦人のところにとどまって、もし死ぬようなことになったら、お母さんが喜ぶはずがあると思うか?」とハーバートは諭《さと》した。「きみの体がどれほど衰弱したかを知ったなら、すぐにでも飛んできて、一刻も早くロンドンにつれて帰ろうとするだろうよ」

「ウォルワース地区の実家に帰るまでは、よくなれないような気がするわ」そう言い返すベラは、前日の良好さの反動か、今朝は気力が高まらず、涙さえ滲みそうだった。

「まずはヴァレーゼで一、二週静養しよう」とハーバートが提案した。「モンテ・ジェネローゾ山の中腹まで心臓の動悸《どうき》なしで登れるようになったら、ロンドンに帰ることにしようじゃないか」

「お母さま、わたしと再会できたらどんなに喜ぶかしら。でも、あんなにいい就職先を辞めてしまったことは、さぞ残念がるでしょうね」

この会話はベッラージョを発った船のなかでのものである。発つ前のホテルにおいては、デュケイン老婦人の皺深い瞼が朝日を浴びて開くよりも遙か前に——それどころか小間使いの娘フランシーヌすら起きないうちに——ロッタがこっそりベラの部屋を訪れ、旅行鞄に荷物を詰めるのを手伝ったうえに、階段をおりて外へ出るときまで手を貸してくれたのだった——ベラが少しでもあらがうことがないよう気を配りつつ。

「大丈夫よ」とロッタが元気づけた。「デュケイン老婦人には昨夜《ゆうべ》兄さんが巧く話してくれたわ。だからあなたは今朝こうして出ていってもいいことになったの。あの人も病人をかかえていたくはないみたい」

「そうでしょうね」とベラは溜め息をついた。

「病人を嫌っているのよ。わたしがこんなふうに体調を崩してしまったのは、あの人にとっても不運だったでしょう――トムソン嬢やブランディ嬢と同じなんだもの」

「その人たちとちがって、少なくともあなたは死んでいないじゃないの」とロッタが慰めた。「もう安全だと兄さんも言っているわ」


だが雇い主に別れの挨拶もせずにこのようにあわただしく旅立つのは、あまりに粗相なことにも思えた。

「もしまた使用人紹介所に行って、ほかの勤め先がないか問いあわせたりしたら、トーピンター所長はなんて言うかしら」蒸気船の上でスタフォード兄妹と一緒に朝食をとっているとき、ベラは憂鬱そうにそうつぶやいた。

「ほかの勤め先を探そうとなんてしないほうがいいんじゃないか」とハーバートが言った。

「もう一度働けるほどには恢復《かいふく》しないだろうってこと?」とベラは訊き返した。

「いや、そういう意味じゃない」

ヴァレーゼに着いてから夕食を済ませたあと、ハーバートに誘われてキアンティ（イタリア産ワイン）をグラス一杯飲みほし、すっかり酔いがまわったころに、彼が一通の封書をポケットからとりだした。

「忘れていたが、デュケイン老婦人からお別れの手紙を預かってある」

「まあ、あの方がわたしに? うれしいわ――あんな薄情な別れをしてしまったのが残念だったから。やっぱりとても優しい人だったのね。ただ、あまりにも年輪を重ねすぎているところが、少し怖い気がしていたけれど」

封筒を破ってあけてみると、手紙は簡にして要を得たものだった――


さよならお嬢さん。帰ったらあの医師に嫁ぎなさい。同封した餞《はなむけ》で花嫁衣裳を買うのですよ。

――アデライン・デュケインより

「一年分のお給与だわ、百ポンドの小切手――いいえ、ちがう、これは千ポンド！」とベラが声をあげた。「なんて気前のよい方かしら！　本当にすばらしい老婦人」

「きみのことが可愛くて仕方ないいんだろうね、ベラ」とハーバートが言った。

船上にいるあいだに彼女を名前で呼ぶようになっていた。イギリスに帰れば結婚へと向かう間柄であってみれば、それは自然なことだった。

「ドーヴァーに上陸するまでのあいだは、ぼくはきみの兄ということにしておこうじゃないか」とハーバートが提案した。「そのあとは――きみの望むようにしよう」

二人の将来の関係をどうするかという問題については、ドーヴァー海峡を越えるまでに満足の行く形で話し合いがついた。それゆえにベラがそのあとで母親に送った手紙では、三つの驚くべき事項が記されることになった。

ひとつめは、同封された千ポンドの小切手は全額をロールストン夫人名義の社債券の購入に充て、元金も利潤もすべて夫人の余生のためのものとするようにと伝えたこと。

ふたつめは、ベラがウォルワース地区の実家に間もなく帰ること。

そして三つめは、彼女とハーバート・スタフォードがつぎの秋に結婚すること。

「ハーバートのことはお母さまもきっと気に入ると思います――わたしと同じくらいに」とベラは手紙に書いた。「すべては善良なデュケイン老婦人のおかげです。お母さまのためのささやかな貯えを確保することができなかったなら、結婚など考えられなかったのですから。これからの歳月を夫婦として暮らしていけば貯えはさらに増えるだろうし、将来どこに住むとしても、お母さまの部屋は必ず設けて、一緒に住んでもらうようにするとハーバートは言っています。〈義母〉という言葉を、彼は少しも恐れてはいないようです」

魔王の館

ジョージ・シルヴェスター・ヴィエレック
The House of the Vampire 1907
夏来健次 訳

ジョージ・シルヴェスター・ヴィエレック（George Sylvester Viereck 1884 - 1962）

※解説5参照

アメリカの詩人・小説家・思想活動家。ドイツに生まれ、十二歳のとき家族とともにアメリカに移住。本作発表と同時期（一九〇七年）に詩才により若くして名声を得たが、愛独主義者《ジャーマノフィル》であることを公言して以後は社会的に拒絶や排斥をこうむった。第一次世界大戦でのドイツ敗北ののち、ヨーロッパ行脚《あんぎゃ》中にアドルフ・ヒトラーに面会して熱烈な支持者となり、第二次大戦勃発後も米国内でナチズム普及活動を行なったため、終戦後の一九四七年まで投獄された。

そのため現代では負の面でのみ捉えられる人物で、唯一本篇がサイキック・ヴァンパイア小説の嚆矢《こうし》とも言われて読み継がれている。『ドラキュラ』以後の作ゆえに時期的な面で見れば本書中では例外的となるが、転換期における意義からしてはずせない重要作。本邦初訳。

ちなみにSF作家リチャード・A・ルポフの長篇*Marblehead*（およびその縮約版*Lovecraft's Book*）は一九二〇年代米国パルプ小説界のカルト的重鎮だったH・P・ラヴクラフトがヴィエレックの依頼によりナチズム讃美の書を執筆するという奇抜な設定の実名小説で、フィクションながらこの知られざる異才の姿を鮮やかに浮かびあがらせた貴重書（ラヴクラフトが本篇を「頽廃美《たいはい》ある傑作」と評する場面もある）。

第一章

シチリアからここニューヨークに招聘《しょうへい》されて間もない管弦楽団の小柄で奇矯《ききょう》な団長が、昂奮《こうふん》のうちに指揮棒を宙へ投げあげると、楽の音《ね》のとどろきが場内の会話の声や食器の触れあう音を押し包んだ。

この楽団長の滑稽な挙動も、そのひとつひとつに反応してのうるさいほどの歓声も、一人の若者を伴って笑みを湛《たた》えながら出口へと縫い進んでいくレジナルド・クラークの姿から人々の視線を逸らすまでにはいたらなかった。

若者の表情は心地よさそうでありながらも、どこかしら沈鬱《ちんうつ》な欲求がひそむ気味があり、鮮やかな瞳に差す柔和な煌《きら》めきは夢見がちな詩人気質を窺わせる。一方レジナルド・クラークの浮かべる笑みは征服者の微笑にもひとしい。黒髪に混じるわずかな銀色が物腰に威厳を加え、重厚な口の上に刻まれた繊細な皺《しわ》が鋭敏さと剛毅さとを同時に物語る。さながらボルジア家支配期ローマ教皇庁の枢機卿《すうききょう》の肖像が年旧《ふ》りた画布から奇蹟のごとく抜けだして、二十世紀の夜会服に身を包んだようだとつい思ってしまったとしても、さほど想像力の飛躍しすぎとは言えないだろう。

四方から寄せられる挨拶に対し、クラークは完璧な沈着さが生む愛想とともに反応を返しつつ、なかでもある一人の若い女性に格別な丁寧さで頭《こうべ》をかしげた。海のような青い瞳で見すえるその女の視線には、嫌悪と憧憬とが綯《な》い交ぜとなった表情が感じられる。

クラークの沈黙の挨拶にも無感動のままけわしいまなざしで見つめつづける女の姿には、地獄の七巡りを七十度に及んで傲岸《ごうがん》尊大に行軍する魔王サタンを睨む亡者のごとき厭《えん》悪《お》の情がまとわりついている。

華やぐ客の列のあいだをなにごともないかのようよに歩きすぎていくクラークの顔には、依然愛想よくも落ちつき払った笑みが貼りつく。だが伴って歩く若者はといえば、かつてこの人物に狂おしいほどの愛情を傾けていたというエセル・ブランデンブルクなる女性の噂を思いだしつつ、今まさにその本人が当のクラークから片ときも目を逸らさずにいるさまを見逃していなかった。女性の熱情は報いられていない。これまでつねにそうだったにちがいない。彼女の遍歴を巡って囁《ささや》かれている噂によれば、数年前にパリでクラークと秘かに婚姻の契《ちぎ》りを結んだことがあったが、時を経ずして解消にいたったという。この離婚は到底円満なものではなく、夫婦関係にあったこと自体両人ともかたくなに秘密にしつづけた。どうやらこの閨《けい》秀《しゅう》画家の持つ絵筆は長いあいだクラークの天才によって支配されていたものだったようで、彼に捨てられて以後に描いた絵はどれも彼女自身の過去の作品の剽窃《ひょうせつ》にすぎないものになりさがっていた。

二人のあいだに生じた亀裂の原因がなんであるかは臆測に頼るしかないが、とにかくそれが彼女の側に及ぼした影響の大きさは、クラークの力が如何《いか》に絶大なものであったかをあらためて示す結果となった。精神生活にまで深く介入し、超越的光輝にあふれた無限の色彩を彼女の画布に塗りこめさせしめた。だがクラークが介入をやめるとともに、彼女の描く絵からは色彩の輝きが失われた。あたかも日没とともに雲の表《おもて》を染める琥《こ》珀《はく》色や黄金色の照り映えが失せるさまにも似て。

クラークの人を魅する力の秘密は彼の名声によって部分的には説明できるかもしれないが、しかし文学的令名が通用しないたぐいの集団のなかにいるときでも、彼自身がその気にさえなれば、恐ろしいまでに人を惹きつけてやまない力を発揮することができるのである。ときには中世の弁証論者たちの残した論法の宝庫をさり気なく援用し、またときには神智論者たちの智識の金庫をも徹底的に利用するのだった。後年人の不幸を漁る噂話の禿鷹《はげたか》たちが彼の上に降り立ち、レジナルド・クラークという名前も嘲笑を伴うことなしには人の口の端《は》に上《のぼ》らない時代になってからも、ことニューヨークの画壇においては弁舌の技芸を完成の域にまで高めた人物として記憶されつづけることになる。クラークと一緒に食事するだけでも大いなる薫陶《くんとう》を受けられると言われたほどであった。

その巧みきわまりない話術は、彼の言葉が持つ秀抜至極な様式美と等価であると言えよう。この若者アーネスト・フィールディングがただちに心を虜《とりこ》にされたのも、現代英語にエリザベス朝期の豊潤《ほうじゅん》な力強さと漲《みなぎ》る音楽性とを付与することのできる同時代でただ一人の才能の傘下に入る特権を得られると考えたがゆえであった。

クラークはたしかに言語をあらゆる様式の楽器のごとく奏でることのできる匠《たくみ》だ。偉大なミルトンの詩を力強い風琴《オルガン》に譬《たと》えるならば、クラークのそれは麗しい琵琶《リュート》として彼の指先の前で従順であった。つねに同一でありつづけることがなく、それが彼の強みだ。あるときは古代ギリシャ建築の大理石柱が持つ正確な摂理美をわがものとしているかと思えば、あるときは後期ルネッサンスの精妙な頽廃美をも身に帯びる。彼の操る言葉の羽搏《はばた》きはときとしてバロック風の天使が紙の上に舞い降りたさまを思わせる優雅さを湛え、また別のときには古代エジプトの荘厳なピラミッド群の蒼古《そうこ》な静謐《せいひつ》とでも呼ぶ以外には譬《たと》えるすべのないほどの重々しさを呈する。

二人の男はようやく表通りに出た。クラークは長い春用外套を身にきつくまといつけた。

「明日の朝四時に待っているよ」と若者に告げる。

その声は低く艶やかで、秘められた奥深さと雅《みやび》やかさとを仄《ほの》めかす。

「ええ、きっとその時間に」

若者の声は発するごとに顫《ふる》える。

「また会えるのがとても楽しみだ。きみには大いに興味を感じているからね」

文学的優美の伝道者とも言える人物の荘重な唇からの賛辞に、アーネストの頬には歓喜の血色が上昇した。

年長の男の顔にはそれと判じえぬほどにかすかな微笑が忍び入った。

「ぼくの書くものに関心を持っていただけて、光栄に思います」若者はこう返すのがやっとであった。

「じつにすばらしい才能だと思っているよ」クラークはそう言うと、宝石の嵌《は》めこまれた懐中時計をとりだした。「今夜はこのへんでさよならをしなければならないな」

ひとときアーネストの手を心のこもった強さで握りしめたあと、きびすを返し足ばやに歩み去り、かたや若者は口を半ばあけたまま立ちつくしつづけた。通りをすぎゆく人波が体をかすめたせいで弾き飛ばされそうになりながらも、若者の視線は夜闇に紛れゆくクラークの威厳ある人影を追いつづけた。自らの肉体をなす組織のひと筋ひと筋がそちらへと惹かれゆくのを覚えながら、湧きやまぬ若さゆえの熱狂に身を任せているのだった。

第二章

レジナルド・クラークは艶《なま》めかしい喜悦とともに夜気を吸いこみ、街の光彩と脈動する生気とを一身に浴びながら、目の前にのびるブロードウェイを軽やかな足どりで進みゆく。

世界を包摂《ほうせつ》せんと欲するクラークの知性が、巨大都市の雑然たる活気に強く魅せられていた。通りを歩いているときでさえ社交の場にいるときと同然に、持ち前の強い磁力が人々の耳目を惹きつけずにはおかず、彼が人波のただなかに入っていくだけで、水が偃月刀《えんげつとう》に切り裂かれるごとく群衆が分かたれる。

一、二街区ほど歩いたところで、とある宝飾店の前で不意に足を止めた。飾り窓のなかでは高価な宝石類が電飾の光を受けて煌めいている。神秘的な蛇の目の群れのようだ——翠《みどり》色や柘榴《ざくろ》色や大洋のごとき碧《あお》色に石のかがやくさまは。立ちつくして見守るうちに、目前のまばゆい光輝が心のなかで三稜鏡《プリズム》のように変化していき、いずれの日にか詩に詠《うた》えそうなすばらしくも大いなる触発を生みだす。

ふと注意を逸らされたのは、古式の手廻し風琴《オルガン》の軋《きし》るような音色に乗せて歩道で踊る幼い少女たちの一団がいたゆえであった。見物する人々の輪にクラークも加わり、桃色のリボンで飾った可愛らしい女の子たちが音楽に合わせてともにあちらへこちらへと揺れ動くさまに見入った。とくに目を惹かれたのは——常春《とこはる》の国から来たとおぼしい肌の色をした一人の少女だった。髪を振り乱し、足は地面におりることがないかのように軽やかで、まさに全身を音楽に変容させたかのごとく踊る姿は、さながら陽光を受けながら舞うオレンジの葉を思わせる。街頭楽師の軋りがちな風琴の音色に乗せて舞う茶褐色の四肢と黒い髪は、どこかで見た横笛吹きの物乞いの少年を思いださせもする。

嫋《たお》やかな曲線を描く少女の四肢が優雅に動きまわるさまを、クラークは強い好奇の目でしばし見つめた。やがて——少女が疲れてきたせいか、あるいは見物人の一人が奇妙なほどしげしげと見ていることに気づいてうろたえたためか？——体の動きが音楽と合わなくなってきた。踊りがゆったりしてくると同時に、ぎこちなく不自然なものになった。クラークのまなざしからも好奇の色が薄れてきたが、そのあともなお彼の全身が顫えつづけた。まるで音楽と踊りの律動が血流のなかにまで神秘的な侵入を果たしたかと思えるほどに。

クラークはそぞろ歩きをつづけた、ほとんどあてもないかのように。じつのところは、ブロードウェイを行き交う人波のきわまりない多様さと力強さに押し流されて歩いているのだった。母なる大地を一歩ずつ足が踏みゆくたびに、巨人のごとき大群衆の力が燃えあがるのを感じる。擦《す》れちがう人々と触れあうごとに、新たな生命力が身のうちに注がれるのを覚えるのだった。

　東へ折れて十四番街に入ると、安っぽい大道芸人たちが列をなしていた。そのさまはさながら遊び女《め》の胸にかかる首飾りにつらなる模造真珠のガラス玉のようだ。居並ぶ店の看板は申しあわせたようにけばけばしい赤色に塗られ、内部で派手な見世物が催されていることを告げる。なかでも格別に怪しげなミュージックホールに入ったクラークは、ロビーに長いことととどまって会場案内人を戸惑わせたのち、ようやく入場券を買い、煽情的なショーが繰り広げられている場内へとくぐり入った。そこに集《つど》う観客の大集団は、街娼たちやひと握りの労務者勢や落ちぶれたスポーツ選手や、厚化粧で台なしにした若さを煌びやかな人工光のなかでさえとり戻せずにいる女たちによって構成されていた。クラークは自分の出現が巻き起こす驚きや興奮や好奇や羨望にも気づかないかのように、舞台にほど近いテーブルのひとつに席をとった。丁重に応対する給仕にカクテルとショーの目録を注文した。運ばれてきたグラスには手を触れず、もっぱら目録にのみ熱心に目を走らせる。求めていた演者の名を見つけると、葉巻に火を点けたあとは観客のほうを眺めるともなく眺め、夜香《ヒヤシ》蘭歌姫《ンスガール》ことベッツィーが登場したところでようやく舞台に目を向けた。

　歌姫が唄いはじめたときも、クラークの関心はまだひとつところに定まってはいなかった。素朴な詞の歌だったが、旋律の軽やかさには欹《そばだ》てていない耳をも惹きつける魅力があり、しかも歌声は不安を誘うほどに細く繊細だ。やがて歌が反復唱《リフレイン》を伴う要《かなめ》のところにさしかかると、クラークの態度が突然に変わった。葉巻を持つ手をおろして鋭い関心とともに聴き入りはじめ、と同時に歌姫を凝然と見つめた。終《しま》いに近い節《せつ》を唄いながら夜香《ヒヤシ》蘭《ンス》の髪飾りをとり去る歌姫の声に不思議なほどの深い物悲しさが混じり、と思うとそれがさらに厭《いと》わしい危うさに変わって、聴衆を魔法にかけたように魅了していった。

その顫《ふる》えるような歌声にクラークもまた囚われた。夜に呻《うめ》き泣く者の悲嘆を仄《ほの》めかすような深い悲しみの情は、獣に狙われた獲物の歎《なげ》きを思わせもする。

歌声が消え入った。クラークのぎらつく視線が依然ねめつけている。歌姫は恐れに駆られているかのようで、さしかかっていたはずの反復唱《リフレイン》にまでたどりつくのは容易ではなさそうだ。その最後の節の唄いだしがようやく口に出されると、クラークの唇に内心を読ませない笑みが浮かんだ。容赦ない視線が歌姫ベッツィーを攻めてやまず、ふたたび声が弱まる。反復唱を唄う声はもはや荒く嗄《か》れたものとなり、物悲しい顫えは失われていた。

第三章

アーネスト・フィールディングは約束の時間よりもはるか前に、レジナルド・クラークの住居の前へと足を運んだ。リヴァーサイド・ドライヴを見おろして威風堂々と建つアパートメントの一画だ。川岸に沿う通りを行き交う不格好な自動車の波が、如何《いか》にもアメリカらしい喧騒と熱気を運んでいく。だがこの騒々《にぎにぎ》しさも騒々しさも、若者アーネストには己《おの》が未来の吉兆としか思えなかった。

同居していたいちばん親しい友人ジャックがひと月前に出ていき、以来アーネストは寂しさに耐えつづけてきた。部屋の隅やら階段やらから不可解な足音を思わせる軋みなどが聞こえてくるたびに、神経質になりきっている脳が漠然とした恐怖感を生みだし、若く繊細な心はそれにあらがいきれないのだった。

アーネストの詩人の魂が長くとどまりがちな鬱然たる夜闇のなかにいるときには、優しく呼んでくれる親しい者の声を欲せずにはいられなかった。己《おのれ》の心の弱さがつのってくるときには、だれかの仄かな愛撫を求めずにはいられなかった。それによって心強さが蘇《よみがえ》り、詩魂《しこん》が炎の剣のごとくふたたび手のなかで燃えあがってくるよう願わずには。

それで夜の帳《とばり》がおりるとともにいつもここを訪れ、その日の収獲をレジナルド・クラークに捧げるようになった。さながら熱心な信仰者が宝石や香木や飾り織りを神の御許《みもと》に捧げるがごとくに。

いつも満足を得られるのはまちがいなかった。そのために足がいつしか心の赴くままに動きだし、あたかも煌びやかな夢を見させる眠りに身を任せて踊りつづける踊り子のように無意識のうちに進んでいき、気がついてみるといつもクラークのアパートメントに備わるエレベーターの籠《かご》からおり立っているのだ。

電気式呼び鈴《りん》を鳴らすべく手をあげかけたところで、住居のなかから物音が聞こえ、思わず手を止めた。

「だめだ、もう仕方のないことなのだ！」とクラークが言い放つのが聞こえた。金属的な響きの、けわしいわめき声だ。

若い男らしい物悲しい声がなにか言い返している。なんと言っているのかまではアーネストには聞きとれないが、悲しみをこらえている調子には思わず涙を誘われそうになるほどだった。なにかしらの悲劇の幕引きの場面であることが本能的に察せられた。

あわてて玄関前から引きさがった。人に聞かれてはいけない密談の目撃者にはなりたくない。クラークにはその若い友人と別れなければならない相応の理由があるのにちがいない。だれであるかはアーネストにも憶えがあった。クラークが傘下で庇護している才能ある若者、エイベル・フエルトンだ。

住居内では束の間静寂が支配した。

それを破ったのはクラークの声だった。「いずれまた蘇るさ。ひと月のうちかもしれないし、あるいは一年二年とかかることもあるにせよ」

「いいえ、もういけません！　すべては失われてしまったんです」若者が泣き声を返す。

「なにを莫迦な。きみは神経質になりすぎているだけだ。そしてまさにそれこそ、わたしたちが別れなければならない理由なのだ。ひとつの住まいに神経質な者が二人いる余地はない」

「ぼくはこんな神経質なやつじゃありませんでした、あなたと出会うまでは」

「わたしのせいだと言いたいわけか――きみがあまりに夢見がちすぎる、心を病むほどに空想的すぎる性格へと徐々に変わっていったのは？」

「そんなことを言えるわけないじゃありませんか。今のぼくはとにかく混乱しているんです。自分がなにをしゃべってるのかもわからないくらいに。なにもかも理解できないことばかりです――人生も、友情も、そしてあなたも。あなたはぼくの才能を大切に考えてくれているものとばかり思っていました。なのに今になって、ためらいもなく友情を終わりにしようだなんて！」

「人はだれもが自然の法に従わねばならない」

「法なら人のなかにこそあるものでしょう。そして人自身が左右すべきものです」

「人のなかにもあるだろうし、人を超えたものでもある。われわれの脳が持つ、あるいは神経細胞が持つ、生理学的構造こそが法なのだから。それはわれわれの生命を形作りもするし、ときに生命を損ないもする」

「あなたとぼくの精神的な絆《きずな》は、あんなにも美しいものだったじゃありませんか。必ずつづくべきものでした」

「それは若さゆえの夢だ。永続するものなど存在しない。すべては流れゆくのみ――万物流転《パンタ・レイ》の則《そく》だ。われらみな旅の宿で仮寝《かりね》する者にすぎない。友情も愛情もすべては幻。幻さえ持たなければ、人生からなにかを失わずに済むというものだ」

「そんな人生なら、得られるものもまたありません」

二人は別れを告げあった。

アーネストは玄関口でエイベルと出会った。

「これからどこへ？」と若者に問う。

「少し旅に出てくる」

嘘だとアーネストにはわかった。

エイベルがある書き物をしている最中であることは知っていた、戯曲かあるいは小説を。思い立ち、どれくらい書き進んでいるか尋ねてみた。

エイベルは悲しげな笑みを洩らし、「ぼくが書いているわけじゃない」

「書いていない？」

「書いているのはレジナルドだ」

「意味がよくわからないな」

「いいさ、そのうちわかるようになる」

第四章

「きみがここに住むことにしてくれて、これほど嬉しいことはないよ」とレジナルド・クラークは歓迎し、アーネストを書斎に招じ入れた。贅沢な調度の行き届いた広い部屋で、ハドソン川とリヴァーサイド・ドライヴを眺めおろせる。

アーネストは驚きと当惑を覚えつつ、絵画や彫刻をはじめあらゆるものへと視線をめぐらせた。細部は調和がとれていないように見えながらも、全体としては明確な流儀に則《のっと》っているのが感じとれる。

暖炉の上の半人半獣神《サチユロス》像が聖セシリアの耳もとに淫《みだ》らな秘密を囁《ささや》く。聖アンティノウスの銀の腕がモナ・リザのまとう衣《ころも》に掠《かす》れる。部屋の一隅に立つロココ風の婦人像が灰色にくすむエジプトのスフィンクス像へ小悪魔的な視線を投げる。ナポレオンの肖像画がキリストの架刑図と相対する。なかでも目を惹くのは、薄闇のなかに掛けられている重々しい壁飾りに描かれた二人の人物の胸像画だ。

「シェイクスピアとバルザック！」アーネストが驚きの声をあげた。

「そうだ」とクラークが応える。「彼らはわたしの神だ」

クラークにとっての神！　そこにこそ、この男の人格の鍵がひそんでいるにちがいない。人が神と呼ぶものには、至高の力を持つまでに高められた自分自身が反映しているはずだから。

クラークとシェイクスピアか！

心を憧れで染められたアーネストでさえ、詩聖と謳《うた》われる偉大な天才と、如何に尊敬しているとはいえ一介の同時代人とを、ひと呼吸のうちに並べ称してしまうことにはためらいを覚えざるをえない。前者が長い歴史に及ぼしてきた影響力は、比肩しうる者もないまでに強大な次元を形作っているのだから。

とはいえ、その並列にもまったく見るべきものがないわけではない。クラークもまた綜合芸術的宏大さを持つ才能であることはまちがいなく、且つ自身の人格を煌びやかな芸術家としての外衣の下に隠している点においても、エリザベス朝期のかの偉人に劣らぬほどの巧みさを以《もっ》てしている。

両者はたしかに近縁関係にある。この住まいの主《あるじ》の背後からシェイクスピアの晴朗聡明な貌《かんばせ》が浮かびあがるのが見えたとしても、さほど驚くにはあたるまい。

あるいはまた、この部屋に飾られている沙翁《さおう》胸像画の存在自体が、クラークの人となりの形成に秘密裏の微妙な影響を与えていないとだれに言えようか？　人の精神と雖《いえど》も、周囲の環境が持つ色彩をカメレオンのごとく己が身に帯びることは大いにありうるだろう。比較的卑近な例で言っても、住居の番号やあるいは部屋の壁紙の色といったものが、そこで暮らす者の命運を決することとすらあるのではないか。

若者の目は今ふたたび、自らが身を置くにいたったこのすばらしい場所の光景を眺めまわした。そのあいだも部屋の隅からはクラークの視線が若者を見つめ、心の最奥《さいおう》における思考の動向をさぐるがごとく、一挙一動を逃さず追いつづける。この危うく魅了する幻想の魔法の許《もと》では、室内のすべての陶磁器が、絵画のひとつひとつが、あらゆる骨董品が、クラークの著《もの》する作品のなかにことごとく反映されているように感じられる。長い辮《べん》髪《ぱつ》を具《そな》えた磁器製の中国人男性像は、クラークの書いた優れた詩のひとつが含む興趣深い四行連句への明らかな影響が認められた。また書き物机に置かれたインドの猿神《えんしん》像が湛《たた》える微笑は、同じ詩のなかのふたつの節《せつ》に再現されており、その奇矯な律動が長きにわたってクラークを囚《とら》えていると考えてまちがいない。

　クラークがようやく沈黙を破り、「わたしの書斎、気に入ってくれたかね？」と尋ねた。

　この単純な問いかけがアーネストを現実に引き戻した。

「気に入るですって？　それどころじゃない、驚かされています！　奇妙奇天烈な空想が頭のなかに触発されてやみません」

「わたしも今夜は妙に幻想的な気分に駆られているよ。空想というやつは才能とはちがって、感染症のような伝染性があるものらしいな」

「そうおっしゃるのは、なにか特別に思いあたる理由があるからですか？」

「日々人をとり囲む環境というものは、ある意味で思考生活にまで大きな影響を及ぼすんじゃないかと、つねづね考えているのでね。たとえばこの中国人像やこの猿神像も――ちなみにこれはインドから持ち帰ったものだが――神秘的でありながらきわめて実際的な霊感を、わたしが書くものに与えているのだ」

「ほんとですか！」アーネストが声をあげた。「まさにそうじゃないかと思っていました」

「それはまた！」とクラークもたしかに驚いたらしい声を洩らした。

「大いなる創造精神は同じ道をたどると言いますが、陳腐な言いまわしながら真実かもしれませんね」言いつつアーネストは内心歓喜していた。

「と言うより」年長の男が慎重に論評する。「ちがう道筋でも結果的に同じところにたどりつく、ということだろう」

「では、人の想像力が持つ重要性はきわめて大きいと?」

「当然だね」

クラークの視線はいつしかバルザックの胸像画に見入っていた。

「人の持つ天賦《てんぷ》の才とは、芸術の完成に欠くべからざる要素を日々の生活のなかから吸収する能力と等価だ。バルザックはその力を瞠目すべき高度さで具えていた。但《ただ》し奇妙と言えるのは、バルザックを最も惹きつけた要素が邪悪であったことだ。彼はそれを海綿が水を吸うがごとくに吸収しつくした。おそらく自らの人格に邪悪の要素が格別に欠けていたためだ。人の魂のうちに眠る悪を、あるいは大気中に浮かび漂う邪を、ことごとくペンの先に集めて吸いとり、己《おのれ》を囲む広範な環境の全域を純化させるかと思えるほどだった。

その一方――」とこんどは沙翁の胸像画へ顔を向け、あたかも兄か弟を見るように親しげに視線を定めた。「――シェイクスピアもまた同様の特質を具えていた。じつのところ、芸術家として最も完璧な人物だったと言えよう。その精神からはこの世の如何なる要素も逃れえなかった。生活のなかからあるいは書物のなかからあらゆる創作の材料を抜きだし、それをまさに匠《たくみ》の手腕によって再創造した。創造性とは天与の特権だが、再創造は詩人の特権であり、究極的には単なる顕現化《けんげん》としての創造以上にすばらしいものと言える。シェイクスピアは数多《あまた》のパレットから色彩を選びだした。それが彼の偉大なところであり、同時にその創作が彼自身以上に偉大である理由でもある。彼の特異な達成はそのことによってのみ説明できる。シェイクスピアとは何者だったのか? 如何なる教育を受け、どのような機会に恵まれてきたのか? なにもわからない。だが彼の創作にはフランシス・ベーコンの知見が含まれていることが窺い知れる。またウォルター・ローリー卿の空想と発見、クリストファー・マーロウの雷鳴のごとき言語感覚、そしてW・H氏への謎の献辞（『ソネット集』の謝辞にある正体不明の頭文字）に象徴される神秘的な美をも包摂《ほうせつ》する」

アーネストは聞き入り、クラークの甘美な声の響きに魅せられていた。まさに話し言葉の匠であり、語りの真実性を奔放きわまりない空想で彩るのに奇蹟的な力を放つのであった。

第五章

「そう」と彫刻家ウォーカムが言った。「まったく奇妙なものだ」

「とおっしゃるのは？」と問い返したアーネストは眠りのなかにいるような視線で、五千年前の皮肉げな笑みを向けるスフィンクス像を眺めている。

「昨日見たばかりの夢が、今日はまるで他人のように自分を見ている気がしてね」

「その一方で」とレジナルド・クラークが口を出した。「昨日の夢が依然として今日のわたしたちを知りたがっているように思えるのも奇妙と言えるんじゃないか。それこそ不自然というものだろう。頭上の空と足の下の大地とは耐えず永久変動をつづけているんだからね。わたしたちを構成する原子のひとつひとつが想像を絶する高速度で振動しつづけている。変化とはまさに生命のあり方そのものだろう」

「たしかにときどき思うよ」と彫刻家が言う。「思考さえ水のように蒸発してしまうんじゃないかと」

「充分ありえるさ、それなりの条件さえあればね」

「だが蒸発してどこへ行く？　完全に消え去ることなどないはずなのに？」

「そう、そこが問題だ。あるいはむしろ問題ではないかもしれない。精神の宇宙においては、なにものも失われるはずはないから」

「ですが」とアーネストが問いを挟んだ。「そんなことを考えたのはなにか特別な理由でも？」

「つまりだ」と彫刻家が答える。「非常に強い創作動機をひとつ持っていたのに、消え失せてしまったのだ」そのあとクラークに向かって、「憶えているかね、きみがこの前アトリエに訪ねてきたとき、ぼくがナルキッソス像の制作にとりかかっていたのを？」

「憶えているとも。じつにすばらしい発想で、感心させられたよ。とは言うものの、今はちょっとよくは思いだせないがね」

「まあ、依頼に基づいてやった制作ではあるのだがね。ある若い富豪が八千ドルで申しこんできた。自分としても完全に独創的な発想があった。なのに完成させることができなかった。まるで突風に吹き攫《さら》われたかのようだった」

「それは残念だったな」

「そうとでも言うしかないね」と彫刻家が応える。

アーネストは笑みを洩らした。ウォーカムが家庭内に問題をかかえていることはだれもが知っている。二度までも離婚訴訟の法廷に立ち、現在も三人の元家族の生活費を支払いつづけている。

彫刻家は今クラークの書き物机の席に腰をおろし、目の前に広げてあるタイプ打ちされた原稿を見るともなげに眺めているところだ。芸術家のよくある例に洩れず、初めは狂人かあるいは子供を思わせる好奇心の表出とともに原稿に目を落としているだけだったが、ほどなく自分の挙動の不穏当さにも気づかないかのような強い執心をあらわにして見入りはじめた。

「これは！」とウォーカムが声をあげた。「いったいなんだ？」

「フランス革命に材を採った叙事詩さ」クラークが驚いてもいないらしい声で答えた。

「しかし、ぼくもフランス革命に題材を見いだしていたこと、きみは知っていたのか？」

「どういうことです？」アーネストは問いながら、まずクラークへ、つぎに正気が疑われるほどの状態を呈してきたウォーカムへと顔を向けた。

「いいかよく聞け！」

そう言うと彫刻家は原稿を読みあげはじめた。長い文脈のよく練られた律動がアーネストの耳にも心地よい。だがそれだけに、ウォーカムの批判的らしい言動の真意を読みとれるまでにはいたらない。

クラークはなにも言わずにいるが、ただこのたびは関心を強めているに相違ないことが目の煌めきに見てとれる。

わけを話さなければ真意をわかってはもらえないとウォーカムもやっと気づいたようだ。

「彫刻家の心というものをきみが持っているわけではないことを忘れていたよ。ぼくの場合には、あらゆるものの印象がただちに〈形〉の感覚へと翻訳されるのだ。そこに音楽は聴こえない。ただ聳《そび》え立つ大伽藍《がらん》や尖塔や、華麗なステンドグラスや唐草文様が見えるのみだ。薔薇の香りさえぼくにとっては触覚で感知される。手でそれを感じとることができるのだ。だからきみのこの文章も、初めは不たしかだったものの、やがてその流れるような律動によって、ぼくの失われたナルキッソス像の霊感へと結晶化してくるのがようやくわかった」

「それはまたすごいことだな」とクラークがつぶやく。「夢にも思わなかったよ」

「ということは、空想的すぎる考え方というわけではないと？」アーネストが本意を巧く避けながら問いかけた。

「そうとも。大いにありうることだ。彼のナルキッソス像が、わたしの精神の無意識層とつながっていたと考えられるんじゃないか。この原稿を書いているあいだにね。だから、おたがいの精神の深層がそれぞれの表現に反映されなかったとしたら、そのほうがむしろ不思議なくらいだろう」

「とすると、たとえば鋭敏な心理学者ならばわれわれの書くものの行間や下層域を読んで、表現されたことばかりでなく、表現されなかったことまでも見てとってしまう現象がありうると？」とアーネスト。

「まちがいなくね」

「つまり、われわれがものを書いているあいだも、自分の深層意識に気づいていないことがあるという意味ですね？　それは心理学の新たな分野を拓《ひら》くほどのことじゃないでしょうか」

「隠された象徴的要素を読みとるのは、〈鍵〉を持つ者のみに可能なことだ。わたしの考えでは、意識の閾《しきい》の上層あるいは下層を流れるあらゆる隠れた心の動きが、漠然とにせよ明確であるにせよ、ある種の必要性によってわれわれの行動になんらかの痕跡を残していくのは当然のことであるはずなのだ」

「その考え方によって、大半の人々には耐えがたいほどに退屈な本でも、少数の読者の心に歓喜を与えられることの説明がつきますね」とアーネスト。

「そう、〈鍵〉を持つ者の心にね。よく憶えているのは、わたしの伯父があるとき高等数学の論文を広げて読んでいたところ、なにも知らない妻が肩越しに後ろから覗きこんできたので、気まずくなって顔を赤らめてしまったという逸話だ。その論文を書いた学者というのが放蕩《ほうとう》癖の強い男だったからだそうだ」

「つまり、まったく無害に見える本でも、若い読者の心に秘密裏に頽落の種を蒔《ま》く力があるかもしれないというわけだな」とウォーカムが論評した。「読む者がそれを理解することができるならば、という意味でだがね」クラークが思慮深げにつけ加えた。「微積分の教本でさえ淫蕩な場合があるとは容易に想像できる。あるいはただのピクニックについて書いた新聞記事であっても、その表層の下に、初心《うぶ》な者にはそうと気づかれないような秘《ひそ》かさで、トリスタンとイゾルデの悲劇的な情熱が燃えていることもあるだろう」

第六章

そうした会話がレジナルド・クラークの書斎で交わされてから数週がすぎた。今や春も深く進んで、野原には花々が咲き散り、書評家たちの書架には小説本が咲き賑わうころとなった。後者においてはアーネスト・フィールディングもそれなりの地位を占めるにいたったが、しかし自らはいまだ花々から如何なる詩も生みだせていなかった。他人の本についての批評ばかり書きつづけるうちに、春の到来によっても自分が花束を受けとれずにいることを忘れているほどであった。ただときおり水面に漣《さざなみ》が立つように、不安が魂を乱すことがあるのみで。

〈館《サロン》〉の主《あるじ》の不可思議な人格により、若者の心は抜けだしえない迷路に囲まれるがごとき体《てい》をなしていた。

前日に旧友ジャックがハーヴァード大学から急訪していたが、それによってもアーネストの魂はクラークの影響下から脱しえなかった。

今アーネストは長椅子に物憂《ものう》く身を投げだし、机で書き物をしているクラークのほうへ紙巻き煙草の紫煙を漂わせているところだ。

「きみの友人のジャックはなかなかの好漢だな」原稿から顔をあげてクラークが言った。「彼の漆黒の髪がきみの金髪と鮮やかなコントラストをなしているしね。きっと気質の面でも対照的なんじゃないかと想像できるよ」

「たしかにそうです。でもその懸隔《けんかく》を友情が架橋してくれています」

「知りあってどれくらいになる?」

「大学二年生のときから友人同士です」

「彼のどういうところに惹かれるのかね?」

「人の好悪《こうお》の理由を決めるのは単純ではありません。ごく小さい原生動物でも、顕微鏡の下では高度な複雑さを呈します。ぼくたちの精神のありようを分析することは、如何なる正確さの程度においてであれ、むずかしいのではないでしょうか。ましで感情というものの影響によって、暗いガラスを透かしてしかものが見えないような状況にあっては」

「たしかに個人的な感情は人の眼鏡を曇らせ、観測を歪めるからね。それでも人は自己分析することに尻込みすべきではないと思う。人間の営為を活性化させるためには、自分自身の胸のうちを明確に見通すすべを学ばなければならない。とくに文学においては不透明さが大きな領分を占めているだけに、見きわめにくい微妙な情動の陰影のひとつひとつを追究し、言葉に表わすことを求められる」

「ぼくは自分の人間性の複雑さを認識しているつもりなので、とても自己分析的だと思っていますが、にもかかわらず、自分の情動を見きわめようとしても途方にくれるばかりです。たがいに中和することもなく反目しあうさまざまな力によって、あちらこちらへ揺さぶられているような気がして。人の生理は科学では割りきれないようです。ジャックに惹かれる理由はたくさんあります。ほかの学生時代の友だちに比べて、彼はより繊細で、優しくて、どこか女性的なところすらあるように思います」

「それはわたしも気づいていたよ。睫毛《まつげ》まで女の子みたいに見えるくらいだからね。今でも彼のことはとても好いているわけだな?」

「好きかどうかというような問題じゃありません。二人でひとつの人生をすごしていると言ってもいいほどです」

「精神的シャム双生児とでもいったところかな?」

「そうかもしれません。事情はいたって単純です。ぼくたちの心は、同じひとつの土壌に根ざしているんです。同じ本で素養を身につけ、同じ大きな風に体を揺すぶられ、同じ日差しによって綺麗な友情の花を咲かせあっていますから」

「こう言うことをきみが許してくれればだが、わたしも彼には心打たれているよ。とても気安く打ちとけられる話し相手になってくれるからね」

「彼には秘められた愛らしさがあり、親しく付きあって初めてわかる気持ちの深さがあります。今彼はハーヴァードの大学院に進もうとしているところで、もう二ヶ月近く会っていませんが、でもこれまでにしてきた共通の経験が目に見えない絆になってぼくたちを結びつけているから、何年後かに再会できたときには、すぐまた近しく感じあえると思っています」

「やはりきみはまだ若いな」クラークが評した。

「どういう意味でしょう?」

「いや——なんでもない、気にするな」

「ふたつの心がひとつの鼓動を刻むことはないとお考えですか?」

「そう、刻んでいるように聞こえたとしても聞きまちがいというものだ。ふたつの時計でさえ同じ時を刻むことはない。つねにわずかな差異があるものだ。どんなに些少でも差異に変わりはないからな」

玄関の呼び鈴が鋭く鳴り、会話を中断させた。ほどなく巻き毛の髪を戴く顔が戸口から覗いた。

「やあ、アーネスト! 元気だったか?」侵入者は笑いを含んだ声をあげた。クラークがいることにすぐ気づいたらしく、気安く握手を求めた。如何にもアメリカの大学が持つ雰囲気のただなかで育った若者らしい健康的な不作法さで。

手を触れあわせたクラークは興奮に駆られたかのように重い息をしたと思うと、急に窓辺に寄っていった。頰に生気が顕《あら》われすぎたのを隠そうとでもするかのように。

ジャックが持ちこんできた春の息吹に当てられたようだ。まさに愛らしき王子と呼ぶべき若者だ。その手がクラークの老いた血管に触れ、生気の火花を分け与えたとおぼしい。クラークの中年期の花びらが、ジャックの出現によってふたたび咲き開いたらしい。あたかも向日葵《ひまわり》の花が主《あるじ》たる太陽へふたたび顔を向けるときのように。

「ぼくはあなたからアーネストを引き離しにきました」ジャックが宣した。「彼の顔色がいつもより少し青白いようです。一日でも外に出れば、血液のなかで赤血球が活気をとり戻しますから」

「きみならとても巧くアーネストを世話してくれるだろうね」とクラークが返した。

「どこへ行くんだ?」アーネストはぼんやりと問いかけた。

だがジャックは返答しなかった。クラークが洩らした皮肉気味な言葉が、予想以上に影響しているようだった。

第七章

二人の若者は海風で魂を洗い、日の光で眼を漱《すす》いだ。享楽を好む人間心理に押されるようにして、ライオン・パレス・ホテルのすぐ近くにまで足を運んできたのだった。ブライトン・ビーチから漂うようにこの場所に来ると、テーブル席に陣どってハイボールで渇きを癒しながら、コニー・アイランドの動脈に流れる街の熱い血気と拍動に見入った。

アーネストは物思いに耽《ふけ》りながら紫煙の輪を宙へ吹き流した。

「この行楽島《リゾート》にやってくる平均的な観光客には、一様に貪欲《どんよく》そうなところがあることに気づいていたかい?」とジャックに話しかけた。友人は今自分のなかのより粗野な若さの衝動に従っているらしく、人波に紛れてそぞろ歩く街の娼《おんな》たちの動きを目で追っているようだった。「それはたしかだと思うね」聞いてもらえてさえいればいいというつもりで、アーネストは独り言のように話しつづけた。「どうしても楽しんでやろうと考えている典型的なアメリカ人たちだ。楽しみを獲得しようと躍起になっているんだ。狩人のように享楽の臭跡をたどっている。でも請けあってもいいが、楽しみは必ず逃げてしまう。彼らの必死の狂奔《きょうほん》は、享楽を追跡せずにはいられない人間の徒労の墓碑銘となるだけだ。返答が得られることのない永遠の叫びだ」

だがジャックは聞いていないようだった。人にはだれしも生涯のうちで、世界を律する哲学などよりも女の下着に惹かれてしまう時期があるものだ。

アーネストは少し傷ついた。それはジャックがかつて女だった二匹の生き物を自分たちのテーブルに招き寄せるに及んで、彼からの沈黙の非難を感じ、黙認せざるをえなかったことによる。

「どういうつもりだ？」

「おもしろそうな娘たちじゃないか」

「そうは思えないがね」

この娘たちにも今よりいい時期があったはずだ――言うまでもないことだが。そのうちに不況が進行し、商店や工場で働いても懐《ふところ》が潤わなくなったのだ。

娼婦たちのうち神経質そうな細く小柄な一人が、アーネストの隣の席を本能に呼ばれたように選んで坐ると、さっそく彼の耳もとでなにごとかしゃべりはじめた。酒を奢《おご》ってくれる者がいればだれにでも自分の人生についてあれこれ話して聞かせたいとでも言うように。この女の物腰のなにかがアーネストの興味を惹いた。

「それからわたしにも運が向いてきたのよ。友だちになったある演芸場の支配人が、試しにしばらく舞台に出てみるかと言ってくれたの。歌声には自信があるつもりだったから。それで夜香蘭歌姫《ヒヤシンスガール》ベッツィーと呼ばれるようになったの。初めのうちは客が喜んで聴いてくれてると思えたけど、でもそれは結局新人だったからなのね。ひと月ちょっとしたら馘《くび》にされちゃったわ」

「どうしてまた？」

「もうお古《ふる》になったからってことじゃないかしら」

「ひどい話だな！」

「ほんとはそんなにいい声じゃなかったのね。それに煙草の煙やアルコールのせいで――お酒は好きだから」

そう言ってグラスをひと息に呷《あお》った。

「で、今の仕事は気に入ってやってやってることなのか？」

「べつにいいでしょやってても。わたしまだ若いんだもの。可愛いとも思ってるしね」

この答えは決まり文句のように言ったわけではなく、単にこの女の愛らしさの表われと思えた。

それからほどなくして蒸気船へと向かう道すがら、アーネストは些少の非難をこめた口調で問い質した。「ジャック――さっきの娼《おんな》たちとの会話、ほんとにおもしろいと思っていたか？」

「きみだって楽しんでたじゃないか」

「彼女のことか？」

「当然さ。あれは――とても気立てのいい娘だった」

アーネストは眉根を寄せた。

「ぼくたちはもう二十代なんだぜ。こういうことは社会学の勉強みたいなものだ。それにスージーは――」

「スージーって、あの娘の名前なのか？」

「そうとも」

「つまり名前を持ってる街娼ってことか」

「もちろん」

「名前なんか持つべきじゃないだろう。番号で充分だ」

「彼女たちだって世の中のための人柱《ひとばしら》ってわけじゃないんだぜ。人間には変わりない」

「かもしれないな」とアーネストは言う。「それがいちばん恐ろしい問題だ」

第八章

月が明るく輝く。

夜間遊覧船の舳《へさき》が速やかに確実に銀色の泡を分

けて進む。

立ちこめる若い肉の臭い。さざめく笑い声。息をひそめる自動洋琴《ピアノラ》の音色。踊る足の群れのよろめき。酒精《さけ》とともにつぶやかれる話し声、色恋《なさけ》とともに囁かれる睦言《むつごと》。かん高い乱痴気騒ぎ。走り交《か》う給仕たち。女店員ふうの娘たち。資産家夫妻らしき男女。四人あるいはそれ以上の家族づれ。寝入る子供たち。飴売りの少年。赤ん坊の泣き声。

二人の朋友《とも》は裾長《すそなが》の雨天外套に身を包み、上甲板で椅子にくつろいでいる。

彼方では大都紐育《エンパイアシティー》が霧の上方に煌々と聳《そび》える。

「どうだアーネスト、以前のようになにか詩でも詠《よ》んでみたらいいじゃないか。口が利けなくなっちまったわけでもなかろう。それともまだコニー・アイランドでのことを考えてるのか？」

「ちがうね。あんなことはもう速い風が攫《さら》っていった。今は晴ればれした気分さ。人生はすぎゆくのみだ。記憶はひとたび接吻してきても、あとにはなにも残さない」

そして友と顔を見あわせ、手を触れあわせた。鋭い歓喜とともにおたがいを感じあう。今宵の麗しさを。二人の友情を。彼方の大都を。やがてアーネストの唇が柔らかく開き、律動とともに、奇妙な熱情とともに、声を顫《ふる》わせつつ朗詠しはじめた。

鉄の肋《あばら》なす巨獣の群れ、天空に聳えん
高き悪徳の摩天楼より、遙か眼下を見おろさん
列車は金鱗《きんりん》の大蛇のごとく速やかに滑り
その秘められし巣穴へと這い入り
千の街光《がいこう》は大都《たいと》の髪飾る宝石のごとし
海は腰帯にして、空は王冠のごとし
命なる血ぞ脈打ち、熱き鼓動ぞ響かん
広く雄々しく、息をも呑ませて大都竦《そび》えん
斯《か》くや絶えざる騒擾《そうじょう》に耳を傾けて
大都の恋人《おもいびと》の訪《おと》ないを待てり
その唇は大いなる朗唱を求めて

静寂のなかに自らの音響を持てり
光輝と狂瀾《きょうらん》とそして罪とを以《もっ》て
大都の鉄なる夢と石なる想いを生めり

アーネストはそこで吟詠《ぎんえい》をやめた。船は滑りつづける。二人はしばらく口を閉じあった。

やがてジャックが沈黙を破った。「つまりきみは、この大都会を詠《うた》いあげる詩人になることを夢見ているわけか？　この街に憧れるすべての人々に向けて、〈鉄なる夢と石なる想い〉を唱《うた》い聞かせる者になりたいと？」

「ちがう」アーネストは即答した。「今はまだ。人の脳がどんな印象に触発されるかは奇妙なものだ。触発される要素にあふれているはずのクラークの館《サロン》では、ぼくはなぜか触発を得られなかった。なのにあの街娼《おんな》と一緒にいたときには、ある霊感が湧いた――かなり大きなアイデアがね」

「それはあの女と関係があることか？」

アーネストは微笑み、「そういうわけじゃない。彼女個人にはかかわりのないテーマだ。少なくとも直接的には。これは謂《い》わば、血とそして脳の働きがなせるものだろう。〈気《き》〉が動いた――あるいはなにかが変化したのだ。巧く言い表わせないが」

「具体的にはどういうものになるんだ？」ジャックが強い関心をあらわにして質した。

「戯曲にするつもりだ。きっとすごい劇になる。女性主人公は、ある王女だ。とても愛らしい姫君で、黄色の薄紗《ヴェール》をまとっている」

「どんな粗筋だ？」

「今日はまだ言えない。じつのところ、だれにも洩らすつもりはない。きみを驚かせたいし――世間をあっと言わせたいからね」

「それじゃ、本当に上演に価《あたい》する出来になるってことだな？」

「ぼくの予想がまちがっていなければ、一年以内にブロードウェイで観られることになるだろう」

そして誇らしげにつけ加えた。「初演の夜にはきみを二人がけの上等席に招待するよ」

そのさまを想像して、ともに笑いあった。ともに心を躍らせていた。

「では早めに書きあがるよう祈りたいね」やや間を置いてからジャックが言った。「近ごろはあまり筆を執っていないようだから」

「昨日きみがぼくのところにやってきたときには、同じことを思ったよ。憂鬱に陥っているのを見てとられた気がしたからね」

「ああ、たしかにそうだったな」ジャックは驚きの目でアーネストを見さだめた。「だが今のきみは顔が輝いている。霊感が湧いた瞬間から、脳に急激に血がめぐりはじめた、ってことかな。女と接吻したとき以上にね」

「そう見えているならうれしいね！」アーネストは安堵の息を吐いた。「ぼくの内奥《ないおう》の強い力が、純粋な創造性を生みだしてくれているんだ。人はときとして熱情に喉首をつかまれ、欲望の衝撃を背中に感じ、数多《あまた》の色彩で燃えあがる炎を魂に浴びることがあるものだ。だが創造できる歓びこそは究極の激情だからね」

第九章

実際アーネストにとっての創造行為とは、一般的な人間という動物にとっての歓喜に伴う痛みにひとしいものであるかのようだった。精神内部でさまざまな力が相互作用し、女を抱くときにも似た悩ましい歓びをもたらす。目が輝く。筋肉が緊張する。創造の悦びが全身に降りかかる。

ときにはしばしばごく物理的な理由で、たとえば鳥の翼にくくりつけられた石のような原因により、想像力の飛躍が阻《はば》まれる場合がある。雑誌はアーネストの原稿を待っているが、彼は編集者を待たせすぎてもいい地位にはまだいない。日々のパンとバターを与えてくれる者たちこそが彼らなのだから。

それでもパンとバターの合間を縫って、戯曲は幕から幕へと構想されていった。独りすごす夜に、自らの想像の機《はた》に煌めく憧憬の横糸を速やかに織り入れていった。東方の香り際立つ艶やかな糸に、ときおりおごそかな柔らかさを織りこみつつ。自らの人生の糸が物語の糸と絡みあう。真の芸術は自伝に似たものだ。とはいえ必ずしも芸術家の実人生の反映のみであるには及ばない。むしろ無数の潜在的自己の顕現であることが望ましい。そう、人が可能性として持つ自分自身の表現であることが！　それはときに美しく、またときに恐ろしく、そしてつねに魅惑的だ。それは人の手の届かない天の高みにまで迫らんとする。あるいは足の下の大地の底を穿《うが》つ地獄にまでさまよい入らんとする。

天国と地獄を包摂する者こそ完全な人間と言えよう。だが天国といっても数多あり、地獄はさらに数多ある。芸術家はその双方から焔を掠《かす》め採る。詩人が紡《つむ》ぎだす輝く言葉の群れに比すなら、刺客の心に宿る、人を弑《しい》する欲求さえ色を失うだろう。詩人の書くものはその実人生の彩るものと同等に現実的なのだ。それでもやはり自らの領分においてこそ詩人は至高となる。詩人の手は血に赤く染まり、あるいは病に青褪めるが、それでもなお王でありつづける。だがもし詩人が自らの王国の境《さかい》からはみだし、自らの夢の秘密を明かす挙に出るならば、悲劇に見舞われずにはいない。それまでは拍手喝采していた群衆が、弱く顫える詩人の体に石を投げつけ、あるいはその繊細な両手両足に十字架上で釘を打ちつけるだろう。

アーネストが戯曲に心を集中できずにいるうちに日々がすぎることもままあった。だがやがてふたたび熱気が心を捉え、真珠を糸でつなぎつらねるがごとくに台詞を紡ぎだしていった、但し紙にはまだひと言も書かないままに。台詞の最後のひと筆が脳裏に書きこまれないうちは、全体を吟味しなおすことさえすべきではないと思えた。

レジナルド・クラークもまた苦吟のさなかにあ

るらしかった。アーネストが言葉を交わせる機会もめったになくなっていた。朝食の席をともにする合間にすら、自分の戯曲についての話を持ちかけたりすることは相手の妨げになるだけだと思われた。

日が沈み夜が訪れ、また日が沈んでは夜が訪れた。青年のごとき四月が淑女のごとき五月に席を譲った。戯曲はアーネストの脳内で完成に近づき、実際の執筆に伴う肉体的労苦を思って武者震いを覚えた。脳内から紙へと書き写す作業には体力のすべてを傾けねばならないと感じていた。そうでありながら、ここに来て台詞の記憶が奇妙に薄れていくような気がした。記憶をとどめておこうと努めるごとに、いつの間にかどこかへ洩れてしまっていることに気づかされるのだった。

陽射しのよい日でもあり、パラセイズ地区の静寂のなかをしばらく散歩してみることにした。最終段階である執筆をはじめるべく、手と神経を落ちつかせるために。

その意志をクラークに打ち明けたが、薄い反応しか得られなかった。夜晩《おそ》くまで仕事をしていた者のような奇妙に青白い顔色をしていた。

「ずいぶんとご多忙なようですね？」アーネストは本気で心配になって尋ねた。

「そうだな」とクラークは答えた。「白熱した気分で仕事をしているのでね。心の昂《たか》ぶりと逸《はや》りで落ちつきが失せているのを否めない。生まれくる創造の産声《うぶごえ》を言語に変える作業が終わるまではな」

「それほどに心を捉えて離さない創作とは、いったいなんなのでしょう？　例のフランス革命をめぐる叙事詩ですか？」

「いやちがう。あれは書こうと企てるべきじゃなかった。もう何週ものあいだひと筆も書き進められずにいるよ。ウォーカムが訪ねてきたときからずっとだ。なんだか、脳内に張っていた創造の蜘蛛の巣が、何者かの荒っぽい手によって破られてしまったかのようだ。書かれているさなかの詩というものは、ガラス工芸職人が鳥や木々やさまざまな幻妙な形の工芸品を創りだす前の、熱に赤く溶けたガラスのようなものだ。開いた戸口から吹きこむ風によってさえ乱されてしまう。わたしが今とり組んでいるのは、もっと重要なテーマだ。繊細にすぎるガラスによってではなく、溶けた黄金によって船を創っている最中なのだ」

「ぼくたちのためにいったいどんな創作をつづけていらっしゃるのか、知りたくて仕方ありません。あなたのお力でさえもうこれ以上は超えられないというほどの高みにまで、達しているのではないかと思えて」

クラークは微笑み、「それはお世辞がすぎるというものだ。陽光のような心暖かさを感じるのはたしかだがね。非常にユニークなアイデアのつもりだとだけは言えるだろう。己《おのれ》が持てる技術の円熟味と、第二の青春とでも言うべき新鮮さとの混合、といったところかな」

アーネストは高まる期待感に興奮を余儀なくされた。魂がクラークに触れられて、風に鳴る竪琴《ハープ》の弦のように反応していた。「いつになるでしょう？」と声を高めた。「ぼくたちがそれを見せてもらえる栄に浴することができるのは？」

クラークの視線はすでに書き物机の上へと戻っている。「もし神がお許しになるなら」と口を開く。「今夜にも書きあがるはずだ。明日パーティーを催すつもりでいるから、できればその場で朗読したいとすでに仄めかしてある」

「じつはぼくも自作の戯曲を間もなくお目にかけられると思っています」

「それは楽しみだな」とクラークは心ここにあらずのようすで返した。芸術家らしい自己中心癖により、ふたたび自分の創造行為に心を鎖でつながれてしまったようだ。

第十章

その夜レジナルド・クラークの館《サロン》には百花繚乱《ひゃっかりょうらん》の群衆が集った。書斎とそれにつらなる社交室からは品よく抑えられた会話のつぶやきが絶えず漂う。女たちの白い首筋にはひとつひとつに魂が宿るかのような宝石が煌めき、それをまとうなよやかな姿態にぴたりと貼りつくドレスは官能的な衣擦《きぬず》れの音を洩らす。蠱惑《こわく》的な髪や手からは仄かな香水の郁《かお》りが立ち昇り、肉体そのものが持つ豊潤な匂いと混じりあう。鮮やかな色彩に染まる精妙な水晶球のなかでは芳香蠟燭が燃えて、あでやかに着飾った群衆の頭上に光を降らせ、男たちの顔に人工の輝きが与えられる一方で、女たちの髪や宝飾品にはひとつひとつの光線が伴侶を得た小妖精のごとく舞い踊る。

満幅の照明が射す室内の一隅には、熱帯地方に棲息する野生の獣の毛皮が張られた玉座然たる大椅子が据え置かれ、来たるべき君主を待ちかまえる。上方からは不思議な芸術的洗練《ラフィネマン》を湛《たた》えた東洋風の飾り布が垂れさがり、玉座を囲む真紅の天蓋《てんがい》を思わせる効果をもたらしている。訪問客たちは数人ずつ固まって立ち話に興じ、あるいはまた社交室の全体に無秩序に散在する長椅子や珍しい造形の個別椅子にかけてくつろぐ。そのなかには批評家や作家をはじめとする芸術界に通じた者たちもいる。なにがしかの名声を持つ者や、一般人よりは多少とも世に知られた者は、それぞれの熱心な憧憬者たちに囲まれて耳目を集める。ここでは放浪型《ボヘミアン》芸術家にふさわしい雰囲気は薄いが、まったくないわけでもない。ただレジナルド・クラークの名前がかける魔法が蔓延しているせいで、集まっている令夫人たちにとっては、街で擦れちがっても気づかない程度の男たちの存在など目に入るべくもない。

アーネストはこの豪華な群衆を、夢遊病者のような朦朧《もうろう》とした目で眺めわたしていた。と言っても、この場の全容に浸透する文化的あるいは頽廃的な空気に無感覚となるほど興奮しすぎているわけではなく、まばゆいばかりの色彩群に目を射られ心を惑わされているわけでもない。そうしたもののすべてさえ、今宵の彼の内面に映じる光景の絢爛さを前にしては、採るに足りないものにまで減衰し果ててしまっているのだ。煌びやかな夢の国の王宮とも呼ぶべき自らのもくろむ戯曲の世界が、未完の思考がなす闇の底から浮かびあがっている。それは壮麗にしてありありと明確で、あとは実際上の執筆によって細部を構築すれば完成にたどりつける。且つまた今は脳内の奥所《おうしょ》で登場人物たちが徘徊し、紙とインクによって隘路《あいろ》に満ちた迷宮のなかから脱して、現実の存在へと変えられることを欲している。もしここである予期せざる人物が黙考を妨げに現われなかったら、そんなる幻想の王宮にさらに長くとどまりすぎることになったかもしれない。

「ジャックじゃないか！」アーネストは驚きの声をあげた。「ここから何百マイルも離れたところにいるとばかり思っていたが」

「つまりぼくなどもう気にかけてはいなかったってことだな」ジャックがからかい気味に返した。「友情がまだ若かったころには、ぼくがそばにいるだけで気持ちが高まると言ってくれたものだが」

「言ったかもしれないさ。だがそんなことより、いったいどこから現われたんだ？」

「レジナルドから呼びだされたのさ、長距離電話でね。たぶんきみを驚かせるためだ。事実とても驚いたようじゃないか――うれしいなんて気持ちも起こらないほどに。おかげでぼくは仕事が滞《とどこお》ってしまったよ。まあ、どうってこともないがね。ときどき小鬼が耳もとで囁くよ、結果がわかりきっていることをやるのは愚か者だと。けど気にするまでもない。愚行で疲れきるほどぼくの脚は柔《やわ》じゃないからな」

「来てくれてほんとにうれしいよ。実際感謝したい気持ちだ。今夜はきみの存在が必要だという気がするんだ——理由はわからないが。そういう気分が急に湧いた——きみの登場と同じほど急激にね。とにかく、ここにいてもらいたいと思ってる。いつまでいられるんだ?」

「明日の朝には発《た》つつもりだ。やらなきゃならないことがあってね。一日二日のうちに試験の準備をしておかないとまずいのさ。それだけのあいだにたくさんのことを頭に詰めこまないといけない」

「それでも」とアーネストが返す。「こうして来てくれたことは、きみにとっても決して時間の無駄にはならないはずだ。クラークが今夜みんなの前で自分の作品を朗読することになっているからね」

「作品とは?」

「まだわからない。かなりの出来のものらしいというだけで。少なくとも、頭の禿げあがった大学教授たちが年間五千ドルの授業料で教える分に相当する見識を、丸薬みたいに濃密に圧縮してもたらしてくれるはずだ」

「なにを言ってる?」ジャックが言わずにはいられないというふうに、「忘れちまったのか? きみ自身の大学時代を思いだしてみろ——とくに数学の試験をな。いつだってほとんど零点に近いほどの成績だったじゃないか」

「最後の試験はちがう」アーネストは本気で憤慨して言い返した。「あのときは落第点じゃなかった」

「知ってるさ。きみが解析幾何学をテーマに十四行詩《ソネット》など詠んだものだから、鬼のような数学の教授さえ同情せずにはいられなかったんだ。だがそのスクィーラー教授が物理学の試験においては、きみがどれだけ苦吟しようとも、五十九・五点の落第点を宣告することに心も躍りあがらんばかりの喜びをあらわにしていたのを、まさか忘れたわけじゃあるまい?」

「そうさ、あの教授は決して六十点をつけようとはしなかった！　まったく許しがたいね――如何に神が許そうとも」

　回想の応酬はそこで中断された。あたりがざわついてきた。みな速やかに席に戻り、会話の中心となっていた者たちもそれに後《おく》れをとるまじと足を急がせた。

　王が玉座へと向かっていくところだった！

　レジナルド・クラークはまさに王にふさわしい風格を漂わせ、ゆったりと天蓋の下の自席についた。

　聴衆を沈黙が覆う。クラークがゆるゆると原稿を広げはじめても、熱烈な崇拝者たちさえ昂奮に身動きすることはなかった。

第十一章

音楽のごときレジナルド・クラークの朗読の声が総員の耳を捉えた。官能的なまでに計算された抑揚で上昇と降下をくりかえし、やがて風琴《オルガン》の音響にも似た豊かさと強さをあらわにしていく。かと思えば鐘の音《ね》を思わす柔和さ明澄さへと変わる。あまりの耳心地のよさのせいで、内容がよく頭に入ってこないほどだ。その強力な魔法は聴き慣れているはずのアーネストの耳さえ魅了してやまない。原稿の一枚めがクラークの手から床の絨毯《じゅうたん》へと幽雅に滑り落ちたころ、クラークの唇からこぼれる言葉のひとつひとつにどこかで憶えがあることにぼんやりとながらようやく気づいた。二枚めが無意識と思えるほどゆるやかに朗読者の手から離れたとき、突然全身が激しい震えに襲われた。氷のように冷たい手に心臓をわしづかみにされた気分だ。それは疑う余地のないことだった。ただの偶然では到底ありえない。これは盗作だ。そう叫びたかった。だが目に映る室内の景色が揺らぎはじめていた。これは夢にちがいない。たしかに夢だ。聴衆たちの顔の群れも、照明も、クラークも、ジャックも――すべて夢のなかの幻影だ。

　このところずっと頭がどうかしていたのかもしれない。クラークはそんなアーネスト独りのために戯曲を朗読してくれているのではないかと思えた。自分ではそれを原稿に書いた憶えはないのだから。なのに書きあげたと思いこみ、そのあとで脳がどうかなってしまったのかも。記憶とはなんという奇妙な悪ふざけで人をもてあそぶのか。だが待て！　やはり夢など見てはいない。頭がどうかしているわけでもない。

　この恐ろしい不明確さにはもう耐えられない。なんとかして落ちつかなければ、張り詰めすぎた神経が音を立てて切れてしまいそうだ。熱心に朗読に耳を傾けている親友へ顔を向けた。

「ジャック、聞いてくれ！」と小声で話しかける。

「どうした？」

「これはぼくの戯曲だ！」

「きみの？　ヒントを与えてやったたってことか？」

「そうじゃない、ぼくが書いたんだ。いや、正確にはこれから書こうとしてるものだ」

「なにを言ってるんだアーネスト？　目を覚ませよ」

「ちがう、まじめな話だ。これはぼくの劇だ。前に言っただろう――憶えていないか？――二人でコニー・アイランドに行ったあと、戯曲を構想したところだって」

「憶えてるよ。でもこれじゃあるまい」

「いや、これだ。ぼくが考えた劇だ。練りあげた筋立てと同じだ」

「仮にそうだとしても、残念ながらクラークが先に考えていたってことだろう」

「でもぼくのアイデアとそっくりなんだぜ！」

「クラークにアイデアを洩らしたんじゃないのか？」

「そんなことはしてない」

「原稿は自分の部屋に仕舞ってあるんだろう？」

「いや、実際に原稿に書いてあるわけじゃない。

執筆そのものはまだはじめていない」

「きみが執筆をはじめていようがいまいが、クラークほどの声価を持つ作家が、どうして盗作なんてしなけりゃならないんだ？」

「理由はわからない。でも――」

「シッ、静かに」

声を抑えて囁きあっているつもりだったが、すでに二人の前にいる夫人から刺すような視線を向けられていた。

アーネストは椅子の縁にしがみついた。多少なりとも現実感にすがりつきたかった。そうでないと、舵《かじ》のない舟に乗ったまま朦朧《もうろう》とした無理解の海へ流されてしまいそうだ。

あるいは、ジャックの言うとおりなのか？

自分の精神がおかしくなってしまったのか？

いやそんなことはない！　これにはなにか大きな秘密が隠されているにちがいない。だからといってなにができる？　どうするすべもない。霧に迷った舟のように、もう一度親友に声をかけた。だがこれまでの交友で初めて、反応が返らなかった。ジャックはなにも理解していない。アーネストの目に苦い涙が湧きあがってきた。

そんなことにはおかまいなしに、クラークの朗読の声が潮の満ち引きのごとく豊かな抑揚を生みだしていく。

アーネストは年長の男の口から迸《ほとばし》りでる自分自身の戯曲の一語一語に耳を澄ました。劇の場面の恐ろしいまでの魅惑に憑かれる。自らの頭脳が創造した作品が、目の前で聴衆の審判に供されていくさまを眺める。あたかも丑三《うしみ》つ時に扉の陰から不気味な薄笑いとともに覗く自らの分身の顔を目にしている者のように。

登場人物まですべて同じだ！　狂える王。狡猾な廷臣たち。心鬱々《こころうつうつ》とした王子。伴侶たる王よりも宮廷おかかえの道化師に執心を寄せる王妃。その恥ずべき不貞関係の結実であるところの、罪と陽光を綯《な》い交ぜにしたがごとき麗しの姫マリゴールド。

劇は速やかに展開しゆく。差し迫る死の影が王宮を暗ませる。恐るべき拷問による苦痛の果てに、老いし道化師が罪を白状する。鈴付きの道化帽を脱がされ、血に濡れた桂冠をかぶせられる。その哀れにも可笑《おか》しい姿に、マリゴールド姫は涙にくれつつも笑いを洩らさずにいられない。

王妃は蒼白に震えながら立ちつくす。愛する男が死にゆくさまを、ものも言わず見守らねばならない。処刑吏の剣が老道化師の首を瞬時に断ち刎《き》る。王は足もとに転がってきた生首を拾いあげ、マリゴールド姫へ投げやる。幼き姫はそれに接吻し、忌まわしい笑みを浮かべたその顔を己《おの》が黄の薄紗《ヴエール》で覆い隠す。

幕切れの台詞が絶えゆく。

拍手は起こらない。静寂あるのみ。聴衆はただ戦慄に衝《う》たれている。祭壇を前にして神を畏れる者たちのように。あるいはまたこの傑作そのものに恐怖すべき神の存在を感じて。

だがアーネストは椅子にぐったりと沈みこむばかりだ。額には冷たい汗が滲《にじ》み、こめかみは拍動を刻む。頭に血が昇っているのは慈悲深き自然のなせる業か。その血の勢いに神経があげる悲鳴も溺れ、意識も苦痛もひととき沈黙を余儀なくされた。

第十二章

その夜はどうにか終わった——苦渋と憤懣《ふんまん》に満ちながら。それでもなんとかすぎ去った。

唇が乾ききり、眠れなかったせいで目の下に隈《くま》ができた状態のまま、アーネストは翌朝書斎でクラークと相対した。

クラークは書き物机の席に如何にもこの人物らしい姿勢で座し、片手で頭をささえるようにしながら、鋭くさぐるまなざしで若者を見すえている。

「なるほど」と口を開く。「それはいささかたいへんなことだったたな」

「ぼくにはまるですべてが本当だったかのように思えてなりませんでした」若者はいきなり殴られでもした者のように、困惑と苦痛とともに述べる。「こうしている今でも、自分のなかのなにかが失われてしまったような気がします。混沌とした――よく思いだすこともできないようななにかが」

クラークは格別に深刻な精神疾患に陥っている患者を診る医師のような視線で見つめる。

「きみがとんでもない妄想に駆られているからといって、わたしは決して蔑視の気持ちを持ったりはしていないよ。ジャックが帰る前に、昨夜の件について詳しく話してくれた。過去のさまざまなことも思い併せて、神経衰弱になっているのではないかと考えているようだった」

神経衰弱とは！　狂気を婉曲《えんきょく》に言うため以外の理由でこの言葉を使うだろうか？

「気落ちしすぎることはないだろうよ」とクラークが慰める口調で言う。「その程度の混乱なら充分恢復《かいふく》可能で、絶望的なはずはない。書き物をする者ならだれにでも起こりうる災難だ。詩人が詩の神に支払う代償とでも謂《い》うべきか。中世の吟遊詩人は自らの心臓の血で詩を書くと言われた。だがわれわれ近代人は神経の髄液にペンを浸《ひた》す。われらは人間の心理を分析して芸術とすることを好むが――他人の魂を解剖するために使う刃は、いずれわれら自身に向けられずにはいない」

「ですが、人間の営為とはそもそもなんなのでしょう？　人は芸術というものを、神の創りたまいしもののなかで自らを最も主要な生き者とせしめるための生け贄《にえ》とするしかないのですか？　動物も思考ぐらいはします。なかには二足歩行するものすらあります。でも内面で考える力を持ったことこそが、人をほかの生き物と決定的にちがう存在にしました。だからといって、牛が木陰でぼんやり考えごとをしながら休むことで得ている満足感と、あるいは騾馬《らば》がまったくの愚昧《ぐまい》でいるだけで感じている充足と、人が自らの感情を分析することによって獲得する心地よい自己存在の認識とが、同等のものだと言えるのでしょうか？」

「そんなことはまったく言えないだろうね」

「では人の営為はどうあるべきだと？」

「いや、わたしにはなんとも言えない。数学ならば確固とした問題があり確固とした解答がある。だが人の生《せい》の問題はもっと不明確で、解答もさまざまな場合によってすべて異なる。一足す一は今日も明日も二だろうが、精神面の価値というものは、計算の仕方によって如何様にも異なった結果が出る。とは言ってもきみの場合はきわめて明快だ。これまで創造行為に熱心にとり組みすぎたせいで、心理的にも感情的にも過労状態となっているのだ。そうした不調の結果が神経衰弱だったとしても、驚くにはあたらないだろう」

「では――どこかの療養施設に入ったほうがいいということでしょうか？」アーネストは不安に駆られて問い返した。

「そこまでするには及ぶまい。どこか海の近くの、よく眠れてよく遊べる場所に行くのがいいんじゃないか。体は動かしたとしても脳は休めることだな――少なくとも必要なだけ使うにとどめるのがいい。アトランティック・シティーならちょうど避暑季がはじまったころだ。アメリカのリゾート地ならどこでもそうだが、脳を休めるために訪れる客は例外なく歓迎してくれるはずだ」

クラークの半ば冗談気味の口調に、アーネストはわずかながら安堵を覚えた。そこで、神経の平衡を乱す原因となったあの不可解な出来事について、もう一度おずおずと口に出してみた。

「ぼくが持ってしまったあの奇妙な妄想ですが――あれはやはり思いこみによるものだったんでしょうか？」

「仮にそうだとすれば、必ずしも奇妙なこととも言いきれないだろうね」

「なにがしかの説明付けが可能であると？」

「たとえば、わたしが机の上に不用意に置いておいたメモが、ついきみの目に入ったかもしれない

――粗筋や台詞の書いてあるやつがね。あるいはわたしがアイデアを独り言でつぶやいていたのが耳に入ったのかも。だがそんな詮索は今はしないほうがいいだろう。徒《いたずら》に気が立つだけだからね」

「わかりました」とアーネストは残念さをあらわにした。「やめておきます。でもそんなことは別にして、本当にすばらしい戯曲だと思います」

「それはお世辞というものだ。きみにも同等のものが書けないとは決して言えないのだからね――いずれの日にかは」

「ありがとうございます」言いながらアーネストは憧れのまなざしでクラークを見あげた。「あなたは巨匠です」

第十三章

アトランティック・シティーの浜辺でアーネストは四肢をのばして横たわっている。ここ数日つづいた昂奮といらだちを、病んだ人の心を癒す海が洗い清めてくれる。海風が髪を掻き分け、潮のしぶきが息に混じる。陽射しが腕や脚の素肌に接吻する。煌めく砂の上に臥す気分はまさに生の悦楽だ。

ときおり小波《こなみ》がアーネストを愛撫しようとするかのように砂浜の奥まで滑りあがってくるが、その目的を達する前に引き戻されていく。それは海そのものが彼を抱擁せんと腕をのばしてくるさまのようだ。澄んだ水のなかに碧《みどり》の瞳を持つ妖精が、あるいは髪に潮の香《か》を含む若き海の女神がいて、彼の赤い唇を悩ましい目で覗き見ているのかもしれない。海の深みに棲む種族は人間の温かく赤い血が恋しいのだろう。彼らが深みへといざなうのはつねに若者で、墓入りが近い老いさらばえた者は決して狙わない。

水着姿でなにも考えず横たわっているときに訪れるそんな空想がただ心地よく、まるで動物になった気分だ。

太陽と海とはさながらアーネストをめぐって相争う恋敵同士《こいがたき》のようだ。この急な環境変えが完璧なくつろぎをもたらし、反抗的鋭角的になっていた魂を落ちつかせてくれる。水と風と藻《も》と砂が友となってくれたおかげでもはや孤独ではない。手で砂をもてあそぶだけでも、指の隙間を愛しく撫でるように砂粒たちが滑りゆき、あるいは煌めきながら胸や肩に降りかかる。

夏姿の女が一人、小悪魔的なまなざしで彼を眺めおろしていく。それさえただぼんやりと見あげるのみ。口を開いたり笑みを投げたりするだけでも反応のしすぎになりそうだ。

そうやって何時間も横たわりつづけた。ようやく昼が近づいたころ、どうにか意志を働かせて怠惰な気分を払い落とし、水着からホテルの食堂に入るのにふさわしい服装に着替えた。

高級なホテルに宿をとっていた。めったにない幸運によって些細《ささい》な仕事が思いがけず高額の収入源になったおかげで、資金を作るための愉快ならざる悩みをする要もなく、しばらくの怠惰な日々をすごすことができた。

不承ぶしょう雑誌に書いたひとつの署名記事から、得意の十四行詩を立てつづけに載せてもらえるようになったのだった。

「社会革命は社会の上のほうからはじまるべきだ」とアーネストは考える。「ぼくの書く詩ひとつの原稿料より多額の週間報酬を得ている煉瓦《れんが》積み職人に、果たして不満を言う資格があるか?」

そんな独り言をつぶやきながら、ホテルの食堂に着いた。眼前に現われた光景は典型的なものだった——テーブルの上に並ぶものは贅沢にすぎ、女たちのドレスは華やかにすぎる。

食堂に入ったときにはすでに昼食のコースも半ばになっていた。アーネストは詫びの言葉をつぶやきながら、ひとつだけ残っている席についた。隣席はいい服を着せられた人形のような風情の若者だった。いくらかぼんやりした視線をめぐらせて、均一に見える顔の群れを眺めやるうちに、真向かいの席に坐る女性に視線が留《と》まった。目を惹く網目刺繍《ししゅう》のほどこされた絹ドレスが、細く繊細な首筋をあらわにしている。網目刺繍が豊かすぎる効果を放ちながらも、胡桃《くるみ》色の長い髪をひとつにまとめて結わうなどの簡素さが救いともなる。顔は逸れたほうを向いてはいるが、その容貌にあるなにかが見憶えを感じさせた。ほどなくこちらを向いたとき、アーネストは思わずグラスをとり落としそうになった。この女性こそエセル・ブランデンブルクだ。彼女はアーネストのうろたえに気づいたように笑みを見せた。その唇が開いて言葉を発すると、甘やかな声によって自分が過《あやま》たず認識されていることがわかった。

「わたしのこと、憶えておいでかしら?」と意味ありげに問う。「みんなに忘れられてしまった女だけど」

忘れてはいないとアーネストはあわてて口にした。何年か前まだ大学生だったころ、彫刻家ウォーカムの住居で初めて紹介されたことを思いだした。師匠レジナルド・クラークが主催する恒例のパーティーに参加する栄に浴したときのことであった。エセルは安定しており幸福そうに見えた。ブロードウェイのレストランでクラークに奇妙な視線を送っていたときの彼女とはあまりにちがっていた。

今のこの遭遇はアーネストにとってひどく幸運なものに思えた。この女性の個人的遍歴については、彼自身長年親しくしてきたように思えるほどよく知っている。両人ともクラークの名は囁きすらもしない。にもかかわらず、二人の心を強く結びあわせたのはかの人物であり、かの人物のなしたこと以外ではありえなかった。

第十四章

再会してから三日がすぎた。時を経るにつれ二人の親密さは増していった。今エセルは籐《とう》椅子にかけている。所在なく日傘をいじり、われ知らずというふうに砂に不規則な円を描きつづける。アーネストは彼女の足もとに坐りこむ。両手で膝をかかえた姿勢で彼女の目を見つめる。

「そんなにまで強くわたしと愛しあおうと願うのは、どういうわけなのかしら？」半ば楽しんでいるような微笑を浮かべてエセルが尋ねる。三十歳になんなんとするこの始原の女イヴの微笑は、一人の若者を服従させるに充分なものだ。不誠実の気味を感じさせる笑みだが、それが愛を求める男の砲撃に対する防御の武器となる。

事実、若い男の訴えるまなざしと心の底からの叫びは、上位者気どりの女の微笑をときおり痛く刺さずにはいないものだ。女はつねに耳を傾け、愛しそして失うものだ。

だからこの女エセルも耳を傾ける。だが愛というものの意味がいまだに彼女の心には入っていかないのだ。アーネストに対する彼女の関心は、ある意味で彼の若さと、そして愛を語るときの彼の声の顫えによるところが大きいだろう。だがおそらく彼女がいちばん強く惹かれるわけは、自身が持つ女の心をいまだにその手のなかに支配しつづけている男のことを、彼がとてもよく知っているという一事にほかなるまい。だから今そのような質問をしたのは、半ば戯《たわむ》れにすぎないだろう。

なぜ彼女と愛しあいたいか？　アーネスト自身にもわからない。それはひょっとしたら、若い詩人に飼われている猫が主人に可愛がられたいと思う気持ちに似ているかもしれない。だがそんな気持ちをどう言い表わしたらいい？　今の二人のあいだでは無難な決まり文句など場ちがいなものとなる。

それにそもそも男女の悩ましい関係にはそれなりの危険が付きものであることはよくわかっている。女は恋愛を際限なく長く引きのばせるひどく細い鎖のようなものと見なしている。恋愛とはひどく高くつく行為だ。この世で唯一絶対にとり返しの利かないものを犠牲としなければならない

――つまり時間を。しかもアーネストにとっての時間とはすなわち詩を意味する。金銭になどなんの執着もない。律動ある言葉こそ神が彼に与えたもうたものだ。心臓の鼓動さえ自らが詠《うた》う詩の合間に聴こえるのみ。最も奇妙な時計とは詩なのであり、それは分《ふん》や時《じ》によってではなく、愛の往還によって刻《とき》を告げる。

隣に座す女はアーネストのそんな考えを読みとったかのようだった。

「どうしてあなたは」と女が問いかける。「そんなに愛に執着するの？　心のすべてを捧げなければ満足してくれないほど嫉妬深いと言われるエホヴァ神のようね。詩人を恋人に持つことほど女にとって苦行もないわ。心惹かれはするけれど、高すぎる賭けね。命とりになりかねないほどに。芸術と恋愛の同居は危険を招くことなの。どちらもひとしく支配できる者はこの世にいないでしょう。真の詩人は女を愛することができないものだから」

「莫迦な！　それは誇張しすぎというものだ。きみの言うことにもいくらかの真理はあるが、それさえ一面的なものにすぎない。真理はつねにヤヌスのごとく双面を持つ。いや、ときとしてふたつ以上の顔を持つ。誓ってもいいが、ぼくはこれまで女性へ愛の詩を書き送るごとに必ず深い愛を捧げてきた。それが真の愛情であることはきみも決して否定できない」

「おやめなさい！　前置詞の使い方をまちがえているわ。女性〈へ〉ではなく女性〈に〉詩を書き送ると言うべきよ」

アーネストは子供のような素直な驚きとともにエセルを見やった。

「これはまた！　狡《ずる》いほど賢い手を使ってくるね」

束の間黙ったのち、ためらいなく問い糺《ただ》した。

「それで、きみのその説はすべての芸術家にあてはまるのか、それともぼくのような詩を詠《よ》む者のみか？」

「すべての芸術家ね」とエセルが答える。

アーネストは疑問のまなざしを向けた。

「本当よ」と言う彼女の声には新たな悲しさがひそんでいた。「わたしだって犠牲を払ってきたの」

「と言うと?」

「わたしも人を愛したということ」

「では、芸術は?」

「それを失ったのよ」

「でも、犠牲を払ってその代価を得たはずだ」アーネストは納得できずくいさがった。

「いいえ」と否定が返る。「捧げ物は無駄になっただけ」

態度は落ちついているが、その言葉には悲劇的な気配がこもる。

「今も彼を愛しているのか?」とすばやく問い返した。

エセルは答えない。悲しみが薄布《うすぎぬ》のように顔を曇らせる。あるいは水面《みなも》を覆う灰色の霧のように。目は海へと向けられ、鷗《かもめ》の群れがなす黒い影を追う。

その瞬間、アーネストは彼女を抱きしめることもできただろう。かぎりない優しさに満ちた接吻を浴びせることとさえも。

だが男女のあいだの優しさとは弾薬のなかに挟みこまれたマッチ棒のようなものだ。わずかな刺激で肉慾が爆発し、純粋愛をカードの家のように脆《もろ》く崩し去ってしまう。もしこの瞬間の衝動に屈したなら、春の美酒が二人の血を焔と燃やすだろう。そんな焔から人は決して逃げられるものではない。

「どうしたの?」エセルが口を開く。「愛してはくれないの?」

アーネストはためらう。

「どうしたっていうのよ!」と勝ち誇ったような声があがる。「いったいどれだけの詩をわたしに詠《うた》ってくれるの? もしあなたが詩ではなくてお金に頼る人だとしたら、何ドル積んでくれるのかと問えばいいでしょう。でも価値が乏しいとわかっているお金での支払いなどなんの意味もないわよね。金鉱で飢えている坑夫にとっては、地の底に眠るお宝のすべてよりもひと切れのパンのほうが重みがあるはず。あなたの場合には詩こそが価値の基準よね。だからこそ、どれだけの詩を詠ってくれるのかと訊いているの。ひとつか、ふたつか、それとも三つ?」

「もっとたくさんだ」

「つまりあなたは、愛を注げば注ぐほど、より大きな利益が得られると考えているのね?」エセルがうれしそうに論評する。

アーネストは笑った。

そして愛が笑いに変えられたとき、危機はさしあたり回避された。

第十五章

エセルとの関係に目に見えた変化がないまま三週間がすぎた。アーネストはつねに愛情の欲求を放ち、拒まれるとなおさら強く自らにその気持ちを感じるようになって、いつしかすっかり身についたものとなっていた。無意識のうちにいつもその力を放っていたが、エセルは決して心を開かず、絶えず拒みあるいは避けつづけた。

やがて創作への欲求のほうが切迫し、ついにはニューヨークへ戻る決意をせざるをえなくなった。エセルからは結局わずかな譲歩さえも得られなかったが、しかし彼女も心の底では愛情とは行かないまでも、どこかでアーネストに惹かれているようではあった。人として惹かれる気持ちに母親にも似た感情が加わり、本質において官能的なものであるそうした心のありようは、恋愛感情からもそう遠くないようにすら思われた。だが内面では懸命に自制を働かせているらしく、二十足す三十は五十にまちがいないという理性ある外見をなんとか崩すことなく済んでいるのにちがいなかった。

そうした自分の弱さを彼女も徐々に強く認識していくようで、会話の種も感情的な方面を避け、たとえばアーネストの創作についての話題を好んで選ぶようになった。

「どうかしら」とさり気なく扇子で自分へ風を送りながら問いかけてきた。「こうして海辺に滞在して、なにか新たに触発されたことはあった？」

「あったとも」アーネストは熱気をこめて答えた。「何冊も本が書けるほどさ。事実、もう一度でもリヴァーサイド・ドライヴの館《サロン》で静かなひとときをすごしたなら、自分の人生に材を採った一大傑作小説が書けるだろう」

「アメリカを代表するような小説になるのかしら？」

「なるかもしれないね」

「主人公はだれになるの――クラーク？」

そのひと言にはいくぶんか悪意の気味があった。とくにその名の前に置かれたわずかな間《ま》に感じられた。アーネストはそれを察知するとともに、かの人物に対するエセルの愛が死んでいるのを読みとった。愛は彼女の胸の奥にある記憶の棺のなかで――ほかにもいくつの棺があるかは知らず――冷たく横たわっている。

「ちがう」彼女の示唆によるかすかな憤懣のせいでいっとき黙りこんだあと、そう答えた。「クラークは主人公にはしない。ぼくのやることはなんでもあの男の魔法がかかっていると思っているのか？」

「あわてなさんな」とエセルがたしなめる。「わたしは彼のことをよく知ってるわ。接した者には例外なく自分の人格が持つ強い力で影響を与える男よ。相手の知的精神の独立性が損なわれるほど強烈にね。しかも驚くばかりに頭が切れて、ほかの何人《なんぴと》も敵《かな》わないほどにあらゆることを言えるの。そしてそのみごとな弁舌で他人の努力を挫《くじ》くの。少なくとも、その影響力によってあなたの考えだしたことまでが彼の心の条理に沿って作り変えられるわ――奇妙で微妙で頽廃的な彼の精神によってね。そしてあなたの心そのものが捻《ね》じ曲げられるのよ。ちょうど日本の盆栽のように。自然の力ではなく、東洋の病的な想像力に成長過程を決められ、途方もなくグロテスクに捻じくれてしまった木々みたいにね」

「ぼくは弱い人間じゃない」とアーネストは言い張る。「それにきみのクラーク像には偏見がありすぎる。ぼくが見るかぎり、彼の成功は絶えざる霊感の発露によるものだ。彼とは共通した要素もあるだろうが、ぼくに成功が訪れることがあるとしたら、まったくちがう方向からのものになるはずだと思っている。じつのところ、ぼくに対しては彼は如何なる影響を及ぼそうともしていないし、どんな些細な示唆でも受けた憶えがないね」そのとき王女マリゴールドが記憶の薄布の陰から覗き見ているのを感じたが、アーネストは脳裏から振り払って先をつづけた。「ぼくの書く小説に関するかぎり、主人公をだれにするかを考えるのにそんなに深く悩まなくてもいいはずだがね」

「だれにするというの？」エセルが可笑しさをひそませた声で問い糺す。「あなた自身？」

「真剣に聞いてくれよ」と沈んだ声で答える。

「わかってるだろう、きみに決まっていると」

「それはまたありがたいことね」とエセルが言い返す。「ほんとよ。印刷物に載って永久不滅になれるほどうれしいことはないじゃないの。鉛筆や絵筆によってわたしの名前が未来にまで残されるなんてこと、最近ではすっかり望み薄になっていたんですもの。でも小説の登場人物になったことは以前にも経験があるし、あなたの作品がどんなものになるのか、是非粗筋を聞かせてほしいものだわ」

「悪いが、それはまだ話せる段階じゃないんだ」とアーネストは答えた。「名前だけ言えば、レオンティーナにするつもりだ——それがきみだ。だがほかのことはすべてこれからの書き方によって決まる。登場人物の言行は、モデルにする人物がよほどよくないことを言っていないかぎり悪く書きはしない。それは憶えておいてほしい。いずれにせよ、今の段階で粗筋などを洩らすのは適当じゃないと思ってる」

「それでいいんじゃないかしら」とエセルが口を挟む。「あなたがそろそろ大丈夫と思ったときに話してくれればいいわよ。別の話をしましょう。あなたが春に出した詩集はなかなかみごとなものだったけど、あれからはまだなにか書いてないの？　今こそ詩を詠むのにふさわしい季節でしょう。人は三十歳の峠を越えると、春になっても純粋な詩的情熱が湧かなくなってしまうものよ」

その問いはアーネストをいささか狼狽させた。正直なところ満足のいく返答を見いだせない。自分が考えた――と言うよりクラークが書いた――戯曲についての言及が口の端《は》に昇りかけたが、あの夜襲った奇妙な妄想がいまだに意識の底流を支配しつづけていることに気づくと、つい舌を嚙みそうになった。多少は書いてきたが、ここ何ヶ月かはほとんど進んでいない――少なくとも文学的創造作品と言えるものに関しては。そこで、収入があったから大丈夫だと答えた。「だからあまり書いてはいない。だいいち、だれだって毎週傑作を書くなんてできっこないだろう？　芸術家の脳は機械じゃないし、それに、創造的作業を休んでいるあいだにも将来に向けての力を蓄えることはできるしね。けど」かすかな不安とともにつけ加えた。「きみはちゃんと聞いていないんじゃないか？」

エセルはアーネストが示唆したことのせいで物思いに陥っていたが、彼の慨嘆の声によってわれに返った。今し方彼がしていた言い訳は、エセル自身がレジナルド・クラークの悪辣な影響の下《もと》で生きていたころ、絵を描けなくなった自分への言い訳として、内心で絶えずくりかえしてきたこととまったく同じだった。そう、たしかに悪辣だった。その言葉を彼女が本気で思ったのは今が初めてだった。自分のなかの創造精神を貯えておく井戸を涸《か》らしてしまったのは、ただ恋愛感情のみのせいではなくて、もっとほかのなにか、あらがいがたく謎めいたなにかの力のためだと思える。その同じ力が今、才能あるこの若者の苦闘する魂にも影響を及ぼしているのではないか？　だがそこで頭を悩ませてみても、この恐怖心の正体を明確には言い表わせない。そう思うと彼女の目に懊悩の色が浮かんだ。

「エセル」とアーネストが待ちきれなくなって呼びかけた。「どうしてちゃんと聞いてくれない？あと三十分もしたらぼくが行ってしまうこと、わかってるのか？」

　エセルは深い思いやりのまなざしで見返した。涙のようにも見えるなにかが、子供のように大きな瞳に柔らかな煌めきを与えた。

　アーネストはそれを目にして、強く心を動かされた。その瞬間彼女への愛が熱情となって燃えあがった。

「莫迦な人ね」囁きにまで声を低めてエセルが言う。「行く前にキスぐらいしていってもいいわよ」

　アーネストは唇をそっと重ねた。するとエセルは両手で彼の頭を押さえつけ、強く長い接吻をさせた。

　アーネストは少しうろたえ、顔を離した。こういう接吻はかつてしたことがなかった。

「詩人のくせに」とエセルが囁く。「キスの仕方も学んでこなかったのね」

　アーネストがベストのポケットに手を入れて懐中時計をまさぐると、エセルは激しく動揺したようすで体を離した。そしてかすかに傷心を感じさせる声で言った。「汽車に乗り遅れるとよくないわ。もうお行きなさい」

　アーネストは無駄に逆らおうとした。

「行くのよ」とエセルはくりかえす。「あの男のところへ」

　アーネストは重い心で従った。階下へおりると、窓を見あげてもう一度帽子を振り、それから急ぎ足で人波のなかへ紛れていった。

　エセルは一瞬奇妙な不安に駆られ、心のなかのなにかが呼び声をあげた。「行かないで！　あの館《サロン》に戻ってはだめ！」だが実際に口に出してはいなかった。世俗的な理性が内心の欲求を抑え、発声を封じた。若者の金髪の頭はたちまちのうちに遠方へと失せてしまった。

第十六章

列車がニューヨークへ向かうあいだも、エセル・ブランデンブルクのことがアーネストの心を占めていた。彼女の唇の感触が依然残り、彼女の髪が額に触れるときの芳香を思いだすと、鼻孔が広がるのを止められなかった。

だがひとたびマンハッタン行き巡航船の甲板に足が触れると、過去三週間の記憶は一瞬で消し飛んだ——さしあたりいっときのことにせよ。エセルと一緒にいたあいだは抑えこまれていた彼女とは関係のないほかの関心事が、一挙に脳内に蘇ってきた。レジナルド・クラークとの再会が歓喜とともに期待された。しばらくのあいだ声を聞くこともなかったあの人物の人を魅する力が、かつてないほどに力強いものに感じられた。「プロの物書きは私信に感情をこと細かに書いたりするものじゃない」と自分に言い聞かせる。「言葉は活字にしてこそプロというものだ」曇りガラスを透かして晩《おそ》い陽射しが差し入る書斎で師匠とともに座し、若さと老成とによる哲学談義を夜中まで戦わせたい。クラークの声を聴き、その変わらぬ癖に触れ、あの書斎に満ちるいつもの匂いを嗅ぎたい。

そして自分の部屋では洪水のようにたくさんの書簡類が戸口で待っているだろう。突然ニューヨークを発ったとき、どこへ行くのかをわざと友人たちに知らせずにいたからだ。ただ独りジャックにだけは、エセルと会った翌日に短信を出しておいたが。

午後十時に近いが、クラークには願わくば自宅にとどまっていてほしい。急行列車でさえ時空を超えることができないもどかしさには毒づかざるをえない。地上を移動するために費やす時間の蓄積がたちまちのうちに数ヶ月にも——数年とは言わないまでも——なってしまいそうな都市生活者の現状を考えると、本当にいらだたせられる。生活の帳簿に置き換えるならたいへんな損失と言わねばならない。地下鉄に乗っているあいだにも、物質社会への不満が鬱々と積もる。それはつねに魂の翼にかかる重石《おもし》となり、人が太陽へ向かって舞いあがるのを阻む障害となる。

ようやくアパートメントに着いたが、クラークが外出中であることを雑用係から知らされた。憤懣に駆られつつ、自分の住居に入った。書簡類を調べると、断りの許されない編集者からの依頼の手紙がいくつかあった。いたるところで新聞や雑誌が広げたままになっており、貴重な時間を食い潰そうと口を開いている。長篇小説の執筆は少なくとも数週は先のばしにすることになりそうだとすぐに思いいたった。

ジャックからの手紙も届いていた。消印は友人が両親とともに暮らす小さな住まいのあるアディロンダック山地だった。アーネストは躊躇なく封をあけた。一度読み二度読みするうちに、額に細い皺《しわ》が数日は残りそうなほどに深く刻まれ、表情を暗澹《あんたん》としたものに変えていった。ジャックのようすがおかしい。原因を判じさせない変化が感じられる。腑に落ちないなにかがある。あるいはとるに足りない懸念かもしれず、こちらの勘ちがいということもありうるだろう。それでもやはり不安を否めない。最近のジャックはなぜやら自分の精神の変調に追いつけなくなっているようなのだ。そのような心理現象に共鳴することのできる者といえば、あるいはジャックが述べていることも秘め隠していることも理解しうる人間といえば、この世でただ一人レジナルド・クラークを措いていまい。高度な詩人でもあるあの人物ならば、ジャックの心さえ開いた本のごとくたやすく読み解くだろう。同じことをエセルも思っていたはずだ。もしクラークへの愛が開いた本の上にかかる雲となって、視界を阻んでいたなら別だが。

午前零時近く、クラークの住居から玄関の鍵の音が聞こえると、アーネストは欣喜《きんき》に見舞われた。クラークはまったく変わっておらず、それどころか以前より輝きを増していた。日ごろから人の心を見抜く霊的な力を持っているかのようで、何人《なんぴと》でもこの男の前にいるだけで服を脱がされ全裸にさせられてしまう気がする。アーネストはエセル・ブランデンブルクについてはさして多くを話題にはせず、ただ彼女もアトランティック・シティーにいたと告げただけだったが、ニューヨークを離れていたあいだに自分が変化したことを見てとられたと感じざるをえなかった。この人物を前にすると、なぜか本当の自分をさらけだしてしまう。誤まって受けとられるかもしれないという恐れや恥ずかしさも失せたかのように。自分のなかでなにかが奇妙に変わり、エセル嬢への愛情もジャックへの友情も今このときだけは忘れ去り、すべての気持ちをレジナルド・クラークに捧げてしまうのだ。

第十七章

翌日アーネストはエセルに宛て、うわべだけの優しい言葉を並べた手紙を書き送った。あのとき彼女がおたがいに熱情を持ちあっても無駄であることを証明したせいで、アーネストは傷ついていた。それに創作が進まず懊悩しているせいもある。三日経っても彼女から返事が来なくて、次第に気落ちしていった。自分に対してどんな気持ちも持っておらず、なにかの玩具の代わりにもてあそんでいるだけではないかと思えた。そう考えると、屈辱感で頬に血が昇るのを覚える。自分の感情を分析しはじめると、恋愛への熱意が徐々に薄れていった――急に失せるまではいかないにせよ。やはり自分を呼んでいるのは芸術の創造だ。自分の生《せい》に意味を与えるものはそれなのであり、恋愛の情熱ではない。彼女がもはや遠く非現実的な存在に思えてきた。そう、彼女の言うとおり、もともと深い恋愛感情など持っていなかったのだ。これから書く小説にしても、彼女はただの素材とするつもりであるにすぎない。関心の対象はもっぱら小説の主人公そのものであり、モデルとする生きた人間ではないのだ。

そういうことについて一度だけクラークとの会話のなかで触れてみた。クラーク自身、実人生を作品化することは写真家にさえ認めない主義で、人を写真に撮るならあくまで視覚上の外見のみにすべしという考え方だ。「生身の人間は」とクラークは言う。「決してそのまま虚構化はされえないものだ。芸術は実人生とは逆で、人工的な選択の一過程にすぎない」

アーネストはこの教えを胸に刻み、現実のエセルから新たな主人公を生みだすべく創作にとりかかった。実際の彼女以上に実感できる存在を創りだすべく。だが残念ながら小説執筆に専心できる時間はわずかしか見いだせなかった。雑誌のための原稿を机上に山と積みあげていく仕事に一日の大半を費やしたあと、ようやく〈レオンティーナ〉の創造に心を傾注できるようになった。その結果、ベッドに横たわってからも小説を書く計画によって想像力が忙しく働きつづけ、脳のなかに棲む獣の鉤爪《かぎづめ》で瞼《まぶた》をあけられているかのようで、なかなか寝つけなかった。

やがて強い疲労感が押し寄せたときでさえ脳はなお働きつづけたが、もはや秩序立った稼働ではなく、異様で奇怪な彷徨をくりかえした。化け物の群れが廊下を忍びわたってくるような気がしたり、薄笑いを浮かべる淫夢魔《インクブス》が重い荷で魂を圧迫してくるような思いにも駆られた。明くる朝の目覚めも平穏なものではなかった。顔からは日焼けの色が失せ、口の端《は》には細かい皺が現われる始末だ。神経系の生気が理解しがたい方途によって吸いとられたかのようだった。いらだたしい昂奮に駆られていた。夜中に雑誌のための作品を書いているときにも、恐怖が背後からのしかかってくるような気がして、部屋の外のエレベーターの音でやっとわれに返ったことがあった。

そんな暗澹《あんたん》とした気分のさなかで十四行詩《ソネット》をひとつ書き、ニューヨークの外への遠出から帰ってきたあとのクラークに見せた。クラークは好奇心を動かされたらしいさぐるような視線で若者を見やりながら、その詩に目を走らせた。

おお優しき睡《ねむ》りよ
汝《な》が顔を逸らすことなくあれよ
汝が手を我が額《ひたい》に触れ
総《すべ》ての重荷と痛き夢を葬れ
我が目の上には熱を涼ましむる香木を載せよ
今日の日の我が憂《うれ》いを見よ
然《さ》れど嗚呼《ああ》！　汝が唇は青褪め戦慄《わなな》き
汝が麗しき顔は顫《ふる》え心は乱れき
其《そ》は如何なる恐ろしき景色を見しが故《ゆえ》か？
刺客の非情なる目が我《われ》を睨む様《さま》か
あるいはまた悍《おぞ》ましき夢に
我が脳に忌むべき罪を齎《もたら》す様に？
我が魂はボルジア家の蛇をも毒より起こさん
黄金の宮殿に眠る皇帝ネロすらも驚愕せしめん

「いい出来だ」とクラークは許し、原稿を机上に置いた。「いつ書いたものだ？」

「あなたが街を出た夜です」とアーネストは答えた。

「なるほど」とクラークが応じる。

その声にはなにかしら注意を惹かずにはいない響きがあった。

「なるほど、とは？」

「さしたることじゃない」クラークは揺らがぬ落ちつきとともに言った。「ただ、きみの精神状態はまだ万全と呼ぶには遠いようだということさ」

第十八章

アーネストが去ったあと、エセル・ブランデンブルクの心は争いあうさまざまな感情の竜巻のなかで激しく揺らぎつづけていた。しかも感情の平衡をやっととり戻しかけたとき、アーネストからの手紙が届いてふたたび混乱に引き戻された。手紙に綴《つづ》られた言葉のなかになにやら偽りの鐘があって、その音色が高く響けば響くほどに、愛情の声が低く封じこめられていくように思えた。文章は宝石のように煌めくのに、読むほどに心が凍りついた。言葉の自発性は単純で陳腐な文さえも美しく独特なものに変えるものだが、それがアーネストの手紙には欠けていた。あの若者の想像力に対して与えていたエセル自身の影響力は、真夏の一夜の逃げがちな魅惑にすぎなかったのだとはっきり感じられた。しかもそんな彼女の魔法を破ったのは、レジナルド・クラークの口から発せられた呪文にちがいなかった。アーネストの手紙の上にクラークの顔が影のように漂い、行間から勝ち誇った悪辣な笑みを覗かせているさまが見てとれる。ようやく立ち戻った理性が、一人の若い男に心を傾けすぎるのは決して賢明ではないと囁く。あの若者の愛情はときとして自己本位にすぎていらだたせる。自分の人生のあらゆる局面について同情を強《し》いる。そして遠い以前にエセルがある人物にいだいた能動的な関心の寄せ方と同じ態度を期待する。そのために嘘の態度をとらざるをえなくなり、おかげで苦い思いを味わわされた。均衡を欠いた男女が付きあう場合、愛はときとしてその頬に色を濃く塗りたくって仮面とし、真の顔を隠す。愛の唇は甘いが、その口がすぐに腐蝕と悲哀をもたらす。

エセルはそんなことをくりかえし自分に言い聞かせながら、アーネストの手紙に対して冷静に考え抜いた返事をしたためた。さらにそれを何度も書きなおしたが、そのたびに返事をすることがどんどんむずかしくなっていった。ついには書きかけの手紙を幾日か放置し、ようやくふたたび手にとったときには、不自然で堅苦しすぎるものに見え、結局破棄してしまった。

そうやって何週かがすぎ、アーネストへの懸念が大きく心を占めることもなくなったころ、九月初旬のある日、何気なく雑誌を開いているとき、目次にアーネストの名前があるのがふと目にとまった。あの若者の物思わしげな顔が今にしてまた目に浮かび、エセルの心のなかの震えるなにかを揺り動かした。その詩作品のページを切りとろうとすると手が震え、読みはじめるや涙が霧のように視界を曇らせた。憂愁の煌めきを帯びた佳品だった。神秘的な信仰に心を捧げる黒衣の僧の群れのように、詩人の想念がページの上を駆けめぐる。そこに聴こえるのは、理性を失い、狂気を青白い巨大な月のごとく魂に昇らせた者の愁嘆の声だ。それは異様な不安感を放射し、エセルを捉えて離さない。そしてまたしても予言者にも似た洞察が湧き、若き詩人にとり憑く朧《おぼろ》な恐怖の背後にあるのがレジナルド・クラークの影であることをはっきりと感じとった。

半ば忘れかけていた夢が意識へと立ち昇り、そのあまりの鮮明さでエセルを震えあがらせた。すぎ去った日々に知っていたクラークの姿が、奇怪な海の怪物のような不定形のものに変貌し、飢えた無数の口で喰らいついてくる。千もの触手を体に絡みつけてくる。そんな比喩に戦慄を覚えて目を閉じる。そしてその瞬間、邪悪な力によって生《せい》を呑みこもうとする魔の鉤爪からアーネスト・フィールディングを救うべく、手をさしのべねばならないという思いが鮮明なものとなった。

第十九章

短い夏が去り早くも九月半ばとなって、多くの人々がとうに華やかな都会の生活へと戻っている。エセル・ブランデンブルクもそんな早い帰京者たちのなかに含まれていた。あの若い詩人の人生にもう一度深くかかわろうと決意した以上、ニューヨークの街からこれ以上長く離れていはいられないと覚《さと》ったからであった。肚《はら》づもりはすでに固まっていた。アーネストとの再会を試みるよりも先に、まずレジナルド・クラークと会い、あの男の悪辣な魔力から若者を解放する方途をさぐらねばならない。その決意にはわずかながら好奇心の要素が無意識裏にひそんでもいた。何年も前のエセルとの別離のとき、クラークはかつてなく大いに困惑したようすを見せ、いつの日かきみの目のなかで自分が許してもらえるような言葉を伝えたいと必死になって約束したのだった。わたしたちのあいだではどんな言葉ももう無意味だとエセルは言い返し、もう二度と顔も見たくないと告げた。何年も交際していた経験によってさえ、クラークの人格の神秘性が解き明かされることはなく、それどころかあの男の挙動の不可解さが増していくばかりだった。できるならもう一度会って、いつの間にか影響を及ぼす謎の力の秘密を冷静に分析してみたいとふと思ってしまうことが一度ならずあった。そしてついにはあの男を冷静に観測できるようになった。それはある意味で勝利でもある。自分のなかでなにかがすぎ去ったことを朧げながらも認識できた。そのなにかによってエセルはかつて拘束されていたのであり、それさえなければもはやあの男の磁力にもてあそばれることもない。

それゆえ、心安い芸術談義を交わしあう場を持ちたいとの招待状が彫刻家ウォーカムから届くと、エセルはすぐ承知の返信を出した。そこでならクラークと再会できるにちがいないとの期待を持って。ここ数年ウォーカム宅の敷居を跨《また》ぐことをすっかり避けるようになったのは、クラークが頻繁に訪れる場所であるからにほかならない。そのウォーカム宅で今、かつて見慣れた顔の列に挨拶をしてまわる気分はじつに妙なものだった。やがて午後十時になろうというころクラークが入ってきて、四方からの歓迎の表明に対して会釈《えしやく》をしはじめると、エセルの心臓は太鼓のように強く鼓動を打ちだした。それでもなんとか自制を利かせ、今夜の早いうちに控室の一隅で再会を果たしたときに心の準備をしたとおりに、しっかりと視線を合わせた。

「やはり避けがたいことだったね」とクラークが言う。「予想していたよ」

「そうね」とエセルは返す。「また会う運命だったみたい」

思い出が洪水のように押し寄せた。クラークは以前と同様恐ろしいまでに魅惑的だ――が、今のエセルはその魅惑にももはや動かされない。この数年でクラークにかすかな変化があるのもたしかだ。口のまわりに皺が深く刻まれ、目には鉄のような非情さがあからさまだ。その目がエセルを見る視線に、一瞬だけ優しさが閃光《ほのびか》りのように蘇った気がした。そして一抹の悲しさを含んだ声が吐かれた。

「再会して初めての言葉が、どうして嘘にならなければならん？」

ああ、気《け》どられてる！　エセルは眉根を寄せた。

「〈彼〉から聞いたの？」

「なにも聞いちゃいないさ」

人を射抜くこの男の力には超人的なものがある。その視線の前では仮面などかぶる意味もない。神のごとく存在の核心を衝《つ》く眼を前にしては。

「ちがうわ」とエセルは逆らった。「愛ではないの。彼への同情よ」

「同情？」

「そう。あなたの犠牲者への同情」

「どういう意味だ？」

「いい加減にして！」

「だから意味を訊いている」

「あなたに懇願したいの」

「なにを？」

「あなたは一人の人生を台なしにした」

クラークの眉が嘲弄《ちょうろう》するように吊りあげられた。

「本当よ」エセルは強い調子でつづける。「すでに一人を反故《ほご》にしているのに、それでもまだ足りない？」

「他人の人生を好んで台なしにしたような憶えはないがね」

「わたしの人生のことよ」

「好んでそうしたか？」

「あなたのしたことをほかにどう説明できるというの？」

「警告はしたはずだ」

「そうね、たしかに！　哀れな雀《すずめ》を睨みすえる蛇からのそれと同じ警告をね」

「ほう。だが責められるべきは蛇だとだれに教えられた？　蛇の力とは、人間存在の掟《おきて》を示す真鍮《しんちゅう》の巻物に血でしたためられた超法則的な力にもひとしいんじゃないかね？」

「そこには雀への憐憫《れんびん》がまったくないわ。でも、そんなことでなにが言えるかはともかくとして、今はわたしたちの過去は忘れましょう。そして現在を考えてほしいの。懇願したいのは、あの若者を放っておいてほしいということ。彼の人生を消してしまうような試みをせず、あなたのただならない精神の烙印を焼きつけたりもしないで、自由に成長させてやってほしいの」

「エセル」とクラークが言い返す。「きみは不公平だ。もし知っているのなら――」そこで不意になにかが閃いたかのように、興味深げな視線で見すえてきた。

「わたしがなにを知っているというの？」

「いずれわかるさ」とだけクラークは答えた。

「きみは強くなったのか？」

「あなたの攻めに耐えられるだけの強さはあるつもりよ。あなたから与えられるものはなにもないし、わたしから奪えるものもなにもないの」

「そのとおりだ」とクラークが返す。「なにもない。たしかにきみは変わったようだな。それでもなお、わたしに見すえられれば、過去の亡霊が生けるもののごとく蘇らずにはいまい」

「わたしだけでなくあなたも変わったのよ。今は平等な地平の上で向きあっているの。今のあなたはもう、かつてのわたしが思い描いていたような偶像ではないわ」

「こうして責めあっていることは、偶像にとっては苦痛ではなくてむしろ安逸だとは思わないかね？　口を永遠に閉ざさねばならない像でいつづけるのは、過酷きわまる拷問も同然だ。あまりに長く沈黙がつづけば、魂を包囲する永遠の孤独を突き破ろうとする欲求が生じることは往々にしてある。それはあたかも、狂人が公衆の面前で服を破り捨てて裸体をさらけだしたくなる衝動にも似ていよう。そう思うのはわたし自身の狂気かもしれず、あるいはただの思いつきかもしれないが、とにかく喜ばしいことだ。つまり、きみが真実を知るであろうことがだ」

「遙か以前、わたしに真実を教えると約束したわよね」

「今日その約束を果たそう。それから、到底信じがたいと思うにちがいない別のことも教えてやる」

「それはなに？」

「きみを愛していることだ」

エセルは薄く懐疑の笑みを浮かべ、「なにかにつけては愛を語ってきた人よね」

「ちがう」とクラークは否定した。「真剣な愛のことだ。そういう愛情は一度しか持たなかった」

第二十章

かつてよく夜晩《おそ》くまでともにすごしたイタリアン・レストランで、今二人は席に座している。だがワインからも青白い過去の亡霊が立ちあがることはない。ただ蛇の目を具えて蠢《うごめ》くなにかがエセル・ブランデンブルクの背筋に冷たい顫えを走らせ、呪術にでもかけたように言葉を失わせているのみだ。

注文の料理が揃い、給仕が客を敬する距離にまで遠ざかると、レジナルド・クラークは世慣れた男の態度をとりはじめた——初めのうちはさり気なく。だがほどなく、ある奇妙な喜悦の境《きょう》に入ったかのようになり、目からは神秘的な炎が躍りあがりはじめた。

「あらかじめ許しを乞うておくが」と口を開いた。「これからの会話はわたしが独り占めするかもしれない。だがここで明らかにすることは、是非とも集中して聞いてもらわねばならない性質のものだ。まずわたしの幼い子供時代の話からはじめよう。五歳のときに撮ってもらった写真を見せたこと、憶えているかね？」

エセルはよく憶えていた。クラークの半生については詳細に且つ深く心に刻まれている。

「あのころのわたしは」と彼が先をつづける。「あまり利発な子供とは思われていなかった。実際のところは非常に理解力に恵まれた優秀な頭脳を持っていたものの、その発現には外部からの刺激を必要としていた。ところが学校に通わされるようになると、ある不思議な変化が身のうちに訪れた。言ってみれば、突然教室でいちばん賢い生徒になったのだ。きみにも察せられるだろうが、以後こんにちにいたるまで、如何なる人々の集まりに加わったときでも、つねに最も才能に富む人物と見なされるようになった」

エセルは同意のうなずきを送った。黙して話し手を見守りながら、彼方から真実が輝いてくるさまを目にしていた。だが依然として遙か遠くで、ひどく朧なのは否めない。

クラークは照明のほうへグラスをさしあげ、内容物を呷った。それから声を一段低めて話を再開した。「わたしはちょうどカメレオンのように、周囲の環境の色彩を吸収する力を持っているのだ」

「それはつまり、他人の特質を吸収する力を持つ、ということ？」エセルが問いを挟んだ。

「まさにそういう意味だ」

「まさか、そんな！」思わず声をあげた。心臓の鼓動ひとつのあいだに、多くのことが腑に落ちてきた。いまだどこか漠とはしていつつも、しかし急激に増す鮮明さとともに、エセル自身の滅びの隠されていた原因と、そしてそれ以上の明確さで、アーネスト・フィールディングの恐るべき危機とが認識された。

クラークは彼女の昂奮に気づいたらしく、心理的関心の深まりを両の目に浮かびあがらせた。

「但しそれだけではない」笑みを湛えてクラークが言う。「それだけならなにほどでもない。その程度の力なら、人はみな持っているものだ。わたしの強さの秘密は、自己の完成にとって不必要なものや障碍《しょうがい》となるあらゆる要素を拒絶できる能力を持っている点にこそある。この力はたやすく訪れたものではなく、苦悶を伴わずしては得られなかった。だが今人生を振り返ってみると、往時には自分にとってさえ不分明だった多くのことがありありと見えてくる。今はわが命脈の複雑な網の目を形作る繊細の糸をもたぐることができ、その錯綜した構図のなかに、綿密に描かれた大いなる設計図の存在までも見てとれる」

それらの言葉を吐くクラークの声が信念に震える。この男のなかには異様奇怪ななにかがある。それはさながらいずこかの忌まわしき秘教を司《つかさど》る高僧のごとき姿として、エセルの心に思い描かれた。悍《おぞ》ましき神の飢えを満たすために人柱《ひとばしら》を求める邪教のごときなにかだ。この男の人格が放つ魔力には魅《ひ》かれざるをえず、畏怖の念からもほど遠からぬ感情とともに耳を傾けずにはいられない。が、そのクラークが不意に声の調子を変え、より饒舌な趣《おもむき》で話を先へ進めだした。

「初めて親しい関係を持った友人は、数学において非常にすぐれた才能に恵まれた少年だった。学校で彼と初めて会ったとき、わたしにはいちばん単純な代数の問題ですら解けなかった。しかしそれからわずか半月ほど交際したあと、二人の役割が代わった。わたしが数学の秀才となり、一方彼は暗誦《あんしょう》さえろくにできなくて、目に涙を滲《にじ》ませるほど苦労する出来の悪い生徒になってしまった。それで彼を捨てた。非情だと思うかね？　わたしはちがう考え方をするようになった。コルク栓を抜いて長く経ったワインを飲んだことがあるかな？　もしあるなら、きっと味気なく感じたはずだ――酒精《アルコール》が抜けてしまったためだ。人と人の付き合いでも同じことが起こる。おそらく――いや、たしかに――才能ある者の精神のなかに、あるいは脳の機構のなかに、なにがしか原因となる要素があるのだ。そしてそれが抜けてしまった者は、われわれにとっておもしろ味も利益もなくなり、興味の対象外となる。その要素は――男のあるいは女の特質に秘められた最も繊細な核心といったたぐいのものでは必ずしもなく、むしろ凡人が持っていない霊魂の力とでも言うべきものだが――往々にして完全に消滅する。より正確に言えば、例外なく消失する。それは彼らの成長過程における変成の結果であるのかもしれない。あるいはなにかしら不慮のきっかけによって消えるのかもしれず、あるいはまた、他人に吸収されることによって失せることもありうるだろう」

「そして吸収したあとは捨ててしまうというの？」そう問い糺すエセルの顔は青褪めているが、その目に涙はない。震えが体を駆け抜け、不安のあまりグラスをきつく握りしめた。その瞬間、レジナルド・クラークが真の意味での暗黒の魔王《プリンスオブダークネス》に似たものに思われた。さながら近代絵画の巨匠によって描かれた、美しくも不気味な悪魔のごときものに。それからやや間を置いて、ふたたびいつもの世慣れているのみの男に戻っていた。沈着な笑みを湛えてグラスにワインをつぎ足し、じっくりと啜《すす》り飲んだのち、語りを再開した。

「その友人のあとにも、同様の者たちと交際をつづけた。吸収した才能のなかには使いものにならない例もあったし、邪悪なものもあった。吸収するものの方向性を選択する必要を感じた。それを実践し、よい才能だけを選ぶようになった。初めは半ばしか認識していなかったこの強烈な力は、わたしのなかで徐々に自家薬籠中のものとなっていった」

「本当に恐ろしい力ね」とエセルが嘆息する。

「捉えどころがないだけにより懼《おそ》ろしいわ。わたし自身がその犠牲者になっていなかったら、今でも到底信じられないと思ったかもしれない」

「暗闇で襲ってくる目に見えない手のほうが、見える曲者《くせもの》よりよほど怖いものだからね。だがより慈悲深くもある。もし自分の才能が失われていくことに気づいていたなら、どれだけひどい苦痛を感じねばならないか考えてみたまえ」

「でもわたしにとっては、とり返しのつかない完全な消失だとは今でも信じられない気持ちよ。如何なる反動もない行動など、この世にはありえないものでしょう。わたしは——いえ、わたしだけじゃなく——奪われたものに見合うなにがしかの弁済をあなたから受けるべきだわ」

「普通の日常生活でなら、行動とそれへの反動の法則はたしかに成り立つだろう。だが法則にも必ず例外はある。たとえばラジウムを考えてみるなら、絶えずエネルギーを放出しつづけているにもかかわらず決して尽きることがない。想像しづらいそんな現象を、現代の科学者は事実として受け入れている。とすれば、究極的なまでに大量の吸収可能要素の存在を想像するのもさほどむずかしいことではなかろう？　それが存在することをわたしはたしかに感じているよ。そして物理的世界における物理的現象には、対応する現象が必ず存在する。そのようなラジウム型人間は無限大の量のエネルギーを放出できる一方で、決して自らのエネルギーを増やすこともないが、逆に反ラジウム型人間、つまり無限大のエネルギー吸収容量を持つ人間も存在する」

「吸血鬼《ヴァンパイア》型人間ね」とエセルが言葉を挟み、かすかに身震いした。顔は蒼白になっている。

「そういう言い方はやめたまえ」クラークが言い

返した。と思うと、その姿が急に大きさを増したように見えた。顔は神の貌《かんばせ》のごとく輝いている。「いつの時代にも」とおごそかにつづきをはじめた。「普通の人間には決して到達できない偉大さをごく自然に身に帯びることのできる巨人が存在する。そうした者たちには若年時にある天啓《ヴィジョン》が訪れ、以後それを求めて生きるようになる。彼らは幻視の石材を手に入れ、それによって真実の王国で宮殿を築き、ありえないほど壮大にして鮮明な夢の世界に投影させせんとする。ある者は失敗し、自らの空中楼閣から転落して、ドン・キホーテ的遍歴を終える。ある者は成功する。それこそが選ばれし者たちだ。〈大工の子〉（イエス・キリストの意）たちであり、来たるべき千年王国のために〈世界の法〉を布《し》く者たちだ。あるいはまた、世界の諸王国を揺るがした鷹の目を持つコルシカ人（ナポレオンの意）たちであるかもしれない。いずれにせよ、彼らは神意《ミッション》を完遂するために鉄の意志を持ち、また百人にも匹敵する智慧を持たねばならない。それはつまり鉄から強さを吸収し、百人の脳から智識を吸収することを意味する。神意の伝道者たる彼らは、この世のあらゆるところに出現する。彼らの手にはそのときどきの世界じゅうの黄金が集まる。戦いと和とをともに司《つかさど》る強き君主である彼らは、新たなる海への錠をあけ、遠く離れた諸大陸を隔てる閂《かんぬき》をあける。一国を以《もっ》てさえ望むべくもないことを独りで成し遂げる彼らは、何人《なんぴと》も叶わぬ星々のあいだの渡航さえ巨人族の歩みによって果たす。彼らの描かれた芸術のなかでは、新時代の創り主、新秩序の夢想人《びと》となり、神の声を鳴らす光の盃《さかずき》ともなる。ホメロス、シェイクスピア、ユゴー、バルザック――彼らはいずれも、より小さな発光星たちの散りぢりになった光線を集めて、巨大な松明《たいまつ》のごとき唄う焔《ほのお》に燃えあがらせ、人類の前途を照らすのだ」

　エセルは口をあけたまま目を瞠《みは》っている。クラークの姿からはいつしか光輝が失せていた。疲れを覚えたらしく語りを途切れさせたが、畏怖させる神がかった力の気配は依然残る。その考え方の壮大さには唖然とせざるをえないが、エセルの女の魂が反抗心をつのらせねばならないのは、他人の光を消してまでこの世ならぬ焰を燃えあがらせんとする男の恐るべき不正義だ。そう思った瞬間、ワインのなかからアーネストの青白い顔が見すえているのが一瞬かいま見えた気がした。

「ひどすぎるわ」と嗚咽《おえつ》を洩らす。「なんという非情な」

「なにがだ?」とクラークが問い返す。「力を奪われる者がいるとしても、それがわれわれのなかで再生されることにより、人類の精神は誇るべき前進をつづけることができるのだ」

第二十一章

クラークの啓発の語りのあとには長い沈黙が支配し、それを破るのは給仕の事務的な用向き伺いのみだ。やがて緊張が解け、ふた言三言とさりげない会話を交わせるようになった。エセルの内心はクラークが語らなかったことについてくりかえし考えていた。語られなかったこととは、あの恐るべき力がエセル自身の人生とそしてアーネスト・フィールディングのそれに及ぼす直接的な影響についてだ。

ようやくおずおずとながらもその話題をきりだすべく試みた。

「あなた、わたしを愛していると言ったわね」と口を開いた。「それなのにどうして?」

「そうせざるをえなかったからだ」

「そうならないようにしようと、少しでも努めたことがある?」

「そうしないように努めるべく、長い苦闘の夜をすごしたよ。きみと別れることさえ考えた」

「ああ、なのにわたしのほうが愛していたから!」

「きみは耳を貸そうとせず、警告を真に受けると
も思えなかった。そのままずるずると一緒にすご

しつづけるうちに、ゆっくりとしかし確実に、きみの魂から創造精神が抜きとられていった」

「でもわたしの貧弱な芸術精神に、いったいどうして惹かれてしまったの？　わたしの絵はあなたにとってなんだったの？」

「わたしには必要なものだった。きみを必要としていた。おそらくはあの豊かな色彩の効果になにかを感じたからだ。そしてやがて、まさにきみの目の前で、きみのキャンヴァスからその色彩が消え失せ、代わってわたしの散文のなかに再出現した。わたしの文章力はそれ以前より潤沢《じゅんたく》なものとなり、一方きみはとり戻すべくもなく失われたものをふたたび絵筆に蘇らせようとして徒労をつづけ、自らの精神をさいなまねばならなかった」

「どうしてそのことを教えてはくれなかったの？」

「話してもきみはすぐに笑い飛ばしただろうさ。笑われるのには耐えられないと思った。それに、自分のなかにある不思議な力をなんとかして抑えられないかという願望をつねに持っていた。だがどうすることもできないと、ほどなく気づいた。自分は未知なる神の道具であって、その神が不思議な力をわたし以上に強くするべく、秘かに努めていると悟ったのだ」

「たとえそうでも」エセルはさらにあらがう。「わたしを着古した服同然に捨て去ってしまうことまでが必要だったの？　男を悦ばせられなくなった淫売女も同然に？」

クラークの体がそのときの感情を思いだしたかのように震えた。きみはもはやわたしにとって何者でもなくなったと、穏やかな口調ながらも言いわたしたときのことを。

「やむをえないことだった」クラークはあたかも悲しげに答えた。「わたしにとってはね。憐れんでやるべきだったかもしれないが、しかしきみが自分の被害についてあまりにいつまでも責めつづけているので、いらだちを覚えざるをえなかった。日々にきみへの愛が薄れていき、そしてわたしの成長に必要なだけの才能を吸収し終えたときには、だがもう赤の他人かあるいは死人も同然になっていた。二人のあいだにはもう如何なる共有の関心事もなくなっていた。それで以後はもうまったく別々の地平で生きるほうがよいと思った。別れの言葉を告げあった日のこと、憶えているかね？」

「あなたの目の前でわたしがくずおれ、床に膝をついた日よ」とエセルが訂正した。

「あの日わたしは、個人的な幸福への夢を埋葬した。くずおれて泣くきみを抱き起こしてやるべきだったろうが、しかし愛はもう完全に失せていた。もしも今のわたしが本来の自分より優しくなっているとしたら、それはきみがわたしの拒絶意志の象徴としてとても大きな存在に感じられているからだ。愛した者さえも自分自身の魔の手から救ってやることが叶わないと覚ったとき、それ以外の者たちへの非情さ過酷さが増大した。優しさという感情が完全に消え失せたというわけではなく、わたしの行く道筋の前方でひれ伏している者たちへの良心の呵責がなくなったという意味だ。神《ミツシ》意《ヨン》を果たすこと以外の目標が、わが人生から消え去ったのだ」

　クラークの表情は恍惚の境にある。双眸が威嚇的なまでにふくらみ、煌めいている。そのさまは予言者の、あるいは狂人の帯びる相だ。

　やや置いてからエセルが口を開いた。「でも今やあなたは現代における巨匠の一人にまでなりおおせているわね。どうしてそれで満足できないの？　野望に際限というものがないのかしら？」

　クラークは微笑み、「野望か！　シェイクスピアが書くのをやめたのは、彼の同時代の人々の許容量の限界に倦《う》み果て、自らの成長はここまでと見切ったときだった。わたしの場合は、いまだペンを擱《お》いて休息に入る準備ができていないというだけのことだ」

「だからこんな犯罪めいたことをこれからもつづけるというの？　他者の人生を奪う殺人者にもひとしい行為を？」

　クラークは落ちつき払った視線で見返し、「自分にもわからないね」

「未知なる神とやらの奴隷になりさがったという
こと？」

「人はみな奴隷であり、糸で引かれる操り人形だ。この地上では、いや天上ですら、自由など存在しない。仔羊を裂き殺す猛虎さえも自由ではない。わたしも、きみ自身も同様だ。なべてのことは起こるべくして起こる。人が口にする言葉も、理由なく言われるものはひとつもない。人が振りあげる拳にも根拠なきものはない」

「それじゃ」とエセルが息せき切って問い返す。「あなたの犠牲になろうとしている者をもし救おうとしたら、そうするわたしも神の道具にすぎなくなるの？」

「そのとおりだ。但し、わたしの場合は神に選ばれし者だ」

「では彼を――フィールディングを解放してはやれないというのね？」

「必要な者だからね――もうしばらくのあいだは。それがすぎれば引きわたしてやる」

「今ふたたび床に膝をついて嘆願しても無理？彼が完全な廃人になる前に鎖をゆるめてやることさえも？」

「わたしの力を以てしても及ばないことだ。愛していたきみすら救ってやれなかったのに、命運のさだまっている彼を助けてやることなど如何にしてできよう？　それに、彼とて完全な廃人になるわけではない。吸収するのは一部にすぎない。彼の魂のなかには、わたしが手を触れえない弦《げん》がある。いつの日か彼が新たな強さを手に入れたとき、その弦が顫《ふる》え鳴ることもあるだろう。きみも同様に、もしほかの方面で――わたしが生命力の収獲を貯えていない分野において――努力して成功を勝ちとることができれば、きっと痛みを和らげられるはずだ。彼の場合も、わたしが奪った才能は部分的なものにすぎず、残余は手に入れられないままだ。その残余を、彼が埋《うず》もれたきりにしなければならない理由はあるまい？」

クラークは窓のほうへ視線をさまよわせ、蒼穹《そうきゆう》を眺めやった。もはや如何なる言葉を以てしても、己《おの》が強い意志を曲げることは、天体の不変の針路を動かすよりも困難だと告げるかのごとく。

エセルはこの男によって自分が被害をこうむったことを半ば忘れてしまっていた。この驚くべき狂人は通常の尺度では到底計れないのであり、そんな病的な意志力だからこそこれほどのありえざる頑強さを帯びているのだ。だが今ここでひとつの若い命が生け贄になろうとしている。アーネスト・フィールディングの繊細な魂を、レジナルド・クラークが両の手で握り潰さんとするさまが、エセルの心の目に見えるのだった。さながら巨大な食虫植物が豪奢な花びらで蠅を押し包まんとするように。

あらゆるものに討ち勝つほどの強い愛情が、エセルのなかに湧きあがった。アーネストのため、仔を護る山猫のように闘わねばならない。彼女自身の大望を打ち砕いた強い力を阻むべく身を挺し、才あふれる若者をなんとしても救わねばならない――たとえ若者が彼女を愛しているわけではないと雖《いえど》も。

第二十二章

晩い午後の最後の日差しがアーネスト・フィールディングの部屋の窓に射し入っている。束の間ながらも死のように深い眠りは、すぐそばにいるレジナルド・クラークの存在によってさえ破られることがない。

後者の男は若者の寝床のわきで、久遠《くおん》に不動でいるかのごとく静かに立つ。エセル・ブランデンブルクと交わした会話の昂奮も、彫刻めいた額の輪郭に今は痕跡すら残らない。曰《いわ》く言いがたい華やかさを放つ一輪の紫色の蘭の花を夜会服用外套《がいとう》に挿して笑みを湛えた姿で、活きいきとした生命力を漂わせながら、眠る青年を見おろしている。

そしてその額の上にすっと片手をさしだしたと思うと、滲む汗の玉を払ってやるような仕草をした。そのかすかなひと触れで、アーネストは心地を乱されたらしい身動きをした。汗の玉は依然去らず、顔が痛みを示すかのように歪む。なにかしらの麻酔作用の影響を思わせる呻きがこぼれたが、その声には死と生とをへだてる薄い壁を突き破るだけの力もないようだ。やがて麻痺状態に似た唇から吐息がひとつ洩れ、ふたつ洩れた。苦しげだった呼吸がようやく循環を再開した。

「やめろ！」眠ったまま声をあげた。「その手をどけてくれ！」

クラークの顔に湛えられていた優しい笑みが、突然に非情な面持ちに変わった。深い教養を具えた人物らしい雰囲気が失われ、落胆して獲物に牙を剝かんとする獣のそれがとって代わった。アーネストの額から手を離すと、半開きの戸口から用心深く部屋を出ていった。

目覚めたとき、クラークはすでにいなくなっていた。アーネストは狩られた小動物のようにいっときあたりを見まわしてから、安堵の息をつき、それから片手の掌《てのひら》に頭を埋めた。そのときドアをノックする音が聞こえ、すぐにクラークがふたたび入ってきた。先ほどまでと同じく物静かだ。

「ずいぶんと深く眠っていたようだね」と声をかけてきた。「わずかなあいだにもかかわらず」

「呑気に寝入っていたわけじゃありません」アーネストはそう言い返しながらも、侵入者をむしろ歓迎する表情で顔をあげた。「頭が割れるように痛くて」

「きみのような若い者の健康には、そういう仮眠はあまりよくないのかもしれないな」

「おそらく。でも近ごろは日中に寝てしまっていることがよくあるんです、逆に夜眠れないので。あなたが示唆するように、消化不良を起こしているせいかもしれません。胃は悪の根源ですから」

「同時に善の根源でもある。古代ギリシャ人は胃を魂の座と呼んだ。わたしがいつも唱えている説に、偉大なる詩人の伝記のなかで最も重要なものは彼の食事のメニューであり、それをこそ模倣すべきだという考え方がある」

「そうでしょうね。朝から脂ぎったビーフステーキを食う者が午後に詩を書けるとは思えません」

「そのとおりだ」とクラーク。「人はみな食べるものから成っており、われらの父祖たちが食べてきたものから成っている。アメリカの詩人たちの詩がことごとくつまらないのは、われらの祖先たる清教徒が好んだ焼き菓子のせいだとわたしは考えているよ。だが残念ながら今はその問題を深く追究してはいられないのだ。ある夕食の席に招待されていてね。じつはその場で、フレンチ・ソースがわたしの詩作に与えた影響について試験的に研究してみたいと思っているのさ」

「ではまた」

「さらばだ《オ・ルヴォワール》」クラークは軽く手を振り、部屋を出ていった。

　ドアが閉じられたあと、アーネストの思考は深刻なものへと変わった。さっきまでの会話の軽い冗談めいた調子は、彼の演技によってこそ成り立っていたものだ。ここ何週かはよくない夢にさいなまれる夜がつづき、目覚めているあいだもその影に悩まされてきた。悪夢の現実感と激しさと酷薄さが日に日に増し、今でも毎夜脳の網の目を細長い指でまさぐられるような気分がつづいている。爪を彩った見目よい手が頭蓋骨の下に侵入し、人の思考が行なわれている複雑な迷路のなかを入念に検分するのだ。

　ああ、その苦悶たるや！　人の心は石ではなく生きているのであり、だからこそ恐ろしいまでの苦痛を覚えねばならない。あの手はなにを探していたのか？　如何なる秘密の宝が、どんな隠された宝石が、意識の重層の下に眠っているというのか？　さながらアーネストの脳が金鉱となって、坑夫たちの足に踏まれたり鶴嘴《つるはし》に穿《うが》たれたりして揺すぶられているかのようだった。ああ、その坑夫こそ何者か！　無慈悲に且つ徹底的に、とどまることなく血管をつぎつぎに穿ち開き、揺らぐ脳の内部から未知の富《とみ》を捻《ねじ》りとっていく。すべての血管は生きており、すべての金塊はアーネストの思考であるのに！

神経が襤褸《らんる》のごとくとなるのも宜《むべ》なるかな。生まれたての創造力が顫え蠢きながら形成されつつあるところに、夢で見たあのさぐる手が摑みかかって奪いとっていく。思考と思考をつなぐ細い筋を無惨に断ち切る。それゆえに朝が来るごとに頭痛に苦しめられるのだ！　それは鋭い痛みというより、むしろ鈍く重く絶え間ない苦痛だ。

こんな苦悩は病的な幻想にすぎない――アーネストはことあるごとにそう自分に言い聞かせてきた。だがそのあとで、たとえば腕が潰されたか体から切断されたと思いこんでしまう偏執症患者は、腕がないと思いこんでも生きていられるはずだという考え方に気づいた。人の心は障碍となる要素を脳裏から除去することができる。一方で障碍を脳裏に生みだすこともできる。心理学はアーネストにとって詳しくない分野ではあるが、それでも自分の幻想になんらかの説明を求めるのはさほどむずかしいことではない。昼夜を問わずとり憑いて離れない妄執に理由を与えることは。但し同時に、ある現象を説明できるからといってそれを完全に失くしてしまえるわけではないことも認識しなければならない。自分の情動を分析できる者が必ずしもそれから逃げられるとはかぎらず、如何に鋭利な心理学者や明晰な思索者であっても、多少とも弱さを持ってしまったときには、恐怖心の影が――わけのわからない根源的な恐れの心が――人生に思わぬ暗雲を招くことはありうるだろう。

この恐ろしい悪夢については、彼はまだクラークには打ち明けていない。かつて自らの幻視を追うようにして「黄紗《こうさ》の姫」と題した戯曲を構想したことがあったが、それが今ふたたび頭をもたげたかのようなこの新たな妄執をもしクラークに話せば、正気を疑われるのではないかと案じられるのだった。精神病院に送られてしまうかもしれない。少なくともこの館《サロン》にはいさせてもらえなくなるだろう。館の主《あるじ》はほかのことならなんであれ恩恵を授けてくれるに吝《やぶさ》かでない人物だが、自身の創造行為の妨《さまた》げになることにかかわるのは絶対によしとしない。そういうものには速やかに且つ容赦なく対処するだろう。

ここしばらくのあいだで初めてだったが、アーネストはエイベル・フェルトンについての記憶を蘇らせていた。哀れな若者！　この館から追いだされたあとどうなっただろうか？　もしアーネスト自身がすぐに荷物をまとめろと命じられたなら、相手がだれであろうと迷わずに従うだろう。しかし今はそれはありえない。少なくともクラークに好まれている以上は。

そのとき不意に玄関から物音がして、アーネストは黙想を断ち切られた。鍵がドア錠に挿しこまれまわされる音だ。クラークにちがいないが——なぜこんなに早い？　この時間に帰ってくるのはどんなわけがあってか？　なにがあったのかと案じながら、部屋のドアをあけて玄関へと出ていった。そこにいたのは予期した人物ではなかった。肩から裾にかけて優雅な襞《ひだ》に刻まれた観劇用外套をまとった一人の女性だった——クラークを訪ねてきた友人にちがいない。アーネストは丁重に道筋を空けるべく退《ひ》きさがろうとしたが、そのとき廊下の電灯が女性の顔を照らしだした。

驚きが圧倒した。「エセル」と思わず声をあげる。「きみなのか？」

第二十三章

アーネストはエセル・ブランデンブルクを自分の部屋に導き、外套を脱ぐのに手を貸した。

外套を椅子の背凭《せもた》れにかけてやっているあいだに、エセルは小さな鍵をハンドバッグに仕舞いこんだ。アーネストは疑問の色を湛えた目で彼女を見やった。

「そうよ」とエセルが答える。「わたしは鍵を持っているの。でもここの敷居をふたたび跨ぐことがあるとは夢にも思わなかったわ」

いつの間にかすっかり暗くなっている。室内を朧に照らすのは外からの街灯の光のみで、黄昏《たそがれ》を透かして幻想的な影が窓に躍る。

エセルの髪の芳香が部屋に漂い、アーネストの胸を慕情で満たす。長く抑えこまれていた優しさが千の声を呼び覚ます。この刻限といい、予期せざる訪問者への驚きといい、すべてが眠っていた情熱を揺り起こすものであり、アーネストの心に今ひとたび愛の奇跡を感じさせずにはいない。いつしか片方の腕を彼女の首にまわしながら、唇が甘く盲目的ななにかを無意識裡に愛撫するように囁こうとしていた。

「明かりを点けてちょうだい」エセルが懇願する。

「きみはいつもそんなに冷たいわけじゃなかろう」

「冷たいかどうかにかかわりなく、わたしは愛を語らうためにここに来たんじゃないの」

「それじゃ、なにしに来たんだ?」

アーネストは些少ながら気まずい落胆を感じ、そう問い返した。

どんな動機があって男の部屋に入ってくるというのか? やむなく首から腕をほどき、頼まれたとおり明かりを点けた。

照明のなかで見るエセルはなんと青白く、なんと美しいことか! 同情してくれているのはまちがいないが、それならなぜ手紙に返事をくれなかった? そうだ、それこそが知りたい!

「手紙?」エセルは少し悲しげな笑みとともに訊き返した。「わたしからの返事なんて期待していなかったでしょうに」

「どうして?」アーネストはもう一度迫った。唇が近づきあう。「期待しないわけがあるか! きみのことをずっと慕《おも》ってきたよ。愛しているんだ」

アーネストの吐息がかかると、エセルは絆《ほだ》されそうな気分になった。かすかな香水でも嗅いだかのように。だがなおも気持ちをゆるめてはいない。

「今は愛しているとしても――前は愛してたわけじゃなかったでしょう。あなたの言葉が奏でた音楽は冷たくて――機械で作られたように張りつめた、うわべだけのものだったわ。返事は出すまいと自分に言いつづけてきたの。あなたの胸のうちではわたしはもう忘れられているんだ、と。そのときは気づいていなかったの、危険な力があなたにとり憑いていることに。そしてあなたの頭脳のなかのあらゆる想像力が潰され、その力だけが残るように仕向けられていることに」

「なにを言ってるのかわからないな」

「もし大したことじゃないなら、わたしがわざわざここまで来ると思う？　そうよ、これはあなたの生死にかかわるほど重大なことなの。少なくとも芸術家としての命にね」

「いったいなにが言いたいんだ？」

「前に会ったときから今までに、書き物の仕事をなにかやった？」

「やったさ。そうだな、雑誌の記事がいくつかと、詩がひとつだ」

「わたしが知りたいのはそういうことじゃなくて、なにか大きなものを書きあげたかってことよ。夏以降で文学的成果はあがった？　長篇小説はどうなったの？」

「それは――頭のなかで構想がほぼできあがりかけている、というところだ。でも本当に書きはじめる機会を逸してしまってる。近ごろとても気分がすぐれなくてね」

まちがいない！　アーネストの顔は蒼白で苦悶の痕《あと》が見え、口の端《はた》の皺が奇妙なほどゆがんでいる。なにか重い内臓の病気にでも罹《かか》っているかのようだ。

「打ち明けてちょうだい」エセルは思いきって尋ねた。「なにか失ったものはない？」

「それはどういう――泥棒にでも入られたかって

こと？」

「泥棒ですって！　ただの泥棒なら防ぐこともできるでしょうけど」

　アーネストは驚きの目で見返した。なにかしらとんでもないことがわかってきそうな気がして、半ば恐怖を覚えていた。あの夢だ！　夜ごとの悪夢。あれが夢以上のなにかだったとしたら？　まさか！　唇が顫えてきた。

　エセルは彼の動揺するようすをじっと見てから、より穏やかな調子で、しかし変わらぬ確固さを以て先をつづけた。「構想でも腹案でもいいけれども、なにかしらそういったものを、完成させられるだけの強い意志がないままに考えはじめたということはなかった？　なんらかの詩的な想像が、頭に浮かんだと思ったらすぐ消えてしまった、なんてことは？　働かせているさなかの頭脳に、わけのわからない強い力が、有無を言わさず侵入してきたように感じたことは？」

　たしかにある！　ここ数ヶ月体験しつづけてきたことを、自分ではこれほど明確に説明できない。エセルの口から放たれる言葉のひとつひとつが、鉄槌のように強く叩きつけてくる。アーネストは震えながら、またも腕を彼女にまわした――こんどは愛ではなく慰めを得たくて。すると彼女もこのたびは拒まず、アーネストは母親に打ち明けごとをする子供のように、地獄とも言えるほどに精神をさいなんできた事情を話しはじめた。

　耳を傾けるエセルの眉が義憤に曇った。怒りとそして愛の涙が湧きあがって睫《まつげ》を濡らす。この哀れむべき景色にもう耐えられなくなっていた。

「可哀相に」と声をあげる。「あなたをそれほど痛めつけているのが、だれなのかわかる？」

　エセルのそのひと言で、真相の光がアーネストを照らした。不意のその暗示が、依然として隠されている言葉がなんであるかを告げていた。

「やめろ！　頼むから彼の名前は言わないでくれ」嗚咽とともに嘆願した。「それは口にしないで。ぼくはきっと耐えられない。狂ってしまうかもしれない」

第二十四章

アーネストをこれ以上昂奮させてはいけないと思い、エセルは自分自身の感情を困難ながらも抑えるべく努めつつ、レジナルド・クラークとの驚くべき会話の内容を話して聞かせた。そのあとの長い沈黙のなかで、アーネストの魂の翼が初めてエセルの心に掠《かす》った気がした。そして同じ傷から成る千の優しい鎖の先につながれた愛によって、二人の存在がひとつになった。象牙のようなエセルの指がアーネストの金髪の髪と眉を撫でる――忌まわしい過去の空間の彼方から見すえている悪魔の視線をさえぎろうとするように。数多の出来事がアーネストのなかに蘇り、おぞましい真実を告げる沈黙の証人となる。書こうとしていた戯曲のこと、責めさいなんできた悪夢のこと、小説の創作に精神を集中できない原因をこれまで神経性の病気に帰してきたこと――すべての事実が積み重なって、レジナルド・クラークの罪悪を示すひとつの恐ろしくも巨大な塔となる。エイベル・フェルトンの別れの言葉の意味を、そして自分の運命がクラークとつながっていることを初めて意識した夜のエセルのまなざしの意味を、アーネストは今ようやく理解した。彫刻家ウォーカムの体験の意味も腑に落ちた。シェイクスピアとバルザックの胸像画を前にしてのクラークの言説が意味するところもまた、エセルの指摘がかの人物に与える新たな恐るべき相貌へと過《あやま》たず向かっていく。

だがそのあとでもなお別のクラークが姿を現わす。頭には詩の花冠《かかん》を飾り、口からは無数の花の香りや銀の鐘の音《ね》よりも甘やかな黄金の律動を放つ者として。またも聖なる匠《たくみ》となり、神のごときその貌《かんばせ》には邪悪の気配など微塵《みじん》もなく、アーネストをその魂の近くにまで引きあげてくれた恩師として。

「ちがう」と声をあげた。「そんなことはありえない。すべては夢にすぎない。ただのひどい悪夢だ」

「いいえ、レジナルドが自分で告白したことよ」

エセルが言下に否定した。

「きっと彼は象徴的にそう言っただけなんだ。人はだれもがほかのだれかの考えたことをある程度は吸収するものであって、それは必ずしも考えを盗むとか、他人の創造性を破壊するとかいうことにはならないはずだ。彼の場合はおそらく、自分が巨匠であるという印象を他人に与える力が酷薄なまでに強すぎるのだ。まさにシェイクスピアがそうだったように。そうとも、きみはまちがってる！　決して不名誉ではない、じつはありふれたことまでが、彼のあまりに堂々たる態度のせいで、きみもぼくも一時的に惑わされただけなのだ。そんな考え方を彼自身もてあそんだのにちがいなく、絶対に本気で言ったわけじゃないはずだ」

「では、あなた自身の体験も、エイベル・フェルトンやわたしの経験も、全部肩をすくめて斥《しりぞ》ければ済むことだというの？」

「考えてもみろ。そんな話は根本的にありえないだろう。非科学的だ。催眠作用の症例とさえ言えない。もし彼が獲物に催眠術をかけたと言ったんだとしたら、事態はまったくちがう様相を帯びてくるがね。たしかになにかしら奇妙な面があることは認めるよ。レジナルド・クラークの館《サロン》がぼくにとってさえ健全とは言いがたいところであることもたしかだ。しかしそれでもなお、ぼくたちはともに強迫観念に囚われかけていることを思いださねばならないと思う」

だがエセルはそんな言い訳に説得されることはなかった。

「あなたはやはり彼の魔法にかかったままだわ」

と懸念の声で告げる。

アーネストは自信が揺らぐのを覚えながらも、さらに言い返した。「そもそもレジナルドがそんなことをするなどありえないよ。仮にきみが言うような恐るべき力を本当に持っているとしてもね。もともとすばらしい才能を持った人物なのであって、ミダス王のごとく手に触れるものすべてを黄金に変えられる人と呼んでも過言ではない。他人の思考を獲物にする必要なんてないんだ。たしかにそう疑わせるような状況ではあったかもしれない。でも現代の常識の光に照らせば、そんな途方もない説は萎《しぼ》んで無に帰するしかない。どこの法の廷《にわ》でもこんな証拠は荒唐無稽と断じられるだけだ。人間がする如何なる行為からもかけ離れた、あまりに莫迦げたことであるにすぎない」

「言うことはそれだけ？」エセルが強い調子で問い返した。

「なんだって？　なにが言いたい？」

「もちろん知っていると思うけど、世界じゅうのどこの国にも、吸血鬼《ヴァンパイア》と呼ばれる男たち女たちがいると本に書かれているのを、読んだことがあるでしょう。そういう者たちは、つねに邪悪とはかぎらないながらも、夜ごと無防備な寝室に忍びこんでは、眠る者の血を吸わずにはいられない衝動に駆られると言われているわね。そして犠牲者から奪った生命力を糧《かて》とし、ふたたび忍びやかに去っていくの。それゆえに彼らの唇はつねに赤く、しかも墓のなかにいるときも安んじることがなく、死んだと信じられているあいだも絶えずかつての猟場《りょうば》に戻っていくのよ。忍びこまれた犠牲者はわけもなくやつれていき、どんな賢い医師もかぶりを振って、消耗のせいかと臆測するばかり。でも一部の古い書物が教えるところによれば、民衆の疑念が高まったとき、善良な聖職者の先導により、人々は陰鬱な隊列をなして、疑わしい者たちの墓へと向かっていく。そして墓をあばくと、棺は腐朽し、死者の髪を飾る花は黒く枯れ果てているにもかかわらず、その体は白くて肉付きもよく、蛆虫に穴を空けられてもおらず、血を吸った唇は依然かすかな赤い湿り気を帯びているの」

アーネストは意志に反し固唾《かたず》を呑んで聞き入っていた。自分の体験してきたことを強く連想させずにはいない話だった。だがなおも降伏はしていない。

「印象的な話だな。それは認める。でもきみはあくまで伝説としてそれを語っているにすぎない。確固たる事実に基づいているわけではなく、近代科学を学んだ者からの是認を期待することはできない。多少とも現代の常識を身につけた者なら、そんな中世的な妄信など決して認められないはずだ！」

「果たしてそうかしら」とエセルが返す。「中世の学者が唱えた大胆な説でも、現代の科学者によって事実と認められた例は多々あるわ。金属の変成もこんにちではただの空想的な発想ではなくなっているし、永久機関の夢もラジウムによって現実的な可能性へと変化しているでしょう。数学にしてもきわめて基礎的な概念が揺らぎはじめているわね。哲学の一部の研究者たちのあいだでは、三角形の内角の和は百八十度以上になると唱えられ、別の研究者たちは百八十度以下になると主張しているの。自然の真髄を研究してきた優秀な科学者たちのなかにも、心霊学へと転向する者たちが出てきているわ。世界は今、十九世紀の浅薄な懐疑主義から脱却しつつあるの。人間はふたたび想像力豊かで神秘的な存在へと立ち戻っているのよ。でもそれは同時に、かつてあった奇跡が手に入るとともに、その恐怖も、その悪夢も、その怪物もまた、近代的な相貌を帯びて蘇ることを意味しているの」

アーネストは最前より考えを深めていた。「たしかにきみの言うことにも認めるべきところはあるよ」部屋のなかをせわしなく歩きまわりながら、声を高めた。「でもやはり、そういう説明だけで納得することはできない。レジナルドが吸血鬼だとは！　あまりに莫迦げてる。そういう怪物がどこか遠いところに実在するという話ならぼくにだって議論する余地もあるが、でもこの大都会の真ん中の、鋼鉄の摩天楼群のただなかにと言われたら――お話にもならないね！」

エセルが穏やかに言い返す。「それでも彼らは実在するの。つねにどこかに。中世だけではなくて、あらゆる時代あらゆる地域に。なにかしらの形でその記録が遺《のこ》っていない国はないくらいに。それに、たとえこんにち如何に不条理な説に見えようとも、かつて人心を捉えたことのある考え方であるとしたら——つまり肯定と否定が永遠にくりかえされるような考え方だとしたら——それは人類が経験したある種の真実に基づいたものに相違ないと見なすことも、決して正当化されえないわけはないんじゃないかしら？」

アーネストの眉間がひどく曇り、隠されていた数多の早すぎる老い皺があらわになりはじめた。なんという病的で虚弱な姿であることか！　意志に反して、あるいは科学的な信念に反して、光のない迷宮に陥ってしまった者のごとくになっているのが、エセルの目にはもはや見誤まりようがなかった。

「たしかにきみの言う吸血鬼なら、人の血を吸うかもしれないさ」アーネストが精一杯の強がりとともに言った。「だがレジナルドが人の精神を餌《え》食《じき》にする吸血鬼だなどとは、とても信じられない。人の頭脳のなかにある、手に触れえない思考という抽象的なものを、どうやって吸いとったりできるというんだ？」

「あなたは忘れているわね」とエセルが答えた。「人の思考は血よりも現実的なものだってことを！」

第二十五章

昏《くら》い夢想に耽《ふけ》っていたアーネストを驚かせて現《うつつ》に引き戻したときからまだ三時間しか経っていないが、その短いあいだにも、エセルには一時間が一年にも相当するほどに二人の愛情が深まった気がしていた。アーネストの頬からは蒼白さが失せ、目からはいらだちの色が消えた。エセルがそばにいるだけで陶酔するかのような明るさが表情に戻り、レジナルド・クラークという男にひそむ強い力と闘わんとする意志を持ったようだった。アーネストのなかの子供の部分が大人の部分に道を譲ったのだ。闘わずして降参せよという薄弱な心の声にはもはや耳を貸さず、自らの手で運命を伐《き》り拓《ひら》くにちがいない。愛が鎖の鎧を着せたようだ。警告が身に沁みているはずで、屈服することはあるまい。エセルはそう思いつつも、この館《サロン》から一緒に出ていくようもう一度説得を試みた。

「わたしはもう行くわ。どうしても一緒に来る気はない？　あなたがまだここにいると考えるだけで怖くなるの」

「悪いが、行かない」アーネストは答えた。「自分の立場から逃げるべきじゃないと思ってる。あの男の謎を解かなければならないし、それに彼が本当にそういう存在だとしたら、ぼくから盗んでいったものをとり返さなければ」

「あの男に正面からぶつかっていくのはだめよ。とても相手にならないから」

「自分を護る心がまえはできてるから大丈夫だ。人生とは生きるに値するものなんだと、ここ何時間かの経験で学んだ。もう徒《いたずら》に危険に飛びこむようなことはしない。しかしたとえ危険であっても、たしかに見きわめることなく去るわけにはいかない。もしきみとぼくが恐れていることがある程度でも本当だとしたら、自分が創りだしたものの最良の部分を奪われたまま出ていくわけにはいかない」

「それでどうするつもり？」

「ぼくの戯曲は――たしかにぼくのものだと今は実感している――物理的にはもうとり返せない。完全に失ってしまったも同然だ。レジナルドはすでにとり巻きたちを集めて朗読したあとだし、出版する準備まで進めているはずだ。なのに、ぼくときみが彼の奇妙な能力についてどれだけ強く確信を持っていようと、人はそんなことを信じてはくれないだろう。二人とも頭がおかしくなったと言われるのが落ちだ。実際おかしいのかもしれないがね！」

「いいえ、おかしくなんかないわ。おかしいことと言えば、あなたがここに残るというその一事よ」とエセルが言いつのる。

「ぼくだって必要以上には一分だって長くとどまるつもりはないよ。一週間以内に、彼が本当に盗んだのかそれとも無実なのか、決定的な証拠を手に入れてやる」

「だから、どうやって手に入れるの？」

「彼の書き物机のなかを――」

「調べるというの？」

「そうさ。ノートなりなんなり、なにかしら手がかりが見つかるはずだ」

「それは危険な賭けよ」

「大切なものを諦めるわけにはいかない」

「わたしも残ればいいんだけど」とエセル。「そんな細心の注意を要することに、協力してくれる友だちはいないの？」

「いるさ――ジャックが」

エセルの顔に翳《かげ》りが差した。

「あなたの愛情は、わたしに対してよりもジャックへのほうが強い気がするわ」

「そんなことはない」とアーネスト。「ジャックは友だちにすぎない。きみは――計り知れないほどの存在だ」

「わたしと初めて知りあったとき、すでにジャックとは親密だったようだけど――今も同じくらいに？」

「今はそれほどでもない。いろんなことがあって、それが薄い膜のようにぼくと彼をへだてている。でも呼べばきっと来てくれるはずだ。ぼくが必要としているときに、応えないような男じゃない」

「いつここに来られるの？」

「二、三日後だな」

「それまで用心しないといけないわよ。なにより も、夜は部屋の鍵をかけること」

「鍵だけじゃなく、障害物でふさいでやるさ。そうやって不要な危険に身をさらさないようにしながらも、あの男の秘密をあばくことに全力を尽くしてやるつもりだ」

「それじゃわたしは行くわ。お別れのキスをしてちょうだい」

「停車場まで送らなくてもいいのか？」

「そのほうがあなたのためよ」

　部屋の戸口まで来て、エセルはもう一度振り返った。「毎日手紙を送ってね。でなければ電話して」

　アーネストは自分の強さを示すように背すじをのばした。だがエセルがついに部屋の外へ出てドアが閉じられると、一瞬にして勇気が雲散した。もしも愛する女の前で自分の弱さをさらけだすことを恥じないような男であったなら、如何なる強い力があろうとも、あらゆる隅々に怪しい不可思議がひそむこの館においては、無事でいることなど決してできはしないだろう！

　一方エセルも若者を独りその場に残して去りながら、心に不安がつのるのを否めずにいた――人間の創造行為のあらゆる局面をさぐることによって、詩人や予言者や皇帝さえも生みだしてきた超常的な魔力の前に、獲物を置き去りにしてきたも同然なのだから。

　市街電車に乗りこんだエセルは、遠くにレジナルド・クラークの顔を幻視のように認めた。飢えているようなひどく青白い顔だ。人間らしい優しさなど微塵《みじん》もなく、ただ威嚇と嘲弄《ちょうろう》の気配があるのみだ。

第二十六章

　アーネストは自室で一時間以上もいらいらと歩きまわりつづけた。エセルの告白のせいで激しく昂奮させられていた。必死に自制を働かせてペンをとり、ジャックへの手紙を書いた。「きみが必要だ。来てほしい」

アパートメントの雑用係に書簡を託すと、ようやく人心地がつき、このたびのことをあらためて熟考できるようになった。平静をとり戻したとまではいかないまでも、ある程度の落ちつきは得られた。いちばん奇妙に感じられるのは、クラークを完全に憎むようにはなれずにいることだった。自分の人生があの男の邪悪な影響力の下にあることを、今では納得しきっているにもかかわらず。破壊された偶像でありながら——砂漠に遺る巨大な神の顔のごとく——残骸となってもなお強く魅《ひ》きつけてやまない。やがては内なる衝動に屈して写真帳をめくると、師であり友である男の威厳ある顔立ちがすぐさま目に入った。そうだ——やはりこんなことは莫迦げている。この男に邪《よこしま》さなどないのだ。この顔には一抹の悪意もなく、予言者か詩人か、あるいは霊感を得た狂人の顔だ。だが写真を仔細に検分するうちに、その顔立ちのなかに奇妙な変容が顕《あら》われてくるのを認めた。クラークの形のよい口のまわりに陰険そうなかすかな皺が見えはじめ、至高神《ユピテル》の貌《かんばせ》のごとき穏やかさが盗賊の狡猾な微笑にとって代わられた。だがアーネストは恐れを覚えはしない。懸念がようやくにして形をなしていた。今なら心の護りを固めることが可能だ。これはまだ目に見えず理解も叶わない戦慄にすぎないが、いずれ夜闇のなかで人にのしかかり、繊細な精神を狂気の縁にまで追いつめたり、屈強な戦士すら臆病者に変えたりする恐怖心ともなりうるだろう。

計画していたクラークの書類捜索は明朝までのばさねばならないと考えるにいたった。今は午後十一時に近く、この部屋の戸口にいつあの男の足音が聞こえてこないともかぎらない。ドアを慎重に施錠したうえで、椅子まで寄せつけた。さらに念を入れ、クラークからの贈り物としてもらったみごとな作りの陶器製の花瓶をドアの把手にくくりつけた。部屋の外から侵入しようとして少しでも力をかければ、花瓶が落ちて大きな音を立てるはずだ。

そのあとは、眠ってはいけないとわかっていながらもベッドに入った。枕に頭をつけるかつけないうちに、早くも鉛の錘《おもり》を付けたかと思えるほどに瞼が重くなった。繊細な肉体にはこの一日の激しい活動が疲れを呼びすぎたようだ。習慣から上掛けを耳のあたりまで引きあげ、眠りに落ちた。

夜通しぐっすりと寝入り、朝の時間もかなり進んだころに響いたドアを叩く音は、計りがたいほど遠くから聞こえるもののようだった。目覚めてみると訪問者はクラークの使用人らしく、朝食の用意ができたと告げに来たのだった。

起きあがって目をこすった。ドアに寄せつけておいた椅子が目に入り、ただちに前夜のことを思いだした。

すべてそのままになっていた。寝ているあいだにだれかが侵入しようとした形跡はない。子供のころ泥棒やお化けが入らないようにと同じことをした記憶が蘇り、つい苦笑が洩れる。さらにはエセルから聞いた吸血鬼の話を明るい昼の日射しのなかであらためて考えなおすと、とてもありそうにない莫迦げたことと思えてくる。とはいえ自分がクラークの奇怪な影響の下にいることには確たる証跡があり、夜が来るまでに真実を明らかにしなければならないことに変わりはない。人の思考は血よりも現実的だというエセルの言葉が耳に鳴りつづけている。それがたしかなら、クラークによる精神窃盗の証拠は必ず見つけられるはずだ。夢のなかの容赦ない魔手によって奪い去られた自分自身の一部なりとも奪い返さねばならない。

だが今の心理状態では、とてもクラークと対峙できそうにはない。もしあの男の本性がほんの一瞬でも目の前であらわになろうものなら、恐怖のあまり狂人のように悲鳴をあげそうな気がする。館《サロン》の主との対面を少しでも先にのばしたいと念じるあまり、着替えすらひどくゆっくりとしてしまっている始末だ。だが命運はそんな願望の裏をかくこととなった。クラークもまたこの朝はいつになくコーヒーを飲むのに時間をかけているようだった。アーネストが館の主の部屋に入っていったとき、ようやく最後のひと口を啜ろうとしているところだった。格式張っているかと思えるほど優しげな物腰だ。慈悲の心が顔から放射されているかのようだ。だがアーネストの目にはそれさえも新たなる邪悪の表情と映らざるをえない。

「今朝はずいぶんと遅かったね、アーネスト」このうえないほどに穏やかな調子でクラークが話しかけた。「昨夜は街にでも出ていたのか、それとも詩でも書いていたかね？　どちらにしてもあまり健康的とは言えないが」そう言いながら若者を見つめ、ときとして唇をゆがめては真意の読めない笑みを浮かべる。アーネストはいつか同じ笑みをモナ・リザのそれに似ていると思ったことがあった。だが今は偽善者の柔和さか犯罪者の薄笑いに見えるだけだ。

　もはやこの表情には耐えられない。この顔をこれ以上長く見てはいられない。両の脚が体の下でへなへなとくずおれそうだ。額に冷たい汗が滲む。震えながら椅子に坐りこみ、館の主の視線を懸命に避けた。

　クラークはやがて立ちあがり、去ろうとする。如何に剽窃者あるいは盗作者の狡猾にして陰険なやり口と雖《いえど》も、この生気あふれる巨匠然とした輝きを放つ人物を糾弾することなど叶わない。そこに立ちはだかる姿はまさに美しい山猫のごとくで、なにごとにも屈せず且つ飽くことを知らない肉体と精神のすばらしい力に満ちている。だがその力がじつは寄生的なものだとしたらどうだ？　エセルのいだいている疑惑が正しければ、アーネストは自分が意識している以上のものを吸いとられている可能性すらある。もしそうなら、この男の血管のなかをめぐっているものは盗んだ精神の血であり、あの唇を燃え立たせているものは奪った思考の焔なのだ！

第二十七章

　クラークが部屋から出ていくや否や、アーネストは急いで席を立った。決して見とがめられることなく朝の時間をずっとこの館ですごさねばならない危険はあるにせよ、目の前にある戦利品の大きさを思えば躊躇してはいられない。

　わずか一年足らず前にクラークその人に快く迎え入れてもらった記憶のある書斎に、かすかな動悸とともに恐るおそる侵入した。そのときからなにひとつ変わっていないように見える。だがアーネストの心のなかではこの書斎にも邪悪な側面が加わっている。聖アンティノウス像も半人半獣神《サチュロス》像もキリスト像もそのままだ。しかしそれらが並ぶようすにも今日はただならぬ気配がまとわりつく。クラークの書類を漁るアーネストの手を、シェイクスピア像やバルザック像が睨みすえているような気がする。書き物机の上に立つナポレオン像につい手が掠ると、像が倒れて音を立て、静寂の室内に不気味なほどの反響を呼んだ。その瞬間、シェイクスピアとバルザックとナポレオンとそして——クラークとの奇妙に血縁的な相似が、アーネストの脳裏に強い印象を刻んだ。

　それは歴史的な巨大な目的に深い意味を与えるために選ばれた者たちのみが帯びる決定的な印象だ。バルザックの顔からはそれが慈悲深さとなって発散され、ナポレオンでは強烈な無慈悲さとなって支配する。世界で最も富裕な者の像もまた眼の前に立ち顕《あら》われる。それは恐らく熱に浮かされた想像力の戯れにすぎないが、その顔にも同様の大いなる吸収力の徴《しるし》があり、善悪は別にして生まれながらに略奪と支配を旨とする者であったことを示している。そうした者たちは正義も憐憫も知らぬ怪物としか見えず、己《おの》が生存と成長の法則のみに縛られた者たちだ。

　そのような力を持つ者には、普通の武器を以てしても敵《かな》わない。彼らは軍隊よりも強力な一群をなし、単独で戦っても到底勝ち目はない。そのような戦いにおいては、悪漢が使う秘密裏の狡猾な武器こそがふさわしい。目的が手段を正当化しうる場合なのだ。たとえ後者が窃盗すら含むとしても。

机のなかを手荒く探して成果がないとわかると、以前たまたまその存在を見つけていた秘密の抽斗をあけにかかった。いくつもの鍵を使ってみたがどれも合わず、今日は捜索を諦めねばならないかと思ったそのとき、総合鍵《スケルトン・キー》が見つかり、これでようやく解錠できた。

秘密の抽斗には大量の原稿が仕舞いこまれていた。アーネストは一瞬手を止め、息を吸いこんだ。顫える指の下で紙が擦《こす》れる音を立てる。そして──ついに──あるひと組の分厚い束に、こう表題が記されているのが目に映じた。『レオンティーナ──ある物語』。

これこそが真実であり、そして──夢に見たことであると同時に、クラークの告白にほかならない。かつて温かく迎え入れてくれたこの館《サロン》は、吸血鬼の住み処《か》だったのだ!

燃えあがる憤激が、ほどなく好奇心にとって代わられた。原稿を読みはじめようとした。眼前で文字が躍りだす気がする──手が震えているせいだった。

やっと読み進められるようになった。初めは酒に酔った兵隊の一団よろしく転げまわっているように見えた文字の群れが、いつしか整然と列をなして行進しはじめた。感心し、やがて驚きが伴った。まさしく正統な文学であり、その点に疑う余地はない。しかもこれはアーネスト自身の作品だ。自分は依然として詩人であるのみならず、その偉大な才能だった。深く息を吸う。急激な歓喜が胸を震わす。小説自体は他人の手によって書かれているが、どの章も内容は己の脳で練られたものだ。

ところどころにわずかな差異がある──もとの案からの幾許《いくばく》かの変更が。より器用な書き手があちらこちらを改めてはいるが、総じてはアーネストのものであるに相違ない。盗作者に帰属するものではない。そう口に出してみると、頰に血が昇るのを覚える。その冒瀆的な呼称はクラークにこそあてはまる。

最後の章に近づいたころ、廊下から足音が聞こえた。急いで原稿をもとに戻して抽斗をしめ、爪先立ちで書斎を出た。

クラークだ。だが独りではないようだ。だれかと話している。聞き憶えのある声だ。耳を澄ます——そんなことがありうるか？　ジャックなのか？　あの短信に反応してわざわざやってくるとは！　友人の苦境を朧《おぼろ》にも予感してここまで足を運ぶとは、なんという不思議な力か。それにしてはクラークの部屋に長くとどまっているだけで、なぜ友人にすぐ会おうとしない？　用心しつつ近づいてみる。こんどはジャックの言葉が聞きとれた。

「とてもうれしいし幸運なことです。それでもやはり、よりによってこのぼくが彼の代わりになるというのは、少し不安なことではあります」

「きみが気にする必要はない」クラークが慎重に応える。「彼は半月ほどのうちにわたしのもとを去りたいと言っているんだからね。どこかひっそりした療養施設にでも行くつもりだろう。かなり神経が参っているようだから」

「あなたがあの戯曲を朗読されるのを聴いたあとのひどいとり乱しようを考えれば、無理もありません」

「彼の言っていることは妄執症《もうしゅう》によるものとしか思えない」

「とても気の毒なことです。ぼくもいろいろ心配してきました、世話を焼きすぎるくらいに。いつかはこういう日が来るんじゃないかと恐れていたので。最近彼がくれる手紙は奇妙なほど不安定になっていました」

「会えばすっかり変わってしまったとわかるはずだ。ほとんど別人と言えるまでにね」

「そう思います」とジャック。「もうぼくが友情を感じていたころの彼ではないでしょう」

アーネストは壁に爪を立てた。ひとつひとつの言葉が肉を穿ちつらぬく釘のようだ。友の手によってほかならぬ友情の十字架にかけられ、青褪めて震えている気分だ。涙が目に湧こうとするが、泣いてはいられない。乾いた目のまま自分の部屋に引き返し、ベッドに体を投げだした。そうやって横たわりつづけた——慰めもなく孤独なままで。

第二十八章

独りきりでいるのもつらいが、ジャックと顔を合わせるのはもっとつらいだろう。いずれにせよ、二人のあいだに深い溝ができてしまったことはまちがいない。

アーネストの魂を慰めうる者は、もはやエセルしかいない。心に空いた大きな穴を埋められるのは彼女を措いてない。彼女の手にすぐにでも触れたい。そばにいてほしいと強く思う。それは淫らな慾情であると同時に、悲嘆する者が死を望むときの激情にもひとしい。

同じ館のなかにいる二人の者たちの注意を惹かないよう、音もなく玄関まで忍び歩いていった。彼らの囁く言葉のことごとくが短剣のように胸を刺す。ようやくエセルの住み処にたどりついたが、息抜きに外出していると告げられた。使用人に案内された居間でひたすら彼女の帰りを待ちつづけた。

エセル宅まで歩いてくるあいだに気が鎮められたおかげで、クラークの会話の詳細について考える余裕ができていた。そして子供のころからの親友であるジャックの行動を責めるべきではないと得心するにいたった。おそらくはクラークの悪魔的な影響力によって魂を囲いこまれ、次なる生け贄として選ばれたのだろう。そうさせてはならない。こんどはアーネストが救う番だ。友人に迫る危機を警告しなければならない。たとえ風と聞き流されようとも。クラークの魔物のごとき術数により、これまでのことはアーネストの妄想どころか妄執だと吹きこまれているにちがいないから。そんなジャックに警告してもクラークの説を強化するだけになるはずだ。この状況で残された途《みち》はただひとつ。クラーク本人に懇願することだ。如何なる危険性をも無視して、あの精神盗人《とうじん》と相対する。今夜は寝るつもりはない。一睡もしてはならない。もしクラークがアーネストの自室に近づいてきたなら、あの忌まわしい男の存在を少しでも感じたなら、声をあげねばならない。必要なら威嚇してでも、友人を救わなければ。そう心を固めたとき、歓喜の声が響いてきてアーネストの黙想を阻んだ。散策から帰ってきたエセルの声だった。だが彼の顔の蒼白さを目にするや、歓喜が不安に変わったのが見てとれた。そこで今日一日のなりゆきを話してやった。クラークの書斎の机のなかに小説原稿を見つけたことから、偶然立ち聞きしたジャックとの会話にいたるまで。その話が終わりに近づくころ、エセルの顔がようやく明るくなるのが認められた。

「その小説はもう完結していたのね？」

「そう思う」

「だったら危険はないわ。あの男もあなたからはもうなにも求めないでしょう。でも、いっそ原稿を奪い返してくればよかったのに」

「あのときの心理状態では、抽斗のなかに戻すことしか思いつかなかった。明日になったら返してくれとはっきり言うつもりだ」

「それはむずかしいわね。レジナルドの手書き原稿だとしたら、あなたの作品だという法的な証拠にはならないわ。こっそり盗みだすしかないでしょう。そうすれば彼も返せとは言えなくなるはず」

「ジャックはどうすればいい？」

エセルはジャックのことなど忘れていたようだった。女とは愛する男の前ではつねに自己本位になるものだ。

「警告してあげなくては」と彼女は答えた。「笑い飛ばされるだけかもしれない。むしろレジナルド本人に談判すべきだと思う」

「きっと無駄に終わるでしょうね。少なくとも、原稿をとり返す前にあの男と口を利いてはだめ。そうでないと、わたしたちのもくろみを不要に阻むことになるだけ」

「では、とり返してからだな」

「そうすべきね。但し、あなたが危険を顧《かえり》みずにやるのはいけないわ」

「わかった」とアーネストは言い、エセルと唇を重ねた。「注意さえ怠らなければ危険はないはずだ。やつが人の部屋に忍びこむとしたら、獲物が暗闇で眠っているときだけだろう」

「とにかく用心に越したことはないわよ」

「用心するとも。じつのところ、たった今ならやつは自宅にいないと思う。だからこれからすぐ行けば、やつが帰ってくる前に原稿をとり戻して、どこかに隠せるだろう」

「あの館にあなたがいると思うだけで身震いしそうよ」

「一日二日後には、もうきみが身震いする理由もなくなるさ」

「明日は会えるかしら？」

「むずかしいな。原稿や荷物を整理して、いつでもあそこから出られるようにしておかなければ」

「そのあとは？」

「そのあとならきっと――」

アーネストはエセルを両の腕に抱き、その目を長く深く見つめた。

「そうね」と彼女が返す。「きっともう大丈夫」

やがてアーネストは去るべく体を離した。決意と満足感とを湛えて。エセルはそのようすに、あの夏以降の彼が奇妙なほど成長しているのを認めた。その変化が自分の愛情によってもたらされたものだと意識すると、彼女の胸は喜びにふくらんだ。

「明日会えないのなら、わたしはたぶん歌劇でも観にいくわ。でも夜更け前には帰宅しているから、連絡をくれないかしら？　あなたの言葉に触れれば、安心して夜をすごせるから。電話でかまわないわ」

「連絡する。その点では、ぼくら現代人は旧時代人に比べて有利だからね。幾重もの壁にへだてられたピュラモスとティスベ（『オイディウス変身譚』中の恋人たち）さえ、この二十世紀でなら話しあえるのだから」

「おもしろいうぬぼれだこと！　でも、わたしたちの愛の物語がそんな悲劇的な結末にはならないよう祈りましょう」エセルはアーネストの髪を優しく撫でながら言った。「そう、きっと幸せになれるわよ」やや置いてからそうつけ加えた。「わたしたちの未来にのしかかっていた運命の鉄の爪も、今は退きさがろうとしているんですもの。すでに退きさがったも同然よ。もうほとんど。完全ではないとしても」

そう口にしたとたん、急激な恐れがエセルを襲った。

「やはりだめだわ」と声をあげた。「行ってはだめ！　わたしのそばにいて。ここに、一緒に。急に怖くなったの。なにが起こったのかわからないけど、とにかく恐ろしいの――あなたが心配で」

「大丈夫だ」とアーネストが宥《なだ》める。「心配は要らない。きみだって心の奥では、ぼくに親友を見捨ててほしくはないはずだ。それになにより、レジナルドに奪われたぼくの芸術家生命を、そのままにしておいていいとは思っていないだろう」

「あなたを裏切るかもしれない友だちのために、どんなに大きいか知れない危険に身をさらしてもいいというの？」

「友情とは天からの授け物だってことを、きみは忘れている。もしどんな形にせよそこに見返りを期待したら、もう友情でも天の授け物でもなくなる。それにきみ自身、レジナルドなんてもう恐れることはないと請けあったじゃないか。そのとおり、やつがぼくから奪えるものはもうなにもない」

　落ちつきをとり戻すためにその言葉を嚙みしめているエセルを残し、アーネストは玄関から外に出てドアを閉じた。何街区かを足ばやに進み、やがて歩調をゆるめた。エセルの言ったことに不安を覚えないでもなく、自分の部屋に戻ってからもすぐにはクラークの小説原稿をとり返す気にはなれなかった。ちょうど煙草に火を点けたとき、いつになく速い刻限ながら、クラークが玄関ドアの鍵をまわすらしい音が聞こえた。

　急いで部屋の明かりを消し、薄暗いなか、低い位置で手提げ電灯だけを点けて、前夜と同じようにドアの前に砦を築いた。それからベッドに入り、まんじりともせずにすごした。

　限りない静寂が館《サロン》を支配する。エレベーターもとうに稼動をやめている。アーネストは脳そのものが耳になったかように物音に集中した。クラークが書斎で歩きまわっている足音が聞こえる。如何なる些細な動きも彼の注意を惹かぬものはない。そうやって数時間がすぎた。時計が午前零時を打ったときも、館の主はなお書斎を歩きまわり、歩きまわりつづけていた。

　午前一時。

　規則正しい足音は依然としてやまない。その律動はどこか催眠術のようでさえある。若い肉体の生理に訴えるにいたり、ついには眠りに落ちた。

　目を閉じるが早いか、またもあの慄然たる悪夢が見舞った。いや、もはや悪夢というより――拷問に近い。細く尖った指がもつれあう無数の神経のなかをゆっくりとまさぐり、精神の最奥部《さいおうぶ》にまで侵入しようと……

　無意識層のなにかが目覚めを強《し》いんとしている。と思うとあの指の群れが退くのを感じた。

　まちがいない、今この部屋のなかで、何者かの足がせわしなく歩きまわっている。汗まみれになりながら撥ね起き、明かりを点けた。

　人がいるようすはどこにもない。ドアに押しつけた机なども動かされていない。にもかかわらず、アーネストの魂の翼は恐怖の風をいっぱいに孕《はら》んでいる。

たしかになにもないが、しかしついさっきまでレジナルド・クラークがそこにいたという感覚を消し去ることはできない。この場で恐ろしい仕事にかかろうとしていたのだ。だが暖炉の上の大鏡が映すものといえば、アーネスト自身の昂奮に駆られた蒼白な顔——狂人そのものの顔のほかにはない。

第二十九章

翌朝の郵便でエセルからの手紙が届いた。数行で励ましと愛情を告げていた。そう、彼女の言うとおりだ。クラークと同じ屋根の下にこれ以上とどまるのは自分のためにならない。原稿を手に入れることのみに集中し、そのあとでもし可能なら、あの男が犯罪的で神秘的な力を使っているさなかに介入し、驚かせてやるのだ。そして条件を付きつけてやれる立場を勝ちとり、沈黙を守る見返りとしてジャックの無事を要求する。

ところが当のクラークはその日一日書斎にこもって書き物に専念していた。タイプライターを叩く音だけが館の主の所在を告げつづけた。会話を交わすことはおろか、肝心な『レオンティーナ』の原稿を手に入れる機会も得られない。

その一方で自分の書類を整理し、すぐにでも脱出できる準備にいそしんだ。古い手紙やノートを読み返すうちにそちらへの関心が深まり、時間がすぎるのも忘れるほどだった。夜が来ると、一部着替えただけの格好でベッドに横たわった。やがて午後十時。そしてエセルに電話すると約束した午前零時になった。今夜はもう寝ないと決めていた。前夜をはじめとするほかの数多《あまた》の夜にクラークが秘かにこの部屋に侵入したか否かを、こんどこそつきとめてやりたい。

なにごともなく一時間がすぎると、緊張が少しほぐれた。瞼が徐々に閉じはじめるころ、不意に戸口のあたりでなにかが動く気配を感じた。床に仕掛けておいた陶器が音を立てた。

アーネストはただちに撥ね起きた。恐怖で血の気が退《ひ》いていた。骸《むくろ》を包む屍衣《しい》よりも白い顔になった。だが心は決然としたままだ。

電灯のスイッチを入れ、室内を明るく照らした。どんな物影がひそむ隙もない。だが人の姿はどこにもない。ドアの外からは物音ひとつ聞こえない。不意になにか柔らかいものが足に触れた。ありったけの意志力を集中させ、狂乱の悲鳴をあげまいと努めた。すぐあとには苦笑していたが、心からの笑いであるはずもない。しなやかに丸まったなにかの小さな鼻と尾が身体に擦《こす》れる。静寂を破った原因は小さなマルチーズキャットだった。アーネストの愛猫で、なんらかの理由で部屋のなかにとどまったままになっていたのだ。真夜中にひとしきり運動したあと、ベッドの下で静かに臥していたようだった。

小動物の存在がわずかな慰めになったものの、忍耐力の残りは消耗の限りに近づいていた。

エセルとの約束を朧に思いだしたが、激しい疲労とともに瞼はさがる一方だ。そんなふうにまた一時間ほどがすぎたころ、突然血が凝り固まるかと思えるほどの戦慄を覚えた。

レジナルド・クラークの手があるのを感じたのだ——脳内をまさぐり、いまだ奪えずにそこに残るなにかを求めている手を。

体を動かそうとするが、叫ぼうとするが、四肢が麻痺している。それでも超人的な努力を傾け、体を鎖でつなぐ痺れを払って目を覚ますと、ひとつの人影を目にとめるのにかろうじて間に合った。男の影だったが、クラークの住む一画とアーネストの部屋とをへだてる壁のなかへとたちまち消えていった……

こんどばかりは幻覚ではない。退く足音とともに、秘密の扉が閉じられるようなかすかな音まで耳にした。急激に強い怒りに囚われた。年長の男が持つ恐るべき力の危険性を忘れてしまうほどに。かつてあの男に覚えていた憧れの情すら忘れるまでに。人間性を踏みにじられ正義を犯された感覚のみ残し、ほかのすべてを棄《す》て去ってしまうくらいに。

夜陰に紛れて人のポケットのなかをまさぐる泥棒ならば、銃で撃つことも法が認めている。それより千倍も卑怯で危険な精神盗賊には、どんなひどいことをされても耐えなければならないのか？　他人が苦労して創りあげた作品をわがもの顔で楽しみながら、クラークは罰せられることもないのか？　自分より優れた者たちを餌食にして、今世紀最高の文学者へと成長しつづけるつもりか？　エイベルも、ウォーカムも、エセルも、自分アーネストも、そしてジャックも、みんなこの飽くことを知らぬ怪物の犠牲になるしかないのか？

この魔力は無慈悲なだけでなく、抵抗することも不可能なのか？

そんなことがあってはならない、決して！

アーネストはクラークの影が消えた壁に向かって駆けだした。壁に迫った瞬間、隠された発条《ばね》に手が触れた。壁が音もなく動きだす。驚愕に言葉も発せられぬまま、隣室に跳びこんだ。さらにその隣の書斎に入り、立ち止まった。書斎のなかはまぶしい明かりに照らされ、昼の服装のままのクラークが書き物机の席に座していた。いつもの慣れた所作で、小さな紙片になにかをすばやく書き留めているところだ。

アーネストが近づくと、如何なる恐れや驚きの兆しも見せることなく顔をあげた。威厳を感じさせるほど物静かな態度で、胸の前に両の腕を組みあわせた。が、獲物と向きあう双眸には脅威的な煌めきが宿っていた。

第三十章

二人は沈黙のうちに相対した。ほどなくアーネストが声を軋《きし》らせた。

「盗賊め！」

　クラークは肩をすくめる。

「吸血鬼め！」

「やはりエセルの理に適《かな》わぬたわごとに感化されたか。憐れな！　可哀相には思うが……いつかは話しあいたいと思っていたが……しかし今は……進む道を分かつときが来たようだな」

「よくもそんな不埒《ふらち》なことを！」

　アーネストが怒《いか》れば怒るほど、クラークは落ちつきを増すように見える。

「じつのところ」とクラークがつづける。「なにを言いたいのかよくわからんのだが……とにかく、この書斎からはすぐに出ていってもらおう！」

「よくわからないだと？　愚劣な！」アーネストは声をあげ、書き物机に近づくと、秘密の抽斗をすばやく引きあけた。原稿の束が床に落ち、奇妙にかすかな音を立てた。すると、自らの創りあげたその物語を手につかみ、机上に投げだした。そして目を瞠《みは》った――最後のページに入れられている手なおしの文字のインクは、ほんの数分前にしたためられたものとしか思えない！

　クラークがにやりと笑む。「わたしの原稿を反故《ほご》にしにきたのかね？」

「きさまの原稿だと？　レジナルド・クラーク、この厚顔無恥な詐欺師め！　きさまの書いた言葉に自前のものなど一語もない。人の精神を窃盗してるだけじゃないか。他人の案を無断借用したり剽窃したりして生きているにすぎない！」

　その瞬間、レジナルドの表情が仮面のごとく剝がれた。

「なぜ盗んだと言える？」わずかにいらだちの気味を含みながらも冷静な声だ。「わたしは吸収するのだ。あるいは充当するのみだ。あらゆる芸術家が自らのために同じことを言うはずだ。創造するのは神であり、人はそれを形にするにすぎない。謂わば、神が与えた絵具を、人は混ぜあわせて塗っているだけなのだ」

「そんなことが問題なんじゃない。きさまが意図的に、犯罪的に人の精神を侵犯したことを、ぼくは告発するのだ。ぼくのものだった創案を脳内から盗んだことを。忌まわしく強欲な偽善者であり寄生者であることを告発する！」

「愚かな若者だ」クラークが傲然と言い返す。「きみのなかにあった創案が、わたしを通じてこそ最良の作品となって生きのびるのだ。エリザベス朝時代の無名の民の魂が、ストラトフォード＝アポン＝エイヴォンの一人の天才によって生きつづけるのと同様だ。小市民たちのなかに息づいていた偉大な物語を、シェイクスピアが吸収したのだ——如何に偉大な物語でも、彼なくしては滅んでいた。彼はそれを紙に書き遺し、命を与えた」

「盗賊も似たようなことを訴えるだろう。今こそよく理解できる気がする。きさまのなかにあるのは大きすぎる虚栄心であり、それが自らの持つ悪魔的な力を濫用させているのだ」

「ちがう。わたしの行動には自己愛など入り込む余地がない。個人的名声には無関心だ。わたしをよく見るがいい！　きみの前に立つこの身はホメロスであり、あるいはシェイクスピアであり……芸術におけるあらゆる宇宙的顕現なのだ。個々の存在がすべて化身であることを人は疑う。歴史家と雖《いえど》も、わたしより古代ギリシアの三流作家やエリザベス朝期の三流詩人について多くを語るだろう。わが作品群の輝きがこの身を霞ませる。だが気にしてはいられない。神意《ミッション》を果たさねばならないから。わたしは神の使いなのだ。主《しゅ》を乗せるための舟にすぎない！」

　クラークはすっくと立ちあがった、まさに偉大さと神力《しんりょく》の化身のごとく。指先から大いなる波動が顫え放たれているようだ。膨大な磁気嵐《じきあらし》を起こしうるほど途方もない巨大発電機を思わせる。大地すら地軸から揺すり逸らせ、数多の星々をも無窮の宇宙へ解き放つかのようで……

　通常の状況下なら、アーネストであれだれであれ、この人物の前では怖気《おじけ》づかざるをえまい。だがこの一大転機における彼は、その肉体から伸張した存在となっていた。手のなかには復讐の剣《つるぎ》を感じている。その動機をエイベルやウォーカムやエセルやジャックらから託されているのだ。古代においてはイクチオサウルスやマストドンなどの絶滅生物たちが帯びていた非情にして盲目的な命運に対して、それら個々の魂が戦ってきた、その苦闘の塊が今のアーネストなのだ。

「如何なる権利において」と声を張りあげる。「自らを救い主《メシア》の化身と見なすのだ？　だれに任ぜられた？　如何なる神聖な力がきさまをして、ぼくやほかの者たちの才能を蝕《むしば》む壁蝨《だに》の手下にまで零落させたのだ？」

「わたしは灯《ひ》をかざす者だ。人類が成す高い山に登り……未来への道を指《さ》し示す。過去の深淵を照らしだす。已《おのれ》の存在が巨大でなくして、どうやって人類の視界のために松明《たいまつ》をかざせようか？　この足に踏まれる者たちの、その死にゆくまなざしがわたしを追い、大いなる未来の可能性を知ることができるのだ……永遠なる保護下においてこそ、わたしは宇宙的なるものの真髄を運ぶ……真に神聖なるものを……それゆえにホメロスであり……ゲーテであり……シェイクスピアであり……同時にアレキサンダー大王の、あるいはカエサルの、あるいは孔子《こうし》の、あるいはイエス・キリストの、神の化身としての彼らの持てる力の、同じその化身の一人がこのわたしなのだ……この強き力に歯向かえる者は世界にいない」

この暴言を耳にして、突然の血気がアーネストを捉えた。今を措いて攻める機会はない。この危険きわまる狂人から人類を救わねばならない――この強力な悪魔の手から。持つ力の十倍の威勢を揮《ふる》って、重い椅子をひとつ持ちあげた。クラークの頭めがけて投げつけ砕き割らんがために。

クラークはそこに物静かに立ちつくして、口には笑みを浮かべ……その存在の深みから真の非情さが立ち昇り……依然として笑みを湛えつつ、ぎらつく視線を若者へ向けた……それを見たアーネストの手は震えだし……椅子は手から落ち……助けを呼ぼうとするが、口からは声が出ず……完全に麻痺したまま……魔の力と向きあい……

数分が――永遠のごとくすぎた。

双眸はなおも見すえている。

だがそこにいるのはもはやクラークではない！

すべてが脳になっていた……ただ脳があるだけだ……巨大の脳の機構が……果てしなく複雑で……果てしなく強力な。一マイルほど離れた遠方から、夜の闇を通じてエセルが呼びかけようとしている。電話が鳴る、一度、二度、三度と、倦《う》むことなく。だがアーネストは聞いていない。なにかに引き寄せられ……体のなかから神経だけが引っ張られ、さらに強く引っ張られて……あらがえぬ強い吸引力で……無慈悲に……無感情に……激越に。

火花が散る。青色、緋色、紫色の火花が、生ける電池の周囲でまたたき煌めく。それがアーネストの脳内の微細な神経線維に到達し……ゆっくりと……すべての精神情報が失われていく。まず意志が……つぎに感覚が……判断力が……記憶が……恐怖心さえも……脳細胞に蓄積されているすべてのものが、強力な電気機関によって吸収され……

黄紗《こうさ》の姫が姿を現わし……室内に跳《は》ね入ってきたと思うと、すぐ溶け去っていった。そのあとは子供のころの記憶が……少女たちの顔も、少年たちの顔も……死んだ母が両腕を振っているのが見える……穏やかな顔を死の苦悶にゆがめ……と思うとアーネストへキスを投げ、そのあと母も消えていった。視覚の記憶もつぎつぎに……かつて口にした愛の言葉……罪悪、美徳、高潔、卑劣、恐怖……数式さえも、あるいは歌の断片までも。レオンティーナが現われすぐに呑まれていき……いや、あれはエセルだ、話しかけようとして……警告しようとして……両手を必死に激しく振るが……エセルも消えてしまった……それから青白い顔と……黒髪……ジャックだ……なんと変わり果てたことか！　吸血鬼の改変の力にとりこまれてしまっているようだ。「ジャック！」と叫んでみた。明らかになにか打ち明けようとしている……なにかを告げようと……口に出せばジャック自身の魂が安逸になれる言葉を。その口に言葉が昇ってくるのが見える。だが吐かれる前にジャックの姿も消えた。そしてクラーク……レジナルド・クラークも消え……あとにはただ強力な脳だけが残り……息づき……蠢き……それからなにもなくなった……アーネスト・フィールディングの消滅は完璧に遂げられた。

虚ろに壁を見つめる。室内のようすと、そこの主《あるじ》の姿を。主は額の汗をぬぐう。深く呼吸し……顔に若々しい熱気が差す。目には新たな妖しい輝きがあふれ……かつてアーネスト・フィールディングだった存在の手をとり、その私室へと導いていく。

第三十一章

朝の最初の曙光とともに、エセル・ブランデンブルクはリヴァーサイド・ドライヴのアパートメントの玄関口に駆けつけた。結局アーネストからはなんの連絡もなかった。電話をかけても出なかった。不安が足どりを速めさせる。ジャックとぶつかりそうになった。彼もまたレジナルド・クラークの館へと向かっているのだった。

そのとき、吸血鬼の住み処からアーネストに似たなにかが出てくるのが見えた。それは虚ろな表情をした非人間的な存在で、精神のかけらも見受けられず、容貌までひどく変容していた。

「フィールディング！」エセルはその存在が階段をおりようとしているのを見て、危機感に駆られ叫んだ。

「アーネスト！」ジャックも声をあげ、友人の変貌に驚きの目を瞠《みは》った。

　若者はそれらの声のするほうへ顔を向けたが、死者のような目にはすでに認識の光がない。もはや現在もなく過去もなく……意味不明なつぶやきを洩らしながら……階段を転げ落ちていった。

解説――ドラキュラ伯爵の影の下に

平戸懐古

巻頭の序文にあるように、本書は十九世紀英米の吸血鬼小説《ヴァンパイア》、とくにブラム・ストーカー『吸血鬼ドラキュラ』（*Dracula*, 1897）以前に発表された作品に焦点を当てた選集である。

英米で書かれた吸血鬼小説の翻訳選集は多く刊行されているものの、『ドラキュラ』以前に焦点を絞ると、紹介された作品はそう多くない。吸血鬼をひとまず「生者から血を啜《すす》る屍体の怪」と限定しておくと、そうした怪異が描かれるのは、本書にも新訳を収録した「吸血鬼ラスヴァン」（*The Vampyre: A Tale*, 1819）や『吸血鬼ヴァーニー』（*Varney the Vampire: or the Feast of Blood*, 1847）抄訳のほか、シェリダン・レ・ファニュ「吸血鬼カーミラ」（"Carmilla," 1872）、ジュリアン・ホーソーン「白い肩の乙女」（"The Grave of Ethelind Fionguala" / "Ken's Mystery," 1887）、エリック・ステンボック「夜ごとの調べ」（"The Sad Story of a Vampire," 1894）と片手に収まってしまうのではないか。F・G・ローリング「サラの墓」（"The Tomb of Sarah," 1900）、M・R・ジェイムズ「マグナス伯爵」（"Count Magnus," 1904）、F・M・クロフォード「血こそ命なれば」（"For the Blood is the Life," 1905）、E・F・ベンスン「塔のなかの部屋」（"The Room in the Tower," 1912）といった本邦でも読み継がれてきた古典名作は、いずれも『ドラキュラ』以降の作品なのである（註1）。

それ以前の吸血鬼譚の集大成として構築された『ドラキュラ』の影響力は、二〇世紀の一連の映画化を通じ、ドラキュラ個人と吸血鬼一般が等号関係を結んで理解されるほどに強大なものとなった。

必然的に『ドラキュラ』以降の吸血鬼譚は、つねに聳《そび》え立つ『ドラキュラ』との差異化を目指す藻掻《もが》きとともに作劇され、鑑賞されることになる。

しかし『ドラキュラ』の恐るべき影響力は、『ドラキュラ』以前の作品をもまた、『ドラキュラ』という焦点に収斂《しゅうれん》される過渡期として読まれるよう、その受容を縛ってきたのではあるまいか。いま一度、その豊饒《ほうじょう》さに眼を向けてみる必要があるだろう。本書はその一端を垣間見ることを目指して編まれた。以下、主に一八一九年の「ラスヴァン」と、同年の「黒い吸血鬼」(*The Black Vampyre: A Legend of Saint Domingo*)から、初期吸血鬼小説の造形に埋もれた軸を暫定的に摑み出し、『ドラキュラ』以前に広がっていたその射程を確認することで、拙《つたな》い解説としたい。

1

英語圏で最初と目される吸血鬼小説、ジョン・ポリドリの「吸血鬼ラスヴァン」が生まれた経緯は、怪奇小説に親しむ読者のあいだでは「ディオダティ荘の怪談会」として半《なか》ば伝説と化している。ディオダティ荘はスイスのジュネーヴ近郊、レマン湖のほとりに建つ。この伝説が生まれた一八一六年の七月は、前年にインドネシアのタンボラ山が噴火した影響で、陽光の届かぬ鬱々《うつうつ》たる冷夏であったという。

当時この屋敷に逗留していたのは、それぞれが女性関係の醜聞から別々に母国を脱出してきたふたりの若き英国詩人、バイロン卿とパーシー・シェリーに、その同行者たちであった。バイロンの侍医《じい》であるポリドリは、出版社からこの詩人の動向をまとめた旅行記の執筆を任されていた。一方でシェリーの側には、彼と駆け落ちしてきたメアリ・ゴドウィンが居た。悪天候続きで屋内退去を余儀なくされるうち、バイロンがこの面々に怪談でも書こうじゃないかと提案したのである。

のちにメアリ・シェリーとなるゴドウィンが、このとき『フランケンシュタイン』(*Frankenstein: or The Modern Prometheus,* 1818／森下弓子訳、創元推理文庫、1984／小林章夫訳、光文社古典新訳文庫、2010／芹澤恵訳、新潮文庫、2015／田内志文訳、角川文庫、2015)の素型を構想したことは良く知られている。その一八三一年版の序文によれば、この時ポリドリがまず書き始めたのは、鍵穴を覗いたために呪いを受け、頭を髑髏《どくろ》にされてしまった女性の物語であったという。しかし彼はそこから話を転がすことが出来ず、これを反故《ほご》にして次に取り組んだのが、のちに出版される二重の近親相姦の物語、『アーネスタス・バーチトールド』(*Ernestus Berchtold: or The Modern Oedipus,* 1819)の原型であった。

このときバイロンは、以前に発表した物語詩『異教徒』(*The Giaour,* 1813)に描き込んだ吸血鬼なる怪異を再利用して、新たな物語を構想した。ふたりの男が英国を去り、ひとりがギリシャで客死し、もうひとりが帰国してみると、死んだはずの男が妹に求愛していた、という筋書きは固まっていたようだが、その執筆は途中で放棄された。「吸血鬼ダーヴェル」("Fragment of a Novel")として本書に訳載されたテクストは、この途絶原稿が作者への断りなく物語詩『マゼッパ』(*Mazeppa,* 1819)巻末に収録されたものである。

このバイロンの着想が、のちに「ラスヴァン」として結実したのであった。怪談会の同年九月、ポリドリはバイロンと仲違《たが》いして侍医を解雇され、スイスから英国へと戻ることになるのだが、その直前、当地の社交界の中心人物、ブロース伯爵夫人にこのバイロンの途絶作の話をしたところ、「それならあなたが書きなさいよ」と諭《さと》され筆を執り、この原稿を伯爵夫人に残していったのだという。

ポリドリは己の吸血鬼をラスヴァンと名付けたが、これは喧嘩別れしたバイロンへの当て擦《こす》りであったとされる。この名は当年に出版されたキャロライン・ラムのゴシック小説『グレナヴォン』(*Glenarvon*, 1816)に登場するグレナヴォン伯爵、クラレンス・ド・ラスヴァンから採られたのだが、本作はバイロンに捨てられたラムが自身とバイロンの関係を元に著したモデル小説であり、グレナヴォン伯爵こそが作中でバイロンの役柄を担っている。『グレナヴォン』においてもラスヴァンは女性を誘惑しては破滅させる悪魔的な放浪者として描かれており、作者の分身カランサとは特別な関係を結ぼうとするものの、彼のために重婚の罪を犯した彼女をやはり捨て去り、病死したカランサの天使と化した姿を幻視したのち、狂的な死を迎えて破滅する。バイロン一行はスイスにて、本作のことを聞き及んでいたという。もとより文学志向をもち、バイロンと対等の関係を築こうとしては拒絶されていたポリドリが、とうとう解雇に至るという折に、愛憎相半ばする暗い気持ちを込めてグレナヴォン伯爵の名を借りたという解釈には、やはり説得力がある。

そういうわけでポリドリとしては、「ラスヴァン」は公表の意図なく書いた戯作《げさく》であっただろう。しかし二年半の歳月が過ぎた一八一九年、彼はその原稿が無許可のうえ、あろうことかバイロン作として雑誌(*The New Monthly Magazine* 四月号)に忽然と掲載されているのを目撃することになる。

これにはポリドリもバイロンも、それぞれの立場から怒りを表明した。この作品を著したのは私だとポリドリが主張すれば、こんな代物を書いた覚えはないとバイロンが文句を言う。のちに著者名は改められたが、ゴシックならぬゴシップに夢中であった当時の読者にとり、ラスヴァンの名から連想されるものは第一にバイロンの放埒《ほうらつ》である。本作はバイロン作という触れ込みのままに西欧中を駆け巡ることとなった（註2）。

こうして「ラスヴァン」は大陸の各国語に翻訳され、多くの二次創作や亜流作、アダプテーションを生み落とすに至った。フランスでは翌年、シプリアン・ベラールによってラスヴァンの死が描かれる無許可の続篇小説『ルスヴェン卿、あるいは吸血鬼』（*Lord Ruthwen ou Les Vampires*, 1820）が出版され、同書に序文を寄せたシャルル・ノディエがさらにポリドリ作の劇化も主導することとなった。ドイツでも複数の劇化が行なわれ、英国でもノディエ劇を逆輸入した『吸血鬼、あるいは島の花嫁』（*The Vampire: or The Bride of the Isles*, 1820）が公開された（註3）。

以降、一八九七年に『ドラキュラ』が発表されるまで、幾多の吸血鬼譚が読まれては書かれ、書かれては読まれ、この循環によって増殖を繰り返していった。バイロンとポリドリの歪《いびつ》な合作は、二〇世紀に『ドラキュラ』がほとんど吸血鬼イメージを凝固させるまでに大衆化したように、十九世紀の西欧に大流行を巻き起こしたのである。

と、このあたりの経緯は事実改変を交えた映画化も複数が為されており、単純化されつつも語り尽くされたきらいがある。ただ、いまいちど確認しておきたいのは、「ラスヴァン」にはポリドリが著したラスヴァン卿の物語と、雑誌掲載時に編集部が付した序文に含まれるアルノルト・パウルの物語、実質的にふたつの吸血鬼譚が含まれていることである。前者を導入するために後者が置かれたにも拘《かかわ》らず、このふたつの物語は大きな差異をいくつも孕《はら》んでおり、ほとんど以後の吸血鬼譚が形成する配置図を予告していると言って良い。

従来この差異は、東欧の農民的な吸血鬼像に対するラスヴァンの貴族的な吸血鬼像の独創を強調するために言及され、さらにはこのラスヴァンのゴシック小説に登場するような悪漢らしさがドラキュラの人物造形の土台になったのだという具合に「ドラキュラ史観」へと回収されてきたわけだが、本書収録作を巡るにあたり、ここではむしろ、アルノルト・パウルの物語からポリドリが取り除いてしまった部分にこそ眼を向けておきたい。

日本語で「吸血鬼」と訳されるので紛《まぎ》らわしいが、もともと「ヴァンパイア」(vampire)なるものは、本稿の冒頭で述べた「生者から血を啜る屍体の怪」と等号で結ばれる存在ではなかった。ヴァンパイアの揺籃《ようらん》は東欧南部、バルカン半島とされる。当地を対象とした研究においても由来は諸説相並ぶようだが、この語が西欧に流入した十八世紀の段階において、ヴァンパイアは「ヴコドラク」(vukodlak)や「ストリゴイ」(strigoi)といった語とともに、「健全な生活者＝我々」に害を為《な》す「他者」を示す言葉として機能しており、ヴコドラクが「人狼」を、ストリゴイが「魔女」をその意味の核とするのに対し、ヴァンパイアは「屍体の怪」全般を包含《ほうがん》していたという。こうした怪異たちの悪行一覧に、「血を啜る」という項目はたしかに認められるものの、ヴァンパイアだけが吸血行為と特別に強く結びついていたわけでもない。イスラム教のオスマン帝国とキリスト教の神聖ローマ帝国に挟み込まれ、さらに諸民族の入り混じった緊張関係を保ち続けてきた東欧という土地にあって、これら怪異たちは地域／民族ごとに強調される特徴を変え、要素を互いに包含し合いながら、当地の人々に様々な「他者」像を提供し続けてきたのである(註4)。

「ヴァンパイアの吸血鬼化」とでも呼ぶべき現象は、十八世紀初頭、こうした東欧の伝承が、啓蒙《けいもう》主義の只中《ただなか》にあった西欧の知の体系に衝突した結果として理解される。一六九九年のカルロヴィッツ条約によってハンガリー周辺がオスマン帝国から神聖ローマ帝国に割譲《かつじょう》され、当地の農村の生活実態がハプスブルクの中央政府に報告される公文書のうちに、「生者から血を啜る」ヴァンパイアの事件記録が含まれていた。以降、その種のヴァンパイアを巡る報告書が典型的な吸血鬼ナラティヴとでも呼ぶべきものを成すのであり、「ラスヴァン」の序文にまとめられたアルノルト・パウル事件（一七二七）の概要は、まさにそのナラティヴの典型に沿う。その意味でこの序文はまさに、西欧の吸血鬼譚を駆動させた原初の物語をその身に刻印している。

報告を受けた神聖ローマ帝国の体制側は、こうしたヴァンパイア騒動を教育の行き届かぬ辺境の「迷信」として処理したが、パウル事件の報告書が西欧各国語に翻訳されると、この珍奇な記録は西欧中を駆け巡り、ヴァンパイアの語は意味を吸血鬼に限定されながら、西欧の言説空間に取り込まれてゆくこととなった。しかし十八世紀を通じ、その使用範囲は主に、勃興したばかりの小説という分野の外側に位置していた。東欧で目撃された不可思議な屍体現象を検証するといった性格のものが多く、この怪異が「屍体《ボディ》」をもつために医学の関心を買い、伝統的な「亡霊《スピリット》」との差異から神学を動揺させ、信じがたい「証言」の信憑性《しんぴょうせい》が俎上《そじょう》にあげられ哲学を刺激するという具合に、学問の場をその中核に据えていたのである（註5）。

ほどなくして、吸血鬼は比喩としての力を獲得してゆく。このような屍体現象が現実に起こるはずがないという信念から、東欧の吸血鬼ナラティヴは比喩戦略に違いないという言説が、当時から西欧側では流通していた。二大国に挟まれ両者の都合に翻弄され続けた現地民たちが、帝国中央に対するせめてもの反抗として「我々」を脅かす「他者」の心臓に杭を打ち、首を斬り落とし、さらには火葬することにより、かりそめの反逆の物語を演じてみせたのだ、というわけである。

こうして吸血鬼という語は政治化され、西欧においても「我々」を害する「他者」を表象する流行語となってゆく。税金、役人、議員、時の権力者、対立する宗派、株式仲買人、相場師、任意のライヴァル国の貿易会社……。つまりほとんど「血を啜って相手を殺す」という要素に的を絞った、不正搾取を糾弾《きゅうだん》する語として認知されていたことが窺える。バイロンの着想ながらポリドリの手柄となった、いわゆるひとを食いものにする超越的な吸血鬼の誕生には、こうした比喩体系の実践が伏流していたのであり、「ラスヴァン」に「吸血鬼化の感染」が描き込まれないことも道理ではあった。

すなわち十八世紀のうちに、吸血鬼という記号はほとんどクリシェと化し、貪《むさぼ》るように濫用《らんよう》・蕩尽《とうじん》されていた。「強そうだから」という理由で競走馬にこの名を与えた馬主さえも居たという。小説という分野において吸血鬼が蠢動《しゅんどう》を始めるのは、こうして比喩としての吸血鬼が西欧中に蔓延し切ったあとのことになる。

ポリドリの物語は超越的な「他者」として描かれる吸血鬼像を確立させるのみならず、こうした吸血鬼という語の来し方《かた》をも再話するように思われる。この作品でなにより強調されるのは、血を啜るために被害者を食《は》む「口」ではなく、「眼」である。それもラスヴァンの眼に限らない。彼を見つめるオーブリーの幻想に濁《にご》った眼もまた、重要な光学装置として描出される。物語ばかりを読んで育った彼は、底知れぬ力をもつ「他者」と思われたラスヴァンを、物語に染まった＝現実に比喩を優先させる眼差しで発見する。するとそこには吸血鬼が現れるのである。文字どおり、吸血鬼はバイロン／ラスヴァンを比喩するポリドリ／オーブリーの脳髄からこの世界に受肉した。とすれば本作は、ゴシック小説を読みすぎた読者の現実認識を描いたジェイン・オースティン『ノーサンガー・アビー』(*Northanger Abbey*, 1817／中野康司訳、ちくま文庫、2009) にも似たメタ・ゴシック小説としても受け取れる。文字列のなかの吸血鬼は、眼という幻燈機を通じて我々の世界に転写されるのである。それは病が患者の視線を通して伝播《でんぱ》するとされていた、中世の感染症理解を奇妙に繰り返してもいる。

2

一般的な吸血鬼読本であれば、ラスヴァン以降はヴァーニー、カーミラ、そしてドラキュラと進行する。しかし本書では、ここに「ラスヴァン」発表の二ヶ月後、アメリカで出版されたユライア・デリック・ダーシーの「黒い吸血鬼」を挟まねばならない。ポリドリの作が起筆の契機となったらしいことは序文から明瞭だが、「ラスヴァン」を「白い吸血鬼」と呼んで自作と対置させる姿勢が示すように、本作はまったく異なった主題を念頭に書かれている。従来の吸血鬼小説の系譜を反故《ほご》にしかねない、様々な意味であまりに早すぎた、しかしこの時代・地域だからこそ書かれるに至った、これは怪作である。

この時代・地域とは要するに、奴隷制が現役であった南北戦争前《アンテベラム》アメリカという時空を指す。本作は偽名で発表されており、その作者は暫定的にロバート・C・サンズとされるが、リチャード・ヴァリック・デイとの主張もある。しかし重要なのは作者が事実として誰なのかということよりも、本作が偽名で発表されることとなったその理由だろう。同時に最初期の吸血鬼譚の重要な一例であるにも拘《かかわ》らず、本作が近年まで忘れられていた理由を訊ねようとすれば、この背景を無視するわけにはゆかなくなる。

「黒い吸血鬼」は、一七九一年から一八〇四年まで繰り広げられたハイチ独立革命をモチーフとする。

当時のハイチはフランスの植民地、その名をサン＝ドマングといった。反乱の主体は十七世紀にアフリカから強制連行された黒人奴隷の子孫たちである。この運動が黒人共和国ハイチの独立に繋がった。この出来事は当時、やはり黒人奴隷制を抱えていたアメリカにとり、暴動による独立という考えを奴隷に「感染《シンパシー》」させ、「人種主義《レイシズム》」に基づいて構築された社会的序列の攪乱《かくらん》を招く可能性をもった脅威であった。

一見すると「黒い吸血鬼」は、ハイチ革命の失敗という反実仮想を描くことによって、こうしたアメリカの恐慌を宥《なだ》めようとするようでもある。しかしこの決着は言い訳に過ぎないだろう。本作は奴隷制を正当化する「人種主義≒白人至上主義」を揺さぶる言説に溢れており、ハイチ革命の失敗を描きながらも、自国の人種主義そのものを盛大に茶化している。であればこそ、本作は匿名で出版される必要があったのではないか。

本作の人種主義に対する揶揄《やゆ》は、まず黒人王の演説するアフリカ人のルーツにある。西欧白人社会は旧約聖書、創世記の記述から「アフリカ人＝奴隷」という等式を導出し、また「黒人」を「人間＝白人」からは敢然と分《わか》たれた「動物」であると論じ、我々が犬や猫を愛玩庇護するように黒人の「家畜化／財産化」を肯定してきたが、本作の黒人王が演説のなかで語るのは、アフリカ人の系譜をプロメテウスまで遡《さかのぼ》ることによって「黒人」と「白人＝人間」の上下関係を反転させるようなギリシャ神話起源説である。むろん上下関係を仮構する時点で白人至上主義と同じ次元に立ってしまうことになるわけだが、この皮肉はあえてそこに立たなければ発動すべくもない。なぜギリシャ神話が選ばれたのかと問うてみれば、それが西欧白人社会の「古典」だからということに留まらず、ギリシャの位置するバルカン半島こそ、のちにスラヴ化してヴァンパイアの揺籃となる土地であったからという目配せも見えてくる。

　また本作は「感染」ではなく「混血」の代理表象というかたちによって、「吸血鬼化」を積極的に描き込む点でも挑発的である。白人至上主義にとり、「非人間化」と「非白人化」は同一の事象である。奴隷制を安定的に維持するため、南北戦争前のアメリカでは奴隷の母から産まれた子はやはり奴隷の身分になることが法制化されていたが、色白の混血児《ムラート》は外見上、白人と見分けが付かなくなってしまうため、肌の色から「人間」と「非人間」の分節を図る社会のなかに、「黒人が白人として通用《パッ》するこ《シング》と」という脅威が生じることとなった。南部農園社会が固執した白人男性の「騎士道」精神にしたところで、奴隷を父とする混血児の誕生を忌避するが故の規範にほかならない。このように人種主義の世界観において、混血児とは奴隷が法的に身分を偽る可能性のみならず、「非人間」が「人間」のうちに紛れ込み、「人間」との婚姻によって「非人間」を再生産する可能性をも含意していたのであり、その意味で本作の結末に暴露される「吸血鬼のパッシング」とは、白人至上主義における混血恐怖を逆撫でに刺激する、本作の風刺の極点なのである。この仕掛けはウィリアム・フォークナー『アブサロム、アブサロム!』(*Absalom, Absalom!*, 1936／藤平育子訳、岩波文庫、2011)の結末を遙かに先駆け、また異種混交への恐怖を自前の神話にまで増幅させたH・P・ラヴクラフトの方法論を先取りしてもいる。もっともラヴクラフトは真にそれを恐れ、本作の著者はその恐怖を茶化しているという違いはあまりに大きい。

　東欧において帝国と帝国の狭間、民族と民族の狭間からヴァンパイアが生じたように、吸血鬼は境界線から姿を現す。というよりもひとが恣意《しい》的に境界線を引こうとする行為の暴力性が、いずれの「健全な生活者」にも分類されない「例外＝他者」を生み出すのであって、つまり生きてもおらず死んでもいない吸血鬼とは「我々」の外側から来る「他者」のようでありながら、その実「我々」の線引き行為によって「外」と「内」の分節そのものから疎外された者たちに与えられる形象なのである。ポリドリのラスヴァンもただ超然たる貴族だからではなく、貴族然としていながら「健全」な上流階級者として振る舞おうとしないがゆえに、オーブリーから吸血鬼と名指されるのである。

吸血鬼という存在のこうした出自を顧《かえり》みるならば、「黒い吸血鬼」は黒人奴隷制がひとをその肌の色で「人間」と「非人間」に分節する政治学を逆手に取り、その恣意的な分節から弾き出された存在を吸血鬼と呼ぶことで、人種主義を強烈に冷やかしている。本作には人種というイデオロギーについて穏当を欠く表現が頻出するが、こうした意義を鑑《かんが》み、原文を尊重して訳出したことを付言しておく。

また「黒い吸血鬼」に関しては、早すぎたゾンビ譚としての側面にも言及しておく必要がある。いま現在の主流を成す「人肉を喰らう屍体」としてのゾンビ表象は、ジョージ・A・ロメロの映画『ナイト・オブ・ザ・リビングデッド』(*Night of the Living Dead*, 1968)を嚆矢《こうし》とし、それ以前のいわゆる「ヴードゥー教の薬物《ゾンビ・パウダー》で仮死化させた労働力」であるゾンビとは敢然と区別される。「黒い吸血鬼」に登場する吸血鬼はひとの血肉を啜ると同時、吸血鬼化／再人間化が薬物で制御され得るものとして描かれており、ほとんどこれら二種類のゾンビを混交したかのような様相を呈している。ロメロが『ナイト・オブ・ザ・リビングデッド』における「生ける屍」をリチャード・マシスンの吸血鬼小説『アイ・アム・レジェンド』(*I Am Legend*, 1954／尾之上浩司訳、ハヤカワ文庫NV、2007)から着想したと述べている以上、ひとの血肉を飲み喰らい、その行為によって「感染」を拡げる屍体の怪異という、ロメロ・ゾンビと吸血鬼との類似はある意味、当然でもある。「黒い吸血鬼」の受容史が賑わっていたならば、ロメロ・ゾンビめいたゾンビが跋扈《ばっこ》するゾンビ映画の登場も早まっていたかもしれない。

またその一方で、「黒い吸血鬼」は否応なしに、ゾンビ・パウダーで仮死化されたヴードゥー・ゾンビをも彷彿《ほうふつ》とさせる。この種のゾンビは一九一五年から三四年、アメリカがハイチを占領し、これによってハイチにアメリカ国内ジャーナリズムの注目が集まったことを契機として英語圏に浸透した。その百年以上も前に発表された「黒い吸血鬼」に登場する薬物は、精確にいえば二十世紀にヴードゥー教に帰せられたゾンビ・パウダーではなく、十九世紀当時の英国カリブ海植民地を中心に、白人支配層から問題視されていた黒人呪医が司る巫術《シャマニズム》「オベア」(obeah)の草薬を範とする。奴隷制時代、オベアは植民者たちに禁止されながらも奴隷たちのあいだでひそかに実践され、そのなかには生者を仮死化させる秘術も含まれていたという。こうした次第で「黒い吸血鬼」は奇跡的にロメロ・ゾンビとヴードゥー・ゾンビ、そのいずれにも先駆けた怪作として成立することとなり、そして吸血鬼文学史に埋没していったのである(註6)。

アルノルト・パウル事件から醸造されてきた吸血鬼の表象能力は、このように一八一九年の時点ですでに「貴族」と「奴隷」、「搾取」と「増殖」という二軸の作る象限を描いていた。東欧の吸血鬼ナラティヴは農民たちのあいだで「口」が吸血鬼化を媒介する感染恐怖を描き込んだが、ポリドリは奇妙にもこの「口」を黙殺し、「眼」を重視しながらラスヴァンを「搾取」する孤高の貴族として描いた。そして早くも同年、ダーシーは奴隷の怨嗟《えんさ》を孕《はら》んで潜行する「増殖」を、混血という要素によって表現したのである。だが孤高と増殖は相容れない。搾取による独占と、感染による分有は相反するのである。皮肉にも増殖の恐怖を描いた「黒い吸血鬼」が抑圧され、増殖の力をもたない「ラスヴァン」が称揚された結果、十九世紀の吸血鬼譚は意外なほどに「吸血鬼化の感染」という要素を迂回するかたちで書き継がれてゆくことになる。「超越的な吸血鬼」の「感染による増殖」、この相反する二要素がようやく充全なかたちで主題化されるのを見るには、『ドラキュラ』の登場を待たねばならない。

しかし先述したように、吸血鬼の本分とは、こうした小賢《こざか》しい分類行為を破壊することにこそある。「貴族」と「搾取」の支配的な吸血鬼文学史のなかに、本書の収録作は「奴隷」と「増殖」の姿をもまた垣間見ることになるだろう。以下、いま一八一九年の吸血鬼譚たちから仮構した二軸をとりあえずの指針として、ヴィクトリア朝に入って以降の作品を駆足で辿ってゆきたい。

3

その長大さゆえに名のみ独り歩きする『吸血鬼ヴァーニー』は、やはり分類を無効化する特異な作品である。

本作は一八四五年から四七年まで、英国の低所得者向け廉価週刊連載形式、いわゆる三文恐怖小説《ペニー・ドレッドフル》として発表された。この媒体は当初こそ、古城に跋扈《ばっこ》する悪漢と亡霊、逃げ惑う乙女を描くゴシック小説を、教育の行き届かない労働者階級に向けて再話する内容を主としていたが、十六世紀頃から長らく普及していた瓦版《ブロードサイド》などによる煽情《センセーショナル》的な犯罪報道、いわゆる「娯楽としての殺人」文化との混交を深め、ゴシック小説の怪奇要素と犯罪報道の残酷趣味の入り混じった大部の長篇小説とその読者を大量生産することとなった。本書の訳者、夏来健次の手によってその一角、ジョージ・W・M・レノルズ『人狼ヴァグナー』(*Wagner, the Wehr-Wolf*, 1857/国書刊行会、2021)が完訳成ったことは記憶に新しい。ペニー・ドレッドフルの同時代にはチャールズ・ディケンズやブルワー=リットンらの犯罪小説《ニューゲイト・ノヴェル》も賑わい、その後ウィルキー・コリンズの『白衣の女』(*The Woman in White*, 1860/中島賢二訳、岩波文庫、1996)を代表とする煽情小説《センセーショナル・ノヴェル》の時代が来る。本書収録「善良なるデュケイン老嬢」のメアリ・エリザベス・ブラッドンもまた、『レイディ・オードリーの秘密』(*Lady Audley's Secret*, 1862/三馬志伸訳、近代文藝社、2014)によってこの分野の代表格とされる。

『ヴァーニー』の作者はかつてトマス・P・プレストと推定され、その後ジェイムズ・M・ライマーが有力視されるが、『黒い吸血鬼』とはまた違った意味合いで特定は重視されない。複数の作家が複数の作品に同時並行的に関与することで連載が維持されていたペニー・ドレッドフルの生産現場を踏まえるならば、作者に同一性《アイデンティティ》を求めるよりも、むしろその複数性から必然的に生じる物語自体の非一貫性をこそ受け入れる用意が求められる。こうした背景により、ヴァーニーは先ほど仮置きした分類を易々と攪乱する力を得る。

『怪奇と幻想1 吸血鬼と魔女』(角川文庫、1975)に「恐怖の来訪者」題で訳出された本作第一章を読むかぎり、ヴァーニーは夜闇に紛れて乙女の血を啜る、得体の知れぬ怪物として登場する。しかし二百章を超す長大な物語にあって、そうした底知れぬ恐怖を演出し続けることは至難であり、本書に訳出された各章が示すように、ヴァーニーは徐々に人々と対話可能な存在として振る舞いはじめ、次第に己の内面を吐露し、さらには出自さえも明かすようになる。

本作の内容は前半と後半に大別され、ライマーあるいはプレストの、つまり人格の一貫した個人の作品として指示されるのはこの前半、ヴァーニーとバナーワース家のあいだの騒動を描く部分に当たる（本書訳出の二十、三十四章を含む）。このバナーワース家の部において、不死の定めから女性の血を求め、同時に財産の「独占」を求めて結婚を目論《もくろ》む怪人というヴァーニーの定型が形成される。

この前半部に比して、後半は相互に関係しない複数の挿話の連鎖となる。ヴァーニーは陸軍大佐を名乗って娘を口説《くど》いたり、僧服をまとって尼僧院に潜入したり、果ては人間同士の謀《はか》りごとに巻き込まれたり、ひとを殺したかと思えば反対にひとを助け、ひとに殺されては月光を浴びて復活し、いずれにせよ血と財産を目的に行動し、成就の直前で正体を見破られて逃走することを繰り返す（本書訳出の百六十三、百七十三章を含む）。前半で作られた定型を反復する書きぶりは複数作家の雑多な関与を窺わせるが、そのつど階級に縛られずに様々なアイデンティティをまとうヴァーニーは、我々が後生大事に保とうとする言動の一貫性をずるずると弛《ゆる》ませ解いてゆきながら、みずからの吸血欲求と永生を厭《いと》い呪いつつ、まるで大人気を博した連載をいやいやながら延命させる使命を負うかのように、ひたすら目的達成に失敗し続けることで物語を前進させるのである。

クロフトン家との騒動を描く部分は、そうした後半部の終盤に位置する（本書訳出の二百一、二百十二章を含む）。アレクセイ・トルストイの「吸血鬼の家族」と並び、十九世紀中葉の段階で「被害者の吸血鬼化」が明確に描かれる稀有《けう》な挿話である。このクロフトン家の事件のあと、騒動に関わった牧師にみずからの出自を書いた手記を残し、ヴァーニーは我々の前から永遠に姿を消すこととなる。

しかし、このヴァーニーの出自を巡る記述においてこそ、本作の非一貫性がもっとも顕著に表れる。ある箇所でヴァーニーはヘンリー四世の時代から生き続ける怪物とされ、また別の場面では物語現在の同時代、絞首刑後に医師の電気ショックを受けて蘇生した強盗の成れの果てだとも語られる。そして作品の終盤、ヴァーニーは十七世紀の王政復古にまつわる出自を書き残す（本書訳出の二百二十六章を含む）。清教徒革命に端を発する流血の時代に亡霊の由来を求めるのは、英国ゴシック小説の常《じょう》套《とう》手段であった。ペニー・ドレッドフルとして書かれた『ヴァーニー』もまた、ゴシック小説の歴史感覚を受け継いでいることが窺える。しかしここでは矛盾しあう出自をもつことによって、ヴァーニーが記憶や記録といった過去の痕跡の確実性そのものを乱す存在と化していることを言祝《ことほ》ぐべきだろう。こうしてヴァーニーは粗製濫造から生じたが故にこそ、「我々」人間の信奉する「健全」な人格の一貫性を笑い捨てる吸血鬼の本分を全うする（註7）。

『ヴァーニー』の出自にゴシック小説の残滓《ざんし》が認められる以上に、おそらく中世後期を舞台とする歴史小説、ウィリアム・ギルバートの「ガードナル最後の領主」（"The Last Lords of Gardonal," 1867）は、ゴシック小説の書法に忠実に書かれている。先の軸を顧みるならば、ここには「貴族」と「奴隷」二極の吸血鬼が登場し、流血の円環を描いている。すなわち作品の前半部では領主コンラッドこそが領地や近隣の農民からひたすらに搾取しまくる簒奪《さんだつ》者として吸血鬼を比喩的に体現し、後半部ではその彼が被虐者の怨嗟を代表する吸血鬼テレサによって破滅するのである。これはほとんどホレス・ウォルポール『オトラント城』（*The Castle of Otranto*, 1764／平井呈一訳「オトラント城綺譚」『ゴシック文学神髄』ちくま文庫、2020／井出弘之訳、国書刊行会、1983／千葉康樹訳「オトラント城」『オトラント城／崇高と美の起源』研究社、2012）に始まる英国ゴシック小説の、横暴たる「悪漢」に対する復讐を求めて「亡霊」が出現する構図の反復であって、こうした作劇に「吸血鬼化の感染」が入り込む余地はない。

いずれの吸血鬼も、本作を収録する連作短篇集『インノミナート‐山の魔術師』（*Innominato : The Wizard of the Mountain*, 1867）の主人公、占星術師インノミナートの全能にひたすら踊らされるようで哀れではある。またテレサはコンラッドとの関係においてこそ被虐者に当たるが、彼女の属するビッフィ家という「富農」の立場が、東欧圏の小作人にとっては徴税人と並んで「搾取するヴァンパイア」として比喩される階級であったことも付言しておきたい。

4

発表年代順に作品を並べた本書から見て、「ラスヴァン」と並んで搾取する超越者としての吸血鬼譚の代表、一八七一年から翌年にかけて雑誌（*The Dark Blue*）に発表されたシェリダン・レ・ファニュの「吸血鬼カーミラ」は、この位置に来る。

「カーミラ」を収録する短篇集『鏡の中に朧《おぼろ》げに』（*In a Glass Darkly*, 1872）は全篇がドイツ人医師マルティン・ヘッセリウスの診療記録という額縁を与えられており、そのなかでオーストリアの寒村に派遣された英国軍人の娘ローラが自身の体験を報告した一篇が「カーミラ」というテクストを成している。こうした設定のため、本作は従前の吸血鬼小説群から一線を画すようにして、アルノルト・パウル事件を代表とする十八世紀の吸血鬼ナラティヴに肉薄する。その換骨奪胎ぶりを確認したとき、本作において吸血鬼化の「感染」恐怖が、言及はされつつもやはり抑圧的に描かれている様は興味深い。
「カーミラ」を収録しない本書でその名を挙げるのは、やはり彼女こそがホフマンやゴーチエらの諸作を含む「宿命の女《ファム・ファタル》」的性質を帯びた吸血鬼、その代表格だからである。搾取する超越的「他者」の表象は、十九世紀の中頃を境に男性から女性へとその座を譲るという。その根には女性の権利運動に伴う「新しい女《ニュー・ウーマン》」の社会進出、これに動揺する父権主義の不安があるとされる。社会規範を性別に沿って分節するに留まらず、模範的な女性を「家庭の天使《エンジェル・イン・ザ・ハウス》」と見做《みな》して「非人間化」してきた西欧社会にとり、そうした「健全な生活者」の範疇から逸脱した女性たちもまた、「非人間」たる「他者」として表象されるほかなかったのである（註8）。

イライザ・リン・リントン「カバネル夫人の末路」（"The Fate of Madam Cabanel," 1873）も、この潮流と無関係ではない。カバネル夫人は「新しい女」というよりはむしろ「家庭の天使」として描かれるものの、主人のカバネル氏と結ばれることを夢想していた使用人アデルにとり、彼女は闖入者《ちんにゅうしゃ》でしかない。村の住人たちがこの認識を追認した結果、夫人は「人体《ボディ》」ならぬ共同体の「政体《ボディ・ポリテイック》」を痩せ細らせることでみずからを肥え太らせる「宿命の女」として追い立てられるのである。村に疫病が蔓延すると同時、夫人こそがその元凶なのだという思想が住民たちに「感染」し、彼らが夫人の命と引き換えにみずからを長らえようとするのであれば、彼らもまた吸血鬼なのだと言うことも可能かもしれない。いずれにせよ、ここでは吸血鬼そのものが登場しないまま、吸血鬼ナラティヴだけが駆動している。しかしラスヴァンの登場以前、すでに吸血鬼がそのような比喩体系を蔓延させることで西欧に順化していたことを踏まえれば、吸血鬼不在の吸血鬼譚の登場は驚くべきことではない。

東欧において、神聖ローマ帝国とオスマン帝国が鍔迫《つばぜ》りあう地政学の只中から生じた吸血鬼は、十九世紀後半の西欧において、植民地と宗主国、西欧世界と非西欧世界のあいだの緊張を表象するようになってゆく。フィル・ロビンソン「食人樹」("The Man-Eating Tree," 1881）は、そうした変容の過渡期に位置するだろう。西欧における「暗黒大陸《ダーク・コンティネント》」神話とでも呼ぶべきアフリカの「他者」化は、「黒い吸血鬼」にもその萌芽が認められた。この短篇からおよそ六十年後に書かれた本作では、すでに英米で廃止されていた奴隷制でなく、キリスト教伝道と手を取りあってアフリカ地理の可視化に邁《まい》進《しん》した探検家たちの情熱が背景化されている。本作は旅行家にまつわる手記として描かれることでこの探検熱を引用しながら、西欧における東欧吸血鬼ナラティヴの受容に通底していた「証言」の信憑性を巡る問いを再提出する。

アフリカの「野蛮」は西欧の「文明」に照らされることで蒙を啓《ひら》かれるべきだという信念は、本作ののち一八八四年のベルリン会議を経て、この地を西欧諸国が争奪しあう場へと変貌させ、宗主国と植民地の緊張関係を前景化させてゆく。列強同士の衝突のみならず、宗主国が植民地から反乱を起こされるのではないかという「逆支配」に対する恐怖は、たとえばヘンリー・ライダー・ハガード『洞窟の女王』（*She: A History of Adventure*, 1887／大久保康雄訳、創元推理文庫、1974）を通ってジョセフ・コンラッド『闇の奥』（*Heart Of Darkness*, 1902／中野好夫訳、岩波文庫、1958／黒原敏行訳、光文社古典新訳文庫、2009）の主題へと結実してゆく。「食人樹」は植物の意識の有無という問いを通じて「野蛮」と「文明」の序列を攪乱することで、この恐怖を描き出している。

吸血植物といえばＨ・Ｇ・ウェルズ「めずらしい蘭の花が咲く」("The Flowering of the Strange Orchid," 1895／阿部知二訳『ウェルズＳＦ傑作集2』創元ＳＦ文庫、1970）がその代表だが、ウェルズはそのすべてをアフリカ由来とするわけではないものの、奇怪な動植物＝「非人間」の姿をした「野蛮」によって「人間」の姿をした「文明」が滅ぼされるといった恐怖を「盲人の国」（"The Country of the Blind," 1904／阿部知二訳、前掲『ウェルズSF傑作集2』）や「アリの帝国」（"Empire of the Ants," 1905／阿部知二訳、前掲『ウェルズSF傑作集2』）といった探検行を描く短篇で執拗に表現している。こうした恐怖が当時の言説空間に地殻変動を起こしていた「進化論」の拡大解釈から生じた「退化論」、つまり「人間」の「非人間化」恐怖と混交した先に、『モロー博士の島』（*The Island of Dr. Moreau*, 1896／宇野利泰訳『H・G・ウエルズ傑作集1』ハヤカワ文庫SF、1977／橋本槇矩・鈴木万里訳、岩波文庫、1993／中村融訳、創元SF文庫、1996）や異色の吸血鬼小説『宇宙戦争』（*The War of the Worlds*, 1898／中村融訳、創元SF文庫、2005／小田麻紀訳、角川文庫、2005）が待ち構えている（註9）。

うってかわってアン・クロフォード「カンパーニャの怪」（"A Mystery of the Campagna," 1886）は本書中、怪奇小説として最も正統的な内容と呼べるかもしれない。芸術譚がオカルト譚に変容した先、まさに「宿命の女」が立ち現れる。そもそも芸術には魔術的な側面が潜むのであって、芸術家―モデル―作品―鑑賞者、これら四項が相互にエネルギーを交流させる様子は容易に吸血鬼の介入する場として比喩される可能性をもつ。芸術家が自身の生命を作品に注ぎ込むというイメージは陳腐ですらあるが、それは裏を返せば作品が吸血鬼のように芸術家から生命を吸いあげることで、余人を畏怖させるほどの美を得るのだというヴィジョンにほかならない。ホフマン、ナサニエル・ホーソーン、エドガー・アラン・ポオの諸作が想起されるが、「カンパーニャの怪」では吸血鬼が芸術家マルチェロを籠絡《ろうらく》し、己を象《かたど》った作品へと生命を注ぎ込ませるかのようである。本書の掉尾《とうび》を飾る「魔王の館」において、この図式はまた別のかたちを採ることになるだろう。

　また本作において、吸血鬼に憑かれたマルチェロの消耗が現場の「空気の悪さ」とともに語られる様子は、当時の疫病理解において細菌の感染《コンタギオン》説と拮抗していた土地の瘴気《ミアズマ》説を前提とする。ひとの病の原因を場そのものの病に求めるこの考えは古来根強かったが、十九世紀後半、次第に細菌説へと道を譲ることになる。ただし吸血鬼とともに瘴気を描き込む本作においても、「被害者の吸血鬼化」という要素が迂回されていることは指摘しておかねばならない。

　一方で当時の血液理解に関わるのがメアリ・エリザベス・ブラッドン「善良なるデュケイン老嬢」（"Good Lady Ducayne," 1896）である。一見するとここに登場する吸血鬼には、十六世紀のハンガリーで若返りのため乙女の血で湯浴みを繰り返したというバートリ・エルジェベトのイメージが遠く響いている。しかし本作において、どうやら付添婦ベラの血はパラヴィシーニ医師によって、デュケイン老嬢に「注射」されているように見受けられる。つまり「輸血」である。血液型の発見される一九〇一年を目前にして雑誌（*The Strand Magazine* 二月号）に発表された本作には、血液の循環が証し立てられた十七世紀、まだ古代ギリシャ・ローマ以来の体液観を受け継いで、血液こそが持ち主の生気と性質を保持するとされていた頃の輸血思想が残存している。おとなしい羊の血を注入することで短気な人物の性格が和《やわ》らげられ、夫婦の血を交換することで性格不一致が解消され、そして若者の血を取り込むことで老人が若返るという発想である。こうした信念に基づいて十七世紀、競うように行なわれた動物からひとへの輸血実験は阿《あ》鼻叫喚《びきょうかん》を呈して事実上禁止され、一五〇年が経過した一八一八年に再開されるまで、この血にまつわる幻想も温存されることとなった。十九世紀の輸血実験は過日を反省し、ひとからひとへの、とくに出血多量者に対する補塡としての輸血が中心となったが、血が生気や性質を運ぶという発想はそう簡単に拭い落とせるものではない。「善良なるデュケイン老嬢」に描かれる治療には、こうした輸血実験の思想史が織り込まれている。

本作では老嬢がこの治療方法の採択について、どこまで主導権を握っていたのかという点が曖昧に濁《にご》されており、先述した芸術を巡る吸血鬼のイメージを勘案するならば、ここでは医師こそが主体的に方々から若い血を絞り集め、老嬢という依頼人をカンバスに若さの肖像を描こうとする、狂気の芸術家だったのかもしれない。また対価を支払って付添婦の血を摂取してゆく老嬢の姿には、資本は労働者の生命を搾取する吸血鬼であると比喩したカール・マルクスの言説が反響しているだろう。老嬢の誕生時期がフランス革命の頃とされることも故《ゆえ》なしとしない。彼女は「貴族」ならぬ「資本家」の吸血鬼なのである（註10）。

以上、本書収録の英国ヴィクトリア朝吸血鬼譚を駆足で辿ってきた。「ドラキュラ史観」においては超越的な貴族然としていた吸血鬼像が、実のところ当世の社会が幻視する「健全な我々」から弾き出された「他者」像をそのつど拾いあげ、意味分節の暴力性を突きつけようと回帰してくる存在であったことが感得される。

一方で、世界的な疫禍《えきか》に見舞われた現在の視座から見渡すと、英米十九世紀の吸血鬼小説は「被害者の吸血鬼化」という要素を意外なほどに看過している点にも気付かされる。もちろんアイアンシーやコンラッド、マルチェロが墓場から戻り来る「その後」を想像することは読者の自由である。それとも現在の吸血鬼像がロメロ・ゾンビと共鳴し、「吸血鬼化の感染」という要素に拘泥《こうでい》しすぎているのだろうか。更なる作品の紹介によって、こうした臆見《ドクサ》が覆《くつがえ》されることには期待を寄せたいが、ここでは「被害者の吸血鬼化」が抑圧されながらも、視線による転写、思想の共感、政体の弱体化、瘴気説といった「感染」にまつわる言説が、本書収録作のあちこちで蠢《うごめ》いていたことに注目しておきたい。

こうした状況のなか、ブラム・ストーカーは「見えない巨人」(“The Invisible Giant,” 1881/馬上紗矢香訳『疫病短編小説集』平凡社ライブラリー、2021)で十九世紀を間欠的に襲ったコレラの流行と、この病に対する人々の混乱した言説を「巨人」と「民衆」の姿によって描出したのち、同種の感染恐怖を一八九七年、『吸血鬼ドラキュラ』において再利用した。彼の功名は十五世紀のワラキア公ヴラド三世を下地とする吸血鬼に東欧学、人種主義、退化論、女性嫌悪、帝国主義、血液学……と様々な意匠をまとわせるうち、それまでの吸血鬼譚に伏流していた「感染」の表象を拾いあげ、これを「被害者の吸血鬼化」の強烈な挿話へと再編成した点にあったと言えるのではないか。自作において血の扱いに意識的だったブラッドンが、『ドラキュラ』に脱帽の意を示す手紙をストーカーへ送っていたことは示唆的である(註11)。

5

本書中、ジョージ・シルヴェスター・ヴィエレック「魔王の館」(*The House of the Vampire*, 1907)だけは『ドラキュラ』以後の作品である。オスカー・ワイルド『ドリアン・グレイの肖像』(*The Picture of Dorian Gray*, 1890/福田恆存訳、新潮文庫、1962/仁木めぐみ訳、光文社古典新訳文庫、2006/富士川義之訳、岩波文庫、2019）に着想を得たという本作は、芸術を巡るエネルギーの流れを独占する超越的な精神的吸血鬼《サイキック・ヴァンパイア》を描き出すうち、精神分析や放射能の比喩を織り込むことで、前世紀末のコナン・ドイル「ジョン・バリントン・カウルズ」（"John Barrington Cowles," 1884／白須清美訳『北極星号の船長』創元推理文庫、2004）や「寄生体」（"The Parasite," 1894／白須清美訳、前掲『北極星号の船長』）に描かれる遠隔的感応力の描き方を二十世紀流に刷新している。「カンパーニャの怪」では芸術家の生命が作品の創造行為に消尽されるような力学が描かれていたが、本作は芸術家同士の親しげな交流と表裏一体になった着想の争奪戦を背景化することで、吸血鬼譚の筋書きをなぞりながらも、芸術家の悪夢を表現することに成功している。自身の想念を先取りされ、より優れたかたちで作品に具象化されるという絶望。その被害者意識が正当なのか妄想なのか、一向に定まることのない動揺は、やがて狂気へと固着してゆくほかない。

しかし本作の更なる凄みとは、芸術家の簒奪したエネルギーとは結局のところ作品へと奉献されるのだという信仰的ですらある力学を追求した結果、人々から血を奪う怪物を描いた従前の吸血鬼譚とは、あまりに異質な主題が立ち現れる点にあるだろう。時代を代表する表現者とは、まさに時代を体現するため天に選ばれた器なのだという倒錯的な超人像。こうした歴史観を開陳することによって本作は、みずからの想念を奪われたと訴える個々の多様な狂気たちと、時代の代表者を自任するひとつの巨大な狂気とが衝突する、未曾有の闘争劇へと変貌するのである。

本作ではアーネストの敗北こそが悲劇として描かれるが、ドイツ出身の作者ヴィエレックは後年、アドルフ・ヒトラーを時代の体現者として信奉し、ナチスへと接近してゆくことになる。クラークを描く筆致の迫力は、この主題に対する作家のアンビヴァレントな姿勢によってこそ生じたものだったのかもしれない。

強大な代表か、多様な個々かという問いは、『ドラキュラ』を軸とする吸血鬼イメージの循環と凝固の歴史にも通じるだろう。古典的吸血鬼譚は往々にして『ドラキュラ』に代表されてきた。しかし『ドラキュラ』に収斂することのない余剰こそが正当に愉しまれるために、『ドラキュラ』以前の吸血鬼譚が今後も活発に翻訳紹介されてゆくことを期して、本稿を閉じたい。

*

この企画にお誘いくださった夏来健次氏に感謝します。私家版訳のホレス・ウォルポール『象形文字譚集』(*Hieroglyphic Tales*, 1785)をお読みくださり、お話をいただいたのは二〇一七年、忘れもしない学位論文提出の当日でしたから、もう四年以上も前のことになります。二〇二〇年以降は疫禍から遠隔授業なるものを余儀なくされ、作業が大幅にずれ込むこととなり、じりじりとお待たせしてしまいました。いまはやっと本書をかたちにすることができるという思いで感無量です。

幼い時分に古典SFや「ウルトラQ」を過剰摂取させ、筆者をこの道に引きずり込んだ父親には、筆者担当分の最初の読者になってもらい、表現にあれこれ注文をもらうことができました。嬉しいかぎりです。また同輩の歴史学科出身・佐藤岳人氏には、筆者の覚束《おぼつか》ない歴史記述に助言をもらいました。残る不備の責任は筆者にありますが、おかげで疑問の氷解した「ガードナル最後の領主」を彼が法外に気に入ってくれたこと、やはり嬉しいものです。

本書の解説を担当するに当たり、ちょうど『ドラキュラ』以前の吸血鬼表象を中心的に扱うNick Groom著*The Vampire: New History*(Yale UP, 2018)を〈ゴシック読書会〉の課題本として輪読できたことは、とても大きな収穫でした。主催の市川純先生、鎌田明子先生に深く感謝します。市川先生の「英国ゴシック文庫」の佇まいに憧れて『象形文字譚集』を作ったことが本書に携わる契機となったことを思うと、因果の巡りに不思議な心地がします（註12）。

加えて本稿の主に前半部は、二〇二〇年に専修大学文学部で行なわれた特別総合講義が骨子になっています。ポリドリとダーシーの一八一九年の意義を整理する機会を与えてくださった末廣幹先生に感謝します。東欧から北米まで駆けずり廻る講義内容を、遠隔授業のよそよそしい画面越しに興味をもって受け止め、あれが意外だったこれに納得したと感想を打ち返してくれた学生たちにも感謝します。また本稿と格闘を続けた時間は、同校の道家英穂先生、石塚久郎先生の講義をくりかえし想起する機会でもありました。先生方の仕事を本稿中に紹介することができ、嬉しく思います。

吸血鬼への讃美に溢れたCradle of Filthの楽曲に改めて聴き入りながら、筆を擱《お》きます。

二〇二二年四月

注記一覧

註1　既訳ある英米古典吸血鬼小説の代表的な邦訳の書誌情報をここで挙げておく。

『吸血鬼ドラキュラ』、平井呈一訳（創元推理文庫、1971）、新妻昭彦・丹治愛訳『ドラキュラ 完訳詳注版』（水声社、2000）、田内志文訳（角川文庫、2014）。

「吸血鬼ラスヴァン」、平井呈一訳「吸血鬼」（『幽霊島─平井呈一怪談翻訳集成』創元推理文庫、2019）、佐藤春夫訳「バイロンの吸血鬼」（『ゴシック名訳集成 吸血妖鬼譚』学研M文庫、2008）、今本渉訳「吸血鬼─ある物語」（『書物の王国 吸血鬼』国書刊行会、1998）。

「吸血鬼ダーヴェル」、柳瀬尚紀訳「ダーヴェル」（『犯罪は詩人の楽しみ』創元推理文庫、1980）、南條竹則訳「断章」（前掲『書物の王国 吸血鬼』）。

『吸血鬼ヴァーニー』の抄訳、武富義夫訳「恐怖の来訪者」（『怪奇と幻想1 吸血鬼と魔女』角川文庫、1975）、浜野アキオ訳「吸血鬼の物語」（『ヴァンパイア・コレクション』角川文庫、1999）。

「吸血鬼カーミラ」、平井呈一訳（『吸血鬼カーミラ』創元推理文庫、1970）、長井那智子訳『女吸血鬼カーミラ』（亜紀書房、2015）。

「白い肩の乙女」、風間賢二訳（前掲『ヴァンパイア・コレクション』）。

「夜ごとの調べ」、加藤幹也・佐藤弓生訳（前掲『書物の王国 吸血鬼』）。

「サラの墓」、平井呈一訳（前掲『幽霊島』）、岡達子訳「セアラの墓」（『イギリス怪奇幻想集』現代教養文庫、1998)。

「血こそ命なれば」、平井呈一訳(前掲『幽霊島』)、深町眞理子訳「血は命の水だから」(前掲『怪奇と幻想1』)。

「塔のなかの部屋」、平井呈一訳(前掲『幽霊島』)、中野善夫訳「塔の中の部屋」(『塔の中の部屋』書苑新社、2016)。

「マグナス伯爵」、各務三郎訳(前掲『怪奇と幻想1』)、小倉多加志訳(『ドラキュラのライヴァルたち』ハヤカワ文庫NV、1980)、紀田順一郎訳(『M・R・ジェイムズ怪談全集』創元推理文庫、2001)、南條竹則訳「マグヌス伯爵」(『消えた心臓/マグヌス伯爵』光文社古典新訳文庫、2020)。

また英米という限定を外せば、以下のような錚々《そうそう》たる綺羅星が並ぶことになる。

E・T・A・ホフマン『ゼラピオン同盟』(*The Serapion Brethren*, 1821、独)の抄訳(種村季弘訳「吸血鬼の女」『ドラキュラ ドラキュラ』河出文庫、1986)。

プロスペル・メリメ『グスラ』(*La Guzla*, 1825、仏)の抄訳(根津憲三訳、前掲『ドラキュラ ドラキュラ』)。

テオフェル・ゴーチエ「死女の恋」("La Morte amoureuse," 1836、仏/芥川龍之介訳「クラリモンド」『世界幻想文学大全 怪奇小説精華』ちくま文庫、2012/青柳瑞穂訳『怪奇小説傑作集4』創元推理文庫、2006)。

アレクセイ・トルストイ「吸血鬼の家族」("La Famille du Vourdalak," 1840、露/栗原成郎訳『ロシア怪談集』河出文庫、2019/池畑奈央子訳「吸血鬼の一家」『幻想と怪奇4—吸血鬼の系譜』新紀元社、2020)。

カール・フォン・ワクスマン「謎の男」(“Der Fremde,” 1847、独/小倉多加志訳、前掲『ドラキュラのライヴァルたち』)。
アレクサンドル・デュマ『千霊一霊物語』(*Les Mille et Un Fantomes,* 1849、仏/前山悠訳、光文社古典新訳文庫、2019)とその抄訳(浜野アキオ訳「蒼白の貴婦人」前掲『ヴァンパイア・コレクション』)。
マルセル・シュオッブ「吸血鳥」(“Les Striges,” 1891、仏/種村季弘訳、前掲『ドラキュラドラキュラ』/大濱甫訳「吸血鬼」『マルセル・シュオッブ全集』国書刊行会、2015)。

また後述するように、吸血鬼＝ヴァンパイアを「生者から血を啜る屍体の怪」と限定しなければ、英語圏の作例も数を増すことになる。

註2　ちなみにポリドリは「ラスヴァン」でキャロライン・ラムのことをマーサー夫人として戯画化している。こうした次第で未推敲のまま流通したと思《おぼ》しいポリドリとバイロンのテクストは非常に読みづらく、本書の訳文は前述した先達の既訳を大いに参考にさせていただいた。記して謝意を示したい。また野心あったポリドリは、草稿のまま公開された自作の改稿版を用意していたようだが、その出版は実現しなかった。彼の死後一七〇年が経過したのち校訂出版されたこの準備稿では、物語の筋書きはそのままに文章表現にかなりの手が加えられ、もともと借り物だったラスヴァンの名も「ストロングモア」に変更されている。ポリドリ生前の出版が実現していたならば、作品の雰囲気やその影響力はだいぶ変わっていただろう。

註3　独仏における「ラスヴァン」を基にした演劇については森口大地「矮小化されるルスヴン卿―

一八二〇年代の仏独演劇におけるヴァンパイア像」（京都大学大学院独文研究室研究報告刊行会『研究報告』三三号、2020）に詳しい。また『吸血鬼、あるいは島の花嫁』については、劇の公開と同時に販売された小説版（玉木亨訳「島の花嫁」、前掲『ヴァンパイア・コレクション』）を読むことができる。

註4 平賀英一郎『吸血鬼伝承―「生ける死体」の民俗学』（中公新書、2000）は、いまだ吸血鬼に収斂する以前のヴァンパイア表象の混沌とした世界を覗くのに最良の一書だろう。

註5 韻文の分野ではゲーテ「コリントの許嫁《いいなずけ》」（"Die Braut von Korinth," 1797／竹山道雄訳、前掲『書物の王国 吸血鬼』）など、十八世紀のうちからヴァンパイアを用いた作品がいくらか書かれている。また「ラスヴァン」の序文に引かれたロバート・サウジー『タラバ、悪を滅ぼす者』（*Thalaba, the Destroyer*, 1801）には、高山宏による抄訳（「破壊者サラバ」『夜の勝利―英国ゴシック詞華撰2』国書刊行会、1984）や、道家英穂による全訳（作品社、2017）がある。

註6 「黒い吸血鬼」については庄司宏子「ハイチという妖怪―ロバート・C・サンズの『黒い吸血鬼―サント・ドミンゴの伝説』にみるムラートの表象」（『憑依する英語圏テクスト―亡霊・血・まぼろし』音羽書房鶴見書店、2018）、また西山智則『ゾンビの帝国―アナトミー・オブ・ザ・デッド』（小鳥遊書房、2019）に紹介がある。『ゾンビの帝国』ではアメリカにおけるゾンビ表象の変遷について詳述されており、ハイチ革命当時のアメリカにおける人種的な緊張関係については庄司宏子

『アメリカスの文学的想像力―カリブからアメリカへ』（彩流社、2015）に詳しい。オベアについては上間励起「ジャマイカ宗教史におけるアフリカの記憶とエスニシティ」（東京大学文学部宗教学研究室『東京大学宗教学年報』二八号、2010）を参照されたい。またヘンリー・S・ホワイトヘッド『ジャンビー』（国書刊行会、1977）には、ブードゥーやオベアの跋扈するカリブ海を描いた怪奇小説が多く収録されている。

註7　複数の出自をもつがゆえ、結果としてその特権性は失われているものの、吸血鬼がみずからの生前を語るテクストが、この時期に実現している点は特筆に値する。また前掲『ヴァンパイア・コレクション』では、このヴァーニーが出自を書き記した箇所（本書訳出の二百二十六章を含む）が「吸血鬼の物語」と題して訳出されている。ブロードサイドからペニー・ドレッドフル、そしてセンセーショナル・ノヴェルに至る英国犯罪物語の展開は、リチャード・D・オールティック『ヴィクトリア朝の緋色の研究』（村田靖子訳、国書刊行会、1988）に詳しい。

註8　こうした「宿命の女」的な女性表象を、十九世紀以降の女権運動が積極的に活用してゆくことについては、海野弘『魔女の世界史―女神信仰からアニメまで』（朝日新書、2014）に詳しい。

註9　西欧世紀末を覆った進化論と人種主義、帝国主義のないまぜになった逆転恐怖については、岡倉登志『「野蛮」の発見―西欧近代のみたアフリカ』（講談社現代新書、1990）や丹治愛『神を殺した男―ダーウィン革命と世紀末』（講談社選書メチエ、1994）、また風間賢二『怪異猟奇ミステリー全

史』（新潮選書、2022）に詳しい。英国人の蒐集物となった黒人の手が引き起こした顚末《てんまつ》を語るモーリー・ロバーツ「血の呪物」（"The Blood Fetish," 1908／玉木亨訳、前掲『ヴァンパイア・コレクション』）も、こうした文脈に位置付けられる吸血鬼譚だろう。

註10　ラスヴァンが庶民から金を吸い上げては施すように再分配していたこと、ヴァーニーが血よりもむしろ財産の相続に拘泥していたことが想起される。またマルクスが自著でゴシック小説的な比喩を好んで使用したことについては、クリス・ボルディック『フランケンシュタインの影の下に』（谷内田浩正他訳、国書刊行会、1996）を参照されたい。同「異貌の十九世紀」叢書ではマリア・タタール『魔の眼に魅されて』（鈴木晶訳、同、1994）が、本稿で割愛した吸血鬼の「邪眼」について、動物磁気説《メスメリズム》にまつわる背景を示唆してくれる。輸血思想の変遷についてはダグラス・スター『血液の歴史』（山下篤子訳、河出書房新社、2009）に詳しい。

註11　『ドラキュラ』と感染症の表象については丹治愛『ドラキュラの世紀末―ヴィクトリア朝外国恐怖症の文化研究』（東京大学出版会、1997）に詳しい。同書には十九世紀のコレラ禍とともに細菌説と瘴気説の拮抗についても紹介がある。この主題については村上宏昭『「感染」の社会史―科学と呪術のヨーロッパ近代』（中公選書、2021）も参照されたい。また石塚久郎による『疫病短編小説集』の解説は「見えない巨人」のみならず、病と物語の関係に興味ある者にとり必読である。この主題では最近、福嶋亮大『感染症としての文学と哲学』（光文社新書、2022）も刊行された。

註12　本文中では可能なかぎり、手に取りやすい邦語文献を示したが、ほかに前掲 Groom 著を中心に、以下の英語文献を参照した。

Bilston, Sarah J. “Conflict and Ambiguity in Victorian Women’s Writing: Eliza Lynn Linton and the Possibilities of Agnosticism.” *Tulsa Studies in Women’s Literature*, Vol.23.2, 2004, pp.283-310.

Chang, Elizabeth. “Killer Plants of the Late Nineteenth Century.” *StrangeScience: Investigating the Limits of Knowledge in the Victorian Age*, U of Michigan P, 2017, pp.81-101.

Crawford, Heide. *The Origins of the Literary Vampire*. Rowman & Littlefield, 2016.

Kibbie, Ann Louise. *Transfusion: Blood and Sympathy in the Nineteenth-Century Literary Imagination*. U of Virginia P, 2019.

Lampert-Weissig, Lisa. “The Vampire as Dark and Glorious Necessity in George Sylvester Viereck’s *House of the Vampire* and Hanns Heinz Ewers’s *Vampir*.” *Open Graves, Open Minds: Representations of Vampires and the Undead from the Enlightenment to the Present Day*, edited by Sam George & Bill Hughes, Manchester UP, 2013, pp.79-95.

Macdonald, D. L. & Kathleen Scherf, ed. *The Vampyre and Ernestus Berchtold; Or, the Modern Oedipus: Collected Fiction of John William Polidori*. U of Toronto P, 1994.

Paton, Diana. “Obeah Acts: Producing and Policing the Boundaries of Religion in the Caribbean.” *Small Axe*, Vol.13.1, 2009, pp.1-18.

Tichelaar, Tyler R. *The Gothic Wanderer: From Transgression to Redemption*. Modern History

Press, 2012.

Twitchell, James B. *The Living Dead: A Study of the Vampire in Romantic Literature*. Duke UP, 1981.

White, Ed & Duncan Faherty, ed. "The Black Vampyre; A Legend of St. Domingo (1819) by Uriah Derick D'Arcy," *Just Teach One* (http://jto.common-place.org/just-teach-one-homepage/the-black-vampyre/), 2019.

THE VAMPYRE : and Other Classic Vampire Masterpieces
edited by Kenji Natsuki, Kaiko Hirado

編訳者紹介

夏来健次
1954年新潟県生まれ。英米文学翻訳者。訳書にスティーヴンスン『ジキル博士とハイド氏』、ラムレイ《タイタス・クロウ・サーガ》、『ネクロスコープ』（以上創元推理文庫）、レノルズ『人狼ヴァグナー』（国書刊行会）ほか。

平戸懐古
1991年神奈川県生まれ。英米文学翻訳者。訳書にホレス・ウォルポール『象形文字譚集』（私家版）。

吸血鬼ラスヴァン
英米古典吸血鬼小説傑作集

著　者　G・G・バイロン、J・W・ポリドリ ほか
編訳者　夏来健次・平戸懐古

2022年5月31日　初版

発行者　渋谷健太郎
発行所　（株）東京創元社
〒162-0814　東京都新宿区新小川町1-5
電話　03-3268-8231（代）
URL　http://www.tsogen.co.jp
装　画　Cornelis Floris
装　幀　山田英春
印　刷　フォレスト
製　本　加藤製本

ISBN978-4-488-01115-4 C0097